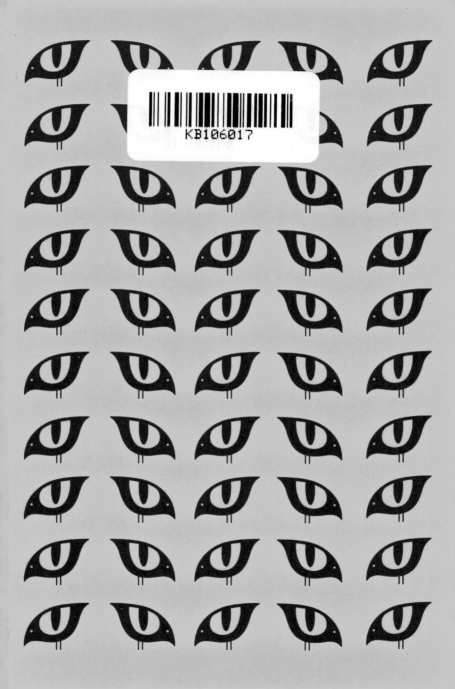

숲속의
늙은 아이들

숲속의
늙은 아이들

마거릿 애트우드 소설

차은정 옮김

OLD BABES IN THE WOOD
MARGARET ATWOOD

민음사

나의 독자들에게

나의 가족에게

친구들 그리고 이곳에 없는 친구들에게

언제나 그래왔듯, 그레임 집슨에게

차례

I

티그와 넬

응급처치

어느 날 저녁 식사 시간 직전에 집에 돌아왔을 때 넬은 현관문이 열려 있는 걸 발견했다. 차도 없었다. 계단을 따라 점점이 혈흔이 남아 있고, 핏자국이 집 안 복도의 카펫을 지나 부엌까지 이어졌다. 도마 위에는 칼이 놓여 있었다. 티그가 선호하는 것들 중 하나로, 매우 날카로운 일본제 강철 칼이었다. 그리고 그 옆에는 한쪽 끝이 썰린 피 묻은 당근이 있었다. 당시 아홉 살이던 딸은 어디에도 보이지 않았다.

이 상황에 걸맞은 개연성 있는 시나리오는 어떤 것일까? 극악한 무법자들이 침입했다. 티그는 칼로 그들에 맞서 자신을 방어하려고 애쓰다가(그러면 당근은 어떻게 설명할 것인가?) 부상을 입었다. 무법자들은 티그와 딸을 납치해서 차까지 훔쳐 달아났다. 넬은 경찰을 불러야 한다.

그게 아니라면 티그가 요리를 하던 중 칼에 손을 베였고, 상처를 꿰매야 한다는 판단을 하고 직접 운전해서 병원에 갔을 수도 있다. 딸이 혼자 있지 않도록 데리고서 말이다. 이편이 좀 더 그럴듯해 보였다. 너무 서두르느라 쪽지를 남겨둘 짬도 없었을 것이다.

넬은 카펫 세제를 꺼내 핏자국이 있는 곳에 뿌렸다. 얼룩이 마르면 더 제거하기 힘든 법이다. 그런 다음 부엌 바닥에 떨어진 피를 닦아내고, 잠시 머뭇거리다가 당근에 묻은 피도 닦았다. 멀쩡한 당근을 버릴 필요는 없었다.

시간이 흘렀다. 불안한 긴장감이 고조되었다. 주변의 모든 병원에 전화를 걸어 혹시 티그가 있는지 물어볼까 하던 차에 손에 붕대를 감은 티그가 나타났다. 그와 딸은 기분이 한껏 들뜬 상태였다. 그들은 정말 끝내주는 모험을 했다! 피가 콸콸 쏟아졌다는 이야길 늘어놓았다. 상처 부위를 감는 데 사용한 행주가 흠뻑 젖어버렸다! 물론, 운전은 쉽지 않았다, 라고 티그가 말했다. 위험했다고 말하지는 않았다. 하지만 택시를 기다릴 시간이 어디 있었겠는가. 그리고 다친 손을 높이 들고 있어야 했기 때문에 한 손으로 그럭저럭

숲속의 늙은 아이들

차를 몰았다. 피가 팔꿈치에서 뚝뚝 떨어졌고, 그가 사방에 피를 흘려서 병원에서는 빨리 상처를 꿰매 주었다. 그리고 어찌 되었든 이제 그들은 돌아왔다! 동맥이 아니어서 다행이었다. 그랬으면 다른 이야기가 되었을 테니까. (잠시 후 티그가 넬에게 말해 준 것은 정말로 다른 이야기였다. 그가 허세를 부린 것은 딸이 놀랄까봐 연기를 한 거였다. 그리고 과다출혈로 기절하게 될까 걱정했다고 말했다. 그랬다면 어떻게 됐을 것인가?)

"한잔해야겠어요." 티그가 말했다.

"나도요." 넬이 말했다. "스크램블드에그 만들어 먹어요." 티그가 당근으로 하려던 그 어떤 요리는 없던 것이 되었다.

행주는 비닐봉지에 담겨 돌아왔다. 선홍색이었지만 가장자리는 갈색으로 변하고 있었다. 넬은 그것을 차가운 물에 담가두었다. 피 묻은 천을 세탁할 때 제일 좋은 방법이었다.

하지만 내가 있었더라면 뭘 어떻게 했을까? 그녀는 생각해보았다. 일회용 반창고는 쓰지 않았을 것이다. 그걸로는 어림없었을 것이다. 지혈대는? 걸스카우트에서 이런 일에 대처하는 교육을 형식적으로 받은 적이 있었다. 손목 염좌에 대해서도 다루었다. 작은 사고는 그녀가 도맡아 처리했지만 큰 사고는 달랐다. 큰 사고는 티그가 맡았다.

그 사건은 상당히 오래전 일이었다. 1980년대 후반의 어느 해, 이른 가을이었다고 그녀는 기억한다. 그때도 개인용 컴퓨터가 있었다. 둔중한 컴퓨터. 프린터도 있었다. 인쇄용지는 낱장들이 전부 이어져 있고, 좌우의 세로 변에는 절취선을 따라 떼어낼 수 있는 구멍 뚫린 띠가 있었다. 그렇지만 휴대전화는 없었다. 그래서 넬은 티그에게 문자를 보내거나 전화를 걸어 그가 어디 있는지, 왜 피가 났는지 물어볼 수 없었다.

우리는 얼마나 많이 기다려야 했던가, 그녀는 생각한다. 아무것도 모르는 채로 기다리기. 우리가 채울 수 없었던 수많은 빈칸들, 수많은 수수께끼들. 너무나 부족했던 정보. 21세기의 초입인 현재, 시공간은 밀도가 더 높고 복잡하다. 대기에 이것저것이 너무나 꽉 차 있어 움직이기조차 힘들다. 사람들로부터 벗어날 수 없다. 그들은 항상 연락 중이고, 항상 접속해 있고, 손 닿을 곳에 있다. 그게 더 좋은 것인가, 더 나쁜 것인가?

그녀는 바로 이 순간 둘이 함께 앉아 있는 강의실로 주의를 돌린다. 강의실은 고가교(高架橋) 주변 블루어 스트리트에 위치한 특징 없는 고층 건물에 있다. 그녀와 티그는 학교 교실 의자 같은 의자에 앉아 있고(실제로 정면에는 화이트

숲속의 늙은 아이들

보드가 걸려 있다.) 푸트 씨라는 사람이 강의 중이다. 다른 의자에 앉아서 푸트 씨의 강의를 듣는 사람들은 티그와 넬보다 적어도 서른 살은 더 젊다. 어떤 이들은 마흔 살 더 어릴지도 모르겠다. 애송이에 불과하다.

"오토바이 사고가 났을 때," 푸트 씨가 말한다. "헬멧을 벗으면 안 되겠죠. 그렇지요? 헬멧 안으로 뭐가 쏟아졌을지 알 수 없으니까." 그는 손을 앞으로 내밀고 마치 창문을 닦듯이 둥글게 움직인다.

맞는 말이네. 넬이 생각한다. 헬멧의 얼룩진 유리 부분을 상상해 본다. 그 안에 놓인 얼굴은 더 이상 얼굴이 아닐 것이다. 곤죽이 된 얼굴.

푸트 씨는 그런 이미지를 떠올리게 하는 재주가 있다. 뉴펀들랜드 출신이라서 노골적으로 말하는 경향이 있다. 에둘러 이야기하지 않는다. 그는 정사각형 모양으로 생겼다. 벌어진 몸통, 굵은 다리, 귀와 어깨의 근접성. 무게중심이 하부에 놓인 균형 잡힌 형태다. 푸트 씨를 엎어뜨리기는 쉽지 않을 것이다. 술집에서 그런 사건들이 있지 않았을까 하고 넬은 짐작한다. 그는 술집 싸움에 능숙한 사람, 또 그렇지만 승산 없는 싸움에는 개입하지 않을 사람으로 보인다. 누군가가 지나치게 선을 넘는다면 그는 조용히 상대방을 창밖으로 던져버릴 것이다. "조용히 하라고." 그는 이미 두 번이나 말했다. 그러고는 뼈가 부러진 곳이 없는지 살펴볼 것이다. 부러졌다면 부목을 대주고 희생자의 베이고 긁힌 상처를 치료해 줄 것이다. 푸트 씨는 모든 걸 다 갖췄다. 실제로 그는 응급구조원이다. 하지만 그 부분은 나중에 나온다.

그는 검은 가죽 바인더를 갖고 다니고, 지퍼로 앞을 채우는 스웨트셔츠를 입고 있다. 세인트존스 구급차 로고가 박혀 있어서 마치 팀 코치처럼 보인다. 응급처치를 가르쳐주고 있으니까 어떤 의미에서는 코치라고 할 수 있다. 수업이 다 끝나고 나면 시험을 보고 각자 수료증을 받게 될 것이다. 지금 교실에 있는 사람들은 모두 수료증이 필요하다. 회사에서 수강하라고 보낸 것이다. 넬과 티그도 마찬가지다. 티그 쪽 가족의 연줄로 넬과 티그는 자연관찰 크루즈 선박에서 강연을 하게 되었다. 티그는 새 관찰, 넬은 나비 관찰이 취미다. 그러니까 엄밀히 말해서 그들은 직원이고, 이 선박의 모든 직원은 수료증을 받아야 한다. 의무사항이라고 선박 측 교섭자가 말했다.

선박 측에서 말해 주지 않았던 것은 탑승객들, 즉 손님들, 즉 고객들이, 순하게 표현하면 젊지 않다는 사실이다. 몇몇은 넬과 티그보다 더 연로할 것이다. 실로 골동 인간이

숲속의 늙은 아이들

다. 그런 사람들은 어느 순간에든 고꾸라질 수 있다. 그러면 이 수료증이 구조 작업에 힘을 발휘하게 될 것이다.

넬과 티그가 실제로 구조 작업을 할 가능성은 별로 없다. 젊은 사람들이 앞장설 것이라고 넬은 믿는다. 어쩔 수 없는 상황에 다다르면 넬은 머무적거리며 구조 방법을 다 잊어버렸다고 말할 것이다. 그게 사실일 테니까. 티그는 어떻게 할 것인가? 그는 뒤로 물러서세요, 자리를 내줍시다, 뭐 이런 식으로 말할 것이다.

알려진 바로는(소문에 의하면) 선박에는 만약의 경우에 대비한 여분 냉동고가 있다고 한다. 넬은 실수로 엉뚱한 냉동고를 열었다가 수료증으로는 구조가 충분히 이루어지지 못했던 불운한 승객의 동결된 시선을 맞닥뜨리고 기겁하는 종업원의 괴로움을 상상해 본다.

푸트 씨는 교실 앞쪽에 서서 오늘의 수강생들을 둘러본다. 그는 무표정해 보이기도 하고 살짝 재미있어하는 것 같기도 하다. 아무것도 모르는 무지렁이들, 그는 아마 그렇게 생각하고 있을 게다. 도시 사람들. "해야 할 일이 있고 하지 말아야 할 일이 있습니다." 그가 말한다. "두 가지를 다 알려드리겠습니다. 첫째, 머리 없는 닭처럼 소리 지르며 팔짝대면 안 됩니다. 짝꿍의 머리가 없어져도 말이죠."

하지만 머리 없는 닭은 소리 지를 수 없는걸. 넬은 생각한다. 소리 지를 수 없을 거라고 짐작한다. 그러나 그 의미는 알아듣는다. 위급 상황에서 침착함을 유지하라는 것이다. 푸트 씨는 이런 말을 덧붙이고자 할 것이다. "할 수 있다면 말입니다." 그는 분명 그들이 침착함을 유지하기 바랄 것이다.

"여러분은 많은 문제들을 해결할 수 있습니다." 푸트 씨가 말한다. "그렇지만 머리가 없어지면 할 수 없습니다. 그것 한 가지는 내가 가르쳐줄 수 없는 것입니다." 농담이겠지. 넬은 추측한다. 그러나 푸트 씨는 농담이라는 티를 내지 않는다. 완전히 무표정한 얼굴이다.

"여러분이 식당에 있다고 가정해 봅시다." 오토바이 충돌 사고에 대한 설명을 끝낸 푸트 씨는 질식으로 넘어간다. "옆 사람이 질식하기 시작했어요. 여러분은 이런 걸 물어봐야 합니다. 말을 할 수 있는가? 등을 두드려도 되는지 물어보세요. 된다고 말로 할 수 있으면 아직까지 호흡을 할 수 있는 거니까 아주 나쁜 상황은 아닌 겁니다. 그렇죠? 그렇지만 발생 가능성이 좀 더 높은 상황은 이런 겁니다. 많은 사람들이 창피해서 자리에서 일어납니다. 그러고는 뭘 하죠?

숲속의 늙은 아이들

소란 피우고 주목받고 싶지 않으니까 화장실로 갑니다. 하지만 화장실에 같이 가야 합니다. 그 사람을 따라가야 해요. 죽을 수 있으니까요. 그가 사라졌다는 걸 당신이 알아차리기도 전에 바닥에 쓰러져 죽을 수 있습니다." 그는 의미심장하게 고개를 끄덕인다. 고개를 끄덕이는 것은 그런 상황을 겪어봤다는 의미다. 그런 경험이 있고 그런 일을 목격했다. 하지만 현장에 너무 늦게 도착했던 것이다.

푸트 씨는 뭘 좀 아는 사람이군. 넬이 생각한다. 바로 그런 일이 그녀에게도 일어날 뻔했다. 질식, 화장실에 가는 것, 소란 피우고 싶지 않았던 것. 창피함이 치명적일 수 있다는 것을 그녀는 이제 깨닫는다. 푸트 씨가 정곡을 짚었다.

"그런 다음 상대방이 몸을 앞으로 숙이도록 하고," 푸트씨는 계속 설명한다. "등을 다섯 번 세게 때려야 합니다. 그러면 고깃덩어리이든 경단이든 생선 가시든 뭐든지 바로 튀어나올 겁니다. 하지만 나오지 않을 경우 하임리히 요법을 사용해야 합니다. 문제는, 상대방이 말을 할 수 없는 상황에서는 당신에게 그걸 해도 좋다는 허락을 내릴 수 없다는 겁니다. 게다가 퍼렇게 질리면서 기절할 수도 있습니다. 그냥해야 하는 겁니다. 갈비뼈를 부러뜨릴 수도 있겠지만 적어도 목숨은 건질 것 아닙니까, 그렇죠?" 그는 희미하게 미소를 짓는다. 혹은 미소를 짓는다고 닐이 추정한다. 일종의 입술 경련 같은 것. "그게 최종 단계입니다. 목숨을 건지는 것!"

그들은 하임리히 요법과 등을 제대로 두드리는 법을 연습한다. 이 두 방법을 사용하면 거의 모든 경우에 성공적일 수 있지만 현장에 빨리 도착해야 한다고 푸트 씨는 주장한다. 응급처치에서는 시간을 맞추는 게 제일 중요하다. "그래서 급하다는 의미의 '급'을 써서 응급인 겁니다. 그렇죠? 이건 빌어먹을 세무서가 아닙니다. 험한 말 써서 죄송합니다. 세무서에서는 하루 종일 걸리지만, 이런 상황에서는 4분 정도밖에 시간이 없습니다."

이제 커피 한잔할 쉬는 시간을 가질 것이고, 그다음에는 익수(溺水)와 입대입 인공호흡에 대해 다룰 것이고, 그 이후에 저체온증을 논할 것이다. 그리고 점심 식사 뒤에는 심장마비와 제세동기에 대해 배울 것이다. 하루에 다 하기에는 상당히 많은 양이다.

익수는 상당히 간단한 편이다. "먼저 물을 빼내야 합니다. 중력을 이용하면 쏟아져 나오겠지요? 옆으로 누인 다음 물을 빼내는데, 빨리 행동해야 합니다." 푸트 씨는 익수 사고를 수없이 다뤄보았다. 평생 물가에서 살아온 것이다. "똑바로 눕혀서 기도를 확보하고, 호흡을 하는지 살펴보고, 맥박을 확인하고, 주변인에게 119에 연락하도록 부탁하십시오. 호흡을 하지 않는다면, 입대입 인공호흡을 실시해야 합니다. 자, 제가 보여드리는 이 도구는 심폐소생술용 구강마스크라고 하는데, 입대입 인공호흡을 할 때 사용하는 겁니다. 어떤 때는 환자가 토를 할 수도 있는데, 그게 여러분 입속에 들어오면 안 되겠지요. 그것도 그렇고, 병균도 있지 않습니까? 이걸 항상 갖고 다녀야 합니다." 푸트 씨는 그 도구를 다량 보유하고 있다. 수업 후에 구입할 수 있다.

넬은 하나 사야겠다고 다짐한다. 지금까지 구강마스크 없이 도대체 어떻게 살아온 걸까? 얼마나 무책임한 짓이었는지.

입대입 인공호흡을 연습하기 위해 수강생들은 두 명씩 짝을 짓는다. 각 쌍은 뒤로 젖혀지는 하얀 민머리가 붙은 붉은 플라스틱 토르소와 토르소를 소생시키는 동안 무릎을 꿇을 때 사용할 요가매트를 받는다. 엄지와 검지로 코를 잡아서 막은 다음, 환자의 입을 자신의 입으로 덮고, 구조 호흡을 다섯 번 불어넣으면서 각 호흡마다 환자의 가슴이 부풀어오르게 만든다. 그다음에는 가슴 압박을 다섯 번 실시한다. 이 과정을 반복한다. 그러는 한편 다른 사람은 119

에 신고한다. 그다음에는 돌아가면서 가슴 압박을 한다. 상당히 고된 작업이고, 손목에 무리가 갈 수 있다. 푸트 씨는 모든 수강생들의 기술을 점검하며 강의실을 성큼성큼 걸어다닌다. "여러분, 점점 나아지고 있습니다." 그가 말한다.

티그는 무릎이 시원찮은 자신이 매트에 널브러져 있으니 넬이 119에 전화해서 그를 일으켜줄 사람을 불러야 한다고 말한다. 넬은 플라스틱 입에 대고 킬킬거리다가 구조 호흡을 망쳐버린다. "우리가 책임자일 때 아무도 물에 빠지지 않길 바랄 뿐이에요." 그녀가 말한다. "아마도 물에서 계속 빠져나오지 못할 테니." 티그는 익사가 비교적 고통 없는 죽음 방식이라고 알고 있다고 말한다. 익사자들은 종소리를 듣게 된다고 한다.

플라스틱 토르소들의 생명을 복원시킨 후, 그들은 저체온증과 쇼크로 넘어간다. 두 경우 모두 담요가 필요하다. 푸트 씨는 놀라운 이야기를 들려준다. 한 남자가 스키 여행 중 통나무집 숙소에서 소변을 보러 밖으로 나가 손전등도 없이 눈이 소복이 쌓인 곳으로 갔다가, 나무 밑동 주변의 얼음이 녹은 우물에 빠져 빠져나오지 못했고 아침이 되어서야 발견되었다. 그는 나무판자처럼 뻣뻣했고 고등어처럼 차가웠다고 한다. 숨결 하나 남아 있지 않았고 심장은

　　　　　　　　　　　숲속의 늙은 아이들

무덤처럼 조용했다. 그런데 같은 통나무집에서 머물던 누군가가 심폐소생술을 배운 적이 있었고, 죽은 것일 수도 있는 사람에게 심폐소생술을 6시간 동안 실시해서(6시간이라니!) 그를 살려냈다.

"계속해야 합니다. 포기하면 안 됩니다." 푸트 씨가 말한다. "어찌 될지 알 수 없는 거니까요."

그들은 점심 식사를 위한 휴식 시간을 갖는다. 넬과 티그는 삭막한 고층 빌딩들 중 한 곳에 틀어박힌 작은 이탈리아 음식점을 발견한다. 각자 레드와인 한 잔씩 주문하고 상당히 괜찮은 피자를 먹는다. 넬은 "사고 시엔 푸트 씨를 부르시오."라고 쓰인 지갑용 카드를 만들겠다고 말한다. 티그는 총리직에 푸트 씨를 밀어야 한다고 말한다. 그는 전 국민에게 입대입 인공호흡을 해줄 수 있을 것이다. 티그는 푸트 씨가 전직 해군이었을 거라고 생각한다. 넬은 아니라고, 스파이일 거라고 말한다. 티그는 해적이었을 수도 있다고 말하고, 넬은 아니라고, 그는 다른 우주에서 온 외계인이며 푸트 씨라는 이름의 응급처치 강사는 완벽한 위장용이라고 말한다.

두 사람은 스스로가 유치하고 무능력하다고 느낀다. 넬은 자신들이 이런 위급 상황을 맞게 된다면 ─ 물에 빠진 사람, 쇼크 상태의 사람, 얼어붙은 사람 ― 공포에 질려서 푸트 씨가 가르쳐준 게 모두 머리에서 하얗게 증발해 버릴 거라고 확신한다.

"뱀에 물린 상처는 처리할 수 있을 것 같아요." 그녀가 말한다. "걸스카우트에서 좀 배웠거든요."

"푸트 씨는 뱀에 물린 상처는 취급하지 않을 거 같은데요." 티그가 말한다.

"아뇨, 취급해요. 하지만 개인 수업에서만 하는 거죠. 틈새시장이랄까."

오후 수업은 흥미진진하다. 진짜 제세동기가 배포되고, 붉은 플라스틱 토르소에 패드가 정확히 부착된다. 모든 사람이 돌아가면서 해본다. 푸트 씨는 실시하는 사람이 자신의 심장에 충격을 가하는 실수를 피하는 법을 알려준다. 그럴 경우 심장이 혼돈에 빠져 멈춰버릴 수 있다. 자가심장충격으로 죽게 되는 건 매우 볼품없는 일이라고 넬은 티그에게 소곤거린다. 포크를 벽 콘센트에 꽂다가 죽는 것보단 낫다고 티그가 귓속말로 대답한다. 그렇지, 하고 넬은 생각한다. 어린아이들에게 그런 경고를 꼭 해줘야 했다.

그다음은 시험이다. 푸트 씨는 수강생 모두 통과하게 될 거라고 안심시킨다. 그는 대놓고 답에 대한 힌트를 주고, 질문이 이해가 안 가면 손을 들라고 말한다. 우편으로 수료증을 받게 될 거라고 검은 가죽 바인더를 덮으며 말한다. 그가 안도감을 느끼고 있을 거라고 넬은 추측한다. 무능한 인간들 한 무리가 또 그의 손을 떠나는 것이다. 그들 어느 누구도 진정한 위급 상황에 휘말리는 일이 없기를.

넬은 심폐소생술용 구강마스크를 하나 구입한다. 그녀는 푸트 씨에게 이야기 재밌게 들었다고 말하고 싶지만, 그러면 이걸 무슨 오락쯤으로 여기는 듯이, 그를 심각하게 받아들이지 않는 것같이 경솔하게 들릴 수 있다. 그래서 그녀는 간단히 고맙다고 인사하고, 그는 고개를 끄덕인다.

그녀와 티그가 집에 돌아온 다음, 이튿날, 어쩌면 그 이튿날에, 그녀는 그들이 겪었던 생사를 오간 경험들, 치명적일 수 있었다고 생각되는 사건들을 다 종합해 본다. 그녀는 그런 일들에 맞닥뜨릴 대비가 얼마나 잘 되어 있었던가?

철제 굴뚝에서 시작된 불이 지붕 내부로 번지고 숨 막히는 연기가 뭉글거리며 피어오르는 가운데, 티그가 협소한 점검용 공간으로 올라가 불길에 물을 쏟아부었던 때. 만일 그가 연기 흡입으로 거기서 기절해 버렸다면 어떻게 됐겠는가? 그 사건 이후 티그는 소방담요를 샀고, 그들이 살았던 모든 집들의 각 층마다 소화기를 필수로 갖춰두었다. 그는 호텔에 머무를 때도 염려하면서, 만약의 경우에 대비해 계단이 어디 있는지 언제나 확인했다. 창문도 점검했다. 창문이 열리는가? 호텔의 창문들이 단단히 잠겨 있는 경우가 점점 더 늘어났지만, 팔을 수건으로 먼저 감싼 다음 유리를 깰 수도 있다. 창문이 너무 높이 있다면 아무 소용없겠지만.

티그가 호텔 복도의 화재감지기 바로 아래서 흡연했다가 30층짜리 호텔 건물의 모든 화재경보기가 울리고, 그들 두 사람은 계단 전체를 걸어 내려와 아무 일도 저지르지 않은 양 소방관으로 가득 차 있는 로비를 통해 빠져나왔던 때. 그건 목숨이 위험에 처했던 사건은 아니다. 들키지 않았으므로 심지어 창피한 일도 아니었다.

고속도로에서 앞서 가던 목재 트럭에서 화물이 떨어졌던 때. 나무판자가 적재함에서 슬며시 들리더니 공중을 날다가 아스팔트 위 온 사방에 탕탕 튀었다. 그러고는 아슬아슬하게 그들을 비껴갔다. 게다가 그때 눈보라까지 치고 있었다. 심폐소생술을 알고 있어도 도움이 되지 않았을 것이다.

오대호 중 한 호수에서 카누를 타다가 지나가던 증기선이 일으킨 불규칙한 너울 때문에 카누가 뒤집어졌던 때. 생명에 위협이 된 사건은 아니었다. 그들은 연안에 가까웠고

숲속의 늙은 아이들

물은 따스했다. 단지 흠뻑 젖었을 뿐이다.

티그가 두피에 상처가 난 줄도 모르고 피가 얼굴로 흘러내리는 가운데, 사슬톱으로 벤 재목을 가득 실은 트레일러를 사륜바이크에 매달고 부르릉대며 운전하고 왔던 때. 생명에 위협이 되는 사건은 아니었다. 그는 인지조차 하지 못했다.

"아빠 얼굴에 피가 아주 많이 흐르고 있어." 넬은 아이들에게 말했다. 마치 그들이 보지 못하는 것처럼.

"아빠 얼굴에는 항상 피가 흐르는걸요." 아이들 중 하나가 짐짓 아무렇지도 않은 일이라는 몸짓을 하며 대답했다. 아이들은 아빠가 불멸의 존재라고 생각했다.

"피가 많이 난 모양이네요." 티그가 웃어넘기며 말했다. 머리가 어디에 쏠린 걸까? 별로 중요하지 않은 거였겠지. 티그는 곧바로 트레일러에서 재목을 내리고, 곧이어 장작을 패기 시작했다. 죽은 나무를 베어 왔기 때문에 이미 다 건조된 상태였다. 다음 순간에는, 쾅, 하며 장작 상자를 채웠다. 그 시절 그들은 배속재생 버튼이 눌린 속도로 살았다.

휴대전화가 생기기 전 다니던 등산. 당시 그들은 그게 위험한 행동이라고 생각하지 않았다. 구급상자를 챙겨 나온 적이 있었던가? 물집이 잡혔을 때 쓸 반창고, 항생제 연고,

진통제 두어 알쯤. 그들 중 한 사람이라도 발목을 삐거나 다리가 부러졌으면 어떻게 했을 것인가? 자신들이 어디로 가는지 누군가에게 알리기라도 했던가?

예를 들면, 어느 해 가을의 국립공원. 이른 눈이 내리고 얼음이 언 궂은 날씨.

거대한 여행용 배낭을 메고, 노란색 황금색으로 물든 너도밤나무 숲을 발맞춰 걸었다. 살얼음으로 덮인 연못을 등산용 지팡이로 찔러보고, 등산로 지도를 들여다보며 서로 다른 의견을 주장하기도 했다. 초콜릿 조각을 먹었고, 그러다가 점심 식사를 위해 잠시 걸음을 멈췄다. 통나무 위에 앉아서 미니 치즈와 완숙 달걀과 견과류와 크래커를 먹고, 플라스크에 든 럼주를 마셨다.

티그는 그때 이미 무릎에 문제가 생겼지만 그래도 등산을 다녔다. 그는 무릎 위아래를 각각 천 한 조각씩 둘러매는 식으로 무릎을 감쌌다. "왜 아직도 걷고 있는 겁니까?" 어떤 의사가 그에게 물었다. "당신은 무릎이 없는 거나 마찬가지입니다." 그러나 그건 훨씬 이후의 일이었다.

그해 등산의 위험에 관한 도시 괴담이 회자되었다. 그 괴담의 내용이란 수컷 말코손바닥사슴이 폭스바겐 비틀에 성적으로 이끌린다는 것이었다. 말코손바닥사슴들이 절벽에서 차 위로 뛰어내리는 것을 좋아해서 차와 운전자를 찌부러뜨린다고 했다. 넬과 티그는 그것이 헛소리라고 생각했지만, 괴상한 일들이 실제로 일어날 수 있기 때문에 "아마도"라는 말을 덧붙였다.

그들은 그럴듯한 장소에 텐트를 치고, 위스퍼라이트* 1구 가스버너로 저녁을 만들었다. 그리고 곰이 나타날 것에 대비해 음식 꾸러미를 거리가 좀 떨어진 나무에다 걸어두고, 얼음장같이 차가운 슬리핑백 안으로 기어들어갔다.

넬은 반구 모양의 텐트가 폭스바겐 비틀과 닮았다는 사실을 되새기며 깬 채 누워 있었다. 수컷 말코손바닥사슴이 한밤중에 와서 그들 위로 뛰어내릴 것인가? 자신이 실수했다는 사실을 알아차리면 격분할 것인가? 수컷 말코손바닥사슴들은 짝짓기 시기에 성을 잘 내는 것으로 악명이 높았다. 심각한 위험을 초래할 수 있는 존재들인 것이다.

아침의 투명한 햇살 아래서는 말코손바닥사슴에 깔릴 가능성이 멀게 느껴졌다. 그러니까 넬의 머릿속 상상을 제외하면 생명을 위협하는 사건이 아니었다.

이듬해, 넬과 티그가 거쳤던 똑같은 등산로를 지나던 한

---

* 매우 가벼운 캠핑 및 등산용 스토브 브랜드다.

커플이 텐트 안에서 곰에게 죽임을 당했고, 부분적으로 잡아먹혔다. 티그는 자신들이 아슬아슬하게 죽음을 피한 것이라고 생각했다. 그는 밤마다 『곰의 공격』이라는 책을 넬에게 즐겨 낭독해 주었다. 공격하는 곰은 두 가지 부류가 있다고 책에서는 주장했다. 배고픈 곰과, 아기 곰을 지키려는 어미 곰이 그것이었다. 각각 대처방안이 달라야 했다. 그런데 그 두 부류를 즉각적으로 식별할 방법이 없었다. 언제 죽은 척을 하고, 언제 옆길로 살살 빠져 도망가고, 언제 맞서 싸울 것인가? 그리고 흑곰인지 아니면 회색 곰인지 곰의 종류도 구분해야 했다. 설명이 복잡했다.

"잠들기 직전에 이런 걸 읽어야 하는지 잘 모르겠네요." 넬이 말했다. 그들은 곰에게 물려 팔을 잃었지만 곰의 코를 때려서 물리친 한 여성의 이야기까지 끝냈다.

"강철 같은 정신력을 가졌나보죠." 티그가 말했다.

"충격에 빠졌던 걸 거예요." 넬이 말했다. "충격에 빠지면 초인적 힘을 낼 수 있거든요."

"어쨌든 그 여자는 살아남았어요." 티그가 말한다.

"물어뜯는 죽음의 입에서 가까스로 벗어났죠." 넬이 말한다. "일부러 비유적으로 말한 건 아니에요."

그렇다고 해서 그들이 엉성히 꾸려 다니던 등산을 그만두

숲속의 늙은 아이들

었던가? 아니다. 그래도 티그가 곰 퇴치 스프레이를 구입하기는 했다. 대부분의 경우 등산 갈 때마다 잘 챙겨 다녔다.

이 모든 것을 회상해 보며(어느 정도 시간이 지나고 나면, 많은 시간이 지나고 나면, 회상을 하게 되기 마련이다.) 넬은 이제 궁금해한다. 그들이 어떤 조치를 취해야 했다면, 푸트 씨의 가르침이 이런 상황들에 어떤 다른 결과를 가져왔을까? 아마 굴뚝 화재의 경우에는 그랬을 것이다. 만일 넬이 의식을 잃은 티그를 좁은 점검용 공간에서 끌어낼 수 있다면, 집이 불타 사그라지는 동안 그녀가 티그에게 인공호흡을 해줄 수 있을 것이다. 하지만 곰에게 잡아먹히거나 말코손바닥사슴에 깔리는 경우라면? 구조는 불가능할 것이다.

푸트 씨의 말이 옳다. 어느 누구도 예측할 수 없다. 최종 결과가 어떻게 날지 어느 누구도 알 수 없다. 그런데 왜 나온다고 말하는가? 종국에는 어느 누구도 빠져나올 수 없다. "여기서 살아 나가지 못할 거예요." 티그는 농담처럼 말하곤 했다. 하지만 그건 농담이 아니었다. 그리고 우리가 짐작할 수 있다면, 예견할 수 있다면, 그게 더 나을 것인가? 아니다. 항상 슬픔 속에서 살아가게 될 것이다. 아직 일어나지 않은 일을 애도하게 될 것이다.

안전하다는 환상을 유지하는 게 더 나을 것이다. 임기응변으로 대처하는 게 나을 것이다. 황금빛의 가을 숲을 따라 걸으며, 철저히 준비하지 않고, 등산용 지팡이로 언 연못을 찔러보고, 이른 눈이 폴폴 흩날리고 날이 어두워지는 가운데 차가운 손가락으로 완숙 달걀을 까먹는 편이 나을 것이다. 우리가 어디 있는지 아무도 알지 못한다.

그들은 정말로 그토록 부주의하고 그토록 자각이 없었던가? 정말로 그랬다. 자각이 없는 편이 그들에게는 더 나았다.

그을린 두 남자

"존이 라디에이터에서 스스로에게 총을 쐈어." 프랑수아
가 말했다. 그는 뺨을 붉히며 특유의 소리 없는 웃음을 지
었다. "그런데 내가 자네들에게 말해 줬다고 말하지 마."

"'라디에이터에서' 쐈다니, 그게 무슨 말이에요?" 내가 물
었다. 프랑수아는 가끔 말을 불분명하게 할 때가 있었다.

"자신을 쏘려고 했는데." 프랑수아가 말했다. "마음을 바
꿔서 라디에이터를 대신 쏜 거야." 그는 잠시 말을 멈추고,
내가 이런 상황에 걸맞게 눈썹을 치올리며 **정말로요?** 하고
반응할 시간을 주었다.

"그렇다니까! 내가 생각하기엔 그래." 그는 말을 이어갔

다. "바닥 전체에 물이 흥건해. 그가 배관공을 불렀어. 아주 격분했다고."

"오 저런." 내가 말했다. 존은 겨울 동안 우리가 살았던 집의 주인이었고, 사건 당시 우리는 다른 셋집에 살고 있었다. 존은 우리가 어떻게 지내는지 살펴보기 위해서라며 파리에서 자주 내려오곤 했다. 그러나 내가 보기에 그가 내려오는 진짜 이유는 의심 많은 프랑스인 아내 외에 자신의 말을 들어줄 사람이 필요했기 때문인 것 같았다. 그는 개인 용도로 남겨둔 방에 머물면서, 슬며시 나타나 집 부지를 어슬렁거리고, 집 이곳저곳을 수리하기 위해 고용된 다양한 숙련공들과 논쟁을 벌이고, 이따금 우리와 식사를 함께했다.

그랬기 때문에 나는 어느 때든 발산될 수 있는 그의 격분에 익숙했다. 그리고 그 라디에이터가 어디 있는지도 알았다. 부엌에서 이어지는 뒤편 복도에 있었다. 그곳에서 존은 자기 총을, 그러니까 총들을 소제하곤 했다. 총이 몇 자루인지는 확실치 않았다. 그는 그것으로, 아니, 그것들로 무엇을 쏘았는가? 아마도 한때는 멧돼지를 쏘았을 것이다. 언덕에는 멧돼지가 우글거렸다. 포도 넝쿨을 뿌리째 파내는 녀석들이었다. 게다가 그놈들로 소시지도 만들 수 있었다. 하지만 최근 들어 존은 멧돼지 사냥을 하지 못했다. 그럴 만한 건강 상태가 못 됐다.

"라디에이터에서! 너무 웃겨." 웃는 표정을 한껏 더 지으며 프랑수아가 말했다. "그런데 이걸 알고 있는 걸 티 내면 안 돼. 그 사람 마음 상할 테니."

그들의 관계는 이런 식으로 흘러갔다. 한편에서는 웃음을 터뜨렸고, 다른 편에서는 격분을 터뜨렸다. 그들은 친한 친구였다. 한 사람은 마르고 격정적인 아일랜드인이었고, 다른 한 사람은 키가 작고 동글동글하며 상냥한 프랑스인이었다. 어울리지 않는 듯한 한 쌍이었다. 존의 격분이 누구에게든 또는 어떤 것에든 발산될 수 있었지만, 그럼에도 프랑수아를 대상으로 하는 일은 결코 없었다. 그리고 프랑수아는 자신이 입양한 여러 마리의 길고양이들을 대하듯 존의 감정 상태를 세심히 배려해 주었다.

그들 우정의 단서는 바로 그들 둘 다 참전 경험이 있다는 점이었다.

이제 그들은 죽었다. 점점 더 많은 사람들이 죽어간다. 이 라디에이터 사건은 1990년대 초반에 일어났다. 당시 그 두 사람이 몇 살이었더라? 나는 시간을 거꾸로 세어본다. 존은 영국 해군에 복무했다. 1939년에 그가 열여덟, 열아홉 혹은 스물이었다고 친다면 라디에이터 총격 당시에는 얼추 70대

초반 정도였을 것이다. 프랑수아는 서너 살 더 어렸다.

그해 두 사람 모두 내게 자신들의 이야기를 들려주었다. 내가 어떤 일을 하는 사람인지 알고 있었기에, 그들은 언젠가 자신들의 삶을 내가 이야기로 풀어내리라는 걸 알고 있었던, 아니, 그러리라 진심으로 믿었던 것이다. 왜 그런 걸 원했던 걸까? 왜 모든 사람이 그런 걸 원할까? 우리는 자신이 한줌의 먼지로 화하리라는 관념에 저항한다. 그래서 대신 언어가 되기를 소망하는 것이다. 다른 이들 입의 숨결이 되는 것.

두 분, 이제 때가 되었습니다. 당신들을 위해 최선을 다할게요. 듣고 계신가요?

이제 그 두 사람을 알게 되었던 장소를 묘사해야겠다.

존의 집, 즉 그해 겨울 티그와 내가 세 들어 살았던 집은 프로방스 지방 초기의 모습을 간직한 마을에 있었다. 교차로에 집 몇 채가 흩어져 있었고, 대부분이 실제 경작을 하는 농장들이었다. 길거리를 돌아다니는 돼지들이 있었다.(돼지에 대한 격분.) 길은 온통 진흙투성이였다.(진흙에 대한 격분.) 두꺼운 손뜨개 카디건과 더러운 멜빵바지를 입은 이웃들이 있었다.(이웃들에 대한 격분.) 그러나 존의 집은 실

　　　　　　　　　　　　　숲속의 늙은 아이들

농가가 아니었다. 그것은 한때 상류층 소유의 집이었던 것 같았고, 존은 현대판 상류층이라 할 만했다. 파리의 생제르맹 성당 근처에 위치한 넓은 아파트, 여행이나 외식을 가능케 해주는 은퇴 후 수입, 그리고 우리가 세 들었던 시골집을 소유하고 있었던 것이다.

그 집은 당대 그 지역 특유의 긴 덧문이 달린 창이 있는 18세기의 이층 돌집이었다. 철제 울타리와 대문이 있고, 그 안에 정원이 있었다. 남향 주랑현관의 기둥을 따라 등나무 덩굴이 감겨 올라갔다. 집의 내부는 티그나 내가 보았던 가장 아름다운 실내장식 중 하나였다. 아름다웠지만 마치 연기를 통해서 보듯 모든 것이 불분명해 보였다. 색채는 약간 바랬고, 윤곽은 약간 흐릿했다. 가구들은 편안하지도 편리하지도 않았지만, 진품이었다. 존은 우리에게 그 사실을 각인시키고자 했다. 비록 세련된 취향이 그의 것이 아닌 그의 아내 것이긴 했지만.(그는 우리가 만나보지 못한 이 아내에 대해서는 절대로 격분하지 않았다. 적어도 우리 앞에서는.)

전쟁 동안 어느 편인지 불분명했던 영국인이 그 집을 소유했다. 전쟁이 끝날 즈음 그는 햇살 아래 아름다운 정원 안, 기둥과 등나무 덩굴이 있는 현관에서 죽임을 당한 채로 발견되었다. 머리에 총알이 박혀 있었다. 총이 어디에도 보이지 않았으므로 자살은 아니었다.

"왜 그랬을까요?" 내가 존에게 물었다. 그는 어깨를 으쓱하고는, 이 지역의 범죄성과 비밀스러움에 대해 작게 격분했다. 어느 누구도 이유를 알지 못했다. 아니, 누군가는 알고 있었지만 아무도 발설하지 않았다. 그 시대에는 그런 식이었다고 존이 말했다. 이면을 들여다보면, 존이 우리를 만난 시기에도 그것은 여전히 유지되었다. 어떤 더러운 정치적 모략이나, 꺼지라는 모욕이나, 성병에 걸린 여자를 둘러싼 충돌이나, 항상 있기 마련인 땅 쟁탈전이나, 두 가지 중대범죄에 대한 복수가 언제 들이닥칠지 알 수 없는 노릇이었다. 두 가지 중대범죄란 달팽이 도둑질(다른 사람의 달팽이에 손을 대면 교살당할 것이다.)과 송로버섯 포획(그에 대한 벌은 녹슨 작은 칼로 거세당하는 것이었다.)이었다.

멍텅구리 짓에 대한 대가로 복수를 당해 마땅하다고 존이 말했다.

숲에는 잠재적 악한들과 그들의 송로버섯 냄새 맡는 개들을 저지하기 위한, 덫과 독이 있다는 위협을 담은 표지판이 잔뜩 널려 있었다. 언젠가 우리는 언덕에서 산책을 하다가 소뼈임이 분명한 가공되지 않은 거대한 뼈 두 개가 성 안드레아 십자가* 모양으로 엮여서 나무에 달려 있는 것을 보았다. 일종의 저주 표식이었을까? 경고일 수도 있었다. 하지만 무엇에 대한, 혹은 누구에 대한 경고란 말인가. 우리는 주 등산로에서 벗어난 길에 있었다. 아무도 오지 않는 곳이었다. "만지지 말아요." 티그가 말했다. 어차피 나는 만질 생각이 없었다. 벌써 파리가 들끓고 썩은 고기 냄새가 진동했다.

우리는 뼈를 조립해 놓은 것에 대해 존에게 이야기했고, 그는 이 지역에서 이루어지는 어둠의 행위에 대해 또다시 분노를 표출했다. 사악한 농부들, 죽도록 무식하고 어리석은 진흙탕에서 뒹구는 놈들, 에메르되르,** 밀수범들, 도둑들. 문명에 대한 존중도, 비록 변변치 못한 법일지언정 법에 대한 존중도 없는 놈들.

역사적 기억 때문에 권위에 대한 불신이 생긴 것일 수도 있다고 나는 말했다. 이 지역에는 수세기에 걸쳐 다양한 비순응주의 운동이 존재해 왔다. 카타리파 신자들, 발도파교도들……*** (그즈음 나는 관광 안내책자를 열심히 읽었다.)

* X자 모양으로 생긴 십자가.
** Emmerdeurs. '성가신 놈들'이라는 뜻의 프랑스어다.
*** 카타리파는 중세 유럽, 프랑스 남부와 이탈리아에서 번성했던 종교로, 극단적 금욕주의를 추구해 교황이 파견한 십자군에 의해 토벌되었고, 그 잔인함으로 인해 십자군전쟁사에 오명을 남겼다. 발도파는 교회 관습을

존은 고함을 질렀다. 카타리파 놈들이라고! 도대체 무슨 쓰레기 같은 걸 읽고 있는 거야? 망할 놈의 카타리파들, 자기들이 완벽하고 남들보다 더 성스럽다고 생각하는 놈들. 싸구려 중국제 기념품과 라벤더에 푹 절어 냄새 풍기는 수공예품 판매자들 외에는 아무도 그들에게 관심을 두지 않는다. 그리고 망할 놈의 발도파들, 젠체하며 성경에 키스하고 근엄한 표정을 짓는 위선자들! 종교가 개입됐을 때 어떤 추악한 미친 짓이 벌어지는지 보여주는 두 가지의 예, 아니 수많은 그런 사례 중 두 가지라고 할 수 있다.

하지만 그들, 그러니까 카타리파 신자들은 끔찍한 방식으로 처형당했다고 내가 말했다. 카르카손 도시 성벽 내에 여자들과 아이들을 포함한 모든 사람을 집어넣고 불태워버리며 "저들을 다 죽여라. 하느님은 자신의 자녀들을 알아볼 것이다."라고 했던 자가 시몽 드 몽포르* 아니었던가.

이 시점에 티그는 부엌으로 빠져나가 스카치위스키 한 잔을 따라 마셨다. 그는 나와는 달리 13세기의 이원론, 아니, 종교 이원론 전반이나 대학살에 관심이 없었다. 당시 나

거부하고 성서주의를 표방해, 역시 교황으로부터 이단으로 지정되었다.
* Simon de Montfort, 1175?~1218. 13세기에 십자군 전쟁을 이끈 프랑스의 귀족. 그가 이끈 가장 유명한 전투가 카타리 십자군전쟁이다.

는 사람들이 서로를 잔인하게 살해할 때 둘러대는 많은 변명들을 수집하고 있었다.

한편 존은 이단에 대해 매우 박식했다. 사람들의 입을 찢어버리고 눈알을 파냈던 시몽 드 몽포르가 카르카손을 불태워버린 건 아니었다고 존이 응수했다. 허튼소리를 지껄이던 가톨릭 수도원장이 저지른 일이었으며, 카르카손이 아니라 베지에에서 일어난 일이었다. 성벽 안 전체에서 일어났던 칼부림 난장판과 인간 바비큐였으니, 악취가 코를 찔렀을 것이다. 프랑스 역사를 뒤적여보고 싶다면 적어도 똑바로 해야 하지 않겠느냐고 존이 말했다. 그러나 피바다와 시체 무더기로 얼룩진 프랑스 역사 공부를 추천하진 않는다고 했다. 어쨌든, 그들이 처형당한 건 쌤통이었다. 그들은 이단이었고, 자신들이 선택해서 한 짓이었으니 뭘 바랐단 말인가. 아무도 그들을 처형하지 않았다면 오히려 실망이다. 그들은 스스로 고통에 탐닉하면서 그것에 흥분을 느끼는 피학대성애자들이었으니, 제기랄, 처형에 능숙한 가톨릭 신자들에게 만세삼창을 불러야 할 것이라고 존이 말했다.

그렇다 해서 그가 가톨릭 신자인 건 아니었다. 망할 놈의 가톨릭 신자들, 특히 아일랜드의 가톨릭 신자들! 그는 자신의 조국을 위해 지옥에 특별석을 마련해 두었다. 그리고 정치인들의 매관매직, 성직자들의 성도착, 아일랜드의 보통 농민들의 멍청한 잡소리에 관한 일화들을 늘어놓는 데 결코 지치는 법이 없었다. 오래전 더블린의 쇠락한 대형 호텔에서 존의 구두를 다른 두 가지 색 구두약으로 닦아놓은 종업원, 또는 존의 차에 기름을 실컷 채운 후 "뭘 해드릴까요?" 하고 묻던 주유소 직원. 대다수는 자신의 똥구멍과 땅에 난 구멍도 구분 못하던 놈들이었다.

나는 이단에 관한 주제를 포기하고 싶지 않았다. 그런데 비순응주의자들 말이죠, 나는 존을 그 주제로 다시 살살 몰아가려고 시도하며 말을 꺼냈다. 특히 남부 프랑스에서 있었던 권위에 대한 저항. 그런 것이 전쟁 동안 이곳에서 일어났던 프랑스 레지스탕스 세력과 관련이 있지 않겠는가? 가령 산속에 숨어 있다가 밤에 몰래 내려와서 독일 점령군을 암살하고 철도를 폭파시켜버렸던 마키* 같은 집단.

도대체 당신은 무슨 우둔한 북미의 얼간이냐고 존이 말했다. 무용하고 이기적인 마키 일원들의 장난에 대한 복수로 얼마나 많은 무고한 마을 사람들이 기관총으로 집단처

---

* Maquis. 2차 세계 대전 당시 독일 점령하의 프랑스에서 주로 외진 지방을 배경으로 게릴라 활동했던 저항 세력이다.

숲속의 늙은 아이들

형을 당했는지 아는가? 그들의 만용은 눈곱만큼의 변화도 만들어내지 못했고, 싸구려 짜릿함을 위한 단순한 칼부림에 불과했다. 망할 놈의 마키!

비난할 집단이 바닥나면 그는 방에 혼자 들어가 흐느꼈다(라고 나는 추측했다). 격분 잘하는 사람들이 으레 그렇듯, 그는 거친 고함 이면에 감상주의자의 면모를 지니고 있었다. 그는 지금보다 더 나은 세상에서는 모든 것이 어떠해야 하는지에 대한 이상을 한때 가졌고, 나와 알고 지내던 당시에도 여전히 지니고 있었던 게 틀림없다. 그러나 그 이상이 무엇이었는지 나는 알아내지 못했다.

존이 전쟁 동안 어떤 활동을 했는지 정확히 알 수 없었지만, 즐거운 일이 아니었던 것은 분명했다. 엄청나게 많은 왕립해군 군함이 파견되었고 5만 명의 전사자가 발생했던 태평양에서 그는 활동했다. 그가 타고 있던 군함이 어뢰 공격을 당했던가? 익사할 뻔했던가? 남태평양에서의 공훈을 모조리 가로챈 미군을 비난할 때를 제외하고는 그는 전쟁을 입에 올리는 법이 거의 없었다. 영국군이 거기 참전했다는 사실은 거의 기억되지 않았다.

거절할 수 없을 정도로 만취한 상태에서 어떤 여자에게

끌려가서 보게 되었던 뮤지컬 「남태평양」에 대해선 구역질이 난다고 했다. 망할 놈의 춤추는 수병들! 진열대에 오래도록 남아 있던 염색약으로 물들인 망할 놈의 금발 여자가 남자를 차버리는 것! 노래를 조잘대는 저 멍청이들 중 어느 누구도 멀쩡하게 옆에 서 있던 동료가 순간 쾅! 하는 소리와 함께 머리가 날아가버리고 피투성이가 되는 경험을 해본 적이 없을 것이다…… 제기랄!

전쟁 후 그는 광고업에 뛰어들었고 거기서 승승장구했다. 그렇게 해서 은퇴 수입을 마련했다. 얼굴을 보자마자 뒤통수를 때리고, 자신을 포함한 모든 사람이 저작권 침해를 하던 술꾼 광고쟁이들의 시대에, 뉴욕(모든 인간이 사기꾼인 망할 놈의 뉴욕.)과 토론토(소심하고 내숭 떠는 촌스러운 진흙탕인 망할 놈의 토론토.)에서 활동했다.

당시 광고에서 효자 상품은 담배와 술이었다. 비누와 관련된 상품 역시 마찬가지였다. 전쟁이 너무나 때 묻고 더러웠기 때문에 그것이 끝나자 모든 이들이 벌겋게 될 때까지 때를 벗겨내고 싶어 했던 것이다. 광이 날 정도의 청결, 새로운 출발, 모두가 원하는 것이었다. 그는 샴푸 전문이었다. 그리고 아름다움이라는 미명하에 자신의 머리칼을 고문하는 가정용 펌 제품과 염색약 광고도 했다. 그는 유명한 광고 문구를 자신이 작성했다고 주장했다. "오직 당신의 헤어디자이너만 알죠." 그건 더할 나위 없이 탁월한 문구였다. 공유하고 있는 비밀에 대한 눈 찡긋, 그리고 성적 불륜에 대한 암시. 광고에 나오는 여성의 환희에 찬 미소, 악동 같은 곁눈질을 만들어낸 이면에는 어떤 일이 벌어졌던가. 헤어디자이너와의 비밀 연애였다! 탈의실에서 벌어지는 은밀한 행위, 깜찍한 계집년.

그런 광고들에는 넌지시 빗대는 내용이 많았다. 그리고 그것을 제작한 남자들 대부분이(그들은 모두 남자였다. 혀를 차며 모든 것을 망쳐버리는, 고압적이고 남자들 기를 죽이는 직장 노처녀들은 없었다.) 불륜을 저질렀다. 존 자신도 상당히 많이 불륜을 저질렀다고 했다. 자기 이야기를 다 털어놓는다면 우리가 믿기 힘들 거라고 했다. 그는 미남이었다. 스스로 그렇게 말한 것은 아니었고 사진을 보여주었다. 행복한 시절이었고 미래에 대해서는 단 한 번도 생각하지 않았다. 여러 잠자리를 거쳐 다녔고, 받아주는 이들이 많았다. 권태로운 주부들은 그걸 갈구했고, 남편들 뒤에서 바람을 피우며 한층 더 짜릿함을 느꼈다. 신중함은 충동적으로 바람에 던져버리고, 그가 곁에 서 있을 때면(의도된 언어유희다.) 조그만 분홍색 혀를 늘어뜨려 언제나 기꺼이 도와주었다.

그의 말이 진실일까? 나는 의구심을 품었다. 그 정도로 자유분방하지는 않았을 것이다. 1950년대, 그리고 1960년대 초였다. 아직까지 피임약이 나오지 않은 시기였다. 그가 말했던 즉흥적 정사에는 인체의 부분에 삽입하거나 씌우는 다양한 도구에서 나는 고무 냄새가 풍겼을 것이다. 이제는 고래 뼈 코르셋만큼이나 한물간 각종 발포 고무와 젤리와 크림이 동원되었을 것이다. 존에게 충동적으로, 당연히 주저하는 척하면서, 유혹당했다던 가정주부들은 그가 짐작했던 것보다 훨씬 더 많은 준비를 하고 있었을 것이다. 하지만 나는 그런 이야기는 입 밖에 절대 내지 않았다.

볼링 핀 같았지. 그가 말했다. 그렇게 다들 넘어오더군. 그러는 동안 그는 광고쟁이로 돈을 쓸어모았고, 점심에 술을 퍼마시며 버는 족족 다 써버렸다. 이내 저녁에도 술을 마셨고, 그다음에는 아침에도 술을 마셨다. 그러자 술을 끊지 않으면 죽을 거라고 의사가 경고했다.

그는 알코올중독자 친구와 함께 알코올중독 치료소에 입소했다. 그러나 첫날이 시작되기 전에 그들은 뒤 담장을 넘어 나가서 절박하게 필요한 상황에 대비해 스카치위스키

숲속의 늙은 아이들

여섯 병을 땅에 묻어두었다. 그는 그것이 장난, 농담인 것처럼 이야기했고, 우리는 그에 장단을 맞추어 웃어주었다. 그러나 이제 그 무분별한 행동을 되돌아보며 나는 그것을 다른 각도에서 재구성해 본다. 어둠 속에서 담장 위로 기어 올라가 아무것도 보이지 않는 미래를 응시한다. 파편들과 성과들을 통해 쌓아올린 자아는 부서져내리고, 머리 없는 사람이 항상 어깨 뒤에 서 있다 그리고 속절없는 추락. 공포그 자체다.

"2년에 걸쳐서 세 번 시도한 끝에 드디어 완전히 끊었다네." 그가 말했다. "그래서 살 수 있었지." 이제 그는 술 한 방울이라도 들어간 디저트는 손도 대지 않았다. 한 번 휘청했다간 그걸로 끝장인 것이다.

그다음에는 어떻게 되었던가? 알코올중독 기간과 겹치거나 그 이후일 수도 있는 일종의 막간이 있었다. 그 시기에 그는 범선을 소유하고 있었고(요트였던가? 나는 배에 대해 아는 바가 없기 때문에 배가 있다고 해서 쉽사리 감탄하지는 않았다.) 눈부신 미모의 젊은 여성과 얽혀 있었다. 덴마크 출신의(아니, 스웨덴이었던가?) 빨강 머리 마녀였다고 그는 말했다. 음녀(淫女). 그는 실제로 그 단어를 사용했다.

나는 그가 이 부분을 이야기해 줄 때 민망함을 느꼈다.

너무 빛바래고 낡은 어휘 때문이기도 했고, 일화 전체가 《플레이보이》지에 나오는 유치한 몽정 공상처럼 느껴졌기 때문이기도 했다. 오늘날 그는 당연히 여성혐오자로 불리겠지만, 내가 보기에 여성에 대한 그의 격분은 — 바람둥이, 새침데기, 마녀, 음녀 — 그의 전반적 인간 혐오의 부분집합이었다. 여성을 포함하여 인류 전체는 만신창이였다.

물론 일종의 육아 전문가처럼 보이는 그의 프랑스인 아내는 예외였다. 그리고 프랑수아 역시 예외였다.

프랑수아는 존의 마을에서 도보로 한 시간 정도 떨어진 도시에 살았다. 티그는 매일 그곳으로 걸어다녔다. 오랜 세월이 흐른 후에도 그는 길의 모든 세세한 부분을 기억할 수 있다고 말하곤 했다. 그리고 잠들기 전 눈을 감고 마음속으로 그곳을 자주 거닐었다. 나는 그처럼 자주 가지는 않았지만(지치지 않고 잘 걷는 티그와 발을 맞추는 건 힘겨운 일이었다.) 그와 마찬가지로 모든 구부러진 길과 언덕을 다 알고 있다.

존의 집 출입구를 나선다. 자갈길을 따라 오른쪽으로 꺾는다. 삼거리, 돼지들, 그리고 진흙길을 지나간다. 처음 오른쪽으로 방향을 틀 때까지 돼지들과 진흙길이 더 이어진다.

탁 트인 들판을 거쳐 간다. 1년 중 그즈음, 그러니까 2월이나 3월에는 들판에 자라는 것이 별로 없었다. 아니, 적어도 정식으로 재배하는 게 별로 없었다. 그곳에는 종종 노파가 있었다. 머리에 숄을 두르고 발에는 고무장화를 신고 개 두 마리의 도움을 받아 염소 떼를 몰았다. 염소들이 풀을 뜯는 동안 그녀는 식용 야생식물로 추정되는 것을 채취해 마대에 채워 넣었다. 개들은 염소 떼를 지켰다. 한번은 노파가 티그에게 개들을 풀어놓았다. 아마도 그가 어떻게 반응하는지 보기 위해서였을 것이다. 개들은 티그를 공격하지 않았지만, 매우 가까이 다가와 귀를 뒤로 젖히고 으르렁대고 짖었다. 시골에서 개들에게 효과적인 방법은 마치 돌을 주울 것처럼 몸을 수그리는 것이라고 티그가 말했다. 그러면 녀석들은 뒤로 물러나곤 했다. 아마도 돌에 관련된 경험이 있는 듯했다.

오래전 죽었을 이 노파를 회상하니 눈물이 날 것 같다. 그런데 왜? 당시 나는 그녀를 거의 인지하지 못했다. 그러나 지금은 그녀가 풍경의 특징적 부분이라도 되듯이 정확히 환기할 수 있다. 그녀는 사라진 것, 휩쓸려 가버린 모든 것의 일부다. 내가 그녀를 기억하는 사람 중 유일하게 남은 사람일 수도 있다. 예전에는 기억력이 좋은 게 축복이라고 생각했으나 이젠 잘 모르겠다. 어쩌면 망각이 축복일지도 모르겠다.

어쨌든 마음은 무언가를 고안해 내기 마련이다. 그녀의 숄이 무슨 색이었던가? 숄을 두르고 있기는 했던가?

들판을 벗어나면 숲이었다. 높은 나무들, 나무 사이로 여과되어 비치는 햇빛. 이 숲 안에 들어오면 길은 밑바닥에 개울이 흐르는 협곡을 향해 깊어지고, 그 위로 나무다리가 놓여 있었다. 종종 캠핑용 승합차를 가져온 사람들이 개울 옆에 있었다. 관광객들은 아니라고 티그가 말했다. 그들은 절대 오래 머무는 법이 없었다.

이내 길은 다시 오르막이 되고 숲을 빠져나오면 오른쪽으로 구부러진다. 여기에서 시멘트 블록으로 만들어진 커다란 직사각형 물탱크를 지난다. 녹조가 낀 걸로 판단하건대 많이 이용되는 것 같지 않았고, 큰 개구리 무리가 살고 있었다. 멀리서도 개굴거리는 소리가 들렸다. 하지만 아무리 조용히 다가가도 개구리들은 언제나 사람이 오는 것을 알아차리고 조용해졌다가 지나가면 다시 개굴거리기 시작했다. 개구리들이 우는 걸 실제로 보고 싶었던 나는 수개월 동안 녀석들을 속일 방법을 고민해 봤지만 성공하지 못했다.

개구리들을 지나고 나면 오래된 무화과나무가 몇 그루 서 있었다. 무르익은 무화과가 땅에 짓이겨져 있었다. 처음에는 그게 뭔지 몰라서 프랑수아에게 물어보았다.

"나무에서 길 위로 떨어져 으깨진, 저 역겨워 보이는 건 뭐예요?" 내가 물었다.

티그와 프랑수아와 나는 아마도 야외 탁자에 둘러앉아서, 목에 붉고 푸른 손수건을 두르고 신나서 뛰어다니는 개들에게 사람들이 외치는 소리를 들으며 커피를 마시고 있었을 것이다. 제인! 제인! 비앙 이시!* 봅! 봅! 페 파 사!** 개들은 모두 영어 이름을 갖고 있었다.

그 질문을 받고 프랑수아는 아주 신이 났다. "그렇지! 나무에서 떨어지고, 으깨져서, 역겨워 보이는 것!" 그는 외쳤다. "기이하군! 나도 그걸 봤어! 도대체 뭘까?" 추측이 이어졌다. 파충류의 한 종인가? 곰팡이인가? 그는 한참 뜸을 들이고 나서야 그게 무화과라는 사실을 밝혔다.

무화과나무들을 지나면 암석정원에 핀 붓꽃과 제라늄 화분이 있는 도시의 집들이 나타나기 시작한다. (망할 놈의

---

* Viens ici. 프랑스어로 '이리 와'라는 뜻이다.
** Fais pas ça. 프랑스어로 '그러지 마'라는 뜻이다.

붓꽃들! 망할 놈의 제라늄! 존은 거세게 비난하곤 했다. 그 모든 건 무대 장치야! 이 엉터리 카니발에서는 정부 기관인 척하는 빌어먹을 엽서회사에게 자격증을 받지 않으면 자기 집에 페인트칠도 할 수 없다니까!)

그다음에는 입에서 물을 뿜어내는 강의 신 형상을 한 분수가 나타났다. 석회 침전물과 이끼 때문에 신의 얼굴은 이목구비가 불분명했고 녹색 수염이 생겼다. 그의 표정은 모호했다. 격노, 응전의 함성을 지르고 있었나? 아니면 그냥 숨이 막힌 거였나? 꾸르륵거리는 분수의 소리는 물에 빠지는 소리, 헉 하는 마지막 숨소리였나? 오래전에 눈동자가 부식되어 그는 눈이 멀어 있었다.

내가 떠올릴 수 있는 상세한 부분은 이 정도다. 하지만 분수를 지나고 나면 길에 대한 선명한 기억이 없다. 길은 작은 상점들과 카페들이 있는 좁은 거리들로 구불구불 이어졌다. 거기에는 별 4개짜리 호텔과 라벤더 프로피테롤*이 메뉴에 포함된 식당도 있었다. 그 식당에서 우리는 때때로 프랑수아와 점심을 먹었다.

---

* 슈크림처럼 익힌 반죽을 구워 낸 과자 안에 달거나 짭짤한 맛이 나는 크림을 넣은 디저트.

숲속의 늙은 아이들

나와 프랑수아는 제각기 가죽 손잡이가 달린 밀짚 바구니를 들고 쇼핑을 하다가 마주치곤 했다.

"프랑수아, 오늘 실하고 커다란 정어리가 들어왔던데요." 한번은 내가 말했다. 비교적 비싼 상점의 여주인이 말해 준 것이었다. 그녀는 그런 소식을 늘 수줍게 소곤거리며 내게 털어놓았다. 언젠가는 은밀한 눈길을 건네며 송로버섯을 나에게 팔았다. 마치 그것이 도둑맞은 국가 기밀이라도 된다는 듯이.

"아니, 사양할게. 나는 정어리 눈을 쳐다볼 수 없어." 시선을 위로 돌리며 프랑수아가 말했다.

"정말요?" 나는 그가 준비하고 있는 이야기, 이를테면 확장 버전을 털어놓을 수 있도록 반응했다.

"이봐," 프랑수아가 말했다. "포로수용소에는 정어리밖에 없었어. 우리는 그걸 끓이고, 튀기고, 구웠어. 그 기름으로는 작은 램프를 만들었어. 아침저녁으로 모든 것에서 정어리, 정어리, 정어리 냄새가 났어! 우리 자신한테서도. 피부에서 그 냄새를 제거할 수가 없었어. 그래서, 나에게 정어리는 섭취 불가능한 음식이 돼 버렸어." 그는 미세하게 몸을 부르르 떨었다.

포로수용소는 전쟁 동안 중립을 지킨 스페인에 있었다.

프랑수아는 반역으로 유죄 판결을 받을 뻔한 후 피레네산맥을 통해 도망쳤을 때 이 수용소에 갇혔다. "우리는 레지스탕스였어. 아주 젊고 열정적이었지." 그가 말했다. "나는 열일곱 살이었어. 상상이 가? 정치선전 광고지를 신문 사이에 끼워 넣어 퍼뜨렸어. 마르세유에서의 일이지. 그리고 감시를 당하기 시작했어."

"아휴 저런!" 내가 말했다. "너무 끔찍했겠어요!"

"장난으로 치부할 일은 아니었지. 그렇지만 때는 비시 정부*였고, 자신들이 프랑스 정부라고 주장했기 때문에, 그들은 재판을 꼭 거쳐야 했고 나를 그냥 쏘아 죽일 수는 없었어. 나에게 불리한 증인은 신문 판매인이 유일했는데, 레지스탕스가 미리 그에게 접근해서 나를 식별해 내면 죽은 목숨이 될 거라고 경고했어. 그래서 그는 법정에 서서 내가 틀린 프랑수아라고 증언했지. 그들이 원했던 건 다른 프랑수아, 나쁜 프랑수아였거든."

"운이 좋았네요." 내가 말했다.

"그랬지. 나쁜 프랑수아, 절대 발각될 수 없는 프랑수아가

---

* 2차 세계 대전 때 독일 점령기 프랑스에서 필리프 페탱 장군을 수반으로 하여 비시에 주재했던 친나치 정부.

있다는 건 유용했지. 그렇지만 그들은 그게 나라는 걸 알고 있었어. 조만간 그들은 나를 제거하려 했을 거야. 많은 사람들이 그랬듯이 나는 그날 밤 즉시 떠나 산맥을 넘었어. 물론 나는 스페인 사람으로 통하기엔 별로 신빙성이 없었지. 그래서 그들의 고결한 영토에 불법적으로 머무는 건 당국의 추적하에선 오래갈 수 없었어. 그렇게 해서 정어리들과의 만남이 이루어지게 된 거야."

"아," 나는 고개를 끄덕이며 말했다. "사악한 정어리들."

"영국인들이 나를 그 고약한 생선으로부터 구해 줬어. 그들은 나를 밀가루 한 포대와 교환했어."

"밀가루 한 포대요?"

"응, 밀가루 한 포대. 하지만, 주목해 줘! 아주 거대한 포대였다고!"

이후 프랑수아는 런던에서 드골 장군, 그리고 존재가 미미했던 자유프랑스*와 일했다. 그는 얼스코트의 낡아빠진 아파트에서 다른 프랑스 망명자들과 함께 살았고, 영어를 배웠다. 그는 독일의 런던 대공습을 목격했고, 바보짓일 수

---

* France libre. 프랑스 3공화국 와해 이후 프랑스의 정통 정부임을 주장한 망명정부로, 1940년 런던에서 샤를 드골이 세웠다.

도 있는 특정 종류의 냉혹한 영국식 용맹함을 추앙했다. 프랑수아의 세계에서 바보짓과 용맹함은 비슷했다. 레지스탕스에 참여했던 일을 두고 그는 자신을 영웅이라고 여기지 않았다. 오히려 발각된 멍청이라고 생각했다.

"우리가 런던에 있었는데," 그는 팔을 최대한 벌리며 말했다. "우리 사방으로 폭탄이 떨어졌어! 폭탄이 떨어지고 있었다고!" 그는 폭탄을 폭타느라고 발음했다. "그리고 보도에서는 한 영국인이," 극적 효과를 위한 일시정지. "피아노를 쳤어!" 아기 천사 같은 미소, 떨어지는 폭탄을 표현하기 위해 위로 향한 시선, 어깨 으쓱. 보도 위에서 얼마나 우스꽝스러운 재연이 벌어졌던가! 그러나 거기에는 얼마나 대단한 저항이 담겨 있었던가!

프랑수아는 자유프랑스 정보국에서 프랑스 전역의 기차 이동을 추적하는 직무를 맡았다. 많은 철도 노동자들이 레지스탕스에 가담했고, 디데이와 그 이후에 기차가 뒤죽박죽되도록 조작한 게 바로 그들이었다. 그들은 노르망디 상륙작전이 벌어지는 해안에 독일 지원군이 빨리 도착하지 못하게 방해했다. 그에 대한 복수로 그들은 총살당했다. 그러나 전쟁 초기에는 그 사람들은 단순히 정보만 전달했다. 그 자체로도 충분히 위험한 일이었다.

프랑수아와 기차 추적 업무를 담당했던 젊은 동료들은 처형이 이뤄질 어느 도시로 운송되던 단두대의 운명을 뒤쫓았다. 기차는 작동을 멈췄고 반대 방향으로 굴러가다가 선로가 차단되었다. 결국 원래 목적지에 다다르지 못했다.

"의도적으로 그렇게 했나요?" 내가 물었다.

"누가 알겠어?" 그는 손바닥을 펴 보이며 어깨를 으쓱했다. "그 시대엔 사고가 많이 났어. 나쁜 사고도 있었지만 좋은 사고도 있었지." 잠시의 침묵. "우리의 의도가 뭐였는지 어찌 알겠어?"

전쟁이 끝난 후 프랑수아는 1950년대와 1960년대에 파리를 국제적 스타로 만들어준 예술적 지적 활동의 폭발적 증가에 참여했다. 사르트르, 드 보부아르, 카뮈가 돔*에서 큰 관심을 받았다. 극장에서는 장 주네와 베케트와 이오네스코와 부조리극이 파문을 일으켰다. 프랑수아는 당시 소극장에서 극작가로 일했다. 그가 집필한 극본 중 한 편은 커다란 바퀴벌레가 무대의 한 측면을 기어 올라가서 천장을

---

* Le Dôme Café. 1898년 파리의 몽파르나스 지역에 생긴 음식점으로, 20세기 초중반에 지성인들의 모임 장소로 유명했다.

가로질러 다른 측면으로 내려오는 것이었다고 프랑수아가 말해 줬다. 다른 연극에는 흔들의자가 등장하는데, 커튼이 올라갈 때 빨리 흔들리기 시작해서 점점 느려지다가 완전히 멈추는 내용이었다.

"집필한 극본들이 매우 짧은 거 같네요." 내가 말했다.

"아 그럼. 그렇지." 프랑수아는 예의 웃는 표정을 지으며 말했다. "아주 짧아!"

이 극본들이 한 번이라도 연극으로 상연된 적이 있었던가? 잘 모르겠다. 프랑수아는 상연된 적 있다고 분명하게 말한 적이 없었고, 그런 질문을 하는 건 무례한 짓이었다.

존이 프랑수아에게 그렇게 관용을 보인 이유는 프랑수아가 자신보다 더 굴곡이 많은 삶을 살았다고 생각하기 때문이었던 것 같다. 실제로 프랑수아의 삶은 비극적이었다. 그는 정말로 사랑했던 이와 결혼했지만, 그의 아내는 정신병이 생겨서 자살해 버렸다고 존이 말해 주었다. 같은 병을 물려받은 딸도 있었다. 그녀 역시 죽었을 것으로 짐작된다. 반면 존은 자유분방하게 사방에 씨를 뿌리며 살다가, 너무나 정신이 멀쩡한 부인의 냉소적이지만 관용적인 손에 걸려들었다. 그리고 그가 생각하기엔 우주의 중심인 파리에 살고 있었다.

하지만 프랑수아는 자기 삶의 회한에 대해 불평하지 않았다. 이는 그의 성인(聖人) 같은 면모를 보여주는 바였다.(존이라면 시끄럽게 불평했을 테고, 그 자신도 그 사실을 알았다.) 공평하지 않아, 라고 존은 말했다. 왜 프랑수아는 이런 식으로 비운에 처했단 말인가? 왜 그에게 애정을 쏟아줄 사람 하나 없단 말인가? 존이 짝을 지어주려고 다방면으로 시도해 보았을 걸로 짐작되지만, 성공적이지 못했다. 그리고 프랑수아는 제멋대로 위층 창문으로 드나드는 반 길고양이들과 독신 생활을 이어갔다.

그해 겨울로부터 몇 해가 지난 후, 프랑수아는 개심수술을 받았다. 우리는 존이 보낸 이메일을 통해 그 소식을 듣게 되었다. 당시는 이메일은 발명되었지만, 소셜미디어는 등장하기 전이었다. 덕분에 세상은 존이 트위터를 통해 거친 불평을 쏟아내는 것을 피할 수 있었다. 그가 그 정도로 오래 살았다면 분명 그렇게 했을 것이다. 그는 심장 수술 때문에 감정이 상한 상태였다. 존보다 어린 프랑수아가 왜? 형편없는 심장을 가진 건 차라리 자신이었어야 했다! 그는 우리가 무언가 하기를, 혹은 어떤 방식으로든 책임지기를 기대했다. 그의 어조에는 비난이 서려 있었다. 티그와 나는 어떻게 이런 일이 일어나도록 내버려둘 수 있단 말인가.

아마도 현실에 대한 그의 자각은 이미 둔화되기 시작했던 것 같다. 온전히 확고했던 때가 언제는 있었던가? 그는 늘 현실을 직시한다고 주장했다. 현실은 똥통이었다! 망할 놈의 현실, 그는 이 현실을 명백히 볼 수 있지만, 그를 제외한 우리들은 진부하고 저속한 하찮은 삶을 살아가면서 코를 여물통에 처박고 쾌락을 누리면서 장밋빛 색안경만 쓰고 있었다. 망할 놈의 쾌락! 그는 더 심각한 문제에 관심을 기울였고, 소설을 쓰고 있었다. 왜 우리는 프랑수아에 대해 아무 조치도 취하지 않는가?

프랑수아는 수술에서 회복되었다. 우리는 회복을 기원하는 카드와 편지를 여러 번 보냈다. 그래서 그는 우리 주소를 알게 되었고, 얼마 후 그에게서 소포가 하나 도착했다. 소포에는 이 모든 작업, 즉 자신의 가사(假死) 체험과 심장 치료 경험이 매우 신기했다고 서술한 편지가 들어 있었다. 편지와 함께 동봉된 것은 소설이 될 만큼 길지는 않지만 단편소설보다는 긴 원고였다. 그가 전신마취를 받는 동안의 체험에 근거한 것이라고 했다. 자신이 쓴 글 중 가장 길다고 덧붙였다. 내가 프랑스어를 읽을 줄 알기 때문에 흥미를 느낄지도 모르겠다고 했다.

중편소설의 제목은 '랑도르미 스 망(L'Endormi se ment)', 즉 '잠자는 사람이 스스로에게 거짓말하다'였다. 랑도르미스 망(l'endormissement), '잠에 빠져듦'이라는 단어를 가지고 만든 말장난이었다. 프랑수아는 언어유희를 즐겼다. 이야기는 화자가 초록색 방에서 당구대에 누워 있고, 온통 초록색인 수술 가운과 장갑과 마스크를 걸친 사람들에게 둘러싸인 상황으로 시작했다. 아마도 외과 의사들일 거라고 그는 짐작했다. 그는 죽은 것인가?

"그리고 이제," 그들 중 한 사람이 그에게 속삭인다. "이제 사랑을 나누실 겁니다."

"거대한 개구리와 하는 거겠죠, 선생님?" 초록색 의상을 보고 그는 이렇게 대답한다.

"절대 아니죠! 진짜 여자와요."

구경꾼들이 격려의 환호를 지른다. 진짜 여자가 정말로 나타난다. 하지만 그의 품에서 그녀는 사라져버리고 그는 바다에서 잔잔히 부유한다. 라날리즈*라는 이름의 배가 다가온다. '분석'이라는 단어의 언어유희.

* L'Ana-Lise. 분석을 뜻하는 프랑스어 'L'analyse'와 소리가 같다.

"언어로 어떻게 장난치는지 알아요?" 갑판에 있는 한 남자가 그에게 묻는다.

"어떻게 하는지 알아서 하는 게 아니라 할 수밖에 없어요. 언어는 거짓말을 하기 때문이죠. 그와 반대로, 병은 거짓말을 하지 않아요." 이것도 언어유희다. "르 모 망, 앙 르방슈 레 모 느 망 파(le mot ment, en revanche les maux ne ment pas)."* 다른 언어로 번역하면 의미가 살지 않는다.

이 중편소설은 번역이 불가능한 이중 의미가 연속으로 나오며 이런 식으로 흘러갔다. 화자는 선장이 제시한 주제를 가지고 매일 글을 써야 한다. 선장은 승선한 모든 사람의 글을 심사할 것이고, 실패자들은 상어에게 던져질 것이다.

제시된 첫 번째 주제는 '르 콩트레르 뒨 셰즈(Le contraire d'une chaise)'였다. 의자와 반대되는 것. 언어 놀이는 비교적 가볍게 시작된다. 그러나 분위기가 급속도로 어두워진다. 선장을 만족시키기란 지난한 일이고, 제시된 주제들은 작문이 불가능한 것들이며 — '내가 지우개라는 단어를 지우개로 지운다면 뭐가 남는가?' — 또한 다른 탑승객들은

---

* 발음은 '모'로 둘 다 같지만 철자와 의미가 다른 단어, '말(mot)'과 '병(maux)'을 이용한 언어유희다.

　　　　　　　　　　　　　숲속의 늙은 아이들

불친절하다.

선장의 애인인 키가 훤칠한 노르웨이인 금발 여인이 다가와 화자를 유혹한다. 그들은 성관계는 성기로만 이루어지는 것인가에 대한 복잡한 철학적 논쟁을 시작하게 된다. 성적 행위는 아무것도 일어나지 않는다. 그녀는 그를 "스스로를 천재라고 여기는 가련한 작은 사내"라고 부르며 떠난다.

홀로 남게 되자 그는 자신이 가련한 작은 사내라는 사실을 인정하지만 — 자기이해 능력이 조금이라도 있는 사람은 모두 하찮은 존재가 아닌가? — 스스로를 천재라고 여긴다는 말은 부정한다. 그건 그렇고, 자신을 무엇으로 여기다니, 그건 무슨 뜻인가? 잘못된 자기인식의 경우에는 자신을 무엇으로 착각하다라고 해야 하지 않나? 아, 이런 거짓말하는 언어들.

다음 날 많은 탑승객들과 선원들 모두가 하나밖에 없는 구조선을 타고 떠내려간다. 그리고 선장은 배 밖으로 뛰어내린다.

오직 세 사람만 라날리즈에 남는다. 그들은 손댈 수 있는 술을 모조리 마시며 시간을 보낸다. 배는 폭풍우에 난파되고, 화자는 물에 떠다니는 당구대에 올라가 목숨을 건진다.

그것은 그가 여행을 시작했을 때 누워 있던 당구대다. 초록색 옷을 입은 의사들이 그에게 다가오다가 뒤돌아선다. 그리고 그는 자신이 깨어나지 않을 것임을 알아차린다. 그래도 아무렇지 않다. 뗏목에 누워 천천히 떠내려가는 동안 그는 아득한 곳에서 들려오는, 옛날 동요를 부르는 어떤 목소리를 듣는다.

프랑수아가 전신마취에 든 동안 정말로 이 모든 꿈을 꾸었던 걸까? 그랬던 것 같지는 않다. 언어적 각색이 너무나도 복잡했다. 몽상의 어떤 파편에서 이 중편소설에 대한 영감을 받았을 수는 있겠지만, 전체 작품을 집필하는 데 상당한 시간과 노력이 들어갔을 것이다. 그럴 정도로 그는 자신의 가상적 죽음이라는 주제에 단단히 사로잡혔던 것 같다. 그는 하고많은 사람들 중 왜 티그와 나에게 이 작품을 보냈을까? 티그는 프랑스어를 못 읽으니 나에게 보냈다고 하는 편이 맞을 것이다. 내가 이걸 어떻게 처리했어야 하는 걸까?

아무튼 그 이야기는 예언적이었다. 그 후 얼마 지나지 않아 프랑수아가 실제로 죽었던 것이다. 언어는 거짓말을 하지만, 병은 그렇지 않다. 그리고 프랑수아의 병은 진실을 말해 주었다.

우연이었겠지만 그 후 존의 상황도 곤두박질쳤다. 그는

시골의 아름다운 집을 팔고 나서 후회했다. 그는 집필 중인 소설을 우리에게 보냈다. 주인공의 거듭되는 성적 성취에 관한 그 소설은 대략 망작이었다. 그즈음 나보다는 존에 대해 좀 더 관용적인 태도를 보였던 티그가(나는 존의 독설에 점점 염증이 났다. 특히 그 독설이 나를 향할 때는 더욱더 그러했다.) 그에게 답장 쓰는 임무를 맡았다. 최대한 눈치껏 썼지만 아마 그것으로는 충분하지 않았을 것이다.

존의 언어가 용해되기 시작했다. 혼돈스러운 이메일이 도착하곤 했다. 모든 사람들과 모든 것에 대한 비난이 의미 없는 말잔치로 이어졌다. 그가 괜찮은지, 무슨 일이 있는지 걱정을 표하는 우리의 답장에는 아무런 응답이 없었다.

그러나 이것은 슬픈 결말이다. 내가 가진 능력을 발휘해서(나는 그렇게 할 수 있는 유일한 생존자니까.) 시간을 뒤로 돌려 행복한 시간을 함께 보내도록 하겠다. 존과 프랑수아 그리고 티그와 나, 우리 네 사람. 보다시피 우리는 벌써 더 젊어 보인다.

때는 봄이라고 하자. 그 두 사람은 신이 나서 우리에게 다가왔다. "깜짝 파티를 마련했어." 프랑수아가 말했다. "우리가 무언가를 발견했어!" 그는 활짝 웃고 있다. 존 역시 평소와 달리 유쾌하다. 그는 킥킥대고 있는가? 아니다. 그는 킥킥 웃지 않는다.

"뭔데요?" 티그가 묻는다.

그 두 사람이 너무나 뿌듯해하는지라 우리는 그들이 약속한 정체 모를 대접을 거절할 수 없다. "알게 될 거야. 특별한 거야." 프랑수아가 말한다. "마음에 들 거야!"

깜짝 파티에는 점심 식사 대접이 포함되어 있다. 우리는 차를 타고(우리 차인가, 존의 차인가? 프랑수아는 차가 없다.) 구불구불한 좁은 길을 통해 집들과 올리브나무 테라스를 지나 건조한 갈색 언덕들로 들어선다. 분명 화창한 날이다. 비에 대한 기억은 없고, 어쨌든 화창하다고 나는 주장한다. 목적지는 고색창연한 전통적 헛간이 있는 농장이다. 지붕을 받친 높은 들보와 거친 벽돌담. 잘 숙성된 치즈와 막 싼 똥의 냄새. 실제로 농부일 가능성이 농후한 농부 역할을 맡은 사람이 우리를 맞이하고, 말이나 경매용 동물들을 운동시키는 데 사용되는 톱밥 깐 원형 무대가 내려다보이는 탁자에 둘러앉도록 안내한다. 무대 가운데에는 작은 흙더미가 있다.

점심 식사가 도착하기 시작한다. 차가운 전채, 따뜻한 전채, 메인 요리…… "모든 게 치즈로 만들어졌네요." 내가 속삭인다.

"맞아! 모든 게 치즈로 만들어졌지!" 프랑수아가 손뼉을 치며 외친다. 치즈로만 구성된 메뉴는 부조리에 대한 그의 감각과 맞아떨어진다. 젊은 시절의 청어리 같은 것이다, 치즈로 되어 있다는 점만 다를 뿐. "하지만 이 치즈, 아주 창의적이지, 그렇지? 요리 방법을 아주 많이 만들어냈어!"

"여기서 직접 만든 걸세." 존이 으르렁거리듯 말한다. "으스대는 속물 가게에서 파는 가짜 쓰레기가 아니라고. 다음에는 치즈케이크가 나올 거라네."

"이게 깜짝 파티인가요?" 나는 최대한 흐뭇한 표정을 지으며 묻는다. "이 치즈 메뉴요?" 티그는 와인을 한 잔 더 따른다.

"아니, 아니야. 곧 보게 될 거야." 프랑수아가 말한다. 그는 키득거리고 있다.

"플로어 쇼가 시작될 걸세." 존이 미소를 지으며 말한다. "보통이랑은 다른 걸로. 계집애들은 안 나와."

"저 봐! 이제 시작한다!" 프랑수아가 왼쪽을 가리키며 말한다.

한 떼의 양들이 시끄럽게 음매거리며 원 안으로 뛰어든다. 흔히 보는 것보다 더 흰 양들이다. 깨끗하게 목욕을 시켰다. 그들을 따르는 것은(뒤쫓는 것일 수도) 잘 관리된 염소 예닐곱 마리와 그들의 발꿈치를 살짝 물어대는 양치기 개 두 마리다. 그다음에는 당나귀 세 마리, 그리고 그 뒤에는 꼬리를 붉은 끈으로 묶은 장난꾸러기 조랑말 두 마리가 나온다. 마지막으로 야마(Llama)가 등장한다. 야마는 이 모든 것의 원동력, 다른 동물들이 다 피해 도망가는 존재인 것 같다. 공격적이고 성질이 포악한 것으로 악명이 높다.

프랑수아는 신이 나서 환하게 웃는다. 존도 진짜로 웃음을 터뜨린다. 그 자체가 깜짝 놀랄 일이다.

동물들은 음매와 매애와 히이잉 히잉의 불협화음을 내면서 전속력으로 원 주변을 빙빙 돈다. 세 바퀴를 돈 후 야마가 원의 중심으로 느린 구보로 나아가 흙더미 위에 올라선다. 야마는 그곳에 의기양양하게, 성의 군주처럼 선다. 다른 동물들은 멈춰 서서 그것을 바라본다. 식당의 청중은 갈채를 보낸다.

"자네들을 위한 정치 쇼라네." 존이 말한다. "저 녀석이 빌어먹을 총리야."

"극장처럼 말이지!" 프랑수아가 말한다. "경탄할 만하지 않아? 다들 재밌었나?"

"그럼요!" 내가 말한다. "감사합니다!" 하지만 나는 요점을 파악하지 못한다. 어쩌면 요점 같은 것은 없을지도 모른다. 없다는 그 자체가 요점일지도 모르겠다. 바퀴벌레가 한쪽 벽으로 기어 올라가 다른 쪽으로 내려오는 것 같은.

프랑수아가 나에게 실망을 느끼지 않았으면 좋겠다. "정말 멋져요!" 나는 최선을 다해 열정적으로 덧붙인다. 티그는 미소를 지으며 현명하게 고개를 끄덕이지만 아무 말도 하지 않는다. 하지만 우리 둘만 있을 때 그는 이렇게 말할 것이다. "그 요상한 쇼는 도대체 뭐였죠?"

프랑수아는 더 이상 웃지 않는다. "저 녀석들은 우리를 위해 할 수 있는 걸 해줬어." 그가 말한다. "더 많은 걸 기대해선 안 돼. 이제 그만 떠날까?"

모르트 드 스머지*

애도는 기이한 형태를 띤다.

넬과 티그의 고양이 스머지가 죽었을 때, 넬은 테니슨의 '모르트 다서'** 다시 쓰기를 하는 것으로 걸맞지 않게 과도한 상실감을 달랬다. 스머지를 주인공으로 하고 중세의 예복과 사슬 갑옷을 입은 귀족 고양이들 전체 배역을 등장시

---

* Morte de Smudgie. '스머지의 죽음'이라는 뜻이다.
** 아서 왕의 죽음을 다룬 15세기의 작가 토머스 맬러리의 작품 『모르트 다서(Morte d'Arthur.)』를 기반으로 19세기의 시인 테니슨이 지은 시다. 1842년 초판이 출간되었으며, 1870년에 발표된 『왕의 목가(Idylls of the King)』에 「아서의 죽음(Passing of the Arthur)」으로 수정 출간되었다.

　　　　　　　　　　　숲속의 늙은 아이들

컸다. 그녀가 하기에는 매우 시시한 작업이었고, 결과도 신통치 않았다.

신비롭고 훌륭한 하얀 비단을 걸친
앞발……

그럼에도 그녀는 키보드에 눈물을 떨어뜨려가며 다시 쓰기 작업을 힘겹게 이어나갔다. 죽음을 다루는 데 이토록 능숙했던 빅토리아시대 사람들, 그녀는 눈물을 닦고 호흡을 가라앉히며 생각했다. 너무나 많은 사람들이 죽었으니 그럴 만도 했지. 그들은 파리처럼 죽어갔다. 결핵으로, 뇌염으로, 쇠약함으로, 그리고 알 수 없는 수많은 병으로. 위생 시설의 결핍과 병균에 대한 무지, 그리고 사람들, 특히 어린 아이들에게 어떤 식단을 제공해야 하는지에 대한 대책 없는 개념 때문이었다. 그들은 아이들에게 흰 것이 아닌 음식을 먹이는 것은 잘못된 일이라고 생각했다. 흰 빵, 설탕, 우유 푸딩, 으깬 감자, 밥. 채소와 과일은 그들의 미발달 소화기관에 너무 거칠고, 고기는 동물적 기운을 위험할 정도로 증가시킨다고 여겼다. 아이들은 사실상 투명하게 보일 정도로 창백해서 푸르스름하고 부서질 것 같았다. 아이들이 울면 아편을 끼얹은 복통 약으로 달래 잠들도록 했는데, 그러다가 때로는 영원한 잠에 빠지기도 했다. 그러면 그들은 작은 천사들이 되어 그들을 찍은 은판사진 속에서 말없이 사진 밖을 내다보았다. 물론 이건 비교적 부유한 부모들에게 가능한 일이었다.

당시 장례식은 중요한 예술 형식이었다. 빅토리아 여왕 서거 이후 뒤따를 호사스러운 애도 기간을 예견한 런던의 한 상인은 검은 벨벳 시장을 독점해 큰 재산을 모았다.

검은 벨벳이라는 단어에 넬은 몸을 들썩이며 흐느꼈다. 너무나 검고 벨벳같이 부드럽던 스머지! 너무나 깊고, 너무나 짙고, 너무나 달빛에 빛나는! 왜 그녀는 스머지에 대해 이렇게 바보처럼 구는 걸까? 녀석은 단지 고양이에 불과했는데.

'단지 무엇에 불과한'이라는 것은 없다고 그녀는 스스로에게 말했다. 그 어떤 것도, 그 어떤 이도 '단지 무엇에 불과한' 존재는 없다. 어쨌든 스머지는 그녀가 다른 모든 사람에게, 심지어 티그에게도 단단히 닫아놓은 가장 깊은 내면을 읽을 수 있는 유일한 존재였다. 특히 티그에게 닫아놓은 곳을. 티그는 그것을 무서워했을 것이다. 그러나 스머지는 그녀의 무르팍에 앉아서 동그란 노란 눈으로 그녀의 눈을 응

숲속의 늙은 아이들

시하고 꼬리를 살짝 실룩거리면서 그녀의 비밀스러운 자아와 소통하곤 했다. 송곳니를 드러내고, 날카로운 발톱을 세우고, 먹이에 몰두하고 있는 자아. 자신의 그런 악마를 성공적으로 제어할 수 있어서 세상 모두에게 정말 다행스러운 일이라고 그녀는 종종 생각했다. 만일 그녀가 그 악마를 풀어 내보냈다면 어떤 대학살이 일어났을지 상상해 보라.

겨울 바다 옆의 산들 사이에서
하루 종일 전투 소리가 그렇게 울렸다.
스머지 왕의 원탁 고양이들이 라이네스에서
하나둘씩 그들의 군주, 스머지 왕 주변에서
쓰러질 때까지. 그때, 그의 상처가 깊었으므로
용감한 냥디비어 경은 그를 안아 올렸다……

실제로 스머지는 용맹한 기사 타입이라고는 할 수 없었다. 새들이 그를 괴롭혔고, 그가 뒤뜰의 피크닉용 탁자에서 졸고 있을 때는 다람쥐들이 놀렸다. 넬은 다람쥐 한 마리가 스머지 위에 뛰어올라 자기를 쫓아와 보라고 약 올리는 걸 본 적이 있다. 그녀가 알기로 스머지는 사냥감을 잡은 적도 없고, 다른 고양이들과의 싸움에서 이긴 적도 없다. 그녀는 언젠가 그가 현관문을 피해 창문 물받이에서 움츠려 앉아 떨고 있는 걸 본 적이 있다. 수고양이 한 마리 또는 몇 마리가 현관문에 영역 표시를 하고 결투를 신청했기 때문이다. 다른 고양이의 발톱이 코에 박힌 채 집에 돌아온 적도 있다.

비록 영웅적 기개는 부족할지언정 스머지는 그녀에 대한 모든 것을 알고 있었다. 의미심장하고, 위험하고, 불가사의한 것들을. 진정으로 그랬다. 꿰뚫어보는 그 노란 눈으로 모든 것을 파악했다. 그러니까 아서보다는 멀린에 가까운 존재였던 것이다. 마술사, 예언자에 더 가까운……

감상적인 쓰레기일 뿐이야, 그녀는 스스로에게 말했다. 스머지가 인지능력이 뛰어났던 것은 사실이지만, 그것은 누가 고양이 통조림을 따는지, 그게 어느 찬장에 보관되어 있는지에 국한되었다. 그래도 수의사를 보러 가는 날이 언제인지는 확실하게 알았다. 녀석을 끄집어내기 위해 그녀는 커다란 가구 밑으로 얼마나 많이 기어 들어갔던가. 보통 두 사람이 필요했다. 넬은 침대 아래서 빗자루로 압박을 가하고, 티그는 스머지가 튀어나오는 순간 붙잡았다.

"이리 와, 이 나쁜 녀석!" 티그가 소리쳤고, 그러다가 티그의 손에 스머지가 손톱을 찔러 넣으면 더 소리를 질렀다. "이 녀석 위에 수건을 덮어씌워요!" "빨리, 문을 열어요!" 마지막 말에서 문이란 고양이 이동장의 문을 뜻했다.

"오오, 우리 예쁜이, 다 괜찮을 거야," 스머지가 으르렁거리고 침을 흘리며 철창 밖의 그녀에게 눈을 부라릴 때 넬은 이런 거짓말을 하곤 했다. 배신자! 어떻게 이런 식으로 그를 함정에 빠트릴 수 있단 말인가.

그렇지만 수의병원에 가면 상황이 진정되었다. 주사 몇 대 맞고 귀에 벼룩이 있는지 들여다보는 것뿐이었다. 그래도 일단 집에 돌아오면 스머지는 그녀에게 수일 동안 말을 하지 않았고, 욕조에 똥을 누어 벌주기도 했다. 녀석은 그 정도로 똑똑했다. 즉, 고양이 똥 위에서 미끄러질 경우 티그의 인내심이 바닥날 거라고 정확히 판단하고 마룻바닥에 똥을 누지 않았던 것이다. 욕조는 쉽게 청소할 수 있다.

그런데 따지고 보면, 어쩌면 스머지는 예지력을 갖고 있었는지도 모르겠다. 수의사가 실제로 그의 종말을 가져왔던 것이다.

"나의 종말이 다가온다. 떠날 시간이다.
내 무게를 감당할 그대의 고양이 이동장을 넓게 만들라.
그리고 나를 수의병원으로 옮기라. 그러나 안타깝게도
내 상처가 차가워지고, 나는 죽을 듯하구나."

"고양이 당뇨병입니다." 수의사가 말했다. "치료 방법은 있습니다만, 매일 주사를 놓고 소변을 채취해야 합니다."

넬과 티그는 당시 먼 곳, 아일랜드에 있었고, 그런 여행마다 으레 하던 일들을 하는 중이었다. 수의사와 상담을 한 사람은 넬의 동생 리지였다. 그녀는 그들이 없는 동안 고양이들을 맡아주고 있었다. 그녀는 나쁜 소식을 전하기 위해 넬에게 장거리전화를 했다.(그때는 이메일이나 휴대전화가 생기기 전이었다.)

"스머지가 주사를 몇 번이나 순순히 맞을까?" 리지가 물었다.

"소변 채취는 신경 쓰지 마. 스머지, 미안하지만 이 병 안에 소변을 보겠니? 녀석은 새침데기라서 사람이 보고 있으면 소변을 보지 않아." 넬이 말했다.

"딱 한 번이겠지." 리지가 말했다. "가능하다 하더라도. 주사 맞는 거 말이야. 그런 다음 도망가 버릴 거야."

넬은 스머지가 집에 들어가기가 무서워서 비가 내리는데 덤불 밑에서 움츠리고 있는 모습을 상상하기조차 두려웠다. 어둠 속에서 혼자서 점점 더 병이 악화되고, 점점 더 고통받는 모습. 비참하게. 보이지 않는 가운데 스러져가는. 스머지와 함께 있어주기 위해 집으로 날아가야 하는 걸까? 그런데 뭘 하기 위해서 녀석과 함께 있어준다는 말인가?

"집에 돌아가야겠어." 넬이 말했다. 티그가 뭐라고 반응할지 그녀는 알았다. 이게 옳은 결정이라고 생각해요?

"바보 같은 소리 마." 리지가 말했다. "내가 할 수 있어."

"할 수 있겠니? 너 괜찮겠어?" 리지는 기질적으로 공감능력이 과도했다. 거미도 구출해 주는 사람이었다.

"당연하지." 리지가 대답했다.

하지만 그녀는 괜찮지 않았다. 다음 날 전화가 다시 걸려왔다. 또 리지였는데, 너무 심하게 울어서 말을 거의 할 수 없는 상태였다. "스머지 문제야." 그녀가 말했다. "스머지가 죽었어! 수의사에게 데려가서 내가 계속 함께 있었어. 으르렁댔지. 녀석은 무슨 일이 일어나고 있는지 알았던 거야!"

"스머지 어디 있니?" 넬이 물었다. 일반적으로는 수의사가 주사를 놓아주고 그다음엔 사체를 처리했다. 그녀는 전에도 고양이를 길렀었다.

"언니가…… 언니가 직접 뒤뜰에 묻어주고 싶어 할 거라고 생각했어." 리지가 흐느꼈다. 넬은 굳이 그러고 싶은 생각은 없었지만 이렇게 대답했다. "그럼, 물론이지."

"그래서 스머지를 붉은 양단 한 조각에 싸서, 그리고, 그러고는, 냉동고에 넣었어!"

붉은 양단 한 조각을 갖고 있다니, 정말 리지다웠다. 그녀는 직물 상점에서 자투리 천을 사서 그걸로 뭘 만들지 궁리하는 것을 즐겼다. 그러나 양단이 죽은 고양이 포장용으로 사용될 거라고는 아마도 예상하지 못했을 것이다. 납포(蠟布). 넬은 생각했다. 고대 이집트적이군. 혹은 동결건조되어 대성당에 안치된 성인과 더 비슷할지도. 성 스머지의 성유물(聖遺物)이 배포되거나 판매될 것인가? 순례자들이 찾아올 것인가? 기적이 일어날 것인가?

"다진 소고기랑 같이?" 넬이 물었다. 리지는 다른 두 사람과 함께 살고 있었다. 넬은 리지가 그들에게 그 사실을 알려 주었기를 바랐다. 그들 중 한 사람이 저녁거리를 찾아 꽁꽁 언 포장물을 뒤지다가 털투성이에 딱딱하게 얼어붙고 쪼그라든 입술 사이로 하얀 앞니를 드러내고 있는, 붉은 양단으로 싸인 스머지를 예상치 못하게 맞닥뜨릴 경우를 생각하고 싶지 않았다. 제길, 이게 뭐람.

죽은 존재들은 얼마나 무력한가. 넬은 생각한다. 그들에게 어떤 수모가 닥치는가. 그들이 그런 데 신경 쓰는 건 아니지만.

'다진 소고기랑 같이'는 눈치 없는 말이었다. '고맙다'라고 했어야 했다.

"고마워."

"괜찮아?" 리지가 초조하게 물었다. "언니를 위해 스머지를 보관해 둔 거 말이야. 뭘 해야 할지 몰랐어."

"아주 잘했어." 넬이 말했다. 집에 돌아가면 다년생식물이 있는 곳 어딘가에 땅을 팔 것이다. 그런데 스컹크가 문제였다. 그놈들이 스머지를 파내 흩뿌려 버릴 수 있다. 그런 일이 있어서는 안 되는 것이다. 그러면 어떻게 할 것인가? 얼어붙은 포장물을 들고 거리를 살금살금 걸어서 모퉁이를 돈 다음, 다른 사람네 쓰레기통에 밀어넣을 것인가? 그걸 금지하는 법이 있던가?

이 전화 통화 후 그녀는 스머지가 냉동고에서 장엄한 붉은 겉옷에 싸여 완두콩과 소시지 사이에 안착해 보존됐다는 사실을 티그에게 알려주었다. 티그는 아주 재밌어하며 껄껄 웃었다. 그는 죽음을 유희화하는 멕시코인 같은 생각을 갖고 있었다. 정확히 말하자면 유희화하는 것은 아니고, 죽음이 삶의 일부라고 인정하는 것이다. 살아 있을 때 입었던 옷을 걸치고, 도박, 악기 연주, 사무실 업무 등 생전에 하던 일을 하는 작은 진흙 도자기 해골들. 티그와 넬은 관광을 갔을 때 수집해 온 그런 해골 몇 개를 욕실에 놔두었다. 그들의 잦은 현실도피용 여행 중에 사 온 것들.

"녀석이 오븐에 들어가게 되는 일만 없다면." 티그가 말했다.

넬도 웃었다. 아직까지 충격을 받은 상태였고, 완전한 애도 단계에 진입하지 않았던 것이다. 베일, 상장(喪章), 검은 벨벳.

그렇지만 심지어 그때도 그녀는 이렇게 생각했었다. 쓰레기통에 넣을 수는 없지. 어떤 식의 의례가, 더 제대로 갖춘 무엇이 정말 필요해. 다른 종류의 의식이.

아마도 그래서 테니슨의 작품 다시 쓰기를 하고 있는 것이리라. 하지만 단어를 여기서 바꾸고 문구를 저기서 고치며 텍스트를 천천히 훑어나가다 보니, 그 작업이 지닌 치유적 가치에 더욱 의구심을 품게 되었다. 이것은 기리는 행위인가, 아니면 그저 작품 훼손에 불과한가. 그 둘 사이에 꼭 차이가 있는 것은 아니지만.

그리고 갑자기, 자! 잔잔한 호수와
겨울 달의 길게 드리운 빛이 나타났다.

곧 그들은 이물에서 고물까지 장례식용 스카프처럼 검은
거무스름한 거룻배가 그들 아래

숲속의 늙은 아이들

들썩이는 것을 보았다. 내려가며 그들은 꿈결처럼

갑판이 검은 숄과 검은 깃 차림의 장엄한 고양이들로

가득 차 있는 것을 알아차렸다 — 그들 옆에는

금관을 쓴 세 암고양이가 있었다 — 그리고 반짝이는 별

까지 다다르는

야옹 소리가 그들에게서 미세하게 떨리며 흘러나왔다.

그리고, 마치 그것이 하나의 고양이 울음, 한탄의

고통인 것 같았다, 세상이 창조된 이래로

어떤 고양이도 온 적 없던 황무지에

밤새도록 날카롭게 불어대는 바람처럼.

넬은 코를 훌쩍이며 계속 자판을 쳐 나갔다. 스머지 왕은
거룻배에 뉘였다. 신비로운 고양이 여왕 셋이 그를 두고 크
게 애통해했다. 그녀들은 위대한 삼중 여신의 세 번째 화신
상태, 즉 처녀 여신과 어머니 여신 이후에 등장한 죽음의
여신이었다. 영웅의 죽음에 울부짖는 여신 모리안.* 넬은 가
만히 그녀를 추가한다. 당시 넬은 지중해 종교뿐 아니라 기

---

* Morríghan. 아일랜드 신화에서 전쟁을 관장하는 여신이다. 전사의 죽
음을 예언하는 존재로, 그 이름에 '위대한 여왕'이자 '공포의 여왕'이라는
뜻이 들어 있다.

독교 전파 이전의 아일랜드 신앙 체계에 대해서도 훤히 꿰고 있었다.

　　그리하여 산산이 부서진 기둥처럼 고양이가 누워 있었다.
　　꼬리를 편안히 내리고
　　발톱부터 귀까지 [여기에 뭐라고 쓰지?
　　스머지는 그 무엇의 주역도 아니었다.]의 주역으로 냥멜
롯의 꽃무리를 뚫고
　　암냐옹이들과 수냐옹이들 눈앞에서 돌격하던
　　바로 그 스머지가 아니었다.

　이내 여왕들은 비탄을 멈추었다. 이제 왕의 중요한 담화
차례다.

　　그리하여 스머지는 거룻배에서 천천히 답했다.
　　"옛 질서는 새로운 것에 자리를 내어주며 변화하노라.
　　그리고 고양이신은 좋은 고양이 사료 하나로 세상이
　　타락하지 않도록 다양한 방식으로 자기실현을 한다.
　　그대 자신을 위로하라. 내 안에는 어떤 위안이 있는가?
　　나는 아홉 개의 삶을 살았고, 내가 한 일들은

　　　　　　　　　　　　　　　숲속의 늙은 아이들

고양이신께서 그의 역량 안에서 털가죽으로 만들어주시
길! 그러나 그대,

만일 그대가 내 얼굴을 다시는 못 보게 된다면,

내 영혼을 위해 골골송을 불러다오. 이 세상이 꿈꾸는 것
보다 더

많은 것들이 골골송으로 빚어졌으니……

그러나 지금은 작별할 때. 나는 먼 길을 가려 한다……."

그 시점에 티그가 방에 들어왔다. "스카치 한잔할까 하는
데." 그가 말했다. "같이 마실래요?" 그런 다음, 잠시 있다가
이렇게 물었다. "무슨 문제 있어요?" 그는 긴 팔로 넬을 안
아주고 그녀의 머리에 키스했다.

"다른 고양이를 들여야 하지 않을까요?" 넬이 그의 셔츠
앞쪽에 대고 코를 훌쩍였다. 가능성이 희박한 소망이었다.
고양이 화장실은 보통 티그가 맡았는데, 그가 마지못해 하
는 일이었다.

"이미 다른 고양이가 있잖아요." 티그가 대답한다. 그건
사실이었다. 스머지와 남매 사이인 퍼프볼이 있었다. 퍼프
볼은 낯선 사람들에게 아양을 떨어댔고, 두뇌라고 할 만한
것이 없었다. 만인의 고양이였다. 반면 스머지는 굳이 소유

를 따지자면 넬의 고양이였다.

"그거와는 다르죠." 넬은 흐느꼈다. 모든 것이 그대로 남아 있어야 한다는 그녀의 이런 광증은 무엇이란 말인가. 왜 그녀는 시간을 멈추고, 아무것도 변화하지 않는 기괴한 브리가둔*에 모든 것을 감금하고 싶어 하는가? 어쨌든 그건 이루어질 수 없는 일인데 왜 소망하는가? "미안해요." 그녀가 말한다. "지금 작업 하나를 마무리하고 있어요. 곧 내려갈게요."

> 냉디비어 경은 많은 추억을 곰곰이 되씹으며
> 오랫동안 서 있었다. 다가오는 새벽빛 속에서
> 선체가 점 하나로 될 때까지,
> 그리고 연못에서 야옹거림이 멈출 때까지.

테니슨은 나중에 『왕의 목가』에서 마지막 부분을 고쳐 썼다. 아서가 검은 점 하나로 환원되어 버리는 것은 테니슨에게조차 지나치게 구슬펐던 듯하다. 두 번째로 쓴 결말은

---

* Brigadoon. 시간에 영향을 받지 않고 현실로부터 동떨어진 스코틀랜드 전설 속의 장소.

숲속의 늙은 아이들

연하장처럼 느껴졌다.

　　그리고 새로운 태양이 새해를 맞이하며 떠올랐다.

　상당히 다르다고 넬은 생각했다. 희망의 상징 등등. 점점 작아지는 검은 점이 아닌 것이다. 하지만 어떤 결말이 더 마음에 드는지 마음을 정할 수 없었다.

　그녀는 변모된 자신의 시를 출력했다. '모르트 드 스머지.' 제목부터 우스꽝스러웠다. 잠시 후 그녀는 그걸 갈가리 찢어서 쓰레기통에 처박았다. 극도로 멍청하고 무용한 짓이었다. 왜 그런 수고를 감수했던가. 술 한 잔이 필요해서 그녀는 아래층으로 내려가 티그와 함께 마셨다. 아이들이 집에서 더 이상 살지 않게 된 이후로는 저녁 식사 전에 함께 한잔씩 기울이곤 했다.

　이제 여기, 현재 시점에, 그녀가 있다. 많은 추억들을 천천히 반추하면서. 이제는 고양이가 한 마리도 없다. 테니슨 시다시 쓰기를 했던 것이 언제였던가? 25년 전, 그녀와 티그가 아직 젊었던 때. 비록 당시에는 자신들이 젊다고 생각하지 않았지만. 중년. 중간 지점을 지난 나이. 종착 직전 초읽

기를 하던 나날들. 그들은 벌써부터 삐거덕거리는 무릎에 대해 불평을 했었다. 그때 그들이 삐걱거리는 무릎에 대해 뭘 제대로 알았던가. 그들은 무려 등산도 여전히 할 수 있었다. 그게 불가능해진 건 언제였던가.

그건 사실 스머지에 관한 것이 아니었다. 티그에 대한 것이었다. 넬은 가혹한 서리에, 황무지에, 차가운 달빛 속에 고립된 그녀를 남겨둔 채 그가 먼저 항해를 떠나리라는 걸 이미 어느 정도 감지하고 있었음에 틀림없다.

그리고 그는 그렇게 해버렸다. 그는 더 이상 연안에 없다. 그녀로부터 멀리, 물 위로 떠나가고 있다. 작아지고, 사라지면서.

그녀는 어떻게 될 것인가? 아무것도 없을 것인가, 아니면 해가 뜰 것인가? 어쩌면 두 가지가 모두 일어날 수도 있다. 그러나 어떤 순서로 일어날 것인가? 그리고 어쩌면 그 두 가지가 똑같은 것일 수도 있지 않겠는가?

그리하여 마지막으로 남은 나는 동료 없이 나아간다.
그리고 내 주변으로 날들이, 해들이 어두워진다.
새로운 사람들, 낯선 얼굴들, 다른 마음들 사이에서…….

요약이 잘됐군, 그녀는 생각한다. 테니슨은 그런 데 탁월했다. 홀로됨. 쓸쓸함. 신성한 절망의 심연에서 솟구치는 눈물. '오, 삶 속의 죽음, 더 이상 없는 나날들.' 신비 운운하는 들척지근한 말 쓰레기.

하지만 어쩌면, 그녀는 생각한다, 어쩌면 다른 고양이를 기를지도 모르겠다.

하지만 어쩌면 기르지 않을 수도 있다

II

나의 사악한 어머니

나의 사악한 어머니

"엄마는 너무 사악해요." 내가 어머니에게 말한다. 나는 말대꾸하는 나이인 열다섯 살이었다. "그걸 칭찬으로 받아들이마." 어머니가 말했다. "그래, 나는 사악해. 다른 사람들이 그 용어를 정의한 것에 따르면 말이지. 하지만 나는 내 사악한 힘을 선한 일에만 사용해."

"그래, 계속해 보세요." 내가 대답했다. 우리는 나의 새 남자친구인 브라이언에 대해 말다툼하던 중이었다. "그건 그렇고, 뭐가 선한 건지 누가 결정하는 건데요?"

어머니는 부엌에서 절구에 뭔가를 갈고 있었다. 어머니는 절구에 무언가를 자주 갈았다. 어떤 때는 믹스마스터*를 쓰기도 했다. 내가 "그게 뭐예요?" 하고 물었을 때 어머니가 "마늘이랑 파슬리."라고 대답하면, 그녀가 '요리의 즐거움'** 상태에 들었음을 알 수 있었다. 그러나 만약 "여기 보지 마." 라거나 "모르는 게 약이야." 또는 "네가 좀 더 나이가 들면 말해 줄게."라고 대답했다면 조만간 누군가가 곤경에 빠지리라고 짐작할 수 있었다.

어머니가 마늘에 관한 한 시대를 앞서갔다는 사실을 꼭 언급해야겠다. 우리 동네 같은 곳의 주민들 대부분은 그때까지 마늘에 대해 잘 몰랐다.

우리 동네는 토론토의 북쪽 변두리에 있었다. 토론토는 농작용 들판과 물 빠진 습지로 급격히 확장되면서 그 과정에서 들쥐 떼에게 큰 피해를 입히고 우엉을 깔아뭉갠 많은 도시들 가운데 하나였다. 불도저로 밀어낸 진흙 벌판에 전후(戰後)의 스킵플로어 구조로 지은 주택들이 나란히 줄지어 나타났다. 모두 통유리창이 달린 랜치 스타일 주택이었고, 아직까지는 겨울에 샌 적 없는 납작한 지붕이 얹혀 있

* 미국 소형가전 회사인 선빔(Sun Beam)에서 생산한 믹서기다.
** *Joy of Cooking.* 1931년에 미국에서 발간되어 개정판 9판까지 나온 스테디셀러 요리책 제목이다.

숲속의 늙은 아이들

었다. 이런 집에 사는 이들은 자녀가 딸린 젊은 신식 인간들이었다. 아버지들은 직업이 있었고, 어머니들은 없었다. 나의 어머니는 별종이었다. 눈에 보이는 남편도 없었고, 비록 생계유지 방법은 있는 것 같았지만 직업이라고 할 만한 건 없었다.

우리 집 부엌은 크고 해가 잘 들었다. 카나리아 노란색 리놀륨이 깔린 바닥, 아침 식사용 간이식탁, 푸른 접시와 대접이 일렬로 진열된 하얀 찬장이 있었다. 어머니는 푸른 식기류를 특별히 선호했다. 그것이 음식을 망치려 드는 사악한 눈들을 물리친다고 말했다.

그녀의 눈썹은 당시 여전히 유행하던 대로 불신의 표정을 만들어주는 두 개의 아치 모양으로 다듬어져 있었다. 어머니는 크지도 작지도 않았고, 통통하지도 마르지도 않았다. 모든 일에서 어머니는 골디록스*의 세 번째 선택, 즉 딱 알맞은 것을 따라 하기 위해 주의를 기울였다. 그날 어머니

---

* *Goldilocks and Three Bears*. 골디록스라는 소녀가 숲속에서 곰 세 마리가 주인인 빈집에 들어가 그들의 귀리죽을 먹고, 의자에 앉고, 침대에서 자는 19세기 영국에서 유래된 이야기. 각 행동을 할 때마다 골디록스는 세 가지 선택사항을 다 시도해 보고 자신에게 가장 적합한 세 번째 것을 선택한다.

는 피터팬 칼라가 달린 흰색과 연한 녹색 줄무늬 셔츠드레스를 입고 그 위에 튤립과 수선화가 그려진 꽃무늬 앞치마를 하고 있었다. 쿠반힐.* 한 줄짜리 진주 목걸이. 양식이 아닌 천연 진주였다.(그럴 만한 가치가 있어. 어머니가 말했다. 천연 진주만이 영혼을 보유하고 있거든.)

어머니는 자신의 옷차림을 보호색 장치라고 불렀다. 그녀는 우리 동네같이 점잖은 곳에 사는 믿을 만한 보통 어머니처럼 보였다. 부엌에서 조리할 때 어머니는《굿 하우스키핑》**에 나오는 지피*** 믹스를 이용한 요리법을 선보이기도 했다. 토마토 아스픽****을 곁들인 음식이었을 것이다. 기초식품군에 토마토 아스픽이 포함되었던 1950년대 중반의 일이었다.

어머니는 인근에 친한 친구가 한 명도 없었다. "나는 사람들과 거리를 둬." 그녀는 이렇게 말하곤 했지만, 이웃 간에 기대되는 응당한 임무는 수행했다. 아픈 사람에게 참치 파스타 캐서롤 요리해 주기, 휴가 중인 이웃집이 강도들의 표

* 비교적 뭉툭하고 중간 높이 굽이 달린 신발이다.
** *Good Housekeeping*. 1885년에 시작된 미국의 여성 잡지다.
*** 각종 홈베이킹용 믹스 브랜드다.
**** 토마토 주스에 갖은 양념을 넣고 젤라틴으로 굳힌 요리다.

적이 되지 않도록 우편물과 신문 받아주기, 이따금 개나 고양이 돌봐주기. 그렇지만 가끔이라도 아기를 돌봐주는 일은 없었다. 어머니가 도움의 손길을 내밀어도 아기들의 부모들이 주저했던 것이다. 어머니의 보이지 않는, 그러나 조금 우려스러운 기운을 그들이 감지할 수 있었던 걸까?(그 기운은 다른 사람에게는 보이지 않았다. 어머니 자신은 볼 수 있다고 주장했다. 어머니의 말에 따르면 보라색이라고 했다.) 어쩌면 그들은 돌아왔을 때 자신들의 아기가 입에 사과가 물린 채 고기구이용 팬에 뉘어 있는 것을 보게 될까 두려웠는지도 모른다. 하지만 어머니는 그런 짓은 절대 하지 않았을 것이다. 사악했지만, 그 정도로 사악하지는 않았던 것이다.

때로는 고민에 빠진 여자들이(언제나 여자들이었다.) 우리 집에 찾아오곤 했다. 어머니는 그들에게 차 같은 마실 것을 만들어주고, 부엌 탁자 주변에 함께 앉아서, 그들의 얼굴을 관찰하고 말없이 고개를 끄덕이며 이야기에 귀를 기울였다. 돈이 오갔던가? 그렇게 해서 부분적으로나마 생계를 유지했던 걸까? 나는 확실하게 단언할 수 없지만 의구심은 품고 있다.

숙제를 하러 위층으로 터덜터덜 올라가다가 이런 상담이 진행되는 것을 목격하곤 했다. 사실 숙제는 핑곗거리였다.

발톱을 빨간색으로 칠하거나, 거울 속 내 얼굴에 누런 안색, 여드름, 다람쥐 앞니 같은 결점이 있는지 점검하거나, 짙은 붉은색 립스틱을 두껍게 바르고 입술을 쭉 내민 자신의 모습에 감탄하거나, 복도에 있는 전화로 브라이언과 속닥일 때가 더 많았다. 어머니가 뭐라고 하는지 엿듣고 싶은 마음도 들었지만 내가 그렇게 할 때마다 어머니는 언제나 알아챘다. "염탐꾼!" 어머니는 소리쳤다. "자러 가! 미인은 잠꾸러기야!" 마치 그냥 잠만 자면 내가 더 예뻐지기라도 할 것처럼.

그런 다음에는 부엌문이 닫히고, 수군거리는 소리가 다시 시작되었다. 분명 어머니는 곤경에 빠진 여자들에게 최소한 조언은 많이 해주었을 것이다. 어쩌면 병 속에 든 정체를 알 수 없는 액체를 안겨주었을 수도 있다. 어머니는 냉장고에 그런 병들을 넉넉하게 갖춰두고 있었다. 그 안에 든 진득한 물질은 제각각 색깔이 달랐는데, 그건 내가 관여해서는 안 되는 일이었다. 우리 집 뒤쪽에 자리한 허브 정원도 마찬가지였다. 그곳에는 아무런 표식도 없었고 모든 것이 접근금지였다. 그래도 이곳저곳에 전략적으로 심겨 있는 무해한 교란용 관상식물에서 이따금 꽃을 꺾어 화병에 꽂는 것은 허용되었다. 어머니 자신은 그런 화려한 소녀풍 장

숲속의 늙은 아이들

식에 관심이 없었지만, 내가 하고 싶은 대로 허용하는 데는 만족을 느꼈다.

"아름답구나, 우리 귀염둥이." 어머니는 정신을 딴 데 판 채로 말했다.

"보지도 않았잖아요!" 내가 칭얼댔다.

"아냐, 봤어, 우리 아기. 정말 심미적이야."

"내가 보고 있었다고요! 엄마는 등을 돌리고 있었잖아요!"

"보기 위해 눈이 필요하다고 누가 그러던?"

나는 응수할 말이 없었다.

기침을 시작하거나 발목이 부러진 남편들, 또는 다른 한편으로 직장에서 승진한 남편들의 비율이 우리 동네가 다른 곳에 비해 특별히 높은 건 아니었을 것이다. 그러나 어머니는 그런 사건이 일어날 때마다 자신이 나름의 방식으로 영향력을 미쳤음을 암시했다. 그리고 비록 상식적으로 의심이 가지 않는 건 아니었지만 나는 그녀를 믿었다. 그러면서 나는 그녀를 증오했다. 어머니는 자신이 정말 똑똑하다고 믿었던 것이다! 어떤 방법으로 그렇게 했는지 알려주지도 않았다. "나는 이미 알고 있는 것이고 너는 알아내야지." 어머니는 이렇게 말하곤 했다.

"엄마를 실제로 좋아하는 사람은 아무도 없어요." 언젠가 한번 우리가 팽팽히 맞섰던 말다툼에서 나는 이렇게 내뱉었다. "이웃 사람들은 엄마가 괴짜라고 생각해요." 이건 내가 지어낸 말이긴 했지만, 아마도 사실일 거라고 추정했다.

"내가 모르는 사실을 말해 보렴."

"다른 사람들이 엄마를 어떻게 생각하는지 신경 안 써요?"

"아무것도 모르는 이들의 잡담에 내가 왜 신경 쓰겠니? 무지한 가십일 뿐이야."

"하지만 기분 상하지 않아요?" 나는 자주 감정이 상하곤 했다. 특히 고등학교 여자 화장실에서 어머니에 대한 농담을 우연히 듣게 될 때 더욱 그랬다. 그 또래 여자아이들은 상당히 가학적일 수 있다.

"상한다고? 어림 반 푼어치도 없는 소리! 그들에게 그런 만족을 안겨줄 순 없지." 어머니는 턱을 치켜들며 말했다. "그 사람들은 나를 안 좋아할지 모르겠지만, 나를 존경해. 존경이 호감보다 나은 거야."

나는 동의하지 않았다. 나는 존경받는 것에는 관심 없었다. 그건 검은색 옥스퍼드 신발처럼 학교 선생들이나 좋아할 일이었다. 그러나 호감을 얻는 건 정말로 간절히 원했다. 어머니는 뭔가 성취하려면 하찮은 갈망은 포기해야 한다고

자주 말해 왔다. 호감을 얻기 바라는 건 인격적 결함이라고
했다.

이제('이제'는 브라이언을 둘러싼 다툼이 있던 날을 지칭한
다.) 어머니는 절구 속 내용물을 다 갈고 나서 대접 속에 긁
어 담았다. 혼합물에 손가락을 넣었다 빼 맛을 본 뒤(그러니
까 치명적인 독은 전혀 아니었던 것이다.) 꽃무늬 앞치마에
손을 닦았다. 어머니는 호박이나 눈결정체처럼 각 계절을
주제로 한 앞치마들을 다수 보유했고, 빳빳한 줄무늬 셔츠
드레스를 적어도 다섯 벌은 갖고 있었다.

그런 꽃무늬 앞치마와 셔츠드레스와 천연 진주 목걸이는
어디서 구했을까? 다른 어머니들과 달리 그녀는 쇼핑을 하
지 않았다. 어머니가 물건들을 어떻게 구하는지 나로서는
알 길이 없었다. 무언가를 바랄 때도 신중해야 한다는 사
실을 나는 알게 되었다. 내가 바라는 것은 모두 실체화되어
나타났는데, 그게 내가 희망했던 형태는 아니었기 때문이
었다. 나는 지난 생일 선물로 받은 토끼털 칼라와 털방울이
달린 분홍색 앙고라 스웨터를 이미 후회하고 있었다. 잡지
에 실린 그 사진을 생각하며 몇 달을 보냈음에도 불구하고.
그걸 입으면 나는 동물 인형처럼 보였다.

어머니는 찧은 마늘과 파슬리 혼합물이 담긴 대접을 붉은색 작은 플라스틱 뚜껑으로 덮고 옆으로 치워놓았다. "자," 어머니가 입을 열었다. "너에게만 집중하마. 뭐가 좋은지 누가 결정하는 거지? 내가 하는 거야. 지금으로서는 좋은 거란 너에게 좋은 걸 의미하는 거야, 우리 아기. 네 방 청소했니?"

"아니요." 나는 퉁명스럽게 대답했다. "왜 브라이언을 안 좋아하는 거예요?"

"그 아이 자체를 반대하는 게 아니야. 하지만 우주가 그 아이를 좋아하지 않아." 어머니는 평온하게 말했다. "그녀가 그러는 덴 그만한 이유가 있겠지. 과자 먹을래, 우리 예쁜이?"

"우주는 사람이 아니에요!" 나는 씩씩댔다. "그것이라고 불러야죠!" 이 주제를 두고 예전에도 다툰 적이 있었다.

"네가 크면 더 잘 알게 될 거야." 어머니가 말했다. "그리고 튼튼한 뼈를 위해서 우유도 한 잔 마시렴."

나는 어머니가 우주에 어떤 영향력을 미칠 수 있다고 여전히 믿었다. 그것을 믿도록 길러졌고, 그렇게 깊숙이 새겨진 정신적 패턴을 떨쳐내기란 쉬운 일이 아니었다. "엄마는 너무 나빠요!" 내가 소리쳤다. 하지만 나는 어머니가 어제 구운 오트밀 건포도 과자를 먹고 있었다. 어머니가 자주 굽는 과자 중 하나였다.

 "'나쁨'의 반대말은 '호구'야." 어머니가 말했다. "네 방을 치울 때 머리빗에서 머리카락을 다 모아 태워버리는 것 잊지 말아라. 악의를 가진 사람이 그걸 손아귀에 넣으면 안 되잖니."

 "누가 상관이나 한대요?" 내 말투가 경멸적으로 들리길 바라며 나는 대꾸했다.

 "네 체육 선생님 있잖니." 어머니가 말했다. "스케이스 선생. 그 여자는 다른 무엇보다 버섯 채취꾼이야. 적어도 예전엔 그랬어. 그런 위장술을 쓰다니! 체육 선생이라고! 내가 그런 데 속을 줄 알고!" 어머니는 코를 찡그렸다. "그녀의 접근을 막으려면 에너지가 너무 많이 필요해. 그 여자는 밤에 날아다니면서 네 창문 안을 들여다보지. 그래도 들어올 수는 없다는 걸 내가 확인했어. 하지만 내 버섯을 여태껏 밀렵하고 있었어."

 나는 체육 선생님을 좋아하지는 않았다. 거북목에 꼬챙이 같은 몸을 가진 여자였는데 툭하면 으름장을 놓곤 했다. 그렇지만 그녀가 보름 달빛 아래서 독버섯 따는 모습은 상상할 수 없었다. 독버섯은 으레 그런 식으로 채취된다는 사실을 나는 알았다. 그녀는 확실히 사악한 눈(오른쪽 눈과 완전히 똑같지 않은 왼쪽 눈)을 갖고 있었다. 그렇지만 나의 어머니와 같은 중량감은 없었다. 그리고 날아다닌다니, 그건 완전 미친 소리였다. "스케이스 선생이! 그 늙은 할망구! 그 여자는 심지어 아직…… 심지어 할 수도 없었…… 엄마는 정말 미쳤어요!" 내가 말했다. 그건 내가 학교에서 우연히 듣게 된 말이었다. 쟤네 엄마 정말 미쳤어.

"미쳤다는 건 어떤 미친 행동을 하는가에 따라 정해지는 거지." 어머니는 눈 하나 깜짝하지 않고 대답했다. "화제를 피하지 마. 브라이언은 떠나야 해. 지구에서 떠나는 건 아니라 하더라도, 네 삶에서는 떠나야지."

"하지만 나는 걔가 좋단 말이에요." 나는 애처롭게 말했다. 사실 나는 그 아이에게 완전히 빠져 있었다. 기차역 즉석사진관에서 찍었던 그의 사진을 지갑에 갖고 있었다. 그의 작은 흑백 얼굴이 립스틱 키스로 뒤덮인 사진.

"아마 그렇겠지." 어머니가 말했다. "그렇지만 우주는 우리가 누굴 좋아하는지 신경 쓰지 않아. 그 아이는 탑 카드가 나왔어. 너 그게 무슨 뜻인지 알지? 재난을 의미하는 거야!" 어머니는 브라이언의 타로카드를 읽었던 것이다. 물론 그의 면전에서 그랬던 건 아니다. 그녀는 압력솥으로 고기찜을 만들어서 그를 저녁에 초대했고(그 자체만으로도 수

숲속의 늙은 아이들

상적은 행동이었다. 저녁 내내 찡그린 표정으로 그녀의 활기찬 질문에 외마디로만 대답했던 것으로 보건대 브라이언 역시 그런 낌새를 챘던 것 같다.) 그가 남긴 사과파이 크러스트 귀퉁이를 그와 비가시적 세계 사이의 연결고리라며 모아두었다. 파이 크러스트 귀퉁이가 뒤집어 둔 쟁반 밑에 놓였다. 그녀는 카드를 쟁반 가장 아래쪽에 펼쳤다. "그 아이는 차 사고가 날 거야. 나는 그때 네가 죽음의 자리에 앉아 있는 일이 없길 바라. 그 애를 잘라내야 해."

"엄마가 그걸 막을 수는 없나요? 차 사고 말이에요." 나는 희망을 품고 물었다. 어머니는 대수학 시험을 포함해서 나에게 닥쳐올 조짐이 보이던 몇몇 재난을 막아준 적이 있었다. 대수학 선생님은 때마침 등 근육을 접질렸다. 그는 3주 꼬박 학교에 나오지 않았고, 그 기간 동안 나는 실제로 공부를 했다.

"이번에는 안 되겠구나." 어머니가 말했다. "기운이 너무 강해. 탑에다 달에다 검 10이라니, 아주 확실해."

"엄마가 그 애 차를 엉망으로 만들 수 있지 않을까요?" 내가 물었다. 브라이언의 차는 이미 엉망이었다. 재중고품인데다 소음기도 없었다. 게다가 아무런 이유 없이 쾅쾅거리고 쿵쿵거리는 소리를 냈다. 어머니는 그의 차가 그냥 망가지도록 만들 수 없을까? "그러면 그 애는 다른 차를 빌릴 거예요."

"내가 그 애 차여야만 한다고 했었니?" 어머니는 우유를 따라 내게 건네고, 부엌 탁자에 앉아 손바닥을 아래로 해서 양손을 탁자 위에 놓았다. 내가 알기로는 지구에서 에너지를 끌어오는 행동이었다. 그리고 단도직입적인 초록빛 시선을 내게 던졌다. "어떤 차에 사고가 날지 알 수 없어. 빌린 차가 될 수도 있어. 자, 내가 시킨 대로 하렴. 요점은 이거야. 네가 브라이언을 차면 그 아이는 죽지 않을 거야. 하지만 안 그러면 죽게 되겠지. 그리고 너도 죽을 가능성이 높아. 죽지 않는다 해도 휠체어 신세를 지게 될 거야."

"어떻게 그렇게 확신할 수 있죠?"

"하트의 여왕. 그게 너란다. 네 손에 그 아이의 피를 묻히고 싶지 않잖니. 평생 동안 지속될 죄책감일 텐데."

"미친 소리예요!"

"그럼 내 충고를 무시하고 마음대로 해봐라." 어머니는 차분하게 말했다. 그녀는 일어서서, 과다한 지구 에너지를 털어내기 위해 손가락을 튕겨 딱 소리를 내고는, 냉장고에서 다진 소고기와 미리 썰어둔 버섯 한 접시를 같이 꺼냈다. "네 선택이야." 어머니는 마늘 혼합물을 숟가락으로 떠 고

　　　　　　　　　　　숲속의 늙은 아이들

기 안에 넣고, 달걀을 하나 깨 넣고, 마른 빵가루와 버섯을 첨가했다. 미트로프를 만드는 것이다. 이제 와서야 그 요리법을 알았더라면 하는 아쉬움이 든다. 그다음 그녀는 모든 것을 손으로 섞기 시작했다. 그것만이 제대로 된 방법이라고 그녀는 주장했다. 비스킷 반죽도 그렇게 만들었다.

"그 어떤 것도 증명할 방법이 없어요!" 내가 말했다. 그해 나는 고등학교 토론 동아리에 속해 있었다. 브라이언이 그건 똑똑이들이나 하는 짓이라고 말하기 전까지는 말이다. 그가 의미한 것은 여학생들의 경우 그렇다는 말이었다. 이제 나는 토론 동아리를 경멸하는 척했지만, 논리 공부를 계속했고 과학적 방법론에 열중했다. 어머니의 영향력을 물리칠 해독제를 원했던가? 아마도 그랬을 것이다.

"너는 그 분홍색 앙고라 스웨터를 받고 싶었잖니. 안 그래?"

"그래서요?"

"그러고 나서 그게 생겼지."

"엄마가 샀겠죠." 내가 말했다.

"어리석은 소리 하지 마. 나는 절대 물건을 그냥 사지 않아."

"엄마가 샀잖아요! 엄마가 부활절 토끼*도 아니면서!" 나

* 착한 어린이들에게 선물을 갖다준다고 하는 산타클로스 같은 존재다.

는 무례하게 말했다.

"이 대화는 이걸로 끝이다." 그녀는 한기가 들 정도로 차분히 말했다. "침대보 갈아라. 침대보가 거의 기어가기 직전이더라. 그리고 바닥에 떨어진 옷들이 다 썩어버리기 전에 전부 주워 올려놔. 팬티는 카펫이 아니다."

"나중에요." 허용의 한계를 밀어붙이며 내가 말했다. "숙제해야 해요."

"내가 굳이 손가락질하게 만들지 마!" 어머니는 우묵한 그릇 안에 놓여 있던 손 하나를 들었다. 손은 날고기 살점으로 뒤덮이고 피로 벌겋게 물들어 있었다.

나는 전율을 느꼈다. 당연히 나는 손가락질은 원하지 않았다. 손가락질을 통해 마법을 뿌리는 것이다. 오래전에는 손가락질을 한다는 이유로 교수형을 당하는 사람들이 있었다고 어머니는 내게 말해 주었다. 아니면 불에 타서 죽기도 했다. 화형대에 묶여 불타 죽는 것은 매우 고통스러운 일이라고, 어머니 자신이 증언할 수 있다고 했다. 아득한 옛날에는 손가락질을 금지하는 법도 있었다. 소에게 손가락질을 했다가 소가 병에 걸리면 흑마술에 심취했다는 사실이 만천하에 알려졌다.

나는 최대한 싸가지 없게 반항을 표하는 과격한 몸짓으

숲속의 늙은 아이들

로 부엌을 나왔다. 지금 그 과격한 몸짓을 기억할 수 있는지 잘 모르겠다. 그것은 하나의 성취다. 그런데 요즘 10대 소녀들이 한다는 몸짓과는 다른 것이다. 하지만 그들 역시 내가 그랬던 것처럼 여전히 입을 삐죽하거나 비웃는다.

나는 의기소침하게 내 방으로 돌아왔다. 그리고 최대한 허술하게 침대보를 정리하고, 벗어두었던 며칠간의 옷들을 세탁물 바구니에 쑤셔넣었다. 새로운 전자동세탁기가 생겼기 때문에 적어도 구식 탈수세탁기를 작동시킬 필요가 없었다.

그래도 머리빗에서 머리카락을 모아 붉은 유리 재떨이에 넣고 태우기는 했다. 그걸 위해 재떨이를 보관해 뒀던 것이다. 어머니는 분명 머리빗 검사를 할 것이다. 머리빗 검사에는 내가 게으르게 속임수를 쓰지 않았는지 점검하기 위한 쓰레기통 검사까지 포함되어 있었다. 1년 전만 하더라도 어머니는 붉은빛 도는 긴 금발을 우아한 소라머리로 올렸다. 그러더니 닭 손질용 가위로 싹둑 잘라버렸다. 어머니는 킴 노백* 스타일이라고 주장했다. 부엌 개수대에서는 큰 불이

---

* Kim Novak. 1933년생 미국 배우로, 히치콕 감독의 영화 「현기증」에 출연했다.

타올랐다. 일부 다른 부모들과 달리 그녀는 자신이 설파한 것은 실제로 실천했던 것이다. 그리고 집에서는 며칠간 불에 그슬린 고양이 악취가 났다. **불에 그슬린 고양이**란 어머니의 표현이었다. 나는 불에 그슬린 고양이 냄새를 맡아본 적이 없었지만, 어머니는 그랬다. 옛날에는 고양이가 주인과 함께 화형을 당하는 일이 흔했다고 그녀는 주장했다.

어머니와 정면으로 맞서는 것은 무분별한 짓이었다. 몰래 행동할 수도 없었다. 어머니는 머리 뒤에 눈이 달려 있고, 작은 새들이 어머니에게 고자질했다. 브라이언은 포기해야 했다. 나는 이별을 두고 눈물을 흘렸다. 안녕, 올드스파이스 면도 로션 향기와 담배와 막 세탁한 하얀 티셔츠의 향이여, 안녕, 극장 뮤지컬의 춤곡을 배경으로 몰아쉬던 거친 숨이여, 안녕, 내 햄버거 세트에서 남은 감자튀김을 브라이언에게 먹이던 일과 그에 뒤따르던 기름지고 감자 풍미 나는 키스여……. 그는 정말 키스에 능숙했고, 그를 안으면 품 안이 가득 찼다. 그리고 그는 나를 사랑했다. 나에게 사랑을 고백한 것은 아니었지만, 하지 않았다는 그 자체가 감탄할 만한 일이었다. 고백을 했더라면 시시했을 것이다.

그날 저녁, 나는 그에게 전화를 걸어 토요일 밤 데이트가 취소되었다고 말했다. 그는 불만을 드러냈다. "왜?" 그가 물

숲속의 늙은 아이들

었다.

나의 어머니가 괴상한 그림이 그려진 오래된 카드를 찾아보고는 그가 나와 사귀면 자동차 사고가 나서 죽으리라고 예언했다는 사실을 그에게 차마 꺼낼 수 없었다. 어머니에 대해 학교에 떠도는 소문에 더 불을 지필 필요는 없었던 것이다. 지금으로도 소문은 충분히 무성했다. "그냥 너랑 사귈 수 없어." 내가 말했다. "그만 만나자."

"다른 녀석이 있는 거야?" 그가 위협적인 말투로 물었다. "그 새끼 얼굴을 갈겨버릴 거야!"

"안 돼." 내가 말했다. 나는 울기 시작했다. "나 너 정말 좋아해. 설명은 할 수 없어. 너를 위해서야."

"네 미친 엄마 때문이겠지." 그가 말했다. 나는 더 서럽게 울었다.

그날 밤 나는 뒤뜰로 몰래 빠져나가 수수꽃다리 관목 아래 브라이언의 사진을 묻고 소원을 빌었다. 내 소원은 어떻게 해서라도 그를 되찾는 것이었다. 그러나 어머니가 들을 수 없는 곳에서 빈 소원은 이루어지지 않았다. 어머니는 내가 그런 방면에 재능이 없다고 했다. 어쩌면 나중에 그런 재능을 발현하게 될 수도 있다. 말하자면 재능을 가진 사람으로 자라게 되는 것이다. 그러나 그 재능은 한 세대, 심지어는 두 세대까지 건너뛸 수도 있다. 나는 어머니와 달리 양막을 쓰고 태어나지 않았다. 운수는 뽑기인 것이다.

다음 날 학교에서는 다들 수군거렸다. 무시하려고 노력했지만, 기이한 문구가 귀에 들려오는 것은 어쩔 수 없었다. 나사 빠지듯 정신 빠진. 머저리처럼 머리 굻은. 소금 뿌린 미꾸라지처럼 미친. 광견병 걸린 개처럼 광적인. 그리고 최악은 이것이었다. 집에 남자가 없잖아. 그러니 뭘 기대하겠어? 일주일도 채 지나지 않아 브라이언은 수지라는 여자애와 사귀기 시작했다. 그렇지만 아직도 내 쪽을 향해 비난하는 듯한 눈길을 던졌다. 나는 스스로가 성인(聖人) 같은 이타성을 지니고 있다며 마음을 달랬다. 즉 나 덕분에 브라이언의 심장이 여전히 뛰고 있다는 것이다. 힘들지 않았다고 말하는 것은 아니다.

몇 년 후 브라이언은 마약상이 되었고 몸에 총알이 아홉 발 박힌 채 보도에서 숨졌다. 그러니까 어머니는 시간과 방법은 틀렸지만 주요 사건은 맞힌 것인지도 모르겠다. 어머니는 그럴 수도 있다고 했다. 이건 라디오 같은 것이다. 방송국측에는 아무 잘못이 없지만 수신에 문제가 생길 수 있다.

집에 남자가 없다는 건 우리의 상황을 묘사한 것이었다. 물론 모든 사람에게 아버지(친부라는 예전 의미의 부성이 오명에 빠진 요즘, 흔히 말하듯 정자 기여자)가 있고, 나도 아버지가 있었다. 그러나 당시에는 이 아버지라는 사람이 소위 '살아 있다'고 표현될 수 있는지는 확실하지 않았다. 내가 너덧 살 정도였을 때, 어머니는 아버지를 우리 집 앞 계단에 놓인 정원용 땅요정 석상으로 변신시켰다고 나에게 말해 주었다. 아버지는 그래야 더 행복할 수 있다고 그녀는 말했다. 정원용 땅요정으로서 그는 어차피 잘하지도 못하는 잔디 깎기, 하기 싫어하는 결정 내리기 같은 일은 하나도 하지 않아도 됐다. 그저 날씨를 즐기기만 하면 그만이었다.

내가 무언가를 두고 어머니를 구슬리려고 하면, 그녀는 먼저 내 요청을 거부하면서 이렇게 말하곤 했다. "네 아버지에게 물어봐." 그러면 나는 빨리 걸어 나가 정원용 땅요정 옆에 쭈그리고 앉아서(그가 나보다 별로 작지 않았기 때문에 조금만 낮춰도 충분했다.) 그의 유쾌한 돌 얼굴을 응시했다. 그는 눈을 찡긋하는 것처럼 보였다.

"아이스크림 먹어도 돼요?" 나는 애원했다. 그와 내가 일종의 계약을 맺고 있다고 나는 확신했다. 즉 자기 자신 편만 드는 어머니와는 달리, 항상 내 편을 들어주리라고 믿었던 것이다. 그와 있으면 내게 따스한 기운이 퍼졌다. 그건 위안을 안겨주었다.

"뭐라고 하던?" 내가 다시 들어가면 어머니가 묻곤 했다.

"먹을 수 있대요." 그의 미소 짓는 수염투성이 돌 얼굴에서 걸걸한 목소리가 웅얼거리는 것을 들었다고 나는 거의 확신했다.

"그럼 좋아. 아빠 안아드렸니?"

"네." 나는 아버지가 약간 금지된 일을 허락해 줬을 때 언제나 그를 껴안았다.

"잘했어. 고맙다고 말하는 건 좋은 일이야."

이 환상은 당연히 깨졌다. 열다섯 살이 되기 훨씬 전, 나는 아버지에 대한 다른 이야기, 실제 사연이라고 하는 것을 들었다. 아버지는 우리는 저버렸다. 어머니의 말에 따르면, 그는 다른 곳에 급한 용무가 있었다고 했다. 그러나 학교에서는 어머니의 광기를 참을 수 없어 아버지가 도망가 버린 것이라고, 그러니 그를 비난할 수 있겠느냐고들 했다. 나는 아버지의 부재 때문에 조롱을 받았다. 그 시대에는 전사한 경우를 제외하고 아버지가 없는 게 흔한 일이 아니었다. "너희 아버지는 어디 계시니?"라는 질문은 짜증스러운 것이었지만, "너희 아버지는 누구시니?"는 모욕적이었다. 나의 어머니가 알지도 못하는 누군가와 나를 만들었다는 것을 암시했기 때문이다.

나는 골똘히 생각했다. 아버지는 왜 나를 버렸나? 아버지가 아직 살아 있다면 왜 적어도 편지라도 보내지 않는 걸까? 나를 조금도 사랑하지 않았던 걸까?

아버지가 정원용 땅요정이라는 건 더 이상 믿지 않았지만, 어머니가 아버지를 다른 방식으로 변신시킨 것은 아닐까 하는 의구심은 들었다. 부끄럽지만 혹시 어머니가 버섯이나 절구에 갈았던 어떤 것으로 아버지를 죽이고 지하실에 묻어버렸을지 모른다는 의혹을 품은 시기도 있었다. 어머니가 그의 축 처진 몸을 끌고 계단을 내려가 구멍을 파고 (시멘트 바닥을 깨기 위해 공압식 착암기를 써야 했을 게다.) 그다음에 시체를 그 안에 던져버리고 시멘트 반죽을 붓는 모습이 거의 보이는 듯했다.

나는 단서를 찾기 위해 지하실 바닥을 수색했지만 아무것도 발견하지 못했다. 그렇다고 해서 무죄가 증명되는 건 아니었다. 어머니는 아주 똑똑했다. 아무런 흔적도 남기지 않기 위해 신경 써서 처리했을 것이다.

그러다가 내가 스물세 살이 되었을 때 아버지가 갑자기 나타났다. 그때 나는 이미 대학을 졸업하고 어머니의 집을 떠난 상태였다. 떠남은 원만하게 마무리되지 못했다. 어머니는 나를 쥐고 흔들고, 내 생활을 엿보고, 나를 어린아이 취급했다! 이게 내가 떠나며 남긴 말들이었다.

"얘야, 네가 편한 대로 하렴." 어머니가 말했다. "도움이 필요하면 엄마한테 와. 네 오래된 동물 인형들은 자선단체에 기부할까?"

아픔이 나를 관통했다. "아니요!" 나는 소리쳤다. 우리가 충돌할 때마다 나는 필연적으로 침착함을 잃었고, 그와 함께 품위 한 조각도 잃었다.

나는 도움을 필요로 하지 않으리라고 결심했다. 보험회사의 낮은 직급 일을 구했고, 나와 비슷한 소작농 수준의 직업을 가진 룸메이트 두 명과 함께 대학의 서쪽에 있는 싼 셋집에 살았다.

아버지는 내게 편지로 연락을 취했다. 어머니에게서 내 주소를 받았으리라는 걸 나중에 깨달았지만, 어머니와 소통을 끊었던 시기 중 하나였기 때문에 그에 대해 물어보지 않았다. 어머니는 점점 더 미쳐가는 것 같았다. 내가 연락을 끊기 전 그녀가 가장 근래에 한 일은 옆집의 수양버들을 죽이려는 계획이었다. 나보고 걱정하지 말라고 그녀는 말했다. 아무도 보지 못하게 밤에 손가락질로 할 거라고 했다.

숲속의 늙은 아이들

진입로에서 무언가가 두꺼비를 차로 친 것에 대한 복수라고 했고, 그건 그렇고 버드나무의 뿌리가 배수관까지 퍼지고 있다는 것이다.

두꺼비의 원수를 갚는 것. 나무에 손가락질하는 것. 어머니가 그런 식으로 행동하는 것을 어느 누가 감당할 수 있겠는가?

나는 아버지의 편지를 받고 처음에는 놀랐다. 그런 뒤 내가 화가 났다는 걸 깨달았다. 이제까지 그는 어디에 있었던 것인가? 왜 이렇게 오래 걸렸는가? 나는 집 전화번호까지 포함해서 세 줄로 된 답장을 보냈다. 우리는 짤막하고 쑥스러운 통화를 하고 만나기로 합의했다. 나는 그를 차단해 버리고 만남에 관심 없다고 말할 뻔했지만, 그건 사실이 아니었을 것이다.

우리는 정통 프랑스 음식을 파는 퀸 스트리트의 작은 비스트로에서 점심을 먹었다. 아버지가 식당을 정했는데, 내 의도와는 달리 감탄하고 말았다. 나는 모든 면에서 그를 탐탁지 않게 여기려 했던 것이다.

아버지는 내게 와인을 좀 마시겠느냐고 물었다. 자신은 마시지 않겠다고 했다. 비록 나는 스스로 세련된 젊은 커리어우먼이라고 생각했고 파티와 데이트에서 술을 즐겼지만,

이번에는 페리에를 고수했다. 맑은 머리와 어느 정도의 자기 조절이 필요했던 것이다. 아버지에 대해 궁금하기도 했지만, 몹시 화가 나기도 했다. 그럼에도 나를 외면해 온 부당한 방식에 대한 그 자신의 변명을 듣기 전에 그를 질책하고 비난하고 싶지 않았다.

"그 오랜 세월 동안 어디 계셨던 거예요?" 나의 첫 질문이었다. 책망하는 것처럼 들렸을 것이다.

아버지는 호감형의 나이 지긋한 남자였다. 상당히 키가 컸고, 비만하지도 수척하지도 않았다. 별 특이한 점이 없어서 실망스러웠다. 자신의 아버지가 마술적으로 변신했다고 믿으며 유년 시절을 보내게 되면 뭔가 기대하는 것이 있게 마련이다. 그에게는 비록 예전보다는 숱이 줄어들었겠지만 여전히 머리카락이 있었다. 일부는 백발이었고 나머지는 내 머리처럼 짙은 갈색이었다. 좋은 양복과 갈색의 기하학 패턴이 들어간 쨍한 파란색의 그런대로 괜찮은 넥타이를 매고 있었다. 푸른 눈은 내 눈과 같았고, 짙은 눈썹도 마찬가지였다. 그는 주저하듯 미소를 지었다. 나는 나의 미소와 비슷한 그 미소를 알아보았다. 그가 왜 어머니에게 압도당하는 느낌을 받았는지 알 수 있었다.

"몇 년은 감옥에 있었다."

"정말요?" 내가 물었다. 갑자기 그가 더 흥미로운 인물로 느껴졌다. 다른 건 몰라도 감옥은 예상하지 못했다. "무엇 때문에요?"

"음주 운전. 사람을 죽일 뻔했다. 물론 기억이 나지는 않지만. 정신을 잃을 정도로 취했었다." 그는 탁자를 내려다보았다. 이제 거기에는 두껍게 썬 호밀 빵과 흰 빵이 담긴 바구니가 놓여 있었다. "나는 알코올중독자다." 그의 어조는 마치 다른 사람에 대해 이야기하듯 기이하게 중립적이었다. 자신이 끼친 폐해에 대해 후회하고 있는 걸까?

"아." 내가 말했다. 어떻게 반응해야 할 것인가? 그때는 나도 술 문제가 있는 사람들을 여럿 알고 있었지만, 어느 누구도 그 사실을 시인하지 않았다.

그는 내가 긴장하고 있는 걸 감지한 듯했다. "그건 아주 오래전 일이다. 이젠 술을 마시지 않아. 전혀. 단계들을 밟았다."

"오." 내가 말했다. 그가 무슨 말을 하는지 알아챌 수 없었다. 단계들이라고? "그런데 어디 사세요?" 내가 물었다. 그는 집이 있는가? 길에서 보게 되는, 컵에 돈을 구걸하는 그런 사람들 중 하나인가? 배고파요. 남는 동전 있나요? 아닐 것이다. 여기 우리는 괜찮은 식당에서 그가 사주는 멋진 점심 식사를 막 시작하려는 참이다. 그의 넥타이는 노숙자와 거리가 멀어 보였다.

"나는 여기 산다." 그가 말했다. "이 도시에. 결혼해서 아이가 둘 있다. 다른 두 아이들." 그는 미안하다는 듯 덧붙였다. 내가 그 소식을 듣고 배신감을 느끼리라는 것을 그는 알았고, 실제로 나는 배신감을 느꼈다.

그는 나를 떠난 후 뒤돌아보지 않고 완전히 다른 삶을 영위했다. 나는 한 번도 만난 적 없는 그 이복 형제자매들에게 즉각적으로 질투심을 느꼈다.

"그런데 무엇을…… 그런데 어떤 방법으로……." 나는 그에게 직업이 있는지 묻고 싶었지만, 그런 질문은 무례하지 않겠는가? 사람을 차로 치고 형기가 기록된 이력의 소유자가 어떤 직업을 가질 수 있는가?

그는 내가 묻고 싶은 것이 무엇인지 짐작했다. "예전 직장으로 돌아갈 수는 없었다." 그가 말했다. "원래 세일즈와 마케팅 일을 했다. 이제 나는 사회복지사로 일하고 있다. 감옥에서 봉사활동도 하고. 나 같은 사람들에게 상담을 해준다. 알코올중독자가 되는 것과 그 상태에서 어떻게 벗어나는지에 대해."

그는 나의 책무, 즉 내가 돌봐야 할 누군가가 되지 않았

숲속의 늙은 아이들

을뿐더러, 적어도 부분적으로는 도덕적인 인간이 되었다. 내가 완전히 형편없는 유전자만 물려받은 건 아니었다.

"어머니가 아버지를 정원용 땅요정으로 변신시켰다고 그러던데요." 내가 말했다. "우리 집 앞쪽 계단 옆에 놓인 거요. 왜 아버지가 없는지 설명하기 위해서요. 내가 네 살 때 어머니가 들려준 얘기였어요."

그가 웃음을 터뜨렸다. "네 어머니는 내가 땅요정인 게 더 나을 거라고 말하곤 했지." 그가 말했다. "해는 덜 끼치고 더 재밌는 존재가 될 거라고."

"정말로 믿었어요. 아버지에게 가서 아이스크림이랑 다른 것들을 달라고 요청했죠."

"내가 좀 줬니? 아이스크림을?"

"네." 내가 대답했다. "언제나 줬어요." 바보같이 나는 훌쩍이기 시작했다. 머릿속에서 어머니의 목소리가 들려왔다. **다른 사람들 앞에서 절대 눈물 보이지 마.**

"함께 있어주지 못해서 미안하다." 그가 말했다. 그는 나를 다독이려는 듯 식탁을 가로질러 손을 내밀다가, 생각을 바꾸고는 거두었다. "네가 어렸을 때 네 어머니는 내가 떠나야 한다고 결정했다. 그리고 당시 내가 어떤 인간이었는지 돌아보면 그게 확실히 옳은 결정이었던 것 같다. 네 어머니는 내가 약해빠진 사람이라고 했다. 구제불능으로 약한 인간."

"어머니는 나도 약한 사람이라고 말해요." 내가 말했다. "내가 근성이 없다고 그러죠. 거위가 타고난 분별력만큼도 못 갖췄다고."

그는 미소를 지었다. "그러면 우리는 비슷한 부류구나. 그렇지만 나는 네가 근성이 있다고 생각한다. 보아하니 독립적으로 살고 있던데." 아버지의 말은 어머니와 같이 살지 않는다는 의미였다.

"아버지도 근성이 있네요." 내가 관대한 태도로 말했다. "그렇게 할 수 있……."

"술을 끊은 거? 도움을 많이 받았다. 그래도 그리 말해 줘서 고맙구나."

대화를 나누는 내내 우리는 점심 식사를 했다. 푸아그라로 시작해서(나는 한 번도 먹어본 적이 없었는데 단번에 반했다.) 그다음에는 오믈렛을 먹었다. 나는 제대로 된 오믈렛을 먹어본 적도 없었다. 지나치게 익혀서 퍽퍽한 것만 먹어 봤다.

"내가 보낸 생일 선물들은 받았겠지?" 슈알라크렘*을 먹

* 프랑스식 슈크림 디저트.

을 때 그가 물었다. "그리고 카드도? 네가 좀 더 컸을 때, 그러니까 내가 재기했을 때 말이다."

"생일 선물이라고요?" 내가 물었다. "무슨 생일 선물이요?"

그는 낭패스러워 보였다. "자, 이를테면 말이다. 네가 열한 살 때 자전거, 네가, 몇 살이었더라, 열네 살, 열다섯 살 때였던가, 분홍색 앙고라 스웨터 같은 거? 네 어머니가 네가 그것에 목숨 걸고 있다고 그랬는데."

"아버지가 보낸 거였군요?" 어머니 말이 맞았다. 직접 산 것이 아니었던 것이다. 그렇지만 나 역시 맞았다. 어머니는 부활절 토끼가 아니었다.

"네가 좋아했다고 하던데." 그는 한숨을 내쉬었다. "내가 보낸 거라고 절대 말하지 않은 모양이구나. 네가 감사 카드를 한 번도 안 보내기에 그럴 거라고 짐작하기는 했다. 네 어머니는 내가 너를 타락시킬 거라고 생각한 모양이다." 그는 다시 한숨을 쉬었다. "어쩌면 그게 최선이었는지도 모르겠다. 네 어머니는 너를 보호하려고 했고, 언제나 자기주장이 강했다."

이 점심 식사가 아버지와의 따스하고 친밀한 관계의 시작이었다고 말하고 싶지만, 그렇진 못했다. 당시 나는 따스하고 친밀한 관계에 서툴렀다. 남자친구들은 나의 어머니가 퇴짜를 놓는 일이 없어도 오래가지 못했다. 그들이 나를 차기 전에 내가 먼저 차버리는 행태를 반복했다. 나는 아버지에게 그의 다른 가족, 특히 두 이복 자매들을 만나고 싶다고 말했다. 그들은 거의 10대에 가까운 나이였고, 그가 보여준 사진 속에서 양 갈래로 땋은 귀여운 금발 머리를 하고 있었다. 그러나 그는 그럴 의향이 없었다. 그는 두 번째 아내에게 나를 전혀 언급하지 않았고, 그렇게 했을 때의 여파를 두려워했다. 모든 것이 판매용 사과처럼 곱게 배열된 판을 다 엎어버리고 싶지 않다고 했다.

그는 특히 어머니가 자신의 새 부인을 만나는 것을 원치 않았고, 나는 그를 비난할 수 없었다. 어머니가 무슨 짓을 꾸밀지 누가 알겠는가? 그녀가 가장된 선물, 직접 갈아서 병에 담은 것을 가져오는 것을 떠올려보았다. 아니면 손가락질을 할 수도 있었다. 그러면, 비유적으로 표현하자면, 사과들은 마치 폭발하는 것처럼 판에서 날아가 버릴 것이다. 물론 피해를 끼치는 것에 대해 그녀는 나름대로의 이유가 있을 것이다. 가령 더 큰 선을 위해 행동한다든가, 나의 이익을 위한 것이라든가, 또는 무엇이 필요한가에 대해 우주가 확고한 의견을 갖고 있다든가. 그러나 나는 더 이상 그녀의 이유를 신뢰하지 않았다. 그녀는 실제로는 더 큰 선에 대

숲속의 늙은 아이들

해 신경도 쓰지 않았을 것이고, 그저 잘난 체하는 것에 불과했을 것이다. 스스로를 만족시키는 것. 스물세 살의 내가 가졌던 어머니에 대한 견해였다.

이후 몇 년간 아버지와 나는 거리를 지켰다. 이따금 함께 점심 식사를 했다. 은밀하게, 마치 스파이인 것처럼. "그녀한테 밀리면 안 된다." 그녀란 언제나 나의 어머니를 지칭하는 것이었다.

"왜 헤어졌나요?" 내가 그에게 물었다.

"그러니까 내가 말했던 것처럼, 본질적으로는 네 어머니가 나를 쫓아낸 거였다."

"아니요. 정말로요. 떠나고 싶었나요?"

그는 식탁을 내려다보았다. "언제나 자신이 옳다는 사람과 살기란 힘든 일이다. 그녀가 옳았다는 것이 밝혀졌을 때조차 말이다. 그건…… 두려운 일이다."

"알아요." 내가 말했다. 그를 향한 공감이 물밀듯이 느껴졌다. '두렵다'는 순화한 표현이었다. "어머니가 아버지의 머리카락을 태우라고 시켰나요?"

"내 뭐를 어떻게 하라고 시켰다고?" 그는 조금 웃었다. "그건 내겐 생소한 일이다. 정확히 말해서 뭐……?"

"신경 쓰지 마세요." 내가 말했다. "그러면 왜 어머니와 결혼한 건가요? 어머니가 그렇게 어렵고 무서웠다면?"

"정확히 표현해서 무서운 건 아니었다. 복잡했다고 해 두자. 때로는 참 재미있는 사람이었다. 비록 예측 불가능한 사람이기는 했지만."

"그런데 왜 결혼했어요?

"네 어머니가 내 음료에 뭔가 집어넣었거든. 미안하다. 형편없는 농담이었어."

아버지는 대다수의 평균보다 더 일찍 삶을 마감했다. 암이었다. 나에게 알려줬기 때문에, 적어도 미리 경고를 받은 셈이었다. 그렇다 하더라도, 그건 하나의 상실이었다. 혼자만의 독특한 비밀, 어머니가 도저히 비집어 열어 평가할 수 없는 삶의 한 부분이 이제 더 이상 존재하지 않게 된 것이다. 나는 부고면을 계속 살펴보았다. 가족이 내게 소식을 알리지 않으리라는 것을 알았기 때문이다. 다른 가족. 비밀이 아닌 가족.

나는 내가 모르는 사람들로 가득한 장례식에 가서, 공식적인 추모객들로부터 멀리 떨어져, 뒤쪽에 자리 잡았다. 어머니도 왔다. 어머니는 그즈음에는 아무도 장례식에 입고 가지 않았던 과장된 검은 상복을 입고 왔다. 심지어 베일까지 쓰고 있었다. 당시 나는 결혼을 해서 아이가 둘 있었다. 두 명 모두 딸이었다. 어머니와 나는 첫 아이가 태어난 후 큰 불화를 겪었다. 내가 진통을 겪는 동안 그녀는 주황색 물질이 든 병을 선물로 들고 분만실로 와서 그것을 튼 살 자국에 바르라고 했다. 그리고 태반을 내가 먹을 수 있도록 요리하고 싶다고 했다.

"정신 나갔어요?" 그렇게 역겨운 일은 들어본 적이 없었다. 이제는 물론 케케묵은 일이 되었다.

"전통적인 관행이야. 악의를 물리쳐주는 거야. 애야, 내가 가르쳐준 것처럼 머리빗에 낀 머리카락을 계속 태우고 있니? 저 못된 늙은이 스케이스 선생이 계속 도사리고 있었어. 단지 나에게 복수를 하고 싶다는 이유로 언제나 너에게 해를 입히고 싶어 했지. 이제 막 미숙아실 창문 밖에서 간호사인 척하는 그녀를 봤어. 그 여자는 습관적으로 변장을 하곤 해. 옛날에는 수녀로 변장하곤 했지."

"내 고등학교 체육 선생인 스케이스 선생이요? 그건 불가능한 일이에요, 어머니." 나는 마치 다섯 살배기에게 설명하듯 조심스럽게 말했다. "스케이스 선생은 몇 년 전 세상을 떠났어요."

"겉모습은 기만적이기 마련이지. 그저 죽은 것처럼 보일 뿐이야."

내가 왜 나의 어린 딸들과 그들의 할머니 사이에 안전거리를 두고 싶어 했는지 독자들은 이해할 수 있을 것이다. 나는 아이들이 나와는 달리 평범한 유년기를 보내길 바랐다.

여기서 나의 남편에 대해서 한마디 하겠다. 그는 시간이 가면서 점점 더 개선된 사랑스러운 인간이다. 예스럽게 구애 기간이라고 칭할 시기 동안 내가 그와 어머니 사이에 일정한 간격을 두었다는 사실을 언급할 필요는 없을 것이다. 그가 어머니의 헛소리를 한바탕 듣고 난 후 너무 놀라서 가장 가까운 국제선 비행기로 급히 도망치는 모습을 나는 상상했다. 그렇지만 그들의 만남은 어느 시점에는 이루어져야 했다. 나는 알 수 없는, 그러나 타로카드가 관련된 어떤 방법으로, 그녀가 그의 존재를 알게 되었기 때문이었다. 우주는 그에게 아무런 반감이 없다고 그녀는 나에게 말했다. 오히려 성위(星位)가 좋다고 했다. 목성이 크게 보이고 컵의 왕과 다이아몬드가 두드러진다는 것이었다. 그녀는 그를 만나게 되기를 기대한다고 했다. "서두를 필요는 없어." 그 말은 서두르라는 뜻이었다.

나는 여러 일화를 가볍고 웃기게 포장해서 그를 살살 달랬다. 머리카락 태우기, 병 속의 진득한 물질, 손가락질, 카드, 땅요정을 아버지라고 한 것까지. 이런 것은 무해한 괴짜 행동이었다. 아무도 그걸 심각하게 받아들이지 않았다고 나는 말했다. 어머니도, 그리고 당연히 나도 심각하게 여기지 않았다고. 예비 남편은 나의 어머니가 재밌는 사람인 것 같고 분명 유머 감각이 있는 사람이라고 했다. "아, 그럼." 나는 손바닥에 식은땀을 흘리며 웃었다. "엄청난 유머 감각이지!"

내가 그에게 스케이스 선생에 대해 한마디도 안 했다는 사실을 당신은 알아차렸을 것이다. 그 부분은 정말로 또라이 같은 이야기였다. 나는 그가 이해해 주기 바랐지만, 하늘을 날아다니고 버섯을 밀렵하는 스케이스 선생의 이야기까지 받아들일 정도의 이해심을 바란 건 아니었다. 나의 어머니와 나의 배우자가 적어도 서로의 존재를 견뎌줄 수 있다면 삶이 더 평화로울 것이다.

마침내 그들은 만났다. 내가 주선해서 토론토 중심가에 있는 킹에드워드 호텔에서 차를 마시게 되었다. 어머니가 그렇게 고상한 분위기 속에서는 소동을 일으키지는 않으리라 생각했고, 그녀는 소동을 부리지 않았다. 어머니는 예의 바르고, 비교적 따뜻하고, 배려하는 태도를 보였다. 예비 남편은 공손하고, 기분을 잘 맞추고, 차분했다. 나는 그녀가 그의 손을 훔쳐보는 것을 포착했다. 그녀는 그가 정도를 벗어나 비서들과 간통할 가능성이 있을지 알아내기 위해 손금의 감정선을 훔쳐보고 싶었던 것이다. 하지만 그녀는 조심스럽게 했다. 그것을 제외하면 구식의 상냥한 중산층 어머니 역을 잘 연기해 냈다. 예비 남편은 살짝 실망했다. 좀 더 덜 관습적인 것을 기대하도록 내가 바람을 넣었던 것이다.

아버지의 장례는 어머니와 평화롭게 지내던 기간에 치러졌다. 그래서 검은 드레스와 베일 차림을 한 어머니를 발견했을 때, 나는 어머니에게 가서 옆자리에 앉았다. 다시 어머니와 대화를 재개한 때였다. 어머니와의 대화는 일정한 주기를 그리며 이루어졌다. 어머니가 내 기분을 상하게 하고, 나는 그녀와 단절하고, 내가 화를 풀고, 둘 사이에 평화가 도래하고, 그러다가 그녀가 다시 선을 넘었다.

"괜찮아요?" 내가 물었다. 그녀는 약간 울고 있었다. 그녀에게는 매우 드문 일이었다.

"그는 내 연인이었어." 그녀는 눈물을 찍어내며 말했다. "내가 그를 쫓아내 버렸어! 우리는 정말 사랑했는데. 아주 옛날에." 마스카라가 볼 위로 흘러내렸고, 나는 그것을 닦아냈다. 어머니는 언제부터 마스카라를 사용하기 시작했던가? 더 중요한 점은, 언제부터 타인들 앞에서 울기 시작한

숲속의 늙은 아이들

것인가? 약해지고 있는 걸까?

사실이었다. 그녀는 정말로 약해지고 있었다. 그러나 긍정적인 방향으로의 변화는 아니었다.

그 가능성에 대해 의식하게 된 후로, 나는 경악하며 징후들을 알아차리기 시작했다. 마치 어머니가 용해되기라도 하듯 그 징후들은 심란할 정도로 급속히 늘어났다. 마스카라 단계는 시작되자마자 끝났다. 외적 아름다움은 더 이상 관심사가 되지 못한다고 그녀는 말했다. 산뜻하게 다린 셔츠드레스가 사라져 버렸다. 사실 다리미도 없어졌다. 어머니는 더 이상 아무것도 다리지 않았다. 풀 먹인 드레스와 진지한 쿠반힐 대신에 항상 깨끗하지는 않은 일련의 특대 사이즈 티셔츠와 조거팬츠와 정형 신발처럼 보이는 투박한 샌들 여러 켤레가 나타났다. 그녀의 울퉁불퉁한 발가락이 샌들 앞쪽으로 튀어나왔고, 그 발톱은 두꺼워지고 누레졌다. 발톱 깎는 게 힘든가 싶었다. 더 심하게는 어머니가 발톱 깎는 걸 기억이나 하는지 의문이었다.

그녀가 아직도 절구에 뭔가를 갈고 있었던가? 나로서는 알 수 없는 일이었다. 냉장고 속의 여러 병들 안에서 수염 같은 곰팡이가 자랐다. 그 시점에 이르러서는 그녀가 발효되고 있는 남은 음식을 먹고 식중독에 걸리지 않도록 나는

2주에 한 번씩 냉장고 검사를 실시했다.

그녀의 압력솥은 오래전에 사라졌다. 스케이스 선생이 압력솥 폭발을 야기한 후 어머니가 버렸다고 했다. 철제 프라이팬은 녹슬었다. 냄비는 대충 닦아 보관되었다. 그런데 뒤뜰에서 모기 유충이 가득 찬 녹조투성이 물 3인치가 든 냄비가 하나 발견되었다. "새 목욕통이란다." 그녀가 말했다. 뒤뜰 자체는 정글이었다. 단정한 경계선도 없고 허브도 없었다. 방가지똥이라는 잡초가 정원 전체를 뒤덮고 있었다.

나는 그녀에게 왜 요리를 하지 않는지 물었다.

그녀는 어깨를 으쓱했다. "너무 귀찮아. 그리고 누구를 위해 요리를 하겠니?"

그녀에 대한 걱정이 점점 늘어갔다. 그녀가 식사를 하는지 점검하기 위해 나는 저녁 시간에 전화를 하곤 했다. "저녁 드세요?"

침묵. "응."

"뭐 드시는데요?"

또 다른 침묵. "그냥 뭐 먹고 있어."

"통조림 음식인가요?"

"그렇다고 할 수 있지."

"앉아서 드시는 거예요?"

"네가 알 바 아니다."

그러니까 그녀는 10대가 먹을 걸 찾듯 부스러기들을 먹으며 주전부리로 연명하고 있었던 것이다. "토스터 오븐에 데워 드세요." 내가 말했다.

"불이 났어." 별로 걱정하는 것 같지는 않았다.

"토스터 오븐에요?"

"그래."

"언제 났어요? 왜 저한테 말하지 않았어요?"

"내가 불을 껐는데 뭐 하러 너에게 말하겠니? 그 스케이스 선생 짓이야. 그녀가 불을 낸 거야."

"오, 제발!"

"애야, 걱정 마. 이번에는 내가 이기고 있어."

나는 마침내 그녀에게서 배경 이야기를 다 캐냈다. 그녀와 스케이스 선생은 수세기 동안, 여러 환생을 거치며 전쟁을 벌여왔다. 그들은 한때 친구였지만 한 젊은이를 둘러싸고 사이가 멀어졌다. 대략 400년 전, 그들은 야밤에 공중전을 벌였다. 빗자루에 타지는 않았다고 그녀는 덧붙였다. 날아다니는 빗자루에 관한 상투적 표현은 미신에 불과했다. 그러다가 스케이스 선생은 어머니가 마법을 한다며 고위 당국자들에게 고자질했고, 그 결과는 불타오르는 종말이었다. 어머니의 말에 따르면 그녀의 심장이 타버리기를 거부했기 때문에 그들은 그것을 따로 소각해야만 했다. 잔다르크의 경우에도 똑같았다고 그녀는 자랑스럽게 말했다. 스케이스 선생은 화형 현장에 있었고 어머니를 조롱했다.

"내가 그녀를 먼저 고발했어야 하는 건데." 어머니가 말했다. "하지만 나는 그게 불명예스러운 일이라고 생각했어. 우리 전통을 배반하는 일."

"그 젊은이는 어떻게 됐어요?" 내가 물었다. 어머니에게 창작이나 망상에 대해 지적하는 건 아무 소용이 없었다. 그녀는 그냥 입을 닫아버릴 것이다. 그리고 내가 그녀 말을 믿지 않는다고 하면 싸움이 일어날 게 뻔했다.

"스케이스가 그를 써버렸어." 어머니가 말했다.

"'그를 써버리다'니, 무슨 뜻이에요?"

"그녀의 타락한 성적 목적을 위해서." 어머니가 말했다. "매일 밤마다."

"같은 스케이스 선생에 대해 말하고 있는 거 맞아요?" 나는 도저히 상상할 수 없었다. 체육관에서 여학생 농구팀을 지도하면서 심판 호루라기와 주름 무늬 잡힌 체육복 아래로 드러난 마른 다리를 가진 스케이스 선생. 건강 수업 시간에 생리주기를 설명하면서 완곡한 표현을 찾아 허둥대던, 가슴이 절벽인 스케이스 선생. 당시 섹스는 입에 올릴 수 없는 말이었다. 공식적으로 그것은 존재하지 않았다. "절대 아니겠죠." 내가 단호히 말했다.

"옛날에 그녀는 다르게 생겼더랬어." 어머니가 말했다. "훨씬 더 매혹적이었지. 그녀는 고래 뼈 코르셋과 가슴골이 있었어. 얼굴을 비소로 칠했고."

"비소라고요?"

"당시 스타일이었어. 어쨌든, 그녀는 그를 소진해 버렸어. 그의 뼈에서 골수를 빨아먹은 거지. 그런 다음, 그가 기진맥진했을 때 그의 음경을 훔쳤어."

"뭐라고요?" 음경 절도는 새로운 것이었다. 그런 이야기는 내가 고등학생일 때는 없었다.

"그게 더 이상 작동하지 않아서 화가 났던 것 같아. 어느 날 아침 그가 아래를 내려다보았더니 그게 사라져버린 거지. 그가 잠들었을 때 그녀가 손가락질을 했을 거야. 그녀는 그걸 이제까지 훔친 다른 음경들과 함께 삼나무 상자에 보관하고 있었어. 그것에 밀알로 먹이를 줬지. 보통 그런 식으로 음경을 돌봐주거든."

나는 강한 자제력을 발휘했다. "그 여자는 왜 그런 짓을 했던 거죠?" 나는 조심스럽게 물었다. "음경 수집이요."

"어떤 사람들은 우표를 수집하고, 그녀는 음경을 수집하지. 그때는 많은 사람들이 그랬어. 아무튼 그는 내게 상담을 요청했어. 내가 지상의 육체를 벗어난 상태였기 때문에 당연히 영매를 통해서 그렇게 했지. 나는 고위 당국자들에게 고발하라고 충고했고, 그는 내 말을 따랐어. 그리고 그녀는 음경을 돌려줄 수밖에 없었어."

"그리고 다시 붙였겠군요."

"당연하지, 얘야. 그런데 그게 끝이 아니었어. 그녀는 다른 음경들도 다 돌려줘야 했어. 그녀는 몇몇 중요 인사들의 음경도 수집했거든. 진짜야! 그들 중 한 사람은 남작이었어. 그런 다음 그녀는 화형당했어. 그래도 마땅하지!"

"그리고 지금 이렇게 된 거군요." 내가 말했다.

"맞아. 그렇게 된 거지. 그렇지만 이제는 고위 당국자들이 없어. 아니, 그런 종류의 고위 당국자들이 없다고 해야겠지."

"이런 질문을 해도 될지 모르겠는데…… 스케이스 선생과 어머니는 아직도 공중전을 벌이나요? 밤에?"

"아, 그럼." 그녀가 대답했다. "매일 밤 하지. 그래서 내가 항상 피곤한 거야."

늘어진 티셔츠를 입고 투박한 샌들을 신은 어머니가 아직도 목에 심판 호루라기를 걸고 있을지도 모르는 스케이스 선생과 공중에서 레슬링하는 모습은 감당하기 너무 버거운 것이었다. 나는 웃고 싶은 유혹이 들었지만, 그건 잔인한 행동이 될 것이다. "이제 그만둬야 하지 않을까요?" 내가 말했다. "정전을 선포하는 거죠."

"그 여자는 절대로 그렇게 안 할 거야. 독기 품은 늙은 마귀할멈."

"어머니 건강에 해로워요." 내가 말했다.

"나도 알아, 아가야." 그녀는 한숨을 쉬었다. "나 자신에 대해서는 걱정하지 않아. 하지만 언제나 그랬듯 나는 너를 위해 이렇게 하는 거야. 그리고 당연히 네 아이들을 위해서. 내 손녀들. 그녀가 아이들을 해치면 안 되니까 말이다. 어쩌면 그 아이들 둘 중 하나는 재능을 물려받았을 수 있어. 그러니까 재능이 허비되는 게 아닐 거야."

소위 현실이라고 하는 것으로 돌아올 시간이 되었다. "난방비 내셨어요?" 내가 질문했다.

"오, 난방 같은 거 필요 없어." 그녀가 말했다. "나는 추위에 면역이 있거든."

그녀의 상태는 이제 급속히 악화되었다. 이 사건 이후 얼마 되지 않아서 그녀는 고관절 골절상을 입었고(공중에서 굴뚝 속으로 떨어진 거라고 그녀는 내게 귓속말로 알려주었다.) 병원에 입원해야 했다. 나는 그녀의 앞일에 대해 상의하려고 했다. 고관절 치료 후 그녀는 재활 시설에 가게 될 것이고, 그다음에는 좋은 노인생활지원 시설로…….

"그런 거 하나도 필요 없어." 그녀가 말했다. "이 몸으로 병원을 떠나지 않을 거야. 모든 것이 다 준비되어 있어."

그 준비에는 울혈성 심부전도 포함되었다. 마지막 장면은 이러하다. 나는 그녀의 병상 옆에 앉아서 정맥이 울퉁불퉁 튀어나온 연약한 손을 붙잡고 있다. 그녀는 어쩌다 이렇게 작아졌는가? 거의 존재하지 않는 것같이 느껴졌다. 그러나 그녀의 마음은 여전히 푸른 불꽃처럼 타올랐다.

"모두 어머니가 지어낸 거라고 말해 줘요." 내가 말했다. 내가 화내지 않고 단도직입적으로 묻고 있었기 때문에(예전에는 한 번도 해보지 못한 일이었다.) 그녀가 분명 인정할 것이라고 믿었다.

"뭘 지어냈다는 말이니, 우리 딸?"

"머리카락 태우는 거. 손가락질. 그 모든 것이요. 아버지가 땅요정이라는 것과 비슷한 거였죠? 그냥 동화 같은 거?"

그녀는 한숨을 쉬었다. "너는 정말 예민한 아이였지. 너무나 쉽게 상처를 받았어. 그래서 너에게 그런 얘기를 해준 거야. 삶의 얼굴 앞에 맞섰을 때 네가 무력하다고 느끼지 않기를 바랐어. 삶은 혹독한 거야. 나는 네가 보호받는 느낌을 받고 너를 지키는 더 큰 힘이 있다는 것을 알게 되길 원했어. 우주가 너에게 개인적으로 관심을 갖고 있다고."

나는 얇은 피부로 덮인, 해골이나 다름없는 그녀의 이마에 키스했다. 보호자는 그녀였다. 더 큰 힘은 그녀였다. 나에게 관심을 가졌던 우주 역시 그녀였다. 언제나 그녀였다. "사랑해요." 내가 말했다.

"알고 있어, 우리 딸. 그리고 보호받는다는 느낌을 받았니?"

"네." 내가 말했다. "그랬어요." 그건 어느 정도 사실이었다. "나를 위해 이 모든 걸 지어내다니 어머니는 참 다정한 사람이에요."

그녀는 녹색 눈으로 나를 곁눈질했다. "지어냈다고?" 그녀가 말했다.

그리고 이렇게 나는 결말에 다다랐다. 그러나 이건 끝이 아니다. 마지막이란 자의적인 것이기 때문이다. 한 장면을 더 이야기하고 마무리하겠다.

나의 큰딸은 이제 열다섯 살, 말대꾸하는 시기다. 힘겨루기가 진행 중이다. 딸아이는 밤에 내가 거의 본 적도 없는 운동광과 달리기를 하러 가려고 한다. 달리기라고! 예전 여학생들은 육상경기가 아니면 달리지 않았다. 그들은 한가롭게 거닐었고 느긋하게 산책했다. 달린다는 것은 품위 없고 덜렁거리는 짓이었다. 그때 스포츠브라 같은 걸 누가 알았단 말인가?

나의 딸은 딱 달라붙는 바지와 신축성 좋은 상의를 입고 있다. 새와 동물 문양의 가짜 문신이 세 개씩 있는 양팔은 다 드러냈다. 열여덟 살이 되면 영구 문신을 하겠다고 벼르고 있다. 혹시 나중에 마음이 바뀌었을 때 문신을 지우기 힘들다고 설명했지만, 소용없다.

"어두울 때 달리기는 안 돼." 내가 강경하게 말한다. "너무 위험해. 범죄 대상을 찾아다니는 사람들이 있단 말이야."

"엄마가 내 우두머리냐고! 씨발, 가로등이 있다고!"

상스러운 말이라든가 심지어 걸레 같은 입이라고 지적하는 것도 아무 소용없다. 외양간에서 소를 잃은 지 이미 오래다. "그렇다고 해도. 그리고 너의, 네 친구…… 남자애들은 자제력을 잃을 수도 있어."

"자제력을 잃는다고, 망할! 우리는 달리기를 할 거라고! 걔가 무슨 강간범도 아니잖아! 그러니까, 걔가 좀 짜증나는 인간일 때도 있지만……"

　　　　　　　　　　　　　　　　　　　숲속의 늙은 아이들

좀 짜증나는 인간이라고? 내가 보기엔 너무 약한 진단이다. "안 된다고 했다."

"엄마 정말 재수 없어!"

"손가락질하게 만들지 마." 내가 말한다. 화가 치밀어 오르기 시작한다.

"뭐라고? 손가락질하게 만들지 말라고?" 딸은 눈을 굴리며 어이없다는 표정을 짓더니, 웃기 시작한다. "씨발 내 인생! 손가락질이 뭐야?"

"마법에 관련된 거야." 내가 정색하고 말한다. "결과를 감당 못할걸."

"어휴, 젠장!" 딸애가 비웃는다. "마법에 관련된 거라고! 정신 나갔어?"

"네 할머니는 마녀였어." 나는 최대한 엄숙하게 말한다.

딸이 갑자기 말을 멈춘다. "구라 치는 거지! 그러니까, 저기 뭐야, 진짜로?"

"진짜라니까." 내가 말한다.

"그러니까, 어떤 마녀 짓을 했는데?"

딸아이는 완전히 넘어가지는 않았지만, 내 말에 관심을 보이고 있다. 나는 비밀을 털어놓는 속삭임으로 목소리를 낮춘다. "네가 더 크면 말해 줄게." 나는 당장 닥친 곤경을 모면하며 말한다. "하지만 네가 준비가 되기 전엔 밤에 달리기는 안 돼. 마녀들은 밤에 다른 사람들이 볼 수 없는 걸 본단 말이야. 예를 들면 죽은 사람들 같은 거. 네가 교육을 받지 않고 준비가 되지 않았다면 무서울 수 있어."

"그런데 나는 마녀가 아니지?" 딸이 자신 없이 말한다. 가능성 있는 선택지를 헤아려 보는 것이다.

"아직은 알아차리지 못할 수도 있어." 내가 말한다. "할머니는 그 재능이 유전이 된다고 믿었어. 한 세대를 건너뛸 수도 있어. 너는 분명 자라서 재능을 발휘하게 될 거야. 그렇게 되면 아주, 아주 조심해야 해. 네 힘을 남용해서는 안 돼."

딸아이는 팔로 자신을 감싸 안는다. "추워."

그녀는 짜릿함을 느끼고 있다. 그 나이에 누군들 그렇지 않겠는가.

망자 인터뷰

마거릿 애트우드 : 오웰 씨, 안녕하십니까. 친절하게도 나타나 주셨군요. 정확히 말해 나타난 건 아니네요. 내가 당신을 볼 수 없으니. 출연해 주셔서, 아니…… 이 인터뷰를 위해 등장해 주시다니 친절하세요.

조지 오웰 : 별 말씀을. 당신이 더 큰 친절을 베풀어 주었소. 아직도 자신의 육(肉)껍데기 안에 들어 있는 사람과 이야기할 기회가 거의 없었다오.

자신의 뭐라고요?

미안하오. 놀라게 하려던 건 아니었소. 이 지역 특유의 표현이라오. '내가 한때 "산 자들"이라고 불렀던 이들 가운데 여전히 남아 있는 자'라고 합시다.

그 표현을 더 이상 안 쓰시나요, 산 자들이라는?

살아 있음은 여러 다른 방식이 있을 수 있으니까요.

맞습니다. 내게 당신은 언제나 살아 있는 것처럼 느껴졌습니다. 심지어 당신이…… 더 이상 육껍데기 안에 들어 있지 않은 데도요. (긴장된 웃음) 만나게 되어 정말 영광입니다. 당신은 제 작품에 큰 영향을 미쳤습니다.

(확실하지 않은 코웃음. 짜증인가?) 당신도 작가요? 이기적이고, 게으르고, 자기중심적이겠죠, 다른 작가들이 다 그렇듯?

글쎄요…… 게으른 건 확실합니다.

나는 그런 비판에서 면제될 수 없소. 오히려 반대요. 그런데 미안하오, 아직 그 즐거움을 맛보지 못했소.

무슨 즐거움이요?

당신의 '작품'을 읽는 즐거움 말이오. 사실 당신이 누군지 잘 모르오. 당신을 볼 수 없으니.

베리티 부인이 눈을 감고 있어서요?

그렇소. 이 영매들이 눈을 뜨고 활동할 수 있다면 더 유용할 거요. 지금으로선 이건 전화 통화, 그것도 선이 불안정한 전화 같소. 목소리로 짐작건대 식민지 거주민 여성이오?

잘 맞히셨습니다!

그들이 글을 쓰기 시작했소?

여자들이요 아니면 식민지인들이요?

아, 음…… 둘 다요.

오, 지금 그들은 활기차게 글을 써내고 있습니다! 사실 그 당시, 그러니까 당신이 아직 육껍…… 그때도 일부 식민지 주민들, 그리고 심지어 여자들도 글을 썼죠. 당신은 그녀들의 글은 많이 안 읽은 모양입니다.

(기침) 나는 매우 바빴소. 그때는 격동의 시기였소. 혁명, 독재, 전쟁…… 당신도 그런 것에 대해 읽어봤을 거요. 나는 살짝…… 이걸 어떻게 표현하나…… 선정적이고 낭만적인 싸구려 창작물에 잠시 몸담았었소.

『1984』에 나오는 대량생산 쓰레기 같은 거요? (무미건조하게) '여성용 책'이라고 불렸죠. 하지만 심지어 그때도 일부 여성들은 진지한 문학 작품을 써내고 있었습니다.

(목기침을 하며) 젊은 아가씨, 내가 기분을 상하게 한 건 아닌지 모르겠소. 여자들은 때때로 사소한 일로 화를 내곤 하오.

지금 시대에 그런 식의 말을 한다면 많은 곤경에 처할 수 있습니다. 그걸 '폄하'라고 부릅니다. 여성들은 더 이상 그런 걸 감수하지 않습니다.

수천 번 용서를 구하오. 우리 남자들은 그런 것에 대해 한번 생각조차 해보지 않고 그런 식으로 말했다는 걸 이제야 깨닫소. 나는 내 시대의 산물이오. 그렇지 않은 사람은 거의 없소. (잠시 침묵) 당신은 내 세대 사람이 아닌가 보오.

동시대 사람이라고는 할 수 없지만, 조금 겹치기는 합니다. 당신이 육껍데기를 벗었을 때 나는 열 살이었습니다. 그러니까 내가 실제로 어떤 작품을 썼을 때 서평용 견본을 당신에게 보내달라고 출판사 사람에게 부탁할 방법이 없었어요.

웃기려고 한 말이오?

(희미한 웃음) 아쉽게도 별로 적절한 농담이 아니었군요.

(침묵)

제발 사라지지 말아주세요! 당신과 연결이 끊기고 있는 건가요?

연결이 됐다가 끊어졌다 하는 거요. 전쟁 통에 BBC방송을 하는 것과 비슷하오. 그때는 라디오를 포함해서 모든 것의 질이 나빴소. 무전이라는 용어로 지칭했소. 무전

숲속의 늙은 아이들

에 상당 기간 종사했던 걸로 기억하오.

네, 그랬습니다. 그 방식을 통해서 당신의 가장 뛰어난 짧은 에세이 몇 편을 소개했습니다. (짧은 침묵) 오웰 씨, 이전에도 당신과 접촉하려고 시도한 적이 있었지만, 성공하지 못했습니다. 아마도 내가 당신을 블레어 씨*라고 불러서 그랬던 것 같습니다. 그래서 당신의 아버지를 만나게 되었죠.

아? 그는 하등 도움이 안 됐을 것 같은데.

당신이 외교관, 아니면 변호사가 되길 바랐다고 말씀하시더군요. 신이 준 두뇌를 더 잘 활용하기를 바랐다고.

분명 신이 아니라 자신이 준 두뇌라는 의미였을 거요.

그는 당신이 스스로의 장점을 저버렸다고 했습니다.

계급의 장점을 의미하는 거였겠지. 가문의 은제품. 어린 속물들을 위한 학교와 그 외 여러 가지. 나는 그런 것들을 장점으로 여기지 않았소. 진실을 흐리는 요인으로 생각했소.

당신이 그런 빌어먹을 공산주의자가 된 데다가, 덤으로 옷까지 엉성하게 입어서 유감이라고 하더군요.

재단사에게 돈 쓸 여력이 없었소. 아무튼 변변치 못했

---

* 조지 오웰의 본명은 에릭 아서 블레어(Eric Arthur Blair)다.

던 난방을 고려했을 때, 품질 좋고 따뜻한 조끼 스웨터가 내게 더 쓸모 있었소.

그 조끼 스웨터가 당신 사진에 나온 것인가요? 콧수염과 예초기로 민 것 같은 머리에 어리벙벙한 표정의 사진? 트위드재킷 아래 입고 있는 것? 조끼에 무슨 자국이 묻은 거 같습니다. 잉크입니까?

네. 그럴 수 있소. 나는 그걸 자주 세탁하지는 않았소. 아니, 아일린이 하지 않았지. 마르는 데 시간이 너무 오래 걸렸소. 겨울에는 특히 더.

아일린이라고요? 당신의 부인이요?

나의 첫 번째 아내였소. 우리는 함께 참으로 많은 것을 이뤘소! 그녀가 죽었을 때, 그것도 그렇게 갑자기 죽었을 때 나는 완전히 무너졌소. 하지만 그녀는 이제 괜찮소. 정원 가꾸기에 아주 많은 관심을 갖고 있소. 이렇게 먼 곳에서도.

나의 아버지 얘기로 돌아가 봅시다. 부언하자면, 나는 그에 대해 잘 모르오. 나는 절대 공산주의자가 아니었소! 민주적 사회주의는 공산주의가 아니오. 언어의 부정확함…… 그건 내가 천착했던 문제들 가운데 하나요. 어떤 이들은 지나친 집착이라고 했지. 그렇지만 무언가의 이름

숲속의 늙은 아이들

을 바꾸면 많은 경우 그 실체 자체가 달라지오. 역사를 다시 쓰는 것…… 그게 이루어지고 있었소. 양쪽 진영에서 다 그랬다는 사실을 덧붙여야겠소. 영국의 식민시대 기록은 오류투성이였소. 제국, 협잡꾼, 허튼소리, 그리고 허풍, 적나라한 탐욕과 권력에 대한 욕망.

사람들이 그 사실을 이제 더 잘 깨달아가고 있다고 생각합니다.

(코웃음) 진작 그랬어야지! 내가 그 주제에 대해 말했을 때는 국가에 충성하지 않는다는 비난을 받았소.

역사 다시 쓰기가 여전히 시도되고 있다는 사실에 관심을 가지실 것 같습니다. 특히 미국에서요.

별로 놀랍지 않소. 그들이 노예제도를 호도하려고 했던 것, 그리고 또 짐 크로법*…… 민주주의에서 그런 식의 불평등이 존재할 수는 없는 거요. 만일 그 나라가 민주주의라면, 혹은 한 번이라도 민주주의였던 적이 있다면.

잘못된 정보가 많이 퍼지고 있습니다.

사람들이 어떤 것을 믿도록 조종당하는지 알면 놀랄

---

* 미국 남부에서 흑인들을 합법적으로 차별하기 위해 남북전쟁 직후에서 1968년까지 100년 정도 시행되었던 법. 흑인들의 선거권, 교육권, 그 외 여러 권리들을 제한함으로써 그들을 주변화시켰다.

거요.

사실, 당신의 시대보다 지금이 더 나쁠 수 있습니다. 적어도 스탈린은 지구 밖에서 온 파랑새 모양의 외계인을 밀어붙이려는 시도는 하지 않았습니다.

하! (웃음) 그 고리타분한 허풍쟁이, H. G. 웰스에게서 배워온 것인가?

그의 초기 소설에서 배운 것일 수도 있죠. 하지만 적어도 그는 과학을 신뢰했습니다. 오늘날의 많은 백신 반대주의자들과는 달리요.

무슨 반대주의자?

복잡한 이야기입니다.

웰스는 어떤 면에서는 맞았소. 그러나 과학만으로는 절대 충분하지 않소. 그가 구상했던 단일한 세계 정부는 어떻게 포장하더라도 독재일 거요. 올더스 헉슬리가 『멋진 신세계』에서 그 아이디어를 효과적으로 활용했소. 그것에 대해 혹시 들어보았소? 그는 이튼에서 내 선생님이었소. 프랑스어를 가르쳤는데 그다지 잘 가르치진 않았소.

그가 당신에게 편지를 쓰지 않았던가요? 『1984』가 출간되었을 때?

(기침, 웃음) 맞소, 그랬지. 그가 다음과 같이 썼소. "'얼

굴을 짓밟는 군화 정책'*이 실제로 영원히 지속될지는 불확실해 보이네. 통치하는 과두제 집권층이 덜 힘들고 덜 소모적인 집권 방식과 권력에 대한 스스로의 욕망을 만족시키는 방법들을 찾을 거라는 게 내 신념일세. 그리고 이 방법들은 내가 『멋진 신세계』에서 묘사한 방식들과 유사할 걸세."

당신들은 차례로 맞는 예언을 했군요. 예를 들면, 최근에 미국에서는 쿠데타가 일어날 뻔했습니다. 의회 의사당 난입. 선거 결과를 뒤집으려는 시도.

익숙한 이야기요. 나는 이런저런 쿠데타의 시대에 살았소. 구호는 다르지만 생각은 같다오. (기침)

그리고 그들 다수가 이제는 그런 일이 없었던 척하고 있습니다.

기억통**에 버린 모양이오. 적어도 그들에게는 자유로

---

* 폭력에 기댄 미래사회의 영구 집권 정책으로 제시된 표현이다. 『1984』에서 'a boot stamping on a human face——for ever'로 서술된 문장을 여기서는 간단히 'policy of the boot-on-the-face'로 표현했다.
** Memory Hole. 오웰의 『1984』에서 기록국(일종의 신문사)은 '사실'을 위변조하기 위해 '가짜뉴스'를 생산한 후 과거의 기록들을 폐기하는데, 이때 이 '기억통'에 넣어 문서를 소각한다.

운 언론이 있잖소. 총 맞지 않고 말할 수 있도록 허용된 독립적 목소리.

어느 정도는요. 완벽하지는 않습니다.

완벽함은 선함의 적이오. (기침) 담배 피워도 되겠소?

몸에 아주 해롭습니다.

(투덜거림과 웃음의 중간 소리) 이젠 아니지. 사람은 한 번만 죽으니까. 이거 어떤 충격적인 책의 제목 아니었소? 아니, 충격적인 영화였던가. 아니오, 「포스트맨은 벨을 두 번 울린다」와 헷갈렸소. 프롤레타리아를 위한 소모품. 그렇다고 해서 내가 멋지게 설계된 살인을 즐기지 않는 것은 아니오. (성냥 긋는 소리)

피워도 저는 괜찮습니다. 내가 10대였을 때, 그러니까 1950년대에는, 담배 피우는 사람들이 많았습니다. 그래서 그런 것에 익숙합니다. 하지만 베리티 부인은 엄격한 금연 정책을 고수합니다. 고객들 중에 천식을 앓는 사람들이 있어서요.

그녀는 알아채지 못할 거요. 지금 행복한 최면에 빠져 있지 않소? (희미한 담배 냄새)

질문을 해도 될까요? 민감한 질문입니다.

물론이오. 민감한 대답을 하지 않도록 노력해 보겠소.

숲속의 늙은 아이들

당신이 심령론자의 서비스를 이용하다니 좀 놀랍군요. 그것도 허튼소리, 허풍, 협잡의 범주에 들어가지 않나요?

(킥킥 웃는 소리) 상태가 바뀌면 선입관 일부가 재조정 되오. 융통성 없음은 제한된 지성의 증상이고, 내가 살았던 시대의 소위 지성인들 다수에게 나타났던, 너무 지나치게 전형적인 모습이었소. 그들은 고정된 이념을 사고(思考)라고 착각했던 거요.

그 버릇은 사라지지 않았습니다. 그렇다 하더라도, 이건 예전 태도에서 상당한 변화…….

나는 항상 현실적이기 위해 노력해 왔소. 그래서 일종의 팸플릿 저자가 되었던 거요. 월세를 내야 했고, 즉각적으로 독자를 끌어들일 수 있는 빠른 방법이었소. (짧은 침묵) 갖고 있는 수단을 사용해야 하오. 필요하면 하기 싫어도 해야 하는 법이오. 그러니 우리가 함께 이야기할 수 있는 수단이 베리티 부인이라면, 베리티 부인을 사용해야 하는 거요. (성냥 긋는 소리. 두 번째 성냥 긋는 소리)

라이터를 사용하실 수 있을 텐데요.

속물적인 기계. 그 위에 새겨진 모노그램. (담배 연기 흡입하는 소리) 베리티 부인은 그녀의 진짜 이름이 아니오. 베리티는, 신뢰감을 자아내기 위한 선택인 것 같소. 진짜

성인 '다지'보단 낫지.*

나는 항상 또 다른 자아에 관심을 가져왔습니다. 필명, 가명, 그런 것들. 당신의 선택이 늘 궁금했지요. '조지 오웰.' 하노버 왕조에는 조지라는 이름의 왕이 네 명 있었습니다.

그 조지가 아니오! (웃음) 어머니에게 지나치게 상처를 드리지 않으려면 필명이 필요했소. 어머니는 나의 일부 견해에 대해 경악했소. 내가 극심하게, 그리고 감히 표현하자면, 불결하게 가난한 사람들과 함께하게 된 것, 그런 다음에는 그 경험에 대해서 쓴 것.** 그래서…….

제가 맞혀볼게요. 잉글랜드의 성 조지, 용을 죽이는 자?***

쑥스럽구려. 나는 젊고 열정적이었소. 용들에게 항상 새로운 머리가 생긴다는 건 몰랐었소.

그리고 '오웰', 이건 강 이름이죠. 그런데 조금 더 풀어볼…….

실례지만 뭐라고 했소? 뭘 풀어본다는 거요? 이름은

---

* verity는 '진실'이라는 뜻인 반면, dodge는 '책략' '회피'라는 뜻이다. 그리고 전형적인 미국식 대형 자동차를 생산하는 회사명이기도 하다.
** 오웰은 파리와 런던의 빈민가에서 직접 생활을 한 뒤 그 경험을 바탕으로 1933년에 『파리와 런던의 밑바닥 생활』이라는 수기를 발표했다.
*** 성 조지는 잉글랜드의 수호신이며, 전설 속에서 용을 죽이고 용에게 제물로 바쳐진 공주를 구한다.

숲속의 늙은 아이들

여행 가방이 아니오.

　미안합니다. 요즘 사람들이 하는 말이에요. 루이스 캐럴의 '혼성어'*처럼요. 분리해서 그 안에 뭐가 들어 있는지 보는 거요.

　아, 알겠소. (기침)

　그러니까 '오(Or)'는 '다른 한편으로는'이라는 의미지요. 또한 그 단어는 프랑스어로 '금'을 뜻합니다. 그리고 '웰(well)'이 있습니다. 『1984』에 나오는 '영원토록 인간의 얼굴을 짓밟는 군화' 때문에 사람들은 때때로 당신을 암울한 양반이라고 주장합니다. 그러나 나는 절대 그렇게 생각한 적이 없습니다. 작품 끝에 '신어(新語)'**에 관한 부록을 붙이셨는데, 그 부분은 과거시제로 쓰여 있어요. 그러니까 책 속에 나온 전체주의 세계가 붕괴된 것이죠.

　당신이 그 점을 파악해서 기쁘오. 많은 사람들이 그 점

---

* portmanteau. 문자적으로는 큰 여행용 가방을 의미하는 단어인데, 『거울 나라의 앨리스』에서 루이스 캐럴은 두 개의 단어가 융합되어 큰 가방처럼 두 의미를 모두 담은 신조어를 '혼성어'라고 불렀다. 브런치, 모텔 등을 그 예로 들 수 있다.
** 『1984』에서 전체주의 장기 집권을 위한 프로젝트 가운데 최종 단계로 제시된 통합언어 사전의 명칭이다. 전 세계 언어를 하나로 통일하고 극도로 단순화시켜 사고를 말살하는 수단으로 그려진다.

망자 인터뷰

을 놓쳤소. 비관주의자라고 비난을 받았지.

비판가들이 잘못한 겁니다. '모든 것이 잘될 것(All shall be well)'이라고 할 때의 '웰'이 있지요. 노리치의 줄리언의 일화에 나왔듯이.* 그건 희망적입니다! 그리고 웰은 영감의 우물,** 또는 성스러운 우물을…….

이보시오, 그건 좀 지나친 해석이오. 나는 절대로 신성한 척하지 않겠소. 자연 요소인 강을 원했던 것은 맞소. 그러나 평범한 강을 원했소. 성스러운 강을 원하지도, 귀족 무리가 낚싯대를 꽂아대는 망할 전용 송어 시내를 원하지도 않았소.

당신이 했던 말, 『1984』에서 윈스턴 스미스가 그 아름다운 크림색 종이에 파국을 맞게 될 일기를 쓰기 시작하면서 했던 말을 나는 언제나 기억해 왔습니다. '누구를 위해 이 일기를 쓰는가? 그는 별안간 의아스러운 생각이 들었다. 미래를 위해서? 아직 태어나지 않은 후세를 위해? (……) 어떻

---

* 14세기 영국의 은수자였던 줄리언은 젊은 시절 극심한 병고 끝에 16번의 환시 체험을 하게 되는데, 환영 속에 나타난 예수가 죄의 존재 의미를 묻는 그녀에게 죄는 필요한 것이며, 종국에는 모든 것이 잘될 것이라고 대답했다고 한다.

** well은 우물을 뜻하기도 한다.

게 미래와 소통할 수 있단 말인가? 그런 일은 본질적으로 불가능하다. 미래가 현재와 비슷하다면 그의 말에 귀를 기울이지 않을 것이고, 다르다면 이 수난의 기록은 무의미한 것이 되리라.'*

하지만, 나의 현재이자 당신의 미래인 시점에 존재하는 나는 윈스턴 스미스의 수난을 이해한다고 생각합니다. 적어도 어느 정도는. 당신이 그의 모습을 정말 잘 전달해 주었기 때문이죠! 불쾌한 생활환경, 추한 복장, 끔찍한 음식, 배반의 두려움, 양방향 텔레스크린을 통한 끊임없는 감시⋯⋯ 지금 이 시대에 그러한 것이 인터넷을 통해 얼마나 현실에 가까워졌는지 당신은 감히 상상도 못할 겁니다.

인터넷? 그건 일종의 정치적 비밀결사요? 프리메이슨이나 혹은⋯⋯.

그것과는 좀 다릅니다. 예전에는 월드와이드웹이라고 불렸지요.

거미처럼?**

아니요, 그것보다도 이건 뭐랄까⋯⋯ 무선 주파수를 통

---

* 『1984』, 조지 오웰, 정회성 옮김, 민음사, 2003. 17쪽.
** 스파이더웹(spiderweb), 즉 거미줄을 연상하고 있다.

해 소통하는 방식입니다. 특정한 도구를 사용해서요. 그렇지만 라디오와는 다릅니다. 그것은 좋은 의도를 가지고, 사적이라고 간주되는 빠른 메시지를 보내는 방법으로 시작되었습니다만, 정부들은 그것을 첩보 도구로 쓰고 있지요.

언제나 그렇듯이. (성냥 긋는 소리) 윈스턴 스미스는 아마도 그 인터넷이라는 걸 썼을 거요.

그렇지만 그는 잡혔을 겁니다. 왜냐하면 인터넷의 효과는 프라이버시를 무너뜨리고 개인이라는 개념을 약화시키는 것이니까요. 그렇지만 어떻게 해서든 그는 여전히 개인이라는 개념을 믿었을 겁니다. 양심과 갈망…… 그래서 혁명을 시도했고, 세뇌당하고, '101번 방'*으로…… 정말 책에서 손을 놓을 수 없었습니다. 어린 시절의 나를 완전히 사로잡았죠.

알겠소, 알겠어. 뭐, 나쁘진 않은 작품이오. 물론 그 책 때문에 스탈린주의자 좌파들에게 공격받았지. 그들은 언제나 나를 공격했어. 자본주의의 앞잡이, 현상 유지 추종자, 가련한 중산층 도련님, 그런 식으로. 믿기 힘들겠지만, 내가 간간이 작품에 자연을 언급하면, 자연을 좋아하는

---

* 소설 속에서 윈스턴이 체제 순응에 이르도록 고문당하는 장소다.

숲속의 늙은 아이들

것은 부르주아적이라고 지적하는 항의 편지를 받곤 했소.

당신의 두꺼비 찬미를 좋아합니다.* 나도 두꺼비 애호가 거든요.

아하! 공통점이로군! (킥킥 웃는 소리) 두꺼비 에세이에 대해서도 공격받았소. 일부 좌파 인사들의 음울함은 진실로 경악스러울 정도요. 어떤 형태의 즐거움도 금지라오…… 좋은 음식, 좋은 섹스, 해지는 풍경…… 그런 사람들은 중세의 고행자들과 같았소.

그러면 '청년반성(反性)동맹'과 윈스턴의 완고하고 부정적인 아내는 현실에 기반을 둔 것인가요?

오, 그렇고말고요. 그들은 청교도적이었지. 그리고 그들의 정당 원칙이 무엇이든 간에 그걸 따르지 않으면 바깥쪽의 어둠으로 추방되어 버렸소. 온당한 집단, 즉 자신들의 집단으로부터 제외해 버리는 거요.

매우 익숙한 이야기로군요. 상황이 상당히 양극화되었지요. 현재도 정당의 원칙이 존재합니다. 비록 목표로 하는 대상은 다르지만. 그리고 사회적 배척 또한 여전히 일어나

---

* 오웰은 두꺼비와 봄, 자연의 아름다움에 관한 에세이 「두꺼비에 대한 단상」을 1946년에 발표했다.

고 있습니다. 하지만 그것을 '캔슬링(cancelling)'이라고 부르지요.

하! 소인을 찍어서 우표를 재사용하지 못하게 하는 것* 처럼, 콘서트 취소처럼…… 단어를 잘 선택했군요! (기침) 고백하건대 때때로 상당히 의기소침할 때도 있었소. 아무도 듣기 싫어하는데 진실을 말하는 게 무슨 소용이오? 스탈린주의자들은 당시 매우 잘 조직화되어 있었소. 전쟁 직후였소. 많은 사람들은 여전히 스탈린을 친애하는 '엉클 조'**쯤으로 여겼소.

하지만 당신의 책은 큰 성공을 거두었습니다! 당신이 상상하는 것 이상일걸요! 그런 후 1956년에, 스탈린 사후, 흐루쇼프가 스탈린과 그의 공모자들이 저질렀던 잔혹함을 폭로하는 일명 '비밀 연설'을 했을 때…….

그에 대한 소문은 들어봤소. 그런 일을 알아맞히는 건 그리 위안이 되지 않소.

당신은 「스탈린이 죽었다!(The Death of Stalin)」라는 영화를 좋아할 것 같습니다.

* 우표에 찍는 스탬프를 뜻하는 '소인'을 영어로는 'cancellation', 줄여서 'cancel'이라고 한다.
** 스탈린의 이름 이오시프(Iosif)는 영어로 조지프(Joseph)이다.

영화는 내게 어렵소. 중개자를 통해서 봐야 하고, 중개자의 현실이 동시에 생중계된단 말이오. 맥주를 가지러 가기 위해 잠시 멈추고, 전화기를 들여다보고, 화장실에 가고 등등. 의도치 않은 관음자가 되고 싶진 않소.

짜증나는 상황이로군요. 나와 함께 볼 수 있어요! 다시 봐도 좋습니다!

친절한 배려지만 그것도 안 될 거요. 당신은 나를 들여보낼 수 없소. 당신이 민감한 사람이 아니라는 게 감지되는구려. 당신에게 비집고 들어갈 틈이 별로 없다는 말이오. 내가 말했듯이 당신은 자기중심적인 작가요.

(웃음) 많은 사람들이 내게 그렇게 말했지요. "비집고 들어갈 틈이 별로 없다"고. 베리티 부인이 당신과 함께 보도록 할 수 있지 않을까요. 당신이 좋아할 만한 현실에 기반을 둔 풍자입니다.

극단적 시대에 풍자는 위험하오. 어떤 지나친 상황을 선택해서 심하게 과장한다고 생각하는데 그게 대부분 사실이었던 거요.

(공감하는 중얼거림) 그렇습니다.

소비에트의 꿈이 더 잘 실현되었더라면 훨씬 좋았을 거요. 대량살상, 조작용 재판, 살인 없이…… 원래의 의도는 좋았소. 의롭고 공공이익에 부합한다고 생각되는 명분을 위해서라면 당연히 최대한의 노력을 기울일 이상주의자들…… 그들이 자제력을 잃었던 거요. 이런, 어쩌겠소. 성공한 혁명은 필연적으로 타락할 수밖에 없소. 일단 권력을 잡으면, 권력을 잡은 이들은 더러운 수단, 혹은 더 역겨운 수단을 통해 그것을 계속 움켜쥐려고 하오. 내가 나름의 소소한 방식으로 기록하고자 했던 기간 동안에는 분명 그런 식이었소.

나를 포함한 우리들 대다수가 당신이 그렇게 했던 것에 대해 감사하고 있습니다. 당신은 매우 용감했어요. 스페인에서 내전 당시 있었던 일만을 지칭하는 것이 아닙니다. 당신이 말했던 많은 것들이 당시에는 인기가 없었어요. 당신의 작품은 정말로 가치를 따질 수 없고, 당신은…… 이걸 어떻게 표현해야 할까? …… 깊은 영감을 주는 인물입니다.

(기분 좋은 웅얼거림)

그런데 내가 당신의 책을 처음 읽었을 때는 너무 어려서 잘 이해하지 못했다는 사실을 언급해야 하겠네요. 여덟, 아홉 살 정도였던 것 같습니다. 그 작품은 『동물농장』이었죠. 『샬롯의 거미줄』*처럼 동화인 줄 알았습니다.

샬롯의 뭐라고요?

숲속의 늙은 아이들

돼지에 관한 이야기입니다. 하지만 착한 돼지죠. 그리고 낱말을 자아서 그의 목숨을 살려주는 거미에 관한 이야기.

아, 언어가 중요한 것 같소. 심지어 돼지에게도. (조용한 웃음. 성냥 긋는 소리)

『동물농장』이 소련과 트로츠키 악마화에 관한 작품인 줄 몰랐습니다. 트로츠키가 누구인지도 몰랐지요! 동물은 그저 동물에 불과하다고 생각했습니다. 말[馬]인 '복서'의 운명을 보고 나는 완전히 무너졌지요. 울고 또 울었어요.

오, 이런.

그런 후에는 화가 났습니다. 너무 부당했어요!

내게 가장 큰 원동력이 되었던 것은 부당함이었던 것 같소. 거짓된 비난, 인간의 희생. 그 무엇보다도 부정의(不正義)가 나로 하여금 글을 쓰도록 내몰았소. 인간의 공통된 품위에 대한 배반 때문에 타오른 맹렬한 분노, 평범한 인류에 대한 배반.

디킨스처럼요? 당신이 쓴 그에 대한 에세이**처럼요?

그렇소. 그런 것 같소. 그런데 베리티 부인이 움직이기

---

* 1952년에 출간된 미국 아동소설이다.
** 오웰이 사회주의자의 관점에서 디킨스의 장점과 미진한 점을 분석한 산문 「찰스 디킨스」를 가리킨다.

시작한 것 같소. 우리가 함께 보내는 시간이 곧 끝날 것 같구려.

당신에게 하고 싶은 말이 한 가지 더 있어요. 리베카 솔닛이 쓴 『오웰의 장미』라는 책에 관해서입니다. 그녀의 책은 정원 일, 재배에 대한 당신의 열정적 관심을 출발점으로 잡고 있습니다. 당신의 그런 면에 대해 알고 있는 사람은 많지 않아요. 당신의 입양된 아들, 그 사랑스러운 아이와 함께 찍은 당신의 사진…… 당신은 비운과 비관 씨가 절대 아닙니다! 삶에 대해 열정적이었고, 계획도 많이 세웠지요. 그때까지…….

마지막까지, 라는 말이겠죠. 걱정하지 마시오. 언제나 마지막이 있어야 하는 법이니까. 소설과 마찬가지로. 하지만 하루하루씩 살아나가야 하는 거요. 그렇지 않소? 나는 정말로 정원 일을 사랑했소. (한숨) 정말 경이로웠지…… 땅을 파는 것과 같은 힘든 노동, 신선한 냄새, 심지어 소똥 냄새도 좋았소…… 그런 후 흙과 땀에서, 마치 기적과 같이, 아름다운 것이 자라나는 거요…… 지구의 삶에서 가장 그리운 것이 아마 그것 같소. 그 아름다움.

당신이 1936년 월링턴에 심은 장미 관목…… 당신이 일기에 기록해 두었습니다. 망자의 날*에 꽃이 피었지요. 그 사실을 알게 되면 기뻐할 것이라고 생각했습니다.

그날에 내가 몰랐던 것이 너무나 많았소. 앞으로 벌어질 일들이 너무나 많았지. 스페인내전, 2차 세계 대전…… 너무나 많은 참상과 고통!

많은 끔찍한 일들이 드디어 막을 내렸습니다. 비록 상처를 남겼지만, 그리고 전쟁은 언제나 되돌아오곤 하지만.

그렇다니 유감이오.

이제 우리는 보다 은밀한 위기를 맞고 있습니다. 지구 자체, 우리가 푸른 행성이라고 불리는 이것, 살아 있는 지구가 위협에 봉착했습니다.

석탄으로 시작했다고 생각하오. 기계를 작동하기 위해 사용했던 난방기. 사람들은 온기와 빛과 호사가 정말로 어디로부터 오는 것인지, 혹은 그 과정에서 무엇이 망가지는지 알고 싶어 하지 않소. 기억하기로는 내가 그것에 대한 글을 썼던 적이 있소.** (기침) 그런데 젊은 세대는 어떻소? 그들은 아직도 희망을 갖고 있소?

* 망자들을 기리는 멕시코의 기념일. 10월 31일부터 11월 2일까지 축제가 열린다.
** 오웰이 랭커셔 광부들의 고단한 삶을 치열하게 관찰하고 쓴 르포르타주 『위건 부두로 가는 길』을 말한다. 1937년에 발표되었다.

잘 모르겠습니다. 하지만 노력하고 있어요. 우리가 끼친 해악을 되돌리려고 노력하는 것입니다. 많은 이들이 그렇게 하고 있어요.

베리티 부인이 깨어나고 있소. 아쉽게도 떠나야 할 것 같소…….

당신이 1936년에 심었던 장미 관목들…… 그것들은 아직도 살아 있습니다! 매년 여름마다 아직도 꽃을 피우고 있다고요. 알게 되면 좋아할 거라 생각했습니다.

(침묵)

여보세요? 여보세요? 오, 되돌아오세요! 제발, 조금만 더…….

(하품 소리) 여기는 산 자들의 땅이네요. 친구가 나타났던가요? 그랬던 것 같군요. 나는 순식간에 잠들었어요. 지금 죽을 듯이 피곤해요. 다른 이들이 머리를 빌리면 그래요. 그들은 에너지를 많이 소진하거든요! 이야기 잘 나눴어요? 차 한 잔썩들 하고? 이봐요, 무슨 문제 있었어요?

참을성 없는 그리젤다

모두들 진정용 담요를 받았나요? 알맞은 크기의 담요를 제공하려고 노력했어요. 일부에게 세안용 수건을 제공해 죄송합니다. 물량이 부족했어요.

간식이요? 당신들이 말하듯 요리라는 것을 해서 드리지 못해 미안합니다. 그렇지만 당신들이 하는 그 요리라는 걸 안 하면 영양이 더 완전해진답니다. 간식을 통째로 섭취 기관(당신들은 입이라고 부르는 곳)에 집어넣으면 바닥에 피가 떨어지지 않을 거예요. 우리 행성에서는 그렇게 합니다.

안타깝게도 당신들이 비건이라고 부르는 간식은 마련하지 못했어요. 우리는 그 단어를 해석할 수 없었어요.

먹기 싫으면 안 먹어도 됩니다.

거기 뒤쪽에 제발 소곤거리지 마세요. 그리고 훌쩍이는 거 뚝 그치고 입에서 엄지를 빼세요, 신사숙녀분들. 아이들에게 모범을 보여야죠.

아니요, 당신들은 아이들이 아니에요, 숙녀신사분들. 당신은 마흔네 살이에요. 우리들 가운데 있으면 당신들은 어린이겠지만, 당신들은 우리 행성 출신, 심지어 우리 은하 출신도 아니잖아요. 감사합니다, 신사 또는 숙녀분.

솔직히 말해 신사와 숙녀의 차이를 구별할 수 없어서 둘 다 사용하는 거예요. 우리 행성에서는 훨씬 더 큰 다양성이 존재합니다.

그래요, 나는 당신들이 문어라고 부르는 작고 어린 객체처럼 생겼어요. 그 친화적인 존재의 사진을 본 적이 있어요. 내 생김새가 곤혹스럽다면, 눈을 감아도 좋아요. 그러면 이야기에 더 집중할 수 있을 거예요.

아니요, 격리실을 떠나서는 안 됩니다. 밖에 역병이 돌고 있어요. 나에게는 위험하지 않지만 당신들에게는 너무 위험할 거예요. 우리 행성에는 그런 미생물이 없어요.

당신들이 변기라고 부르는 걸 마련하지 못해 미안합니다. 우리는 섭취한 영양소를 모두 연료로 사용하기 때문에 그

숲속의 늙은 아이들

런 통이 필요 없어요. 소위 변기라는 걸 당신들을 위해 주문하긴 했는데 물량이 달린다는 소식을 들었습니다. 창밖에다 하는 걸 시도해 보세요. 밑까지 거리가 상당하니 제발 뛰어내리려고 하지는 마세요.

이건 제게도 즐거운 일은 아니랍니다, 숙녀신사분. 나는 범은하계 위기대응 전략의 일환으로 이곳에 파견됐습니다. 연예인에 불과한 지위가 낮은 나로서는 선택의 여지가 없었어요. 그리고 내가 제공받은 동시통역 장치는 품질이 별로 좋지 않아요. 우리가 이미 함께 경험했듯이 당신들은 내 농담을 이해하지 못하잖아요. 그렇지만 당신들이 말하듯, 기다란 밀가루 제품 절반이라도 있는 게 아무것도 없는 것보다 낫지요.

이제. 이야기 시간입니다.

나는 당신들에게 이야기를 들려주라는 요청을 받았어요. 그리고 이제 이야기를 할 겁니다. 이것은 매우 오래된 지구의 이야기입니다. 적어도 내가 이해한 바로는 그렇습니다. 제목은 '참을성 없는 그리젤다'입니다.

옛날 옛적에 쌍둥이 자매가 살았어요. 그들은 지위가 낮았어요. 그들의 이름은 각각 '참을성 있는 그리젤다'와 '참을성 없는 그리젤다'였어요. 그들의 외모는 매력적이었어요.

그들은 신사들이 아니라 숙녀들이었어요. 사람들은 그들을 '패트'와 '임프'*라고 불렀어요. 그리젤다는 당신들이 성(姓)이라고 부르는 거예요.

　실례지만, 신사숙녀분? 신사라고요? 그런데요?

　아니요, 한 명만 있었던 게 아니고요. 두 명이었어요. 이 이야기를 해주는 게 누구죠? 나죠. 그러니까 두 명이 있었어요.

　어느 날 지위 높은 부자, 신사고 '공작'이라는 것인 사람이 ……을 타고 지나고 있었어요. 당신이 다리가 충분하면 이런 식으로 뭔가를 타고 지나가는 짓을 안 해도 돼요. 그러나 신사는 당신들처럼 다리가 두 개밖에 없었어요. 그는 패트가 살고 있는 오두막집 밖에서 ……에 물주는 것을, 뭔가하고 있는 것을 보았어요. 그는 이렇게 말했어요. "나와 함께 가자, 패트. 사람들이 내가 결혼해서 합법적으로 성적 결합을 하고 작은 공작을 생산해야 한다더구나." 아시다시피 그는 위족(僞足)을 그냥 만들어내는 게 불가능했던 거예요.

　위족이요, 숙녀분. 또는 신사분. 당신들은 이게 뭔지 당연

---

* 패트(Pat)는 Patient(참을성 있는)의 줄임말이고 임프(Imp)는 Impatient (참을성 없는)의 줄임말인데, 줄임말로서 패트는 '토닥이다'의 뜻을 가지는 반면, 임프는 '악동' 또는 '꼬마 도깨비'의 뜻을 가진다.

히 알아요! 성인이잖아요!

나중에 설명해 줄게요.

공작이 말했어요. "네가 지위가 낮다는 것을 알고 있다, 패트. 그러나 그 때문에 나는 지위가 높은 누군가보다는 너와 결혼하려는 것이다. 지위가 높은 숙녀는 생각이 있지만, 너는 아무 생각이 없다. 나는 너를 마음대로 호령할 수 있고 내가 원하는 대로 모욕할 수 있다. 그리고 너는 자신이 너무나 초라하게 느껴진다고 우우하지 않을 것이다. 혹은 우후우후. 또는 다른 소리를 내지 않을 것이다. 그리고 네가 나를 거부하면 나는 네 머리를 베어버릴 것이다."

이것은 매우 충격적인 일이었어요. 그래서 패트는 네라고 대답했고, 공작은 그녀를 안아 올려 그의…… 미안합니다, 우리는 거기에 해당하는 말이 없기 때문에 통역장치는 도움이 되지 않아요. 그의 간식 위에 태웠어요. 왜 다들 웃는 거죠? 간식이 간식이 되기 전에 뭘 한다고 생각하나요?

이야기를 계속하겠어요. 하지만 지나치게 내 신경을 거스르지 말기 바랍니다. 때때로 나는 화기져요. 허기져서 화가 나기도 하고 화가 나서 허기지기도 해요. 둘 중에 하나죠. 우리 언어에 그에 해당하는 단어가 있어요.

그래서, 공작이 패트가 그의…… 하여간 거시기에서 떨

어지지 않도록 그녀의 매력적인 복부를 꽉 붙잡은 상태로, 둘은 그의 궁전을 향해 타고 달렸어요.

임프는 문 뒤에서 엿듣고 있었어요. 저 공작은 고약한 인간이야, 그녀는 혼잣말을 했어요. 그리고 그는 나의 사랑하는 쌍둥이 자매, 참을성 있는 그리젤다에게 아주 나쁜 짓을 하려 해. 나는 젊은 신사로 변장한 후 공작의 거대한 음식 준비실에 직업을 구해서 사태가 어떻게 진행되는지 지켜봐야겠다.

그래서 임프는 공작의 음식 준비실에서 당신들이 접시닦이 소년이라고 부르는 것으로 일했어요. 그곳에서 그녀는 온갖 낭비가 자행되는 걸 보게 됐어요. 털가죽과 발은 그냥 버려졌어요. 상상이 되나요? 그리고 뼈도 삶아진 뒤 역시 내던져졌어요. 그렇지만 그로 변장한 그녀는 온갖 뒷말에 대해 듣게 되었어요. 뒷말 대부분은 공작이 새 공작부인을 얼마나 형편없이 취급하는가에 대한 것이었어요. 그는 남들 앞에서 그녀에게 무례하게 굴었고, 그녀에게 어울리지 않는 옷을 입게 만들었어요. 그녀에게 상처를 주었고 자신이 그녀에게 나쁜 짓을 하는 것은 모두 그녀 탓이라고 말했어요. 그렇지만 패트는 절대 우우하지 않았어요.

참을성 없는 그리젤다는 이 소식에 경악과 분노를 동시

에 느꼈어요. 그녀/그는 어느 날 참을성 있는 그리젤다가 정원에서 의기소침하게 서성이고 있을 때 만날 수 있도록 계획해서 자신의 진짜 정체를 드러냈어요. 두 사람은 애정 어린 몸짓을 거행했고, 참을성 없는 그리젤다가 말했어요. "너를 그 따위로 취급하는데 어떻게 그냥 놔두는 거야?"

"액체를 마시기 위한 용기가 반이 차 있는 게 반이 비어 있는 것보다 나은 거야." 패트가 말했어요. "나는 아름다운 위족들이 두 명 있어. 어쨌든, 그는 내 참을성을 시험하고 있는 거야."

"다른 말로 하자면, 갈 데까지 가본다는 거지." 임프가 말했어요.

패트는 한숨을 쉬었어요. "내게 어떤 선택권이 있겠니? 그는 내가 핑곗거리를 주면 주저 없이 나를 죽일 거야. 내가 우우하면 내 머리를 잘라버릴 거야. 칼을 가졌단 말이야."

"어디 한번 두고 보도록 하자." 임프가 말했어요. "음식 준비실에는 칼이 많이 있고, 나는 그걸 사용하는 법을 열심히 익혔어. 공작에게 오늘 밤, 바로 이 정원에서 만나서 저녁 산책을 할 영광을 베풀어줄 수 있는지 물어봐."

"안타깝게도 그렇게 못 할 거 같아." 패트가 대답했어요. "그는 그런 요청을 우우하고 말하는 것과 똑같이 여길 거야."

"그렇다면, 옷을 바꿔 입자." 임프가 말했어요. "그리고 내가 직접 할게." 그래서 임프는 공작부인의 드레스를 입었고 패트는 접시닦이 소년의 옷을 입었어요. 그리고 그들은 궁전 안의 각자의 장소로 돌아갔어요.

저녁 식탁에서 공작은 '이른바 패트'에게 그녀의 아름다운 위족 둘을 죽였다고 말했고, 그녀는 아무 응답도 하지 않았어요. 아무튼 그녀는 다른 접시닦이 소년으로부터 위족들이 안전한 곳으로 옮겨졌다는 소식을 들었기 때문에 그가 속임수를 쓰고 있다는 것을 알았거든요. 음식 준비실의 사람들은 언제나 모든 걸 알았죠.

그런 다음 공작은 내일 패트를 알몸으로 궁전에서 내쫓겠다고 덧붙였어요. 우리 행성에서는 이 알몸이란 것이 없어요. 그렇지만 다른 사람들 앞에 의상 없이 나타나는 게 수치스러운 일이라는 건 이해하겠어요. 모든 사람이 패트를 비웃고 그녀에게 썩은 간식 부분들을 아깝게 던져버리면, 그다음에 그는 다른 사람, 패트보다 더 어리고 더 예쁜 사람과 결혼할 작정이라고 말했어요.

"원하는 대로 하십시오, 공작님." 이른바 패트가 말했어요. "하지만 먼저 깜짝 놀라게 해드릴 일이 있습니다."

공작은 그녀가 말하는 것을 듣는 것만으로 이미 깜짝 놀

숲속의 늙은 아이들

랐어요.

"정말이냐?" 그는 안면부 더듬이를 돌돌 말며 물었어요.

"네, 존경하고 항상 옳으신 나리." 임프는 위족 배출의 서곡을 알리는 어조로 말했어요. "슬프게도 짧았던 우리의 공동생활 동안 제게 베풀어주신 큰 은혜에 보답하기 위해 당신에게 드리는 특별 선물입니다. 제가 당신의 빛나는 안전(案前)을 영원히 잃게 되기 전에 우리가 위로의 섹스를 한 번 더 할 수 있도록 오늘 저녁 정원에서 저를 만나주시는 영광을 베풀어주십시오."

공작은 이 제안이 대담하고도 자극적이라고 생각했어요.

자극(刺戟)적이다. 이건 당신들 단어 중 하나죠. 꼬챙이로 무언가를 찌른다는 뜻이에요. 더 이상 설명하지 못해 미안합니다. 결국은 나의 언어에서 유래한 단어가 아니라 지구의 단어잖아요. 주변에 물어보셔야 할 거예요.

"그건 대담하고도 자극적이구나." 공작이 말했어요. "나는 언제나 네가 호구에 가마니라고 생각해 왔다. 그런데 이제 보니 그 창백한 얼굴 이면에 너는 잡년, 화냥년, 더러운 년, 매춘부, 걸레, 방종한 년, 바람둥이, 그리고 매춘부였구나."

그렇습니다, 숙녀신사분들, 당신들의 언어에는 이런 낱말들이 정말로 많습니다.

"저도 동의합니다. 공작님." 임프가 말했어요. "당신의 말을 절대 반박하지 않겠습니다."

"해가 진 후 정원에서 너를 만나겠다." 공작이 말했어요. 평소보다 더 재밌겠는걸, 그가 생각했어요. 그의 자칭 아내는 널빤지처럼 그냥 누워 있는 대신 이전과 달리 약간의 행위를 보여줄지도 모르겠다고 짐작했죠.

임프는 자리를 떠서 패트라는 이름의 접시닦이 소년을 만나러 갔어요. 그들은 함께 길고 날카로운 칼을 골랐어요. 임프는 그것을 양단으로 된 소매 안에 숨겼고, 패트는 관목 뒤에 숨었어요.

"달빛 아래 만나서 반갑습니다.* 공작님." 공작이 그늘에 나타나자 임프가 말했어요. 공작은 쾌락의 기관이 으레 감춰져 있는 부분의 옷 단추를 이미 끄르고 있었어요. 나는 이야기에서 이 부분을 잘 이해할 수 없었어요. 왜냐하면 우리 행성에서 쾌락의 기관은 정수리에 위치하고 언제나 잘 보이기 때문이죠. 이렇게 되면 훨씬 더 용이하죠. 매력을 느

---

* Well met by the moonlight. 셰익스피어의 『한여름 밤의 꿈』 2막 1장에서 요정들의 왕 오베론이 사이가 나쁜 요정들의 여왕 티타니아와 마주쳤을 때 했던 인사말, '달빛 아래 만나서 유감이오.(Ill met by the moonlight.)'를 패러디했다.

숲속의 늙은 아이들

겼는지, 그에 대한 응답이 있었는지 직접 볼 수 있으니까요.

"드레스를 벗어라, 안 그러면 내가 다 찢어버릴 테니, 매춘부년." 공작이 말했어요.

"기꺼이, 나의 공작님." 임프가 말했어요. 미소를 띤 채 그에게 접근하며 그녀는 자신의 화려하게 장식된 소매에서 칼을 꺼내서 그의 목을 베었어요. 접시닦이 소년으로 노동하는 동안 많은 간식들의 목을 베었던 것처럼 말이죠. 그는 신음소리도 거의 내지 못했어요. 그런 다음 두 자매는 축하를 위한 신체적 애정의 행동을 취했어요. 그리고 공작을 다 먹어버렸어요. 뼈, 양단으로 만든 가운까지 모두.

실례지만 뭐라고요? 뭐씨발이 뭔가요? 미안합니다. 이해를 못하겠네요.

네, 숙녀신사분들, 이것이 문화교차적 순간이었다는 것을 인정합니다. 나는 그저 내가 그들 입장이었다면 했을 법한 행동을 이야기한 것뿐입니다. 그러나 이야기하기는 우리의 사회적 역사적 그리고 진화적 간극을 가로질러 서로를 이해할 수 있게 도와줍니다. 그렇게 생각하지 않나요?

그런 다음 쌍둥이 자매들은 아름다운 위족 둘을 찾아서, 환희에 찬 재회를 했어요. 그리고 그들은 모두 궁전에서 행복하게 살았어요. 의혹을 품은 공작의 친척들 몇 명이 사실을 캐내기 위해 쿵쿵거리며 다가왔지만, 자매들은 그들까지 먹어버렸어요.

끝.

크게 말하세요, 신사숙녀분. 결말이 마음에 안 들어요? 보통 듣던 거랑 다르다고요? 그럼 어떤 결말을 더 선호하나요?

오. 아니요, 그 결말은 다른 이야기일 거예요. 나는 그 이야기에 관심 없어요. 내가 그 이야기는 잘 전달할 수 없을 거예요. 그렇지만 이 이야기는 잘했죠, 그렇다고 생각합니다……. 그러니까 당신들이 집중해서 들은 만큼은 잘했다고 인정해야죠. 심지어 당신들은 훌쩍이며 우는 것도 멈췄어요. 그것도 좋은 점이죠. 훌쩍이는 소리는 아주 짜증을 돋을 뿐만 아니라 입맛을 북돋우기도 하니까요. 나의 행성에서는 간식들만 훌쩍이며 울어요. 간식이 아닌 존재들은 훌쩍이지 않아요.

자, 이제 그만 가보겠습니다. 내 목록에 여러 다른 격리 집단들이 있어요. 당신들이 시간을 보내도록 내가 도와줬듯이, 그들이 시간을 잘 보내도록 도와주는 것이 내 일이에요. 네, 숙녀신사분, 어떻게 해도 시간이 흐르긴 했겠죠. 하지만 그렇게 빨리 흐르진 않았을 거예요.

이제 나는 문 밑으로 미끄러져 나가겠습니다. 뼈대가 없다는 건 정말 유용한 거예요. 그렇습니다, 신사숙녀분들, 저 또한 역병이 빨리 사라지길 바랍니다. 그러면 나도 평범한 일상으로 돌아갈 수 있을 테니까요.

역겨운 이

"나는 깜짝 놀랐어," 실라가 말한다. "네가 뉴먼 스몰과 불륜 관계였다는 얘기를 듣고. 그 사람 이가 역겹잖아!"

"누구?" 린이 묻는다. "나는 뉴먼 스몰이라는 이름을 가진 사람 아무도 몰라."

"너 분명 알아. 그 사람이 그 잡지에 서평을 썼지. 너 그 잡지 알잖아. 1960년대 말에. 5년 후에 폐간됐는데, 폐간돼도 하나도 놀랍지 않았어."

"무슨 잡지?"

"앞표지에 비버들이 있었어. 남세스러운 짓을 하면서. 진짜 비버가 아니라 그림이긴 했지만."

숲속의 늙은 아이들

"무슨 남세스러운 짓?" 린이 묻는다. 그녀는 그 잡지를 떠올릴 수 없다.(너무나 많은 잡지들이 생겼다가 사라졌다.) 그러나 그녀는 실라 생각에 어떤 것이 남세스러운 것으로 분류될 수 있는지 항상 호기심이 생긴다.

"오, 알잖아. 교미하는 거. 속옷을 입고."

"속옷을 안 입고 있는 게 더 남세스럽지." 린이 말한다. "하긴 비버들에겐 다르겠지만."

그들은 실라네 집 뒷마당에서 차를 마시는 중이다. 두 번째 맞이하는 코로나 여름이다. 코로나가 아니었다면 그들은 식당에서 만났을 것이다. 혹은 식당 안이 아닌 야외 테라스에 앉았을 것이다. 그러나 그들 나이에는 조심해야 한다. 실라는 스콘 위에 산딸기 잼을 바르고, 거품 올린 생크림을 얹어 한 입 먹는다. "그런데 그런 이를 어떻게 견딜 수 있었니?" 그녀는 몸을 살짝 부르르 떤다. "무너져 내리는 돌담 벽한테 키스 받는 느낌 아니었니?"

"너 착각이야." 린이 말한다. "그런 키스 한 적 없어."

실라의 치아는 어린애 이처럼 작고 기하학적으로 고르고 티 하나 없이 하얗고 모두 제자리를 지키고 있다. 칠십에 가까운 나이일 텐데 말이다. 그녀는 절대 자신의 나이를 밝히지 않는다. 반면 린은 나이를 떠벌리고 다닌다. 나이 먹을 만큼 먹었지, 그녀는 자주 그렇게 말하곤 한다. 그리고 탁자 위에 여전히 기어 올라갈 수 있다면 거기서 춤을 출 수도 있어. 우편부와 섹스를 해도 아무도 상관하지 않아. 푸시업 브라를 변기에 던져버리고 물을 내릴 수도 있어.(문자 그대로 그럴 건 아니지만. 배관공이 와서 브라가 어떻게 변기 안에 들어가게 됐는지 물으면 곤란하니까.) 내가 무슨 말 하는지 알겠지. 더 이상 배에 힘을 주지 않아도 돼. 온갖 바보짓을 해도 상관없어. 늙었다는 것 자체로 이미 바보가 된 거니까. 거의 모든 면에서 책임으로부터 자유로워.

린은 분명 실라보다 나이가 더 많다. 그러니까 더 자유롭다. 그런데 실라는 정말 몇 살인가? 린은 계산해 본다. 헝가리 혁명이 1956년에 일어났다. 린이 열여섯 살 때였다. 실라는 분명 그 이전에 태어났을 것이다. 겉보기엔 부드럽지만 강철 같은 대담함을 갖추었던 그녀의 어머니가 그녀를 헝가리에서 잡아끌고 나왔던 것이다. 그들은 그저 더 좋은 쇼핑몰과 주간 텔레비전 게임쇼의 땅으로 도망갈 기회를 붙잡은 대략 20만 사람들 중 두 사람일 뿐이다. 린은 이 전설적인 어머니가 손끝부터 발끝까지 실라의 지극한 돌봄을 받으며 여전히 살아 있을 때 한 번 만난 적이 있었다. 그녀에게는 향수 냄새를 풍기는 냉혹한 다른 헝가리 어머니들

숲속의 늙은 아이들

무리가 있었다. 그녀들은 카드놀이를 하고, 제각각의 탈출에 관한 전쟁 이야기를 주고받고, 자신들이 공산주의 소금 광산에서 구해 준 배은망덕한 자녀들에 대한 불평을 늘어놓았다. 외적으로는 라벤더색 옷을 입고, 한 치의 흐트러짐 없는 머리매무새와 매니큐어와 아이섀도를 했지만, 내면에는 완강함만 남아 있었다.

린은 실라의 어머니에 대해서 다양한 상상의 나래를 펼쳤다. 그녀는 고위 정치국원의 첩이었는데 그를 속이고 바람을 피운 후 그의 질투심 강한 성질을 피해 도망쳤다. 그녀는 밀수품인 미국 로큰롤 레코드를 팔았고 거의 체포될 뻔했다. 비밀 저항 조직원이었고 스탈린주의자들은 그녀를 감시하고 있었다. 저항자 혐의를 받았던 수천 명의 사람들이 잡혀 죽었다는 사실을 잊지 말자! 어떤 상상 속에서 그 어머니는 자신과 실라가 탈출할 수 있도록 국경 경비대원을 유혹한다. 다른 상상 속에서는 그를 총으로 쏜다. 세 번째 이야기 속에서는 두 가지를 다 한다.

그러나 실라의 말에 따르면 그녀의 어머니는 전혀 정치적이지 않았다고 했다. 비밀 저항 조직 같은 것에는 가담하지 않았다! 그녀는 그저 지나간 시대의 음식에 대한 향수를 지니고 있을 뿐이었다. 그녀의 젊은 시절에 존재했을 법한,

일종의 즐거운 과부*식의 오스트리아-헝가리 제국 요리. 슈니첼. 파프리카. 굴라시. 제대로 된 굴라시. 거품 올린 생크림, 거품 올린 진짜 생크림이라고 실라는 덧붙일 것이다. 온갖 산해진미. 그래서 그녀는 여행 가방을 움켜쥐고 실라를 데리고 국경을 향해 달아났던 것이다.

의문점은 이것이다. 그때 실라는 몇 살이었던가? 그녀는 그런 것에 대해 잘 얘기하지 않았다. 어쨌든 말을 할 정도의 나이는 됐다. 그녀에겐 여전히 외국어 억양이 있다. 실라는 최초로 뿌리 뽑히는 경험을 했던 나이를 자주 조정해 왔다. 현재의 그녀 나이가 들어갈수록 어린 시절의 실라는 점점 더 어려진다. 그녀의 자식들은 그걸 놀림거리로 삼곤 한다. "잠시만요, 작년에는 열 살이었다고 하더니 지금은 다섯 살이었다고요?" "그러니까, 어쩌면 태어나지 않았을 수도 있는 거네요."

실라는 질문과 조롱 그 어떤 것에도 끄떡없다. 단순히 듣지 못한 척하고, 대화 주제를 바꾸고, 매 순간 자기 입맛에 맞는 뒤틀린 서술을 구축해 나간다. 회고록 작가인 그녀는

---

* *Die Lustige Witwe*. 오스트리아-헝가리 제국의 작곡가 프란츠 레하르 (Franz Lahar, 1870~1948)의 오페레타로, 1905년 빈에서 초연되었다.

전략적인 거짓말쟁이다. 주사위를 던지고, 사람들에게 이것 저것 시도해 보고, 어디까지 밀어붙일 수 있는지 본다. 다른 삶에서라면 그녀는 몬테카를로의 룰렛 테이블에서 백만 을 잃고 나서 다시 모두 땄을 것이다. 등이 완전히 파인 은 색 드레스와 하얀 이브닝장갑 차림을 하고 검은 담배 파이 프를 들고 있었을 것이다. 그리고 스팽글 장식 가방을 팔꿈 치 아래 끼워 들고 그 안에는 진주 손잡이가 달린…… 그만 해, 린은 스스로에게 말한다. 실라는 어떤 삶에서든 담배를 피운 적이 없다. 안 그랬다면 그렇게 완벽한 치아를 갖지 못 했을 것이다. 치아가 누렇게 되고 듬성듬성할 것이고, 잇몸 은 내려앉았을 것이다.

그렇지만 선탠은 했다. 그리고 그 결과가 가시적으로 드 러난다. 좀 얇아진 피부, 몇 개의 깊은 주름. 매력적인 외모 를 위해서는 결국 그 대가를 치러야 하는군, 린은 조용히 혀를 찬다. 그녀 자신은 언제나 양산을 써왔다. 다른 이들 이 머리카락을 금발로 탈색하기 위해 레몬주스를 바르고 피부를 짙은 금빛 도는 갈색으로 태우기 위해 베이비오일 을 바를 때 그녀는 직사광선을 피해 책을 읽었다.

선천적 금발인 실라는 레몬주스는 필요 없었지만, 선탠 은 계속해 왔다. 그렇게 하면 진주 같은 그녀의 이가 돋보인다. 선탠에 대한 질문을 받았다면 그녀는 이렇게 말했을 것이다. 사는 동안 즐겨야지. 조만간 끝날 텐데, 그러면 태닝을 한 채로 가는 게 낫지. 관 속에서 때깔 좋아 보이게.

경박함과 감상주의와 바로크적 공상과 완전무결한 미소의 가면 아래, 그녀는 우울한 운명론자였다. 린이 수십 년 전에 이 점에 대해 그녀를 비판하자 실라는 이렇게 말했다. "당연하지. 헝가리식 우울 몰라? 내장된 거야."

"스콘 하나 더 먹어." 이제 그녀가 말한다. "내가 직접 구운 거야."

아니겠지, 린이 생각한다. 실라는 직접 굽는 사람이 아니라 테이크아웃 여왕이다. "고마워." 그녀가 말한다. "손자들은 어때?" 린은 손자가 세 명밖에 없지만 실라는 네 명 있다. 젊음 특유의 변덕도 부렸고, 세탁기와 빨래 건조기에 무관심하다고 해댔고, 거의 선사시대급 페미니즘 구호도 외쳤지만("물고기에게 자전거가 필요 없듯 여자도 남자가 필요 없어" 운운.) 실라와 린은 결국 결혼을 했다. 둘 다 한 번 이상 했다. 자식을 보았고, 자장가도 불렀다. 기저귀도 익숙하게 다루었다. 그들은 캐서롤 요리를 자주 애용했다. 심지어 냉동한 것까지도. 린은 모두 직접 만들었고, 실라는 슈퍼마켓에서 집어 들었다.

실라는 손자들로 전환된 화제를 듣지 않은 척하며 회피했다. "그러니까, 나는 뉴먼 스몰에 대한 소소한 고고학적 탐구를 하고 있어." 그녀는 생각 중인 양 말한다. "섹시 비버가 그려진 잡지 일을 하더니 그다음엔 연방정부에서 계약직을 얻었어. 문화정책 자문으로. 그 당시에는 문화 자문 사업에 돈이 더 많았던 거 기억날 거야. 그리고 뉴먼은 언제나 어디에 피가 도는지 알았고, 자신을 위해서 몇몇 질 좋은 혈전을 어떻게 뽑아낼지 알았어. 소련 관료주의, 캐나다 관료주의, 다 똑같아. 시스템이 있고 손을 쓰는 거지. 그게 뉴먼 스몰이었어. 물론 그도 시스템을 고발했어. 그게 캐나다식이야. 고압적인 자세로 비난하지만 뒷구멍으로 돈을 받는 거지. 소련 정부와는 그런 식으로 할 수 없었을 거야. 그들은 그냥 숙청해 버릴 테니까."

"우리는 포용적입니다." 린이 말한다. "우리는 모든 관점을 인정합니다. 아니, 정정해야지, 우리는 모든 관점을 인정하는 척합니다."

실라는 웃음을 터뜨리면서도 자신이 꾸며낸 이야기를 계속 전개해 나간다. "뉴먼은 또 다른 배출구로 서평 작업을 계속했어. 서평도 그다지 나쁘지 않았어. 그는 적절한 유행어가 뭔지 잘 알았거든. 그러다가 네가 그를 만나게 된 거 같아. 네 서평을 계기로 회동하게 된 거지."

"실라, 나는 뉴먼 스몰과 회동한 적 없어." 린이 말한다.

"그렇지만 네 서평이 더 나았어. 아마 그래서 뉴먼이 네 비키니 팬티 속으로 기어들고 싶었나봐. 너를 유혹해서 너의 서평 쓰기 능력을 정복하고 싶었던 거지. 어쩌면 자신의 거시기를 통해 형식에 대한 너의 장악력이 자기에게도 옮겨올 거라고 생각했을지도."

"나는 평생 동안 한 번도 비키니를 입어본 적 없어." 린이 분연히 대꾸한다. 그건 실라가 자신에 대해 해온 갖은 말들 중 가장 충격적인 발언이었다. 그녀는 언제나 반드시 원피스 수영복만 입는다. 고상한 척하느라 그런 건 아니라고 그녀는 주장한다. 단지 허리가 짧은 여자들은 비키니를 입으면 안 되기 때문에 그런 것이다. 여자들은 다른 여자들을 간파하기 때문이다. 몸통이 가로선 네 개로 나뉘면 옆으로 퍼져 보인다. 실제보다 훨씬 더 퍼져 보인다. 이건 받아들이기 힘든 진실이지만, 그럼에도 진실인 것은 변함없다.

"그러면 네 플란넬 파자마로 하자. 곰 인형이 그려진 파자마."

잠옷에 관한 사적 정보를 실라와 나누지 말았어야 했다.

곰 인형 플란넬 파자마는 실라가 입을 만한 옷이라고 간주할 범주에서 완전히 벗어난 것이다. 노년에 접어들어 소심해지는 것에 대한 일종의 농담으로 곰 인형 파자마를 마련한 것이었다. 그 파자마를 이토록 무자비한 방식으로 린을 공격하는 데 사용하다니 음흉한 행동이 아닐 수 없다. 하긴 실라는 언제나 무자비했다.

"연도가 안 맞잖아." 린이 말한다. "시대착오적이야. 그 파자마는 21세기에 구입한 거야."

"아니면 뭐가 됐든 네가 그때 입고 있던 것." 실라가 망설임 없이 대응한다. 슬렌데렐라,* 생각나? 레이스 주렁주렁한 가짜 새틴 제품을 내놓던 시기. 나는 상하의로 나뉜 옷에 작은 겉옷이 딸린 걸 샀어. 중요한 점은, 네가 어떻게 그럴 수 있었냐는 거야." 그녀는 눈썹을 치켜올리고 눈을 크게 뜬다. "1960년대였고 우리 모두가 어리석은 실수를 저질렀던 건 사실이지만, 뉴먼 스몰이라니! 그 역겨운 이를 상쇄하고도 남을 만큼 다른 방식으로 뭔가를 많이 안겨줬나 봐. 그 남자가 그쪽으로 천부적이던?"

"천부적이었냐고?" 린이 웃으며 말한다. "상당히 격식을

* 여성 의류 및 용품을 팔던 회사명이다.

차린 표현인데. 우리 지금 몇 세기에 살고 있는 거니?"

"알았어. 당나귀처럼 덜렁거린다고 해두자."

"실라," 린은 단어 하나하나 분명히 발음하며 말한다. "나는 뉴먼 스몰이랑 안 잤어. 그는 내 인생에서 텅 빈 공간이야. 그 사람에게 눈길 한 번 준 적 없어."

"흠, 네 첫 남편은 네가 그랬다던데. 그는 아주 잘 기억하고 있어. 머릿속에 새겨졌다고 그러더라. 자신에게는 너무 괴로운 일이었다고. 그것 때문에 되풀이되는 악몽을 꿨대. 포도 좀 먹어. 내가 다 씻었어."

"제이슨이? 그가 너에게 그런 얘길 했다고?" 린은 한기가 등줄기를 타고 내려가는 것을 느낀다. 그녀는 제이슨과 이야기를 나눈 지 한참 되었다. 정확히 언제였더라? 적어도 1년은 되었다. 그는 무엇 때문에 일어나지도 않았던 사건을 기억하는 걸까? 알려지지 않은 슬픔 때문에 동요하는 걸까? 뇌질환의 희생자가 된 건가? 파킨슨병을, 알츠하이머를, 종양을 앓고 있는 걸까? 그런 일이 일어난 건 분명히 아닐 것이다. 그랬다면 그녀가 소식을 전해 들었을 테다. 그러면 그는 왜 그녀가 절대 하지 않은 일, 실제로 저지르지 않은 위반에 대한 이야기를 늘어놓은 걸까? 그녀조차도 자신이 실제로 저질렀던 위반들이 무엇이었는지 기억하기 힘들다. 제이슨은 그 모든 것이 헷갈리는 게 아닐까? 아니면 그냥 재미 삼아 악의적으로 행동하는 것인가? 그게 불가능한 일은 아니다.

그녀는 차를 더 따르고, 우유를 넣고, 티스푼으로 작은 동그라미를 그리면서 시간을 번다. 충분히 침착함을 되찾았을 때 그녀가 말한다. "제이슨은 그런 말을 절대 하지 않았을 거야. 그냥 사실이 아니야. 너는 도대체 왜 그 사람이랑 연락한 거니?"

린은 실라가 왜 그랬을지 짐작이 간다. 실라는 1960년대에 대한 책을 쓰고 있다. 그녀는 캐나다의 사회사를 10년 단위로 집필하는 시리즈를 진행하고 있다. 해설이 달린 사진 책. 그 시대의 패션, 군중 소요, 정치인들, 스포츠에서의 승리, 대중가요 스타, 사소한 유명인들. 제이슨은 사소한 유명인이다. 아니, 예전에 그랬다. 예전에 그는 다른 사소한 유명인들을 인터뷰하는 라디오쇼를 진행했다. 린 역시 사소한 유명인이었다. 그들은 그렇게 해서 만나게 되었다. 그녀는 새파랗게 젊었을 때, 즉 스물일곱 살에 상을 받은 경력이 있는 시인이었다. 시인은 본질적으로 사소한 존재고, **수상 경력**은 요즘 흔해빠진 수식어다. 맥주나 소에도 붙일 수 있는 말이다. 1960년대의 주요 유명인들 대다수는 이제 죽었다. 그리고 린은 사소한 유명인은 고사하고 주요 유명인들도 거의 기억할 수 없다. 세월이 흐르고 나면 한때 주요했던 것도 사소한 것이 된다.

"스콘 하나 더 먹을래?" 실라가 묻는다. "나 그 사람이랑 자주 연락해. 제이슨은 재밌는 가십을 아주 좋아하거든. 그는 훌륭한 소식통이야. 걸어다니는 백과사전이고, 모든 사람들의 곤란한 비밀을 알고 있지. 온갖 시체들이 어디 매장되어 있는지 훤히 꿰고 있어."

"그럴지도 모르지. 하지만 나는 시체가 아니야. 그가 그런 말을 했을 리 없어. 과장을 할지는 모르겠지만 거짓말은 안 하는 사람이야." 너와는 달리, 린은 실라를 향해 조용히 환하게 웃는다. 그러고는 말을 고친다, 우리와는 달리. "혹은 그 정도로 거짓말을 하진 않아." 그녀가 덧붙인다.

"네 접시에 말벌이 있어." 실라가 말한다. 그녀는 손을 휘젓는다.

"말벌들을 흥분하게 만들면 안 돼. 가만히 놔두면 저 녀석들도 너를 가만히 놔둘 거야." 린이 말한다. '이를 악물어, 히스테리 부리지 말고'는 어머니의 좌우명이었다.

"그 말은 맞지 않더라." 실라가 말한다. "나는 그 말벌들에게 아주 잘 대해 줬어. 지난주에 케이크 한 조각을 다 내줬

숲속의 늙은 아이들

는데 그놈들 중 한 마리한테 쏘였어."

"배은망덕이란 개탄스러운 일이야. 특히 말벌들이라면 더욱더." 린이 말한다. "대부분의 사람들은 그냥 무차별로 해치워 버려. 종이봉지를 가져다가 어둑어둑할 때 둥지에 씌우는 거야. 그런 다음 약을 미친 듯이 뿌리는 거지. 그나저나, 이 부정한 간통이 언제 어디서 일어났다고 하던?"

"1967년에, 오타와에서."

"흠 그렇다면, 점점 더 개연성이 없어지는데. 오타와에서 불륜을 저지르는 사람은 아무도 없어."

"오, 아냐." 실라가 말한다. "공무원들은 항상 불륜 중이야. 지루해서 그러지."

"하지만 불륜을 하려고 다른 곳에서 거기까지 가는 사람은 없어. 도대체 왜 그럴 생각을 하겠니?"

"어쩌면 상대방이 휠체어 신세를 지고 있어서 쉽게 여행할 수 없는 상황이었을 수도 있지." 실라가 말한다. "얼마나 헌신적인지 보여주는 거잖아."

"그런 경우라 할지라도 아니야." 린이 말한다. "나는 1967년에 화이트호스에 살았어. 그 해의 절반은. 보조금을 받았거든. 제이슨이 주말마다 왔어. 그러니까 내가 어떤 이유로든 오타와에 갔을 리가 없어."

"너는 분명 제이슨에게 네가 받은 보조금과 관련된 일이라고 했을 거야. 내가 생각하기에 너는 밴쿠버로 날아갔을 거야." 실라가 말한다. "그런 다음 야간 비행기를 타고 토론토로 가서 비행기를 갈아탄 거지. 당시에는 너무 젊고 무일푼 신세라 할인 항공권을 이용했을 거야. 네 체력이 정말 경탄스럽구나! 정말 간절히 가고 싶었나봐. 밀회 장소는 어디였어? 아니, 밀회들인가? 자주 만났겠지? 샤토로리에*에서 만났니? 네가 비행기에서 비틀거리며 내렸을 때 그가 방을 예약해 줬니? 그 썩어가는 이를 네 목에 갖다대려고 그곳에서 기다리고 있었니?"

"실라, 그런 일은 일어난 적이 없었어. 절대로, 단 한 번도."

"그렇게 방어적인 자세를 취할 필요 없어. 그땐 우리 모두 바람을 피웠잖아, 안 그래? 피임약이 그즈음 나왔지. 우리는 우리가 누리는 자유를 만천하에 드러냈고. 사람 위에 사람 없다, 눈에는 눈, 그 모든 것들. 내 기억엔 대마초는 물론이고 술도 한몫했어. 나는 미니스커트와 고고부츠가 있었어. 생각나?"

"내가 저질렀던 불륜이라면 기꺼이 자백하겠어." 린이 말

---

* 오타와 중심에 위치한 유서 깊은 호텔이다.

한다. "그리고 나는 나팔 청바지와 마오 칼라가 달린 재킷과 앞에 지퍼가 있는 캣수트 입었던 게 정말 창피해. 네가 원하는 게 비굴한 고백이라면 말이지. 그렇지만 뉴먼 스몰이라고 불리는 사람이랑 불륜 관계를 가진 적은 없어. 양쪽 새끼손가락 다 걸고 맹세해. 가슴에 성호 긋고 침 뱉기까지 할게."

이렇게 어린 시절 속어를 다시 끄집어내도 실라는 그냥 넘어가버린다. 어쩌면 구어체를 잘 알아듣지 못하는 것일 수도 있다. "너희 부부가 그걸 두고 싸움을 벌였다고 제이슨이 그랬어. 네가 인정했다고 그러던데. 당시 술이나 약물에 취해 있었던 게 아니라면 그렇게 구역질나는 이를 가진 사람을 고려조차 할 수 있었겠느냐고 네게 물어봤다더라. 뉴먼 스몰이라니! 제이슨은 그 사건이 모든 미학적 규범을 손상시켰고, 그 후로는 네 지성을 더 이상 존중할 수 없게 되었다고 하던데. 그것 때문에 네 결혼이 깨진 거라고."

"제이슨에게 전화해 봐야겠다. 그가 이런 어처구니없는 이야기를 밀고 있다는 걸 믿을 수가 없네." 정원 의자에서 힘겹게 몸을 일으키며 린이 말한다. "차 대접해 줘서 고마워. 스콘 아주 맛있었어. 어디서 샀는지 알려줘야 해."

"오, 제이슨에게 전화하지 마." 실라가 외친다. "네가 그런

걸로 법석을 떨면 앞으로 그는 나한테 아무것도 알려주지
않을 거야!"

린은 그늘진 뒷마당에서 실라의 집 측면과 가지치기가
필요한 개나리 관목을 지나, 물주기가 필요한 잔디를 가로
지르고, 집 앞쪽 계단을 거쳐 거리의 보도로 나선다. 이곳
에는 햇볕이 사정없이 내리쬐고 있다. 단 몇 도만 더 뜨거워
지면 우리는 모두 타서 연기가 되어버릴 거야, 그녀는 심각
하게 추측한다. 하지만 어쩌면 내가 죽기 전까지는 그런 일
이 안 일어날지도 몰라. 그녀의 차는 두 블록 떨어진 곳에
있다. 아무리 열기를 피하고 싶어도 서둘러서는 안 된다. 그
러다가 기절할 수도 있다.

그녀는 이에 대해, 자신의 젊은 시절 치아에 대해 곰곰이
생각한다. 그때는 불소도포도 없었고, 심지어 치실도 없었
다. 이쑤시개만 있었다. 그러다가 전쟁 후 사탕이 몸서리치
게 달달한 잡초처럼 도처에 생겨났다. 아이스크림과 추잉검
과 청량음료는 말할 것도 없었다. 치과의사들이 충치를 양
산하기 위해 짜놓은 계략이었던 게 틀림없다. 그렇다고 해
서 치과의사들이 무슨 도움이 필요했던 건 아니었지만. 그
녀가 여덟, 아홉, 열 살 때, 치과 진료실 의자에 웅크리고 앉

숲속의 늙은 아이들

아서 당시에는 페달로 작동하던 끔찍한 드릴(이라기보다는 거의 착암기인)을 견디던 기억이 있다. 머릿속에 울리던 갈리는 소리. 통증, 그때 마취제가 있었던가? 뭔가 있었겠지만 별로 효과가 없었다. 그다음에는 기계로 갈아낸 곳에 치아 충전재를 채워넣는 소리, 스티로폼이나 영하 20도 날씨의 눈 위를 걷는 듯한 뽀득뽀득 소리. 분명 그녀의 뇌로 수은을 직방으로 흘려보냈을 회색 충전재 일부는 아직도 어금니에 박혀 있다. 그러나 앞니는 인공치관이다. 임플란트 만세다.

실라는 어떻게 해서 그런 시련을 비껴갔는가? 세상에는 두 종류의 이, 즉 약한 이와 강한 이가 있고, 린은 불운하게도 아버지 쪽으로 약한 이를 물려받았으며, 완치가 불가능한 것은 견뎌낼 수밖에 없다는 린의 어머니의 주장은 결국 사실이었던가? 아니면 스탈린주의자들이 헝가리에 사탕 같은 생활필수품을 너무 적게 공급해 주어서, 전쟁 후 넘쳐났던 설탕으로 인한 부식 효과를 실라는 피해 갈 수 있었던 것일까?

그녀는 이런 생각에 잠겨 있다가 집에 도착해서 화장실로 달려가 과다한 차 음용의 결과를 아슬아슬하게 해결한다. 그런 다음 저수분증을 막기 위해 큰 잔에 물을 가득 따라 마시고는, 앉아서 생각을 정리한다. 이제 곧 제이슨에게 전화를 걸 때 무슨 말을 할 것인가? 실라와 제이슨이 하는 말이 옳을 가능성이 조금이라도 있을까? 그녀가 불가해한 이유로 치아가 불량한 수수께끼의 인물 뉴먼 스몰과 정말로 불륜을 저질렀고, 그 불륜 및 이후에 이어진 제이슨과의 파국에서 정신적 외상을 입어, 그래서 모든 것을 망각하게 되었을 가능성이?

일기를 써왔더라면 얼마나 좋을까. 그러면 일기장을 들춰 볼 수 있을 것이다. 그러나 그때는 인생이 너무나 빠르게 흐르고 있었다. 그녀가 실라를 만났던 건 언제였던가? 1968년 즈음? 시집 출판사가 주최한 싸구려 파티에서 만났다. 아마도 지하실에서 열렸을 것이다. 그런데 무슨 건물의 지하실이었던가? 교회 지하는 아니었다. 오래전에 망한 술집 지하실. 실라는 강렬한 색깔의 기하무늬 미니스커트를 입고 거대한 빨간색과 주황색과 파란색으로 된 손목시계를 차고, 아 맞다, 흰색 고고부츠를 신고 있었다. 그 비주류 문화 현장의 추종자들 중 얼마나 많은 남자들이 실라를 사랑했던가? 그녀의 찰랑거리는 금발과 매력적인 선탠 피부와 섹시한 유럽 억양을? 아주 많은 남자들이 그녀를 사모했다. 린은 실연당했던 남자들(많은 동료 시인들)이 미지근한 화이트와인 또는 미지근한 커피를 앞에 두고 다크서클 드리운 눈으로 그녀를 바라보며, 자신들과의 동침을 거부했다는 점으로 증명되는 실라의 잔인함에 대해 한탄하던 걸 떠올린다. 실라는 한 번이라도 진정한 감정을 가진 적이 있었던가? 유혹만 하다가 무정하게 동침을 거부하는 여자였던가? 그녀는 얼음 여신이었나? 그녀가 그들을 거부했던 데는 뭔가 부자연스러운 이유가 있었을 것이다.

다른 한편, 린을 사랑했던 이들은 몇 명이었던가? 그녀는 절대 알아낼 수 없을 것이다. 그러나 실라는 알고 있다고 주장했다. 그녀는 소위 린의 연모자들 전체 명단을 보관하고 있다가 꺼내 보이며 그들을 비웃곤 했다. 이 구애자들은 하나같이 모자라고 우스꽝스러웠으며 어처구니없을 정도로 린에게 걸맞지 않은 사람들이었다는 것이다. 그렇지만 실라가 어떻게 그들의 연애 감정에 접근할 수 있었는가? 그녀의 말이 사실임을 입증할 길은 전혀 없었다. 린은 그 젊은이들에게 "실례지만 저 사랑하세요?" 하고 감히 물어볼 수 없었다. 그녀가 미쳤다는 소문이 퍼졌을 것이다. 여자 시인들은 원래 미친 사람들이라는 걸 감안할 때, 평상시보다 더 미쳤다는 소문이 돌았을 것이다. 어쨌든 그런 사실을 알아내는 것은 호기심과 자기만족을 위한 일에 불과했을 것이다. 실라의 명단에 있는 사람들 중에 린의 관심을 끄는 이는 아무도 없었다. 그녀는 그들이 쓴 시를 읽어봤다.

소위 구애자들 일부는 멀쩡한 직업이 있고 나이도 있는 기혼자들이었다. 그들은 아내들을 돌연히 떠나고, 짜릿함을 추구하면서 대항문화 종사자들 사이에서 열악한 삶을 자초했다. 1960년대 말은 가정의 붕괴가 대규모로 일어났던 시기다. 피임약 보급 이후, 에이즈 도래 이전의 소위 성혁명 시대. 수염을 기른 젊은 히피들이 도처에 있었고, 긴 코트를 입은 여자들, 그다음에는 긴 화동(花童) 치마에 할머니 부츠를 신은 여자들이 보였다. LSD와 대마초를 자유롭게 구할 수 있었고 나중에는 다른 약물도 마찬가지였다. 마치 1950년대의 이상적 가족이 물풍선처럼 부풀어 올랐다가 터져버린 것 같았다. 결혼 관계는 우박폭풍 속 유리처럼 산산조각 나버렸다. 쉰 살의 남자들이 맞춤양복을 폐기하고 넥타이를 던져버리고 전체 체계를 비판하며 염주 장신구를 하는 남세스러운 짓을 했다. 다른 한편, 네 아이의 어머니들은 자신들이 실제로는 레즈비언이고 언제나 그래왔다고 선언하며, 그런 이유로 자신들의 성생활이 불만족스러웠던 거라고 설명했다. 모든 사람이 자신들의 숨겨진 내면의 자아를 찾고 있는 것처럼 보였고, 한 침대에서 다른 침대

숲속의 늙은 아이들

로, 또 다른 침대로 옮겨 다니며 그것을 찾으려고 노력했다. 제이슨도 마찬가지였고, 린도 마찬가지였다. 그러니까, 뉴먼 스몰은 그 시대의 징후였던가? 부수적 피해자였던가? 도대체 린은 그와 무슨 짓을 하고 있었던 것일까? 그와, 그리고 그의 치아 관련 문제들과?

그녀는 유선전화 수화기를 든다. 그녀는 유선전화기를 유지하고 있다. 허리케인이나 홍수에 휴대전화 송신탑이 완전히 박살나거나 얼음폭풍 때문에 충전이 불가능하게 되는 상황에 대비한 것이다. 그런 일은 일어나게 마련이다.

그녀는 휴대전화의 연락처 앱을 열고 제이슨의 번호를 돌린다. 유선전화를 쓰면 발신자가 그녀라는 걸 알아채지 못할 가능성이 더 크다. 그는 전화를 받을 것인가? 받는다.

"안녕, 린," 그가 말한다. "어떻게 지내?"

"잘 지내. 당신은 어때? 코로나에 걸렸어?"

"아직 안 걸렸어. 당신은?"

"나도 아직." 린이 숨을 들이쉰다. "제이슨." 짧은 침묵. "방금 실라랑 얘기를 했어."

그가 잠시 침묵한다. "그래서?" 그가 조심스럽게 묻는다.

"뉴먼 스몰이란 사람에 관한 거야."

"그럴 거 같더라." 그가 말한다. 웃음소리인가? 그는 약점

비웃는 것을 즐긴다. 그게 자신의 약점이 아니라면.

"내가 뉴먼 스몰이라는 사람이랑 불륜을 저질렀다는 얘기를 당신이 해주더라고 실라가 그러던데. 오타와에서. 어떻게 그럴 수가 있어? 사실이 아니라는 거 알잖아. 나는 그런 사람을 만난 적도 없어!"

"나는 그런 말은 한 적 없어." 제이슨이 말한다.

"그럼 무슨 말을 했는데? 무슨 말이든 했을 거 아냐."

"실라가 역겨운 이를 가진 남자에 대해서 횡설수설하더라고. 그냥 계속하도록 내버려뒀어. 내가 뭘 했더라도 다 얘기했을 거야. 그녀가 어떤지 당신도 알잖아. 그러더니 그게 사실이라는 걸 확언해 달라고 요청하더군."

"그리고 해달라는 대로 했어?"

"아니. 아무 말도 안 했어."

"그걸 긍정의 대답으로 받아들인 거네."

"그녀는 뭐든 긍정의 대답으로 받아들여." 제이슨이 말한다. "자기 입맛에 맞을 때면."

"그게 사실이 아니라고 왜 말 안 했어?" 린이 묻는다.

"소용없어." 제이슨이 말한다. "자신이 원하는 대로, 또는 자신이 원한다고 말하는 대로만 믿으니까. 게다가 나는 인정할 수도 부정할 수도 없었어. 이 뉴먼 스몰이란 작자가 누구야? 내가 한 번도 안 들어본 미지의 작자랑 당신이 잤는지 내가 어떻게 알아? 모르는 걸 부정할 수는 없는 거야."

"그러니까 당신도 뉴먼 스몰이 누군지 모른다는 거야?"

"그렇지." 제이슨이 말한다. 그는 지금 분명 웃고 있다.

"그녀는 정말 선을 넘었어." 린이 말한다.

"새로운 일이야?"

"그녀는 이걸 자신이 쓰는 책에 넣고 싶어 해. 나와 뉴먼 스몰의 불륜을. 그녀가 작업하는 시리즈 있잖아. 1967년 문인들의 스캔들."

"고소하겠다고 해."

"그녀를 고소할 수는 없지!" 린이 말한다. "가장 친한 친구 중 한 명인데!"

"아직도?"

일주일 후, 린은 차를 마시자고 자신의 집 뒷마당으로 실라를 초대한다. 자신 차례인 것이다.

그러나 그녀는 스콘과 거품 올린 생크림을 대접하지 않는다. 좀 더 청교도적인 메뉴를 고수한다. 얇게 썬 복숭아에 바닐라요거트를 한 숟갈씩 올린 것, 그리고 코앞에 있는 비건 제과점에서 사온 대추야자와 귀리로 만든 한입 크기에너지바를 내놓는다. 또 무더운 날이기 때문에 스탠드형 선풍기를 정원으로 옮겨놓았다. 주름 잡힌 캡 소매가 달린 연한 색 꽃무늬 여름 드레스를 입은 실라는 여느 때와 마찬가지로 예쁘다. 여느 때와 마찬가지로 예쁜 건 아니지, 린은 속으로 표현을 수정한다, 나이치고 그나마 예쁜 거지.

뻔한 안부 인사를 늘어놓은 뒤 ─ 공통의 지인들 가운데 누가 감염되었는지, 누가 병원에 입원하게 되었는지, 누가 죽었는지, 누가 다른 원인으로 죽었는지 ─ 린은 주요 관심사를 솔직하게 털어놓는다.

"제이슨이랑 통화했어." 그녀가 말한다. "내가 뉴먼 스몰과 무슨 일이 있었다는 말을 결단코 하지 않았다고 주장하더라."

"정말이야?" 실리가 믿을 수 없다는 듯이 눈썹을 치켜뜬다. "그렇게 말했다고?"

"그리고 뉴먼 스몰이란 이름을 들어본 적이 없다는 말도 했어."

"안 들어봤다고?"

"그래." 린은 실라가 그 말을 충분히 이해할 시간을 준다. 그렇지만 분명 실라는 이미 알고 있다. 이내 린이 묻는다. "뉴먼 스몰이라는 사람이 정말 있었어? 네가 그냥 만들어낸 거니? 그의 이랑 그 외 모든 것을?"

"그게 중요해?" 실라는 예의 그녀의 완벽한 미소를 지어 보이며 묻는다.

"그럼!" 린이 대답한다. "중요하지."

실라는 찻잔을 내려다본다. "하지만 그건 정말 쌈박한 이야기인데." 그녀가 중얼거린다.

"분명 그렇지. 하지만 사실이 아니잖아." 린이 말한다. 그녀의 어조는 비난과 진지함과 엄격함을 담고 있다. 도대체 왜 린은 실라 때문에 지루하고 교화적이고 베이지색 파운데이션 속옷을 입은 주일학교 선생이 된 것 같은 느낌을 가져야 하는가?

"사실이라고 해서 쌈박한 이야기가 되는 게 아니야." 실라가 말한다. "재미있기 때문에 쌈박한 이야기가 되는 거지."

"너는 이 쌈박한 이야기를 얼마나 많은 사람들에게 해줬니?" 린이 묻는다. 솔직한 대답을 들을 수 있을지 의구심이 든다. 앞니가 벌어진, 존재하지 않는 뉴먼 스몰의 미소 짓는 얼굴이 딱 붙어 있는 자신의 이미지, 혹은 납작한 광고판 같은 스스로의 이미지가 떠오른다. 이제 절대로 그를 떼어 낼 수 없을 것이다. 그런 이야기가 사교 모임의 연못에 일단 던져지면 다시 건져내기란 거의 불가능한 일이다.

"많지 않아. 그냥 몇 명한테만." 실라가 말한다. 의심의 여지없이 거짓말이다.

린은 아무 말도 하지 않는다. 숨이 가쁘게 느껴진다. 이것은 분노인가 경탄인가? 실라는 왜 그토록 거짓말을 하는 것일까? 그녀는 왜 이런 터무니없는 서술을 고안하는 것일까? 이번이 처음이 아니기 때문이다. 창작의 즐거움을 위해서? 재미로 갈등을 조장하고 소동을 일으키기 위해서? 삶은 소극(笑劇)이라는 것을 강조하기 위해서? 혹은 더 심오하거나 더 보잘것없는 이유를 위해서? 결국 발각되리라는 사실을 그녀도 알았을 것이다. 그녀는 무엇을 원하는가? 꾸짖음? 자신을 포함한 모든 사람이 역겹다는 증거?

"그 사람을 그 정도로 혐오스럽게 만들 필요는 없었잖아." 린이 말한다. "체격 좋은 멋진 남자로 할 수도 있었잖아. 하지만 너는 일종의 도깨비 같은 존재가 더 재밌다고 생각했겠지."

"너 나한테 화났구나." 실라가 구슬프게 말한다.

"그래. 좀 화났다." 린이 말한다. "나를 얼간이로 보이게 만들었잖아. 그럴 작정이었던 거야?"

"넌 앞으로 나하고 절대 말하지 않겠구나." 실라가 말한다. 그녀는 숟가락을 빙빙 돌리며 고개를 숙여 탁자를 보고

　　　　　　　　　　　숲속의 늙은 아이들

있다.

그렇지만 린이 어떻게 그 일 때문에 그 정도로 화를 내겠는가? 실라와 다시는 말을 하지 않을 정도로? 마지막 장면들을 연출하고 문을 거칠게 닫아버리기엔 그녀는 너무 늙었다. 자신이 옳았다는 분개의 감정을 불러일으킬 수 없다. 젊은 세대는 **넌 나랑 끝이야**라고 말할지도 모르겠다. 그러나 그녀에게 실라는 절대 끝이 아니다. 실라는 사실 그녀의 일부다. 거대한 플라스틱 손목시계, 하얀 고고부츠, 기이한 허구의 이야기들. 싸구려 화이트와인, 그저 그런 시인, 실연당한 구애자들. 새끼 고양이들처럼 뒹굴면서, 육체를 가졌음을 만끽하며, 자신들이 자유롭다고 믿었던 그들 둘. 느끼고 고통을 야기하고, 찰나의 순간 시간의 손아귀에서 벗어나 부유하던 그들.

"네가 그럴 만하지." 실라가 말한다. "나는 왜 이런 쓰레기인지 모르겠어." 그녀는 이런 것에 능숙하다. 이런 것이 뉘우침인지 자기비하인지, 자신이 초래한 것에서 슬며시 발을 빼는 건지는 알 수 없지만. 고의적 훼방 후 도망가기. 아름다우면 그런 일에 유리하다.

"네가 내 피임약 한 달치 훔쳐가고선 안 했다고 그랬던 거 생각나?" 린이 말한다. "그 시절 청록색 플라스틱 다이얼팩*

에 들어 있던 거? 새 약을 구하느라 죽을 고생을 해야 했어. 그땐 구하기 너무 힘들었어. 너는 나의 더러운 연애 생활 2주를 망쳐버렸던 거야."

"미안하지만, 내가 팔았어. 암시장에다. 변변찮은 거였지만. 뭐, 나는 돈이 필요했고, 내 걸 팔지는 않을 거였으니까!" 실라가 어린애 같은 이를 드러내며 웃는다. "나는 쓰레기야, 내가 말했잖아."

잠시 후, 린도 웃는다. 실라와 함께했던 그 모든 나날들, 그 모든 세월들이 연기로 변해 버리고 증발해 버린다. 너무나 빨리 가버렸다. "너는 나의 소중한 오랜 친구야, 그리고 나는 너를 사랑해." 그녀가 말한다.

실라가 미소 짓는다. 그녀의 가장 아름답고, 가장 순수하고, 가장 천사 같은 진주 이를 드러낸 미소를. "그다음은 하지만이니?"

"하지만은 없어." 린이 대답한다.

* 여성들이 피임약을 잊지 않고 제 날짜에 챙겨 복용하도록 전화 다이얼 모양의 21개 번호판에 약을 넣은 피임약 통이다.

숲속의 늙은 아이들

조개껍데기사(死)

알렉산드리아의 히파티아*의 구술(口述)

하지만 왜 조개껍데기인가? 의문을 가질 시간이 있긴 했으나 별로 길지는 않았다. 이미 나는 마차에서 강제로 내려졌고 길바닥에 질질 끌려가고 있었다. 내 머리채를 잡고 끌고 갔다고 일부 사람들이 이후에 진술했지만, 내 팔과 다리 또한 질질 끄는 데 유용하게 사용되었다. 사람들은 조개껍데

---

* Hypatia. 동로마제국 속주였던 이집트 출신 여성 수학자, 천문학자, 철학자. 415년에 죽임을 당한 것으로 알려져 있다.

기를 일부러 들고 왔던 게 틀림없다. 그들은 분명 계획이 있었고, 미리 생각해 두었던 것이다. 왜 그냥 칼로 하지 않았던가? 그게 훨씬 더 효율적이지 않은가. 이제야 나는 자문해 본다.

그렇지만 효율성은 그들의 주된 고려 대상이 아니었다. 그들은 상징주의에 깊은 관심을 갖고 있었다. 그러니까 조개껍데기는 그들에게 뭔가를 상징했을 것이다. 그러나 그게 무엇이었을지 나는 알 수 없다. 아프로디테는 일종의 쌍패류에서 태어났다고 한다. 열리는 두 개의 껍데기, 그리고 부드럽고 짭짤하면서도 맛있는 내면을 드러낸다. 그것을 원하는 대로 해석해 보라.

그렇게 나는 거리로 질질 끌려갔다. 여담인데, 그곳은 자갈이 깔린 길이어서 매우 울퉁불퉁했다. 나를 끌고 가는 사람들은 모두 남자였다. 그렇지만 몇몇 여자 구경꾼들이 놀란 표정으로 나를 빤히 바라보고 있었다. 나는 유서 깊은 로마제국의 이 문명화되고 부유하고 활기차고 포용적인 여왕 도시를 지배하는 자들의 존경받고 신뢰받는 조언자 아니었던가? 그리고 이런 일이 나에게 일어날 수 있다면, 그들에게는 어떤 더한 일이 벌어질 것인가? 동정이나 분노가 아닌 두려움이 그들이 우선적으로 느낀 감정이었을 것이다.

이 여자 구경꾼들 중 달려와 나를 방어해 주는 사람은 아무도 없었다. 그들은 얼굴에 베일을 좀 더 단단히 드리우고 아무것도 보거나 듣지 못한 척하며 돌아섰다. 나는 그들을 원망하지 않는다. 그들 역시 차례대로 희생자가 됐을 것이다. 요즘 식으로 말하자면 부수적 피해자일 것이다.(그리고 나도 그처럼 파멸을 향해 끌려가는 자들을 길에서 보고 외면하지 않았던가. 나 역시 그랬다. 그렇지만 그 광경들은 법적으로 타당한 처분이었다고 내 안의 목소리가 항변한다. 범죄적 행위에 대해 판결된 처형이었던 것이다. 그래도 내가 외면했던 것은 사실이다. 그 차이는 매우 미묘하다. 관점에 따라서는 아예 차이가 없을 수도 있다.)

　이 지경에 이르렀을 때는 비명을 지르고 있었다고 내가 말했던가? 당연히 나는 비명을 지르고 있었다. 자신이 원하건 원하지 않건 몸이 비명 소리를 낸다. 이런 상황에서 비명을 지르지 않기 위해서는 어린 나이부터 극도의 자제력을 발휘해 왔어야 한다. 그런 훈련을 해야 한다. 나는 훈련을 받은 적이 없었다. 불타는 석탄 위를 걸은 적도, 전갈이 득시글거리는 동굴에 살아본 적도 없었고, 달군 바늘을 손톱 밑에 찔러 넣은 적도 없었다. 나는 수학자이자 선생이었지 고행 수련자가 아니었다. 비명을 억누르는 연습을 할 필요를 느끼지 못하고 살아왔다. 그래서 나는 비명을 질렀다. 아주 많이.

그러나 비명은 분명 그런 고문, 아니, 모든 고문의 핵심이다. 인간을 가장 저급한 상태로 축소시키는 것. 이거 보여? 소위 지성의 삶이라는 건 없는 거야. 그건 단순히 너의 잘난 척에 지나지 않는 거였어. 너의 진정한 정체성은 이 고통받는 육체 한 조각과 그것에서 추출되는 것 외에 다른 것은 없어. 울부짖음, 애원, 다양한 종류의 체액. 이런 각본에서 선택할 수 있는 항목은 인간 신체의 본성상 제한적이다. 신체에 가할 수 있는 일이란 몇 가지에 지나지 않기 때문이다.

전체적으로 보아 이것은 시끌벅적한 사건이었다. 내 비명 소리뿐 아니라 거친 고함 소리도 상당했던 것이다. 살인적 무리에 참여할 때 사람들은 열정적인 고함으로 서로를 부추긴다. 당신들도 그런 것을 축구 경기에서 목격했을 것이다. 사람들이 소리치는 내용은 보통 '추잡한 비속어'라고 불리는 것이다. 내 경우에 추잡한 비속어는 내 처녀성과("타락한 창녀!") 내 종교라고 알려진 것("사악한 범신론자!"), 내가 할 것이라고 사람들이 추측한 마술 행위("더러운 마녀!")에 대한 중상, 그리고 잔인한 제안("저년을 갈가리 찢어라!")으로 이루어져 있었다.

그다음 무슨 일이 있어났는지 구체적으로 묘사하면 당신들에게 너무 고통스러울 수 있기 때문에 생략하기로 한다. 당신들 세계의 많은 이들은 나의 시대 이래로 진보가 이루어졌고, 인간들이 더 자비로워졌고, 예전에는 잔혹함이 난무했지만 당신들 시대에는 감소했다고 생각한다. 그러나 주의 깊게 관찰해 온 사람이라면 어떻게 그런 관점을 견지할 수 있는지 도저히 알 수 없다.

내 옷이 찢어졌다는 것만 언급하기로 하겠다. 폭력적으로 옷을 벗기는 것은 그런 축제들에서 흔해빠진 의례다. 그것의 요지는 모욕감을 안겨주는 것이다. 그런 다음 나는 산 채로 조개껍데기로 살가죽이 벗겨지는 일을 당했다. 조개껍데기가 별로 날카롭지 않았기 때문에 피부를 벗기는 일은 꽤 오래 걸렸다. 이러한 피부 벗기기는 기독교 성소에서 그들이 생각하는 신에게 바치는 일종의 인간 희생제로 일어났던 것으로 나는 추정한다. 오, 그리고 눈도 도려내졌다. 내가 죽기 전에 일어난 일인지, 혹은 후에 일어난 일인지 잘은 모르겠다. 그즈음 나는 천장 근처의 한 장소에서 내려다보고 있었다. 그러니까 아마도 죽은 상태였을 것이다. 그러나 안구 적출이 이루어지는 동안 벌어진 엄청난 소요—엄청난 열정, 엄청난 열광, 그 행위에 참여하고자 하는 엄청난 조바심 — 때문에 나는 똑똑히 볼 수 없었다.

당신들의 시대였다면 사람들은 자세를 취하고 주홍색 조개껍데기를 들어 보이며 휴대전화 카메라로 사진을 찍었을 것이다. 보다시피 나는 최신식 기술과 관행에 대해 잘 알고 있다. 그들은 내 눈이 적출되는 것을 녹화했을 것이다. 남자들 가운데 한 명이 안구를 바닥에 던지고 발로 밟았다. 나는 서글픔을 느꼈다. 나는 내 눈을 향유해 왔다. 눈은 내가 천체를 바라보고 신적 영역의 경로들을 기록하도록 도움을 주었던 것이다. "안녕, 소중한 눈들." 나는 속삭였다.

나는 이제 눈 없이 완벽하게 잘 볼 수 있다. 존재의 현 단계에 이르면, 우리는 다른 이들의 눈을 통해 볼 수 있다. 지금 나는 당신들의 눈을 통해 보고 있다.

주요 활동이 끝난 후, 내 몸은 갈기갈기 찢겼고, 그 일부는 범죄자들이 끌려가 화형당하는 알렉산드리아 외곽의 장소까지 다다르는 길에 질질 끌려다녔다. 혹은 시가행진을 했다고 말할 수도 있을 것이다. 몸의 나머지 부분은 이후 소각되었다.

상상하는 바와 같이 피가 많이 흘렀다. 일부 남자들은 그 피를 자신들의 얼굴에 발랐다. 어떤 이들은 그런 다음 자신들의 손가락을 핥았다. 사람들은 너무 흥분해서 자제력을 잃곤 한다. 얼마나 많은 사람들이 다음 날 일어나 자신들이 무슨 짓을 저질렀는지 제대로 기억조차 못 할 것인가. 그들 중 일부는 아내가 있었다. 아내들은 이렇게 물었을 것인가? "당신 튜닉에 묻은 이 피는 뭔가요?" 아마도 묻지 않았을 가능성이 크다. 튜닉에 피를 묻힌 남편은 그에 대해 민감한 반응을 보이곤 한다. 사람들은 세탁 장소인 시냇가에서 직물을 돌에다 놓고 방망이질을 했다. 그리고 나의 피는 강 속으로 흘러들어 바다까지 이르렀다.

아내들은 입을 닥치고 논란거리가 될 만한 모든 난장판을 치워야 했다. 그래서 가정에서는 모두 입을 꾹 다물고 화제를 피했다. "우리의 존경받고 사랑받던 현명한 여인, 천체학자, 철학자, 알렉산드리아의 보배이자 총독의 고문이 살해당했다는 소식을 들었나요?" 이 문장은 발화되지 못했다.

주모자는 성구 낭독자였다. 성구 낭독자들은 교육받은 남자들이었다. 무식한 소작농 무리를 상상해서는 안 된다. 아무튼, 그들은 글을 읽을 줄 알았다. 아니, 적어도 대다수는 읽을 줄 알았다. 물론 일단 사태가 시작되자 으레 그러듯 온갖 종류의 사람들이 합류했다. 뭔가 신나는 일이 벌어지고 있을 때 누가 소외됐다고 느끼고 싶겠는가.

그걸로 끝이다. 그 일이 왜 일어났던가? 정치적 이유라고 일부는 말했다. 알렉산드리아에 관련된 문제들에서 누가 최종 결정권을 가질 것인가를 두고 로마에서 임명된 총독과 기독교 주교 사이에 일어난 권력 다툼. 충격과 경악이 표출되었다. 가볍기는 하지만 사과를 담은 질책이 발표되었다. "그것은 우리 신앙의 핵심적 메시지가 아니다." 등등. 사건 조사를 위한 위원회가 꾸려졌다. 주교의 경호원이 연루되었다는 의혹이 제시되었다. 그건 놀라운 일이 아니었다.(그 경호원들은 악명 높은 폭력배로, 암살단의 일원이었다.) 그러나 아무도 재판받지 않았다. 수가 많으면 안전을 보장받는 법이다. 첫 번째 눈을 도려낸 사람이 누구였는가? 그리고 그런 후에는 어떤 사람이 정확히 무엇을 했는지에 대해 누가 신경 쓰겠는가?

그런데 사후의 삶에서는 상황이 완전히 달라진다. 더 이상 비밀이 존재하지 않는다. 모든 것이 알려진다. 재판도 열린다. 증거가 제시된다. 나는 나의 망가진 눈들, 비틀어 떼어낸 팔다리를 내놓았다.(그런 이미지를 빌려 여러 상징적인 성인상이 생겨났다고 후세에 알려졌다. 예를 들면 자신의 잘린 머리를 들고 있는 알렉산드리아의 성녀 카타리나. 자신의 눈을 담은 접시를 들고 있는 성녀 루치아. 어떤 그림에서는 손잡이 달린 안경처럼 줄기에서 뻗어 나온 두 개의 가지 끝에 안구가 놓여 있다.)

나는 단 한 번도 복수심에 사로잡혔던 적이 없다. 나를 죽인 사람들을 용서했다. 그러나 그들이 이곳 저승에서 마주하게 된 징벌은 내가 어찌할 수 있는 것이 아니다.

어떤 이들은 내가 살해당한 것이 전환점이라고, 소위 고대 세계의 종말을 시사했다고 말한다. 분명 전반적인 성상 파괴운동이 뒤따랐다. 그 뒤를 이은 기독교인들은 사람들이 한때 믿고 숭배했던 신들이나 반신(半神)을 상기시키는 것은 모두 파괴했다. 동상, 명문(銘文), 분수대, 모자이크, 벽화, 화병, 두루마리 문서, 파피루스 문서…… 모든 것이 파기되어야 했다. 산산조각 난 우리 세계의 파편을 발굴했을 때(코와 팔이 없는 아르테미스, 성기가 부러진 제우스, 손 없는 네레이스, 발 없는 드리아스.) 당신들은 보물을 발견했다고 매우 기뻐한다. 값을 매길 수 없는 것이라고 말한다. 곧이어 이번 차례에는 당신들의 세계에 그런 일이 일어날 것이다. 철거용 철공이 열심히 작동하는 중이다. 물론 종교의 이름으로 자행되지는 않을 것이다. 적어도 명목상으로는 그렇지 않을 것이다.

그러나 비록 과거의 예술은 파괴되지만 새로운 예술이 창조된다. 그리고 그것 중 일부는 나에게서 비롯된 것이다.

나는 수세기에 걸쳐 많은 작품의 주제가 되어왔다. 실제 내 모습보다 훨씬 젊고 아름답게 만든 우아한 모습의 고전적 조각상이 대부분이었다. 나이를 계산해 보라. 나는 죽었을 당시 적어도 쉰 살이었고 솔직히 말하면 예순 살에 가까웠다. 내가 실제로 어떻게 생겼는지 기억하는 사람이 아무도 없기 때문에(가장 가까운 동료들 기억 속의 내 모습조차도 피로 얼룩진 내 마지막에 대한 인식 때문에 흐릿해졌다.) 조각가들은 자유재량을 누릴 수 있었고 그런 기회를 마음껏 활용했다. 나에게 얼마나 많은 머리칼이 부여되었던가! 얼마나 우아한 자세인가! 얼마나 잘 어울리는 옷자락인가! 그렇다고 내가 비웃는 건 아니다. 스스로에게 물어보라. 사마귀와 각종 흠을 가진 당신 실제 모습으로 기억되고 싶은가, 아니면 더 나은 모습으로 기억되고 싶은가? 지금 솔직하게 대답해 보라.

이런 조각상뿐 아니라 거의 포르노그래피에 가까운 회화도 몇 작품 있었다. 내가 관찰한 바로는 유달리 포르노그래피 성향이 강했던 19세기에 주로 생산된 것이었다. 화가들의 관심을 불러일으킨 것은 내 옷이 찢어져 벗겨졌다는 명백한 사실이었다. 그 덕분에 특정 부류의 남성들이 항상 흥미를 가지는 주제인 고통받는 나체의 여성을 그릴 수 있

숲속의 늙은 아이들

었던 것이다. 이런 회화 몇 점에서는 여성이 실오라기 하나 안 걸치고 있다. 그러나 내가 묘사했던 대로 자갈 돌길 위를 질질 끌려갔음에도 불구하고 그림 속의 나는 할퀸 자국 하나 없다.

이런 회화들 중 가장 놀라운 작품 속에서 내 몸(스물다섯 살 젊은이의 몸)은 죽은 물고기처럼 녹색기가 도는 하얀색이다. 바닥까지 끌리는 주황색 머리칼을 부여받았고, 한 손으로는 머리칼을 음부 앞에 드리고 있고 다른 손은 방어적으로 치켜들고 있다. 역사가 그토록 단호히 말해 주었듯, 무용한 손짓이다. 역사는 언제나 우리에게 그런 이야기를 들려주고, 화가들은 언제나 그것을 그린다. 아니, 화가들이 나무를 천 조각으로 둘둘 마는 등의 행위를 하는 대신에 여전히 사람과 사건 그림을 그렸던 과거에는 그런 것을 그렸다. 워털루 전투 아침의 나폴레옹. 메두사의 뗏목. 경무장 여단의 공격. 피부가 벗겨지고 갈가리 찢기기 전의 내 자신. 이런 사건들이 어떻게 작품화되었는지 우리는 알고 있다.

그런데 내가 죽은 상태로 지낸 지가 이렇게 오래된 마당에 나의 의미는 무엇이란 말인가? 그러니까 당신들에게, 당신들의 세계, 일시적으로 살아 있는 자들의 땅에서 나는 어떤 의미를 갖는가? 어떤 의미를 갖고 있다는 사실만으로도 내가 운이 좋은 거라고 당신들은 생각할지도 모르겠다. 나만큼 오랜 기간 죽은 상태로 지내온 대부분의 사람들은 아무런 의미를 지니지 못한다. 남아 있는 자들이 그들을 전혀 모르기 때문이다. 그들은 얼음처럼 녹아버리고, 연기처럼 흘러가 버렸다.

반면 나는 당신들 가운데 다양한 모습으로 계속해서 존재한다. 여성 과학자들의 수호성인. 헬레니즘기 최후의 인간. 신플라톤주의 역사 속의 사소한 인물. 철학의 순교자. 좀 더 운수가 좋았던 인물을 선택할 거라고 생각하겠지만, 페미니즘의 아이콘. 비록 아직까지 영화화되거나 스트리밍되는 영상으로 만들어지지 못했지만, 그저 그런 희극과 여러 소설 작품의 주인공. 형편없지만 진지한 의도로 창작된 다양한 시의 주제. 그리고 역설적이게도, 기독교적 미덕의 본보기. 자, 이런 사실에 당신들은 생각이 많아질 것이다.

하지만 당신들은 이유가 있어서 나를 이곳에 불렀다. 당신들은 실제로 어떤 일이 일어났는지 알려주길 바랐고, 나는 말해 주었다. 이제 당신들은 또 다른 질문을 하고 있다. 그럴 만한 가치가 있었는가? 나의 삶. 내가 영위하기로 선택했던 삶. 내가 존경받는 공적 인물이 아니었다면, 내가 당시 여성들의 일반적 경로를 따라 결혼하고 아이들을 가졌더라

숲속의 늙은 아이들

면 더 행복했을 것인가? 일단 한 가지 선택을 하고 나면 다른 대안은 다 제외된다는 말 외엔 그 질문에 답할 말이 없다. 아마도 도살자들의 연습 대상이 되는 운명은 피했겠지만, 그조차 알 수 없는 일이다. 많은 무명의 여성들이 단순히 존재한다는 이유만으로 죽임을 당했다.

나는 밝은 쪽을 보려고 노력한다. 나는 극단적 노령으로 인한 치욕을 겪을 필요가 없었다. 어느 쪽이 더 나은가. 나는 스스로에게 묻는다. 물웅덩이인가, 아니면 일몰 풍경인가? 거기엔 제각각의 매력이 있다.

아수라장

이것은 미래의 어느 시점이다. 혹은 여러 미래 중 한 가지 미래. 다양한 미래가 존재하고, 명백히 틀린 것이라고 증명될 수 있는 미래는 거의 없다는 사실이 작가들에게는 다행스러운 일이다. 정확한 시기에 대해서는 모호한 채로 내버려 두자.

이 미래에서는, 성병이(혹은 키스를 포함한 모든 종류의 습기 있는 접촉을 통해 전염되는 병이라고 해두자.) 인류를 휩쓸었다. 그리고 인류는 생존을 위해 적응해야만 했다. 이 이야기는 전염되지 않은 젊은이들의 결혼을 주선하는 책임을 맡은 어느 가모장(家母長)의 시점에서 서술된다. 젊은이들 사이의 결혼 주선은 질병을 막고 병균에서 자유로운 아기들을 생산하기 위해 실행되어야만

숲속의 늙은 아이들

하는 일이다.

샤메인 험볼트 그레이는 제시된 서명란에 서명했다. 어렸을 때 친구들은 그녀를 샴이라고 불렀다. 그러나 그녀의 이름은 (몇 남지 않은) 오랜 친구들에게 불리는 경우를 제외하고는, 점차 소실되었다. 이제, 대부분 그녀는 그저 '으뜸어머니'로 불렸다.

그녀는 6월 중순으로 정한 날짜도 추가로 써 넣었다. 그녀는 여전히 6월 결혼식을 좋아했다. 비록 지금은 많은 것이 달라졌지만, 오렌지꽃*은 여전히 피어났다. 그런 다음 그녀는 서류를 '지극히 작은 집' 인장으로 봉했다. 인장의 그림은 집의 초기 시절에서 유래한 아이콘이었다. 옛날 방식 열쇠 구멍같이 보이는 두 사람이 있었다. 삼각형 위에 놓인 동그라미 형상인데, 하나는 크고 하나는 작았다. 그리고 아래쪽에는 다리를 표시하는 두 막대기가 나와 있었다. 그것은 어머니와 아이의 모습을 나타낸 것이었는데, 설명을 듣지 않으면 알 수 없는 노릇이었다.

그녀는 초창기부터, 그들이 브랜드를 짜낼 때부터, 여기

* 전통적으로 결혼식에서 신부가 들던 꽃이다.

서 일했다. 그들은 당시에는 식사 방이었지만 이제는 으뜸 어머니 이사회실인 방의 탁자에 둘러앉아 커피를(실은 맥주를) 마시며 신나게 웃었다. 그들은 그날 집의 구호도 정했다. 지극히 작은 자.* 너무 교회풍이라고 그때 샤메인은 생각했지만, 자금을 조성하는 데 도움이 되었다. 사회 조직이 와해되던 그때, '집'이라는 것이 대담한 새 계획, 실험, 중요한 문제를 풀기 위한 시도였던 그때, 그들은 늘 돈이 더 필요했다. 두꺼운 접시와 컵, 극도로 실용주의적인 침대 덮개, 일부는 좀 지저분했던 기부받은 옷가지로 터져나갈 듯했던 초록색 쓰레기봉투에 대한 불쾌한 기억을 그녀는 떠올렸다. 그들은 받을 수 있는 것은 모조리 받았고, 그것에 감지덕지했다. 이제는 집-시스템이 공식 정책이기 때문에 자금은 문제되지 않았다.

샤메인은 일어서서 책상에 몸을 기대 균형을 잡았다. 그리고 2년 전 자신의 사무실에 설치한 전신 거울로 몸을 돌렸다. 치마 뒤쪽이 들려서 낀 채로 전체 회의에 갔다가 일부 어린 소녀들이 킥킥거린 후에야 알아차린 사건이 있은 바로 다음 날 설치했다. 어린 소녀들은 여전히 킥킥거렸고, 어린

---

* 마태복음 25장 40절에 나오는 구절이다.

숲속의 늙은 아이들

소년들은 여전히 히죽거렸다. 그것은 바뀌지 않았고 아마 앞으로도 절대 바뀌지 않을 것이다. 그렇지만 그들에게 킥킥거리고 히죽거릴 명분을 더는 주고 싶지 않다. 그녀가 평상시보다 더 우스꽝스럽게 보인다면, 자신이 맨 먼저 알아두고 싶다.

그녀는 신발부터 시작해 전신을 점검했다. 프랑켄슈타인의 신부를 위한 신발, 이라고 그녀가 부르는, 절망스러울 지경인 정형 신발. 하지만 허영을 쫓다 목을 부러뜨릴 시기는 한참 지났다. 신발 끈 느슨한 곳 없음. 발목이 부어 아쉽지만, 여든에 뭘 기대하겠나? 제자리에 잘 있는 군청색 스커트. 손가락으로 이어지는 관절 부위를 덮어주는 러플 달린 긴소매. 익히지 않은 칠면조 같은 피부를 다 감춰주는 목 언저리의 작은 리본 장식. 목에 두른 한 줄짜리 진주 목걸이에 달린 은제 '집' 인장. 그녀는 자신의 얼굴을 훑어보았다. 괜찮은, 꽤 쓸 만한 얼굴이지만 물론 이제는 한물갔다. 머리카락 몇 올을 뒤로 쓸어 넘기고(일흔아홉의 나이에 헤나로 붉게 염색한 몹쓸 메이블 으뜸어머니처럼 그녀가 염색을 한다면 매우 놀라운 일이 될 것이다.) 할 수 있는 한껏 곧게 폈다. 오늘 그녀는 최고위자였고 그렇게 보여야 했다. 그러나 특별한 행사에 그녀가 그저 모습만 드러내는 건 아니다.

그녀는 가장 중요한 결정들, 그녀만의 경험이 요구되는 결정들을 내리는 사람이었다. 예를 들면 신부를 선택하는 일 같은 것.

그리고 그녀는 어제의 거래도 성사시켰다. 하지만 그건 즐거운 일과는 거리가 멀었다. '피난처 지부'에서 온 그 구두쇠 할망구 코리나 으뜸어머니는 협상에서 자기 주장을 세게 밀어붙였다. 그러나 샤메인 역시 만만한 상대가 아니었다. 과거에 그녀는 마이너스통장 문제를 다루는 책임을 맡았던 적이 있다. 협상하는 법을 알았기 때문이다.

그녀에게는 최고의 거래용 자산이 있었다. 코리나 으뜸어머니를 비롯한 모든 사람이 그 사실을 알았다. 샤메인은 그것을 염두에 두었고, 코리나는 허세를 부렸지만, 보증된 순수한 상품을 구하기 위해 금전적 희생을 하게 될 테고, 실제로 그랬다. 지극히 작은 집은 무결한 명성을 보유했다.

지난 15년간 그곳 출신자들 중 아수라장 신세가 된 사람은 단 한 명도 없다. 모든 '집'들 중 최고 기록이다. 피난처 지부도 자신들의 기록에 자부심을 가졌다. 그들의 기록 역시 지극히 작은 집 못지않다고 어머니 코리나는 강조했다. 그러나 샤메인은 그 지부가 인간 간의 직접적인 성적 회합 대신 칠면조 양념 끼얹는 도구를 여전히 사용한다는 소문을 이용해 반격했다. 너무나 부자연스럽고, 거의 신성모독적인 짓이 아닌가! 코리나는 장황하게 말을 늘어놓으며 부정했지만 꼴좋은 붉은색으로 변하더니, 결국 가격에 굴복했다.

샤메인은 걷기 시작했다. 요즘 들어서는 걷는 것 자체가 큰 과제다. 왼발, 지팡이, 오른발, 이렇게 길을 나선다. 문을 지나 복도를 따라 걷다가 벽에 기대서서 잠시 쉬었다. 이곳에는 다른 '집'들에서 온 방문 임원들을 위한 손님용 숙소의 문이 있다. 복도를 좀 더 따라가면, 왼발, 지팡이, 21세기 초 몬테소리에서 지은 손님용 숙소의 탁아 시설이 있다. 샤메인은 오래된 것들을 선호했다. 그것은 그리움을 불러일으켰다. 중년에는 그런 감정을 거칠게 억눌렀지만 이제는 마음껏 누려도 좋다고 느낀다.

그녀는 손님용 숙소의 탁아 시설 문에 기대 안을 들여다보며, 그들이 장난감 블록과 조그만 빨간색 노란색 탁자와 의자를 골랐을 때의 환희, 당연히 세일 가격에 사들이며 흥정에 흡족해했던 일을 회상했다. 당시 '집'들이 시작된 방식을 돌이켜보면 상당히 흥미로웠다. 그들은 모두 도시들에서, 형편이 그리 좋지 않은 곳에서 활동하던 영세 조직들이었다. 지금처럼 서너 구획을 차지한 곳들이 아니었다. 일부는 구타당한 아내들을 위한 가정이거나, 학대당한 10대 소녀들을 위한 쉼터였다. 두어 군데는 레즈비언 협동조합으로 시작했다. 덩어리진 죽과 인스턴트커피와 함께하던 그 모든 이상주의적 운동들. 삶의 진정한 사치 중 한 가지는 진짜 커피였다. 샤메인은 자신이 마시는 커피는 항상 진짜를 고집했다. 현재 지위 덕분에 가능해진 일이다.

한때 그들이, 그녀와 동료 어머니들이 얼마나 진지했고, 솔직히 말해서 오만했고, 독선적이었는지 생각해 보면 손발이 오그라든다. 하지만 그들이 아니었더라면 지금 모든 이들이 어떻게 되었겠는가? 정치인들조차 집-시스템이 인류가 다음 세대까지 살아남을 유일한 방식이라는 것을 이해하게 되었다. 예전 같은 복불복의 연애 과정, 스스로 선택한 느슨한 일부일처제는 더 이상 작동하지 않는다. 사망률이 너무 높아졌다.

그러나 대부분의 사람들에게는 더 많은 설득이 필요했다. 샤메인은 신문 머리기사를 떠올렸다. 학교와 사무실 폐쇄, 전 도시와 교외 봉쇄, 강제 검사, 건강보험체계 붕괴, 마녀사냥, 시민운동 소송, 첫 승소 후 만연한 공포 분위기 속 계속된 패소. 그다음에는 병원 폭동이 있었다. 역병 병동의 환자들이 성난 군중에 의해 거리로 끌어내졌다. 석면 소방복을 입은 주모자들. 들이부은 가솔린과 살 타는 냄새.

새로운 종류의 질병 때문에 헤르페스와 페니실린 저항성 임질과 r계열 매독*과 에이즈는 콧물처럼 가벼운 병으로 느껴졌다. 이들 바이러스는 더 빨리 퍼졌고, 더 빨리 사람들을 죽였다. 일부는 너무나 급속도로 변이가 일어나 검사에서도 발견되지 않았다. 남자들과 여자들은 수년 동안 병균을 보유해도 발견되지 않은 채 도처에 병균을 퍼뜨릴 수 있었다.

결국, 전신용 고무 스타킹과 '자신감 있게 키스하기' 위한 '안심-입술'이 모두 시도되었지만 거의 실효를 보지 못한 후, 순결 증명서가 쉽게 위조된다는 점이 밝혀진 후, 순결남 협회가 완전한 대실패로 끝난 후, 단 하나의 확실한 방어책이 남았다. 질병을 통제할 수 없다면 모든 접촉, 어떤 접촉이든 다 피해야 한다. 집들이 장벽을 쌓고, 철조망과 전기 울타리와 깨진 유리조각을 설치한 장벽에 투자한 게 이때부터였다. 그들은 또한 규칙 위반자들을 쫓아내기 시작했다. "여기는 성스러운 집들이며, 지금은 비상 상황입니다."

* r-strain syphilis. 애트우드가 『시녀 이야기』에서 고안한 심각한 성병. 작품 속에서 에이즈와 함께 만연한 불임, 사산, 유전적 기형의 원인으로 지목된다.

샤메인은 이렇게 외치는 자신의 목소리를 들었다. "우리는 아이들을 생각해야 합니다."

샤메인은 가쁜 숨을 몰아쉬며 지극히 작은 집 경내의 첫 번째 집과 두 번째 집을 연결하는 하늘다리 위에서 다시 한 번 멈춰 섰다. 파크데일*에 위치한 피난처 지부의 눈꼴신 건물처럼, 개별 집들을 허물고 유리와 철재로 된 흉물을 지을 수도 있었지만, 샤메인은 집들이 진짜 집처럼 보이는 걸 선호했다. 그래야 더 가정적으로 느껴졌다. 물론 19세기의 벽돌들은 유지 관리에 훨씬 손이 가지만.

하늘다리는 그녀가 가장 좋아하는 전망이 탁월한 지점 중 하나다. 이곳에서 왼쪽으로는 남자아이들의 놀이터가 보였다. 거기서 소년들은 전쟁 게임의 기초를 배웠다. 오른쪽으로는 소년용 놀이터와 높은 장벽으로 분리된 소녀용 놀이터가 있었다. 샤메인은 남학생용과 여학생용으로 나뉜 놀이터에 대해 자신의 할머니가 들려주었던 이야기, 그리고 한때 그런 것이 얼마나 우스꽝스럽게 느껴졌는지를 기억했다.

소녀용 놀이터에서 열두 살 난 아이들이 아수라장 놀이

---

* 토론토 중심가의 서쪽에 위치한 지역. 셋집과 빈곤의 비율이 도시 평균보다 높은 지역이다.

숲속의 늙은 아이들

를 하고 있었다. 각 팀은 개별 집을 대표했다. 놀이터는 거대한 모노폴리 판처럼 표시되어 있고, 인형집 크기의 집들이 있다. 아수라장 게임은 모노폴리와 비슷한데, 다만 오늘날의 현실에 맞게 규칙이 바뀌었다. 호텔은 더 이상 존재하지 않았다. 그 대신 부동산에 있는 각 집 하나를 신부 한 명과 교환할 수 있고, 신부 네 명을 신랑 한 명과 교환할 수 있다. 신랑은 더 가치가 있는데, 모두가 알듯이 깨끗한 신랑을 찾기가 더 어렵기 때문이다. 찬스 카드 중에는 질병의 다양한 변이를 나타내는 카드들이 있고, 원래 감옥 칸이었던 곳은 이제 아수라장이라고 표시되어 있다. 샤메인이 모노폴리에 대해 기억나는 바에 따르면, 특별 카드를 사용하거나 주사위를 여러 번 던지면 감옥에서 나올 수 있었다. 그러나 아수라장에 한 번 들어가면, 실제 삶에서나 게임에서나 영원히 감금된다.

소녀들의 목소리가 샤메인이 있는 곳까지 날아 올라왔다. 혈기왕성한 젊고 활기찬 목소리. "저 곰팡이 병균투성이 사팔뜨기 실패자는 내 A급 신부하고 집 두 채의 값어치가 없어! B급 신부하고 집 한 채를 줄게!" "뭐라고, 저 불량품에? 정신 차려!" 샤메인은 그들을 향해 조금 슬픈 미소 지었다. 그들은 어떻게든 거래의 원칙을 배워야 했다. 언젠가 그들도 어머니가 될 수 있는 것이다. 하지만 그들은 너무나 순수하다. 선동용 영화를 보고 단단히 겁을 먹었지만, 아수라장이 실제로 얼마나 끔찍한 곳인지에 대해서는 아무런 개념이 없다.

이제는 각 도시마다 아수라장이 있었다. 심지어 필요에 따라 두 개, 또는 세 개가 있기도 했다. 토론토에는 두 개가 있었다. 하나는 한때 공원이었던 서쪽의 넓은 지역에 있다. 다른 하나는 북쪽, 사람들이 대규모의 타인 집단을 습관적으로 외면하던 역병의 시대부터 버려진 황량한 놀이공원에 있다. 각 아수라장에는 전기 담장, 탐조등, 전투견, 그리고 경비탑이 있다. 음식은 매일 헬리콥터로 살포되었다. 드론 감시비행이 이뤄지지만, 인원수를 세는 것 외에 다른 목적은 없었다. 싸움이 일어났을 수도 있고 살인이 발생했을 수도 있지만 외부에서는 전혀 개입하지 않는다. 그늘에서 어떤 잔혹함이 벌어지고 있을지 누가 알겠는가?

아수라장에서는 전면적 섹스 허가증이 부여될뿐더러 장려되었다. 그렇게 함으로써 그곳 거주민들이 서로 삶을 더 빨리 마감하게 해준다고 여겨졌기 때문이다. 하지만 면역이 생기거나 회복 단계에 접어들어 수년간 생존할 수 있다는 소문도 돌았다. 혹시라도 아기들이 태어난다면 그들은 저주

받은 운명으로 간주되었다. 때때로 사람들은 빠른 탈출 방법을 택하기도 했다. 그들의 몸이 연못에 둥둥 떠 있는 모습, 나무에 매달린 모습, 사용되지 않는 롤러코스터의 선로에 달려 있는 모습이 멀리 보이기도 했다. 롤러코스터는 오늘날의 다 허물어진 상태에서조차 일종의 가볍고 속박 없는 즐거움을, 심지어는 자유까지도 약속하는 듯 보였다. 어쩌면 그렇게 볼 수도 있었다.

샤메인은 자신도 한때 한순간에 아수라장에 갇힐 수 있었음을 떠올리며 전율했다. 순결은 유행에 뒤떨어진 것이었고, 기존의 핵가족은 해체되고 있었고, 모든 사람이 적어도 한 번은 이혼을 했고, 모든 사람이 이성과 놀아났었다. 혹은 그랬다고 전문가들은 주장했다. 스무 살 때 그녀는 예의 바른 무관심의 미소를 띠고서 피임약이 생기기 이전 시대의 공포 이야기를 들었다. 일생이 끝장난 소녀들, 임신으로 서두른 결혼, 부엌 식탁에서 이루어진 불법 낙태. 그녀와 그녀의 친구들은 실패자나 미치광이처럼 보이는 사람은 피하려고 노력하면서, 자신들이 원하는 무엇이든, 또 누구로서든, 이럭저럭 누리고 살았다. 헌신적 관계에 대한 논의가 어느 정도 있었지만, 섹스는 가볍게 이루어졌고 그것에 대해 지나치게 감정적일 필요가 없었다. 고등학교 시절, 그들은

『로미오와 줄리엣』을 공부했는데, 마치 다른 행성에서 온 작품처럼 느껴졌다. 그녀는 남학생들이 쉬는 시간에 복도에서 가성으로 서로를 놀리던 소리가 아직도 들리는 듯했다. "로미오, 로미오, 당신은 무슨 방구로 로미오인가요?" 그들은 수년 전 '집'의 자체 교과과정에서 그 희곡을 금지했다. 젊은이들에게 위험한 생각을 안겨주는 작품이었다.

샤메인은 큰 숫자 손목시계를 들여다보았다. 부질없는 생각을 그만두지 않으면, 다른 이들, 으뜸어머니가 되려고 연연하는 누군가가 치매에 관한 험담을 퍼뜨리기 시작할 것이다. 과거에 그랬듯이 지금도 결혼식 날에 신랑이 늦는 건 바람직한 일이 아니다. 결혼식은 한 시간 반 후에 열릴 것이고, 그녀는 가련한 톰과 그를 호위하는 들러리들을 데리고 회합의 홀로 가야 할 일이 아직 남았다. 생각을 바꾸거나 꽁무니 빼는 것을 선제적으로 방어하려면 거래가 성사된 뒤 최대한 결혼을 빨리 진행시키는 게 좋다. 신랑에게는 의견을 묻지 않고 통보만 한다. 친구들과 전쟁 게임을 하며 지내다가, 다음 날 완전히 다른 장소에서 결혼을 하게 되는 것이다.

코리나 으뜸어머니는 피난처 지부의 거래 대상, 인류의

미래에 대해 그들이 공헌한 결과인 오데트를 대동하고 시간 맞춰 그곳에 올 것이다. 오데트는 여드름이 막 나기 시작한 육중한 소녀다. 요즘 다른 많은 소녀들이 그렇듯이, 다소 입이 거칠고 지나치게 제멋대로다. 면접을 보는 동안 그녀는 키와 눈 색깔과 그 외 자신의 일과 하등 관련 없는 것에 대해 많은 질문을 했다. "그건 으뜸어머니들이 생각할 일이다." 샤메인은 마침내 그녀에게 이렇게 말했다. "우리는 여기서 유전자 계획을 세운다. 그는 깨끗하고 좋은 소년이야. 너는 그것만 알면 된다. 약간 신경질적인 면이 있을지도 모르지만, 처음에 편안히 대해 주면 다 괜찮을 거다." 오데트는 예법 교육을 받았을 것이다. 성기 부위에 대해 무시하는 발언하지 않기, 혐오표현 하지 않기. 하지만 그녀가 교육받은 대로 잘 따를지 누가 알겠는가?

왼발, 지팡이, 오른발, 짧은 정지. 다음 복도였다, 아니, 그다음 복도였던가? 그다음에는 계단이 좀 있다. 세 단밖에 안 되지만 그것조차 힘겨워지고 있다. 상상 속에서 그녀는 계단을 건너뛰어 신랑의 방으로 향했다. 그곳에서 그들은 결혼 전날 밤에 언제나 파티를 했다. 그때 지극히 작은 집의 연장자 기혼 남성이 신랑을 취하게 만들고 공포감을 완화하기 위해 여자들에 대한 농담을 했다. 그리고 그가 달아나려는 시도를 하지 않도록 함께 밤을 보냈다. 그렇다고 달아날 곳이 있는 것도 아니었지만. 한 가련한 소년은 빨래 바구니에 숨어 있다가 발각되었다.

이후에, 그녀 자신이 더 이상 살아 있지 않을 때, 어쩌면 질병은 비활성화되고, 멸절할지도 모른다. 천연두처럼 숙주가 없어서 사라져버릴 수도 있다. 아수라장은 텅 비게 될 것이다. 그러면 이런 제약과 두려움은 필요 없어질 것이다. 집이라는 시스템 자체가 모든 사회적 행동이 학습된 것이라는 신념을 고수했다. 그리고 그녀는 미래 시대의 남자들이 어떤 독립성, 어떤 자기존중을 배우게 되기를 바랐다.

어쩌면 이런 희망이 그녀의 은밀한 악덕인 그리움에 불과한 것일 수도 있다. 이것이 약함이라는 것을 그녀는 알았지만, 그럼에도 신랑에게 미안했고 지극히 작은 집의 소년을 교환해서 다른 집으로 보내는 데 슬픔을 느꼈다. 그리고 이 소년 톰은 그녀가 가장 좋아하는 아이였다. 그 아이 덕분에 지극히 작은 집을 위해 얼마나 유익한 거래를 할 수 있었는지 그에게 말해 주어야 할지 생각했다. 말하지 않는 편이 나을 것이다. 그런 이야기를 들으면 신랑이 턱없는 자만심을 가질 수도 있다. 그는 피난처 지부에 사는 동안 정신을 똑바로 차리고 눈에 띄지 않게 생활해야 했다. 그곳에서

숲속의 늙은 아이들

최근 몇 년간 남편 구타 사례가 몇 건 있었다. 현 체제에 지장을 주어서는 안 되기 때문에 당연히 묵살되었지만, 아마도 어느 정도 주의를 기울일 만한 일이었을 것이다.

자녀 두 명만—그에게 말해 줄 것이다—두 명만 만들면 된다. 계약서에 있는 건 그뿐이다. 임무를 완수하고 나면 선택의 여지가 생길 거다. 피난처 지부에 계속 지내면서 그쪽 일을 보조하며 상급 남편의 위치로 올라갈 수 있을 것이다. 그에 따른 혜택도 많은 편이다. 아니면, 만일 섹스가 네가 상상한 것보다 그렇게 무섭지 않다고 판단한다면 다른 집으로 교환돼 가서 다른 신부와 시도를 해볼 수도 있다. 혹은 독신주의와 전쟁 게임을 선택할 수도 있다. 그때 네가 무엇을 하고 싶은가에 달려 있는 것이다. 하지만 우선 자녀 둘은 만들어야 한다.

전쟁 게임의 진실에 대해서는 그에게 말해 주지 않을 것이다. 그것은 그냥 내버려두면 으뜸어머니들의 지배를 위협할 수도 있는, 과도하게 공격적이고 골칫거리인 남자들 다수를 제거하는 데 꽤 유용한 방법이다. 따지고 보면, 그는 겨우 열여섯 살이다. 나중에 가혹한 현실을 알게 될 시간은 충분하다. 그녀는 그를 안아주고, 그의 볼을 살짝 꼬집고, 기운을 북돋아 주고, 그가 얼마나 잘생겼는지 말해 줄 것이다. 아이들은 그런 걸 좋아한다. 그녀는 좋은 아이란다. 샤메인은 말해 줄 것이다. 골반이 크고 병균은 눈에 띄지 않는다. 여드름조차 없단다. 지나치게 정확히 말해 줄 필요는 없는 것이다. 그가 곧 직접 알아나가게 될 테니.

그런 다음 그녀는 그의 얼굴 위로 베일을 씌워줄 것이다. 소녀들은 여전히 흰색 베일을 썼지만 소년들은 군청색 베일을 썼다. 오렌지꽃과 잘 어울리는 색이다. 요즘 베일은 필수다. 그것은 많은 죄를 가려주었다.

숲속의 늙은 아이들

윤회
또는 영혼의 여행

영혼에 대한 사람들의 말이 옳았다. 영혼은 존재한다. 그렇지만 그 밖에 우리가 이제까지 들어왔던 이야기는 전혀 맞지 않다는 사실이 밝혀졌다.

달팽이 같은 소위 원시생물이 내부에서 구형의 빛을 발하는 그림이 있는 도표를 당신은 본 적이 있을 것이다. 그 구형은 영혼을 나타내는 것이다. 만약 달팽이가 착하게 살면, 죽었을 때 그 영혼은 물고기처럼 더 상급이라고 간주되는 생물로 환생할 수 있다. 하나의 생물적 디딤돌에서 다른 디딤돌로 옮겨 다니다가, (아니 그보다는, 영혼의 진전은 횡적이라기보다 종적인 움직이라고 믿어지므로, 존재의 거대한 사슬에서 사다리의 한 가로대에서 다른 가로대로 올라가다가,) 착하게 행동한 달팽이의 영혼은 피조계의 정점에 드디어 다다르게 된다. 그리고 ── 행복하게도! ── 인간으로 다시 태어나게 된다. 보통 그렇게 전개된다.

하지만 나는 이 상상의 거의 대부분이 거짓임을 당신에게 알려주고자 한다.

가령, 나 자신은 구피나 돌묵상어, 고래, 딱정벌레, 거북이, 악어, 스컹크, 벌거숭이두더지쥐, 개미핥기, 코끼리, 또는 오랑우탄 같은 걸 중간에 거치지 않고 달팽이에서 인간으로 곧바로 뛰어넘었다. 또한 잉태되고, 태 안에서 자라고, 태어나고, 그런 다음 아기 때부터 양육되는 것도, 그 과정에 수반되는 그 모든 점액, 피, 트림, 구토, 소변, 두드러기, 젖니, 분노 발작, 통증, 그리고 울음도 강제로 거칠 필요가 없었다.

나는 스스로 만들어 놓은 반들거리는 점액 고속도로 위를 천천히 따라가면서 까슬까슬한 이가 돋은 타원형 입을 살로 이뤄진 밸브처럼 열었다 닫았다 하며 상추 잎을 먹어 치우고 있었다. 맛있는 초록의 흐릿한 물체가 내 주변을 온통 감싸고 있었다. 내가 만들어 내던 레이스 문양, 엽록소의 향, 가득한 채소의 즙…… 온전한 환희의 순간이었다. 인간들은 순간을 살라는 충고를 자주 듣지만, 달팽이들은 그런

숲속의 늙은 아이들

충고가 필요 없다. 우리는 항상 순간에 존재하고, 순간은 우리 안에 존재한다.

그다음 무슨 일이 일어났던가? 나를 없애버리려고 작정한 어떤 사내가 친환경 살충제를 뿌려댔다. 그 살충제란, (이런 걸 알려주면 안 되지만,) 차가운 커피에 소금 반 컵을 섞어 스프레이 통에 넣은 것이었다. 잠깐만! 따가운 첫 커피 방울이 내 연한 목에 닿는 순간 그렇게 소리를 질렀어야 했다. 살려주세요! 나는 생태 체계의 일부예요! 새들의 알껍데기에 도움이 되는 존재예요!

당시 내가 그런 것을 알았던가? 몰랐다. 달팽이들은 우주 속 자신의 위치에 대해 깊이 생각하지 않는다. 그 후 나는 새와 알껍데기 사이의 관계에 대해 조사해 보았다. 칼슘 섭취와 연관된 것이다.(어차피 소리는 지를 수 없었다. 달팽이들은 조용하기로 유명하다.)

나는 줄기 모양으로 나온 내 눈을 집어넣고 보호용 껍데기로 들어갈 시간조차 없었다. 부드러운 인광성 빛을 내는 반투명 나선형의 내 소형 달팽이 영혼은 공중으로 던져졌고(적용되는 규칙이 다소 다른 정신적 공중이라는 점을 이해하기 바란다.) 각도에 따라 색이 변화하는 무지개구름과 딸랑딸랑 울리는 종들과 테레민* 같은, 그 지역의 우우하는 소리를 거친 다음, 주요 은행 중 한 곳의 중간급 고객서비스 담당자 여성의 몸속으로 곧장 들어갔다.

어떤 은행인지는 말하지 않겠다. 최고관리자들이 자사의 고객서비스 담당자 한 사람이 사실은 달팽이라는 것을 알게 되면 좋아할 것 같지 않다. 심지어 어떤 이국적인 달팽이도 아닌 흔한 정원 달팽이라니.

"어떻게 도와드릴까요?" 내가 말하고 있었다. 입이 뻣뻣하게 느껴졌다. 여자의 이 입술은 내 달팽이 입술처럼 유연하지 않았다. 그리고 그 치아는 투박하게 네모난 모양이었다. 당연히 나는 몸을 벗어난 느낌이 들었고, 내 인간 외피가 수행하도록 훈련받아 왔다는 일을 하기에 너무나 부적합하다고 느꼈다. 그 일은 부당한 취급을 받았다고 주장하는 화난 은행 고객들의 전화를 받는 것이었다. 은행이 그들의 돈을 전부 혹은 일부 잃어버렸다거나, 이자를 잘못 계산했다는 것. 은행이 허위 보고를 했다는 것. 은행이 수표를 제때 처리하지 않아서 관리비를 내지 못했고, 디지털 수표는 받지 않는다는 것. 그들이 원하지 않는 은행 상품이나 서비스

---

* 고주파 발전기의 간섭에 의해 생기는 소리를 이용한 인류 최초의 전자 악기다.

숲속의 늙은 아이들

를 팔았다는 것. 은행의 해킹 방지 시스템이 엉망이라는 것.

나의 인간 외피는 달래고 회유하고 안심시키는 훈련을 강도 높게 받았다. 그것은 인체로 된 로봇처럼 자동으로 작동됐다. **시정하겠다**는 단어를 아주 많이 발음했다.

그녀와 나, 우리의 두 영혼이 공간을 공유하는 인간 여자의 두개골 껍데기 안에 웅크리고 앉아서 나는 웅얼거렸다. "너는 왜 징징거리니? 적어도 너에게 달팽이 살충제를 뿌리는 사람은 없잖아." 사실은, 이런 단어들이 내 인간 입을 통해서 실제로, 고객이 아직 전화를 들고 있는데 나왔다.

"달팽이 살충제라고요? 실례지만 무슨 말씀인지?"

사람들이 "실례지만"이라고 말할 때, 그들이 양해를 구하는 게 아니라는 걸 나는 알게 됐다. 자신을 불쾌하게 했음을 상대가 알도록 만들고 싶은 것이다. "정말 미안합니다." 나의 인간 입이 말했다. "통신선에 다소 혼선이 있는 것 같습니다. 다른 주파수가 우리 회선에 끼어들고 있습니다. 예전에도 이런 일이 있었습니다." 내가 기거하는 여자 형상의 달팽이 은신처는 거짓말을 하는 데 대해 아무런 거리낌이 없는 것 같았다. 그렇지만 나는 당황했다. 달팽이들은 절대 거짓말을 하지 않는다. 그렇기 때문에 거짓말을 하나의 범주로 인식하지 못한다.

나는 이내 다른 종류의, 더 애처롭고 더 절망에 빠진 고객을 만나게 되었다. 이 고객들은 은행에서 받았다는 문자, 즉 그들의 계좌에 이상한 점이 있으니 개인정보 세부 내용을 확인해 달라고 요청하는 문자에 응답을 했다. 그들은 요청받은 대로 했고, 문자가 은행이 보낸 게 아니라 그들의 계좌를 털어 간 사기꾼한테서 온 것이라는 사실을 나중에야 알게 되었다.

"정말 속상하시죠." 여자의 얼굴이 중얼거렸다. "고객님을 피싱 전담계로 연결해 드리겠습니다."

"하지만 내 돈은 어떻게 되는 건가요? 다 사라진 건가요? 다시 돌려받을 수 있을까요?"

"지금 연결하겠습니다."

달팽이들은 돈이 없다. 돈이 필요 없다. 하지만 나는 여기서, 내게 아무런 의미도 없는 주제에 관한 짜증나는 대화를 억지로 들어야 했다.

나는 상당한 정도의 달팽이 의지를 발휘해서 여자와 나의 공동 입의 통제력을 강탈하고는 그 입을 통해 내 의지대로 말했다. "당신이 문자에 답했나요?" 나는 일곱 번째 부주의한 피해자에게 물었다. "그들에게 인증번호를 알려줬어요? 정말 졸라 멍청하네요!"

숲속의 늙은 아이들

"실례지만 뭐라고요?"

나는 이 쓸모없는 몸 안에서 무엇을 하고 있던 것인가? 어떤 힘이 나를 이 방, 이 책상, 이 전화에 얽어맸는가? 내 달팽이 몸에서 일어난 전환이 너무나 급격히 이루어져 나는 이 새로운 껍데기가 어떻게 생겼는지조차 알지 못했다! 물론 내가 달팽이일 때도 스스로가 어떻게 생겼는지 알지 못했다. 달팽이들은 거울에 아무 관심이 없다.

드디어 시계가 5시를 가리켰다. 나의 인간 뇌는(이 낯선 몸에서 생각하는 단백질 부위를 지칭한다. 그리고 영혼은 실로 두뇌와 다르다는 점을 말하고 싶다.) 그러니까 이 인간 두뇌는 시계에 대해 알고 있었다. 그래서 나는, 혹은 아마도 그녀는, 로그아웃을 하고 화장실로 향했다. 그곳에서 새로운 고통이 나를 기다리고 있었다.

우리는 '코로나'라고 불리는 어떤 것 때문에 '집'이라는 곳에서 일하고 있었다.(코로나는 바이러스다. 달팽이들은 그들 특유의 바이러스와 많은 기생충도 보유하고 있지만…… 쥐폐선충은 언급도 하지 말자…… 코로나는 없다.) 그래서 화장실은 '나의 것'이었다. 어렴풋한 친근함이 느껴졌지만, 그래도 완전히 생경한 장소에 대해 이런 소유격을 사용해도 되는지 모르겠다. 그곳엔 강렬한 향이 가득 퍼져 있었다.

나는 아몬드 비누, 레몬향 공기청정제, 그리고 장미 꽃잎과
오렌지꽃 향초 냄새를 감지했는데, 이런 물체들의 실체는
나중에야 배우게 되었다. 장미 꽃잎과 오렌지꽃 향초가 가
장 탐났다. 그걸 먹고 싶다는 충동을 억눌러야 했다.

　우리의 다음 행동은 거울을 들여다보는 것이었다. 거기
에는 얼굴이 있었다. 머리카락이 가장자리를 두르고 있는
얼굴, 추한 튀어나온 코가 가운데 있는 얼굴, 내가 분명 이
전에 본 적 있는 좌우대칭형인 인간 얼굴이었다. 또는 이렇
게 말할 수도 있겠다. 거울 속 내 모습이란 하나의 신기루
고, 그것은 나의 조그만 소용돌이 모양 영혼을 감싸고 있는
두뇌 조직에 그에 상응하는 신기루를 자아내는 것일 수도
있다. 다른 인간들과 비교하자면 괜찮은 얼굴인 것 같았다.
인간들은 매력적인 얼굴이라고 생각할 것이다. 커다란 사마
귀도 없었다. 나는 얼굴을 미소 짓거나 찌푸리게 할 수 있
다는 사실을 깨달았다. 어느 정도 범위까지 가능한지 보기
위해 얼굴을 다양하게 움직여 보았다. 혀를 내밀었다. 나는
생각했다. 드디어 내가 동질감을 느낄 수 있는 신체 부위로
구나. 축축하고, 유연하고, 움츠릴 수 있고, 화학물질 감지
기능이 있는 것. 색깔은 분홍빛이 돌지만 달팽이와 매우 비
슷하군.

혀 조작에 대한 내 관심은 곧 사그라졌다. 그리고 나는 다른 문제들로 방향을 전환했다. 비록 달팽이도 눈은 있지만, 우리의 시력은 제한적이다. 우리는 촉각과 후각을 통해 주위 환경을 살핀다. 그러나, 비록 엎드려서 바닥을 혀로 핥아보고 싶은 강한 욕망에 사로잡혔지만, 나는 그것을 제어했다. 빌려 쓰고 있는 혀를 이 화장실에 있는 모든 것에 대볼 수는 없었다. 뭔가에 집중해야 했다. 나는 화장실 설비에 관심을 돌렸다.

화장실에는 개수대가 있었다. 게다가 변기도 있었다. 그 순간에는 용어를 알지 못했지만, 기능은 추측할 수 있었다. 단단하고 반들거리는, 물이 들어차 있는 그 설비를 보고 내가 얼마나 질겁했는지 말할 필요가 있을까? 그 설비가 편의를 도모해 주는 특정 인체 부위의 기능은 물론이고 말이다. 달팽이들은 무해하고 예쁜 녹색인 자신의 배출물에 대해 많이 생각하지 않는다. 나는 소위 이 모든 쏟아내기 시합을 무시하고 싶었지만, 이 문제에서 선택의 여지가 거의 없었다. 바닥에 하거나, 변기에 하거나, 터지는 수밖에 없었다. 우리의 몸은 숨을 멈추고, 자신의 기능을 이용했다.

이 화장실에는 욕조와 샤워 시설도 있었다. 껍데기 부분을 제외한 달팽이의 몸을 그토록 유연하고 우아하게 만들어 주는 호사스러운 점액막이 없기 때문에 인간의 몸 겉면은 매우 건조하다. 물속에 몸을 담근다는 것이 몹시 유혹적으로 느껴졌다. 우리는 스웨트팬츠를 벗고 '이건 드릴이 아니다'라고 적힌 긴팔 셔츠를 벗고(셔츠에는 망치 그림이 있었는데, 나는 당시 그 농담을 파악하지 못했다.*) 수도꼭지를 돌려서 받은 따뜻한 물속으로 들어갔다.

나는 욕조에 몸을 담그고, 내 목 아래로 포유류의 젖은 육체가 무섭게 펼쳐진 것을 보지 않으려고 애쓰면서, 내 조직들이 매 순간 점점 더 복족류처럼 되어 가는 걸 느꼈다. 그때 화장실 문이 열렸다. "안녕, 예쁜이." 어떤 목소리가 말했다.

예쁜이는 우리가 공유 중인 이 몸에게 한 말이었을 것이다. 이 방에서 눈에 보이는 살아 있는 존재는 그것밖에 없었으니까. 그럼에도 나는 깜짝 놀랐다. 나는 본능적으로 껍데기 속으로 들어가려고 시도하다가 껍데기가 이젠 없다는 사실을 떠올렸다. 문이 더 열리더니 다른 인간이 안으로 들어왔다. 그는 성인 남성이었기 때문에, 최근에 내게 달팽

* 'This is not a drill'은 글자 그대로는 '이것은 드릴이 아니다'지만, 보통은 '이것은 연습이 아니다', 즉 '실전이다'라는 의미로 쓰인다.

이 살충제를 뿌렸던 멍청이와 분위기가 놀라울 만큼 비슷했다. 이 남자는 커다란 종이봉지를 들고 있었다. 탄 고기의 역겨운 냄새가 공기 중에 퍼졌다. 어떤 달팽이 종은 육식동물이지만 나는 그런 종류가 아니다.

"갈비 샀어." 깊이 울리는 목소리가 말했다. 그 말은 내게 어떤 의미도 전해 주지 못했다. "콘브레드도 샀어. 자기가 좋아하잖아."

"좋지." 우리는 떨리는 목소리로 가까스로 말했다. "갈비."

"그리고 피노 한 병도. 그 관능적인 몸을 욕조에서 일으키고 나면, 밥을 먹자, 그다음에는 아마도…… 넷플릭스?" 그는 마지막 단어를 마치 어루만지듯 발음했다.

"넷플릭스……." 우리는 속삭였다. 나를 억류하고 있는 이 인류 뇌가 그 용어를 기억해 낸 듯했다. 무슨 먹을거리인가?

그 남자가(일종의 친구 비슷한 존재일 거라고 이제야 내가 눈치챈) 얼굴을 찌그러뜨려 한쪽으로 기울어진 미소를 짓고 눈을 마주쳤다. 그 표정은 달팽이의 부드러운 촉수를 다른 달팽이의 촉수에 처음으로 머뭇거리며 스치는 것과 유사한 성적 신호의 하나라고 나는 이해했다. "누구는 뜨거운 걸 좋아하지."* 그는 문을 닫지 않고 밖으로 나가며 수수께끼 같은 말을 했다.

욕조 밖으로 기어 나온 우리는 뒤따르는 일련의 행동들에 대한 근육기억을 일깨웠다. 이제 쭈글쭈글해진 피부를 두드려 닦고, 우리 발가락을 살펴보고(발이 두 개라니 얼마나 이상한가! 달팽이들은 하나밖에 없다.) 문 옆의 고리에 걸려 있는 별로 깨끗하지 않은 가운을 입었다. 그것은 혀같이 역겨운 분홍색이었다. 우리의 머리카락은 축축했다. 그것 때문에 나는 불안감을 느꼈다. 달팽이들은 머리카락에 대해 전혀 걱정하지 않아도 되는 반면, 내가 곧 알아내게 됐듯이, 인간들은 그것에 대해 끊임없이 안달했다. 머리가 있었다가, 없었다가, 머리를 했다가, 남이 해준 머리를 비웃었다가, 비틀었다가, 땋았다가, 쌓아 올렸다가, 잘랐다가, 쫙 폈다가…… 인간들이 집착하는 주제라고 할 수 있는 것의 선사시대적 기원을 찾기 위해 먼 과거를 뒤적이다보면, 인류사에서 반복되는 주제로 머리카락보다 더 끔찍한 것들이 많다.

우리는 다른 수건으로 머리를 감싸고 중앙에 있는 방으로 조심스럽게 빠져나왔다. 남자친구는(그게 그의 정체였

* Some like it hot. 원래는 영국 전래동요인 「뜨거운 완두콩죽(Pease Porridge Hot)」의 한 대목인데, 매릴린 먼로가 1959년 출연한 영화 「뜨거운 것이 좋아」로 인해 대중문화에서 섹스어필의 의미로 주로 쓰인다.

다.) 갈비와 옥수수빵을 접시 두 개에 나누어 담았고, 콜슬로를 곁들였다. 그것은 창문 옆의 작은 탁자 위에 놓여 있었다. 우리는 전망 좋은 콘도*에 사는 것 같았다. 그곳의 전망이란 다른 콘도 건물과 호수와 하늘이었다. 인간 두뇌는 이 풍경을 기억하는가? 기억했다. 이 기억은 복기지(複記紙)처럼 나의 달팽이 기억을 덮어버리고 다시 썼는가? 덮어버리고 다시 썼다. 나는 어지러웠다. 그냥 받아들이기에는 모두 너무 벅찬 일이었다.

나는 그곳에 놓인 의자에 앉았다. "상추 좀 있어?" 나는 힘없이 말했다.

"콜슬로 사왔어." 남자친구가 미소를 지었다. 잡식동물의 전조를 알리는 듯한 미소. 콜슬로를 내가 먹을 수 없다는 사실을 어떻게 설명할 것인가? 내 달팽이 감지기가 멀리서도 탐지할 수 있는 드레싱에 섞인 식초는 타오르는 불이나 다름없었다.

남자친구는 맥주 뚜껑을 땄다. 이건 좀 더 희망적이었다. 달팽이들은 맥주를 사랑한다. 그들은 효모를 좋아한다. 발효된 식물 냄새와 비슷하기 때문이다. 유감스럽게도 맥주는

* 북미에서 콘도미니엄, 또는 콘도는 개인 소유 아파트를 의미한다.

우리를 익사시키는 데 자주 사용된다.

"상추가 나을 거 같아. 배탈이 난 거 같거든. 상추는 소화 시키기 쉬우니까? 좀 있어?"

"몰라." 그가 말했다. 그는 하얀 문을 열고 안을 들여다보았다. 아 맞다, 인간 두뇌가 내게 상기시켜 주었다. 냉장고로군. "없네. 다 먹어버렸나 봐. 당근은 있어."

"나도 맥주 마실게." 내가 말했다.

"네가? 너는 이거 싫어하잖아!"

"이젠 아니야." 내가 말했다.

"너를 위해서라면 뭐든지." 그가 말했다. "내 맥주까지 드리지!" 우리 입은 그가 내민 병에서 한 모금을 들이켰다. 드디어 인간의 삶에서 내가 즐길 수 있는 것이 생겼다.

나는 당근을 만지작거렸다. 썩지 않았기 때문에 너무 딱딱했다. 다음으로 나는 옥수수빵 작은 조각에 도전해 보았지만, 모래처럼 너무 거칠었다. 타일러는(그의 이름은 내 의식 속에 일련의 불명확한 글자들로 나타났다. 마치 안개에다 써놓은 것처럼.) 큰 앞발로 갈비를 잡고 어마어마한 하얀 이로 살을 뼈에서 벗겨내며 갉아먹고 있었다. 이 과정은 얼마나 상스러운가!(달팽이들의 섬세한 사각거리는 동작과 얼마나 다른가!) 나는 혐오와 끌림을 동시에 느끼며 그를 계속

숲속의 늙은 아이들

쳐다보았다.

"배 안 고파, 자기?" 그는 꿀떡 삼키는 중간에 물었다.

"별로." 나는 은행 서비스 직원 목소리로 상냥하게 보이려는 태도로 미소 지으며 말했다. 나는 맥주에 영양가가 좀 있기 바랐다. 이 인간 몸에 오랫동안 갇혀 있게 된다면 나는 뭘 먹어야 할 것인가? 내일 몸을 데리고 장을 보러 갈 것이다. 완두콩나물과 과숙과일을 비축해 둘 것이다.

"오늘 하루 어땠어?" 타일러가 물었다. 맥주로 인해 급속히 멍해진 가운데 나는 탁자 건너편의 그를 쳐다보았다. 인간의 감각으로 본다면 매력적인 사람이었다. 검은 머리카락이 아주 많았고, 근육도 좀 있었다.

"오, 평상시와 같았지 뭐." 내가 말했다. "그런데 한 고객에게 무례하게 대한 거 같아."

"네가?" 그가 말했다. "말도 안 돼!" 그는 작은 갈비 조각을 튀기며 호탕하게 웃었다. "너는 고질라한테도 무례하지 못할걸!"

그러니까 달팽이가 속으로 들어오기 전에 이 여자의 페르소나는 그랬던 것이다. 약하고 흐물흐물하고 허술한 호구. 그래서 내 영혼이 이 여자를 이용할 수 있었던 건가? 내적 힘이 없어서? "회사에서 분명 통화를 관찰하고 있었을 거야. 나 잘릴지도 몰라."

"그럴 리 없어." 그가 말한다. "너는 그 일에 과분한 사람이야. 젠장, 너는 나한테 너무 과분한 여자야!" 그는 뒤쪽으로 오더니 우리 어깨를 주물러주기 시작했다. 냄새나는 고기즙이 분홍색 가운에 다 묻게 될 것이다. 나는 세탁기에 대한 불분명한 이미지를 머릿속에 갖고 있었다. 세탁기가 있던가? 그는 우리 목에 키스를 하고 탐구하듯 핥아댔다.

이것은 구애의 행동이었다. 달팽이들 사이에서도 그렇게 인식되었을 것이다. 그리고 곧 그와 우리의 몸은 교미의 초기 단계에 착수했고, 그다음에는 꼴사나울 정도로 급속하게 후기 단계로 진행되었다. 그러는 동안 나의 작은 녹색 영혼은 초고속기차에 묶인 걸음마 배우는 아기처럼 그 과정에 말려들었다. 달팽이와 비교하면 인간의 성적 절차는 얼마나 조악한가! 얼마나 황급한가! 촉수가 천천히 미끄러지며 하는 애무도 없고, 엉킴도 없고, 애가 탈 정도의 관능적인 엮임과 뒤틀림도 없다. 달팽이들은 몇 시간 동안 지속할 수 있다. 하지만 인간들은 그렇게 하지 못한다.

내가 원하는 것을 어떻게 설명할 수 있을 것인가? "나는 자웅동체야." 하고 불쑥 내뱉을 수는 없는 일이다. 그는 이해하지 못할 것이다. 그렇다고 해서 남자친구에게 그가 그

숲속의 늙은 아이들

의 성기를 내 생식기에 삽입할 때 나 또한 내 성기를 그의 생식기 구멍(그에게 그런 것이 있다면 귀 옆 어딘가에 있을 것이다.)에 삽입하기 원한다고 말할 수도 없는 노릇이었다. 그리고 내 정자가 그의 난자를 수정시킬 확률을 높이기 위해 그의 몸 안에 사랑의 화살을 쏘고 싶다고 말할 수는 더더욱 없었다. 나의 이성적인 인간 두뇌-지성은 그에게 난자가 없다는 걸 알았지만, 섹스는 이성적인 것이 아니지 않은가? 그것은 느낌에 관한 것이고, 나는 그렇게 느꼈다.

아무튼 나에게는 사랑의 화살이 하나도 없었다. 긴 스테이크나이프는 마땅한 대체물이 되지 못할 것이고, 사실 그를 죽일 수도 있을 것이다. 그건 내가 원하는 바가 아니었다. 그렇지만 충동은 충동이다. 나는 스스로를 거의 제어할 수 없었다.

"뭐 문제되는 거라도 있어, 자기? 뭔가 달라 보여." 행위가 끝난 뒤 타일러가 말했다.

"내가 나 자신이 아닌 것처럼 느껴져." 구제불능의 미치광이로 취급받지 않으려면 어느 정도까지 밝힐 수 있는 걸까?

"그러니까, 어떻다는 거야?"

"몸에 뭔가 잘못된 게 있어."

잠시 침묵이 흘렀다. 이제는 어둠이 내렸다. 나는 타일러의 얼굴을 볼 수 없었다. 그는 뭔가 생각 중이었던 듯하다. 내 머리를 쓰다듬던 손을 거두었다.

"오." 그가 말했다. "아플 건가 보다."

"아니야." 내가 말했다. "나는 아주 건강해. 하지만 이 몸이 내 것이 아닌 것처럼 느껴져."

"무슨 뜻이야? 아주 멋진 몸이야."

"아마도 다른 누군가에게는 그렇겠지." 내가 말했다. "나에게는 아니야. 나는 다른 몸에 들어가야 해."

긴 침묵이 흘렀다. 나는 그것을 생각의 신호로 받아들였다. "거기에 대해서 다른 누구를 좀 만나보고 싶어?" 그가 조심스레 물었다. 그건 질문이라기보다는 단언에 가까웠다.

"응." 내가 대답했다. "그래야 할 것 같아." 내가 어떤 몸 안에 들어가야 한다고 느끼는지에 대해 그는 묻지 않았다.

타일러는 방송 회사에서 음향 관계자로 일했다. 그렇기 때문에 정신과 의사를 찾는 건 어려운 일이 아니었다. 친구가 적극적으로 추천한 의사라고 그가 말했다. 그는 특이한 사람들을 다루는 데 익숙하다고 했다.

"특이하다니 무슨 뜻이야?" 내가 물었다.

"아, 알잖아. 배우들."

약속을 잡는 데 몇 주가 걸렸다. 그 기간 동안 나는 마치 고무 옷을 당겨 입듯 나의 환생 인간 몸속으로 더 깊숙이 들어갔다. 그즈음에 이르러서는 내 인간 두뇌의 신경회로를 통해서 나는 여성 숙주의 나날들과 방식들을 거의 완전히 상기하게 되었다. 이 변장 상태에서 남들이 나에게 기대하는 것이 무엇인지 알았다. 나는 문구들을 떠들었고, 의식을 거행했지만, 내가 사실은 지생복족류라고 여전히 확신했다. 밤이면 나는 최대한 몸을 둥글게 말고 머리까지 이불을 뒤집어썼다. 나의 꿈은 이파리들과 축축한 통나무와 다른 달팽이들에 관한 것이었다.

정신과 의사는 안경을 쓰고 콧수염이 있는 땅딸막한 남자로, 아이들 만화에 나오는 정신과 의사처럼 생겼다. 그는 공책을 갖고 있었다. 그는 공책을 펴고 내 문제가 무엇인 것 같으냐고 물었다. 나는 코가 있어서 걱정이라고 말했다. 그는 놀란 기색을 드러내지 않으려고 노력했다.

"아." 그가 말했다. "신체이형장애로군요."

"아니요." 내가 말했다. 나는 그 용어를 읽어본 적이 있었다. "다른 코를 원하는 게 아니에요. 코가 아예 없었으면 좋겠어요. 그러니까, 이렇게 튀어나온 거는 싫어요."

"성형수술은 고려해 보셨나요?" 이것은 '환자의 망상 속으로 들어가기'라는 책략이다. 나는 그에 대비하고 있었다.

"이 몸을 고치고 싶은 게 아니에요." 내가 말했다. "이걸 제거하고 싶은 거예요. 완전히 틀린 몸속에 들어와 있는 거라고요."

"아." 그가 다시 말했다. "틀린 몸속에 들어가 있다고요."

"나는 남자가 아니에요." 내가 말했다. "혹시라도 궁금해하실까 싶어서요."

"아." 그는 실망한 듯 보였지만, 동시에 흥미로워하는 것 같기도 했다. 그는 펜을 만지작거렸다. 학술지 심사를 통과할 만한 연구 논문감이라고 예감하는 걸까?

"하지만 음경은 있어요." 내가 말했다. "인간 음경은 아니지만. 진짜로 음경이 있어요."

"아?"

"내 귀 주변에 있어요."

그는 혼란스러워 보였다. 그는 펜을 책상에 내려놓았다.

"나는 난자도 있어요." 내가 말했다. "그리고 사랑의 화살도. 그러니까, 내 진짜 몸에요, 지금 내가 들어 있는 이 몸 말고요."

"사랑의 화살?" 그는 눈썹을 치켜올렸다. "무기를 갖고 있습니까?"

숲속의 늙은 아이들

"엄밀히 말해서 무기는 아니고, 집소벨룸이에요." 내가 말했다. "칼슘 성분으로 된. 내 짝에게 쏘죠. 그러니까, 내가 나의 진짜 몸에 있을 때라면 말이죠."

"아." 그는 좀 불안한 표정으로 나를 응시했다. 나뿐만 아니라 나를 관통해서 내 뒤에 있는 문도 빤히 쳐다보았다.

"총처럼 쏘는 게 아니에요." 내가 말했다. "입으로 부는 화살총에 더 가까워요."

"알겠어요." 그가 말했다. "그리고 당신의 실제 몸은, 뭐라고……."

"나는 사실 달팽이에요."

침묵이 떨어졌다. "시간이 다 됐습니다." 아직 적어도 5분은 더 남았는데도 그는 이렇게 말했다. "다음 주에 뵐까요?"

"당신은 나를 도와줄 수 없을 것 같군요." 나는 손가방을 챙기며 말했다. 이 손가방에 익숙해지는 데도 상당한 시간이 걸렸다. 달팽이에게는 손가방이 아무런 소용이 없다.

나는 절망스러운 마음으로 의원을 나섰다. 내가 무슨 범죄를 저질러서 이런 벌을 받는 건가? 나는 자문했다. 내가 달팽이였을 때 무슨 잘못을 했던가? 이 연옥에 얼마나 오래 갇혀 있어야 하는가? 자유로워지기 위해 어떤 회개를 해야 하나?

어쩌면 이게 종교적 문제일지도 모르겠다는 생각이 들었다. 나는 교회에 자주 나가기 시작했다. 사람들이 거의 없을 때 주저하며 들어갔다. 교회들은 어둡고 나뭇잎 아래처럼 축축했으며, 곰팡이 냄새가 살짝 났다. 그 냄새가 안락하게 느껴졌다. 나는 기도하기 시작했다. 오 하느님, 아니 누구든 이 난장판에 책임 있는 분, 제발 저를 여기서 꺼내주세요! 내 작은 영혼이 이 흉측하고 거대한 감옥에서 나가게 해주세요! 꼭 다시 달팽이가 되지 않아도 괜찮아요. 물론 그게 제일 좋겠지만. 거북이는 어떨까요? 개구리는? 아니요, 너무 다사다난해요. 뭔가 차분한 것, 채식주의자인 것⋯⋯.

그러다가 나는 의구심을 가지기 시작했다. 만약 내가 달팽이의 영혼을 가진 게 아니라면 어쩔 텐가? 만일 내가 정말로 이 여자라면(이름이 앰버였다.) 내가 만약 앰버라면, 그리고 언제나 앰버였다면, 그리고 정신착란을 일으키고 있는 거라면? 그런 일이 왜 일어났는가? 달팽이로서의 내 존재에 관한 기억을 모두 지우려고 노력해야 하는 걸까? 그렇게 하면 나는 더 행복할까? 그런 생각만으로 미쳐버릴 것 같았다. 사랑받지 못하는 이 몸뚱어리를 끝내 버리고 다시 환생할 거라는 희망으로 콘도 발코니에서 뛰어내릴까? 하지만 더 나쁜 것으로 다시 태어날 수도 있다. 거머리. 눈썹 진드기. 아무리 못해도 민달팽이는 되겠지.

타일러가 나를 위해 구해다 준 대마 성분 젤리의 도움으로 그 시기를 넘겼다. 그런 호의를 베풀어 줘서 고마웠다. 약에 취해 몽롱한 상태가 되면 그가 하는 방식의 짝짓기를 잘 견딜 수 있었고, 때로는 심지어 즐길 수도 있었다. 버스에서 뛰어내릴 수 없으면 차라리 관광을 즐기는 게 낫겠다고 판단했다. 그래서 나와 나의 훔친 몸은 최선을 다했다.

2주가 더 지난 뒤 나는 은행 서비스 직원 일자리를 잃었다. 사실 내가 사직한 거나 다름없었다. 그 모든 불행한 목소리들을 들으며 일할 기운이 나지 않았고 그들이 하는 말에 전혀 관심이 없었다. 이율보증형이 뭔지 무슨 상관인가. 나는 상관하지 않았다. '이자'와 '환율'은 실제 세상과 아무런 관계가 없는 창작에 불과했다. 그런 것은 먹지도, 번식하지도, 배변하지도 않았다. 인간 이념 영역의 파편들이 어떤 구체적이거나 흡족한 방식으로 파악될 수 없이 끊임없이 변화하며 연기처럼 내 주변에 소용돌이쳤다.

직장인 은행을 떠난 후 나는 콘도에서 낮잠을 즐기기 시작했다. 나의 작은 나선형 영혼이 육체적 처소 안에서 빛나는 가운데, 빈백에 웅크리고 누워 있었다. 잠들지 않았을 때는 최면에 걸린 듯한 경계적 상태로 꾸벅꾸벅 졸았다. 나는 손을 들여다보면서 — 손가락 끝의 소용돌이, 손바닥 위를 굽이치는 선들 — 미끌미끌한 혀 같은 내 달팽이 발로 이 피부의 경로들을 따라 미끄러지는 건 어떤 느낌일까 상상하며 몇 시간을 보냈다.

타일러는 언제 다시 새 직장을 알아볼 거냐고 묻기 시작했다. 내 몫의 월세를 더 이상 내지 않아 불안해하는 거라고 짐작됐지만, 그의 불안에 나는 무관심했다. 그러자 그는 내가 병에 걸린 것 같다며(그가 추측한 것은 단핵증이었다.) 병원에 가봐야 하지 않겠느냐고 물었다. 나는 그저 많이 피곤할 따름이라고 했다. 그는 그건 정상이 아니며, 게다가 살도 많이 빠지고 있다고 말했다. 채소 말고 다른 것도 먹어야 할 것이 아닌가? 나는 좀 더 노력하겠지만, 일단은 상추를 다 먹은 거 같으니 더 사올 수 있느냐고 물었다. 농부 직거래 시장에서 사면 좋을 거라고 나는 말했다. 현지 산물을 파는 곳이라고. 타일러가 재활용 쇼핑백을 들고 장을 보러 간 후 나는 빈백을 거꾸로 놓고 그 아래로 들어갔다. 너무나 따스하고 어둡고, 살짝 습했다.

점심을 먹을 때(맛있는 샐러드였다. 비록 타일러는 베이컨을 얹었지만.) 타일러는 로메인 상추에서 달팽이를 발견했다. "유기농이라는 걸 증명해 주네." 그가 말했다. 그는 일어섰다. "이놈을 변기 물로 내리고 올게."

"안 돼." 내가 비명을 질렀다. 아니, 비명을 질렀다고 생각했지만 아무 소리도 나오지 않았다. 목소리를 잃은 것이다. 끔찍해서 말문이 막혔던 것인가? 타일러가 달팽이 살해자라는 게 밝혀졌으니 나는 그와 더 이상 함께 머무를 수 없었다. 그가 화장실에서 내 친척을 처리하는 동안 나는 조용히 콘도에서 걸어 나와 엘리베이터까지 복도를 따라 걸었다. 여전히 스웨트팬츠와 티셔츠를 입고 가벼운 가을 코트만 걸친 차림이었다. 어디로 갈 것인가?

가장 가까운 공원으로 향했지만 그곳은 너무 열린 공간이었다. 새들로 가득 찬 하늘은 내게 공포를 안겨주었다. 나는 기차 다리를 발견하고 축축한 시멘트벽에 기댄 채 다리 밑에 쭈그려 앉았다. 여기 머물러야지, 나는 결심했다. 그때는 10월이었다. 땅이 얼기 전에 그 안으로 살살 파고 들어갈 것이다. 겨울잠을 잘 것이다. 철재 부분 틈새로 보이는 유혹적인 잡초가 있는 곳까지 벽을 타고 올라갈 수 있다면……. 하지만 안 된다. 나는 달팽이가 아니기 때문에 그럴 수 없었다. 아니, 달팽이던가?

나는 쭈그리고 앉아서, 팔로 몸을 감싸고, 덜덜 떨면서,

행인들에게 무시당하며 몇 시간을 견뎠다. 누군가가 내게 2달러를 주었다. 내 조직이 시들어가면서 수축하는 것을 느낄 수 있었다. 목이 말라서 콘도로 되돌아갔다.

"자기 어디에 있었어?" 내가 부엌에서 물을 들이켜고 있을 때 타일러가 물었다.

"밖에." 나는 가까스로 쉰 소리를 냈다. 나는 그의 품 안으로 쓰러졌다. 기절했던 모양이다.

깨어났을 때 팔에 정맥주사 줄이 연결된 상태로 병원에 있었다. 심각한 탈수 상태였다고 했다. 영양실조도 있었다고 했다. 영양가 높은 수프, 젤라틴 디저트, 커스터드 같은 것이 처방되었다. 힘겨웠지만 가까스로 그 음식들을 먹었다. 적어도 축축한 음식들이었던 것이다.

이제 나는 콘도로 되돌아왔다. 타일러는 이곳에 거의 머무르지 않는다. 체육관에 간다고 말하지만, 누구도 체육관에 그렇게 오래 있을 수는 없는 법이다. 그는 나를 외면하고 있다. 사실 그는 나를 좀 두려워하는지도 모르겠다. 그는 당연히 짝짓기를 하는 다른 여자가 있다. 짝짓기가 분명 그에게는 체육관 운동처럼 격렬한 운동의 대안일 것이다. 그에게 묻어난 그녀의 머스크 향수를 먼 곳에서도 맡을 수 있다. 하지만 나는 신경 쓰지 않는다. 비록 달팽이들도 열정을 경험하지만, 질투는 이해하지 못한다. 어쩌면 이 남자친구 밀렵꾼은 우리 둘과 자신을 엮고 싶어 할지도 모르겠다고 나는 추측해 본다. 그걸 타일러에게 제안해 볼까? 달팽이들은 셋이 하는 섹스를 즐긴다. 이것이 저것 안에 들어간 것이 이것에 들어간 것이 저것 안에 들어가는 것이다. 부드럽지만 근육질인 연결의 화환……. 아니다. 타일러는 본질적으로는 청교도다. 체육관에 중독된 걸 보면 알 수 있다. 그리고 모든 착한 청교도들이 그렇듯 그는 일부일처제 성향을 갖고 있다. 대단히 안타까운 일이다.

매일 매일이 지나간다. 나는 때를 기다리고 있다. 명상하는 중이다. 어쩌면 이 현상에 대한 나의 이해가 거꾸로 된 것인지도 모르겠다. 어쩌면 나는 처음부터 여자였는지도, 심지어 어쩌면 농담이 적힌 티셔츠로 옷장이 가득한 이 특정한 여자, 앰버였는지도 모르겠다. 그리고 내 영혼이 심원한 중요성을 지닌 뭔가를 배우기 위해 달팽이 안으로 보내졌던 것은 아닌지. 그렇지만 그 중요한 게 뭐란 말인가? 먹을 수 있는 초록 잎들의 풍부한 잎맥과 세포들, 또 취기 돌게 만들고 중독성 있는 썩어가는 배[梨]의 향같이 바로 곁에 있는 것들에 감사하라고? 동료 달팽이와, 혹은 달팽이들과의 성교 같은 우주의 단순한 기쁨을 느끼라고? 그뿐인가? 내가 뭘 놓치고 있는 거지? 현실은 그냥 이런 것인가? 나는 그저 나일 따름인가? 나는 무엇인가?

나는 왜 고통받아야 하는가? 궁극적 수수께끼다. 인간으로 존재한다는 것이 바로 그런 것이겠지. 존재의 조건을 묻는 것.

그러나 회개의 내용만 있는 건 아니다. 긍정적인 면도 있다. 원래 자기 몸에 거하는 달팽이들은 별을 볼 수 없지만, 이 빌린 눈으로 이제 나는 별을 본다. 별들은 더할 나위 없이 아름답다. 다시 달팽이로 돌아가는 은총이 내게 허락된다면, 별에 대한 기억을 간직하게 될 수도 있을 것이다.

어떤 목적이 있을 것이다. 나는 뭔가를 배워야 한다. 이 모든 게 무작위라고는 믿을 수 없다.

현재 숙주의 피부와 조직이 사그라질 때까지 긍정적인 마음을 유지해야 한다. 그러고 나면 빛나는 내 작은 나선형 영혼은 다시 일어나, 영혼의 중간계 지대의 다채로운 광채 구름과 단조 음악을 거쳐 다시 한번 육신을 입게 될 것이다. 하지만 무엇으로 태어날 것인가?

무엇이든 이것은 아닌 껍질로. 이것은 아닌 껍데기로.

비행(飛行)
── 심포지엄

머나는 크리시의 집에 도착해 초인종을 누른다. 소리가 울리지만 아무 소용이 없다. 그녀는 안으로 들어간다.

"나야." 그녀가 부른다. 아니, 외친다고 하는 게 더 맞을 것이다. "문을 잠그지 않고 두면 안 돼! 내가 연쇄살인범일 수도 있잖아!"

"1분 안에 나올게." 크리시가 집 안 어디에선가 외친다.

분홍색 타일이 깔린 복도는 그나마 시원하다. 머나는 커다란 긴 거울 속의 자신을 점검한다. 프랑스 프로방스풍이 살짝 나는, 위쪽에 끈 매듭 장식이 새겨진 청록색 나무틀. 크리시는 짝퉁이 널린 곳이라도 소위 골동품 가게라는 데를 그냥 지나치지 못한다. 타인의 잔재들. 한때 크리시의 남자 취향처럼. 정말이지, 저 거울은 침실에 있어야 한다.

"제길, 진짜 덥네." 머나가 큰 밀짚모자를 벗고 힘없는 짙은 심홍색 머리칼 몇 가닥을 뒤로 쓸어 넘기며 말한다. 은빛 가위를 든 안토니오가 제멋대로 하도록 내버려두지 말았어야 했다. 그는 결과에 대해 완곡하게 사과하기는 했다. 다음에 색조를 좀 조정할 수 있을 거라고, 그리고 그 전까진 이 확실히 파격적인 색을 마음껏 즐기라고 말했다.

볕에 그을린 피부와 덜렁거리는 팔뚝살, 이 두 가지 때문에 민소매 원피스는 입지 말았어야 했다. 아령만으로는 충분치 않다. 물론 그걸 쳐다만 보지 않고 뭔가 했더라면 좀 달랐겠지만. 녹색은 그녀에게 어울리지 않는다. 적어도 황달에 걸린 것처럼 보이게 만드는 이 라임 녹색은 아니다.

왜 이렇게 허영심이 강할까? 거울 속 자신에게 묻는다. 허영심을 갖기에는 한참 늦었는데. 네가 어떻게 생겼든 이젠 더 이상 아무도 관심 없어.

그녀는 크리시의 거실로 들어간다. 눅눅한 발바닥에 닿는 귀리죽 빛깔 카펫의 촉감이 이끼처럼 푹신하다. 토론토는 원래 습지에 있었다. 습도로만 보자면 여전히 습지에 있다. 모든 것이 평상시와 똑같다. 담자색 녹청색 은색 칠이 분

숲속의 늙은 아이들

사 도포된 드라이플라워와 가지가 꽂힌 멕시코 화병, 방글라데시에 있는 여성단체의 모티프가 수놓인 장식용 쿠션, 크리시의 유일한 성공작 『비행—높은 곳의 여성들』의 퇴짜 맞은 표지 디자인을 확대해서 액자에 넣은 것. 이건 크리시가 간절히 원했던 디자인이다. 그러나 그들이 실제로 그녀에게 떠넘긴 표지는 훨씬 단순했다. 주황색 바탕에 조그만 초경량 복엽비행기 그림이 있는 것. 표지 그림은 선명해야 한다고 그들은 말했다. 휴대전화 화면에서도 보여야 한다고.

『비행』은 학제적 페미니스트 분석을 개괄한 책이라고 크리시는 주장했다.(헛소리를 포장한 거, 라고 머나는 해석했다. 크리시보다 자신이 학문적으로 더 엄격하다고 머나는 생각했다.) 크리시는 토론토에서 3순위인 대학교에서 신화와 민속을 한 번 가르친 경험밖에 없다. 그녀의 책은 중력의 법칙을 거부한 상상적 여성들에 대한 학술논문에서 시작되었다.

그러나 『비행』은 신들의 무지개 전령인 이리스에서 멈추지 않았다. 혹은 날개와 날카로운 발톱을 가진 하르피아이에서, 아니면 전래동요에서 바구니에 담겨 위로 던져진 노파, 또는 시슬리 바커의 꽃요정, 마술 우산을 이용해 구름에서 내려오는 메리 포핀스에서, 그도 아니면 『피터팬』에 나오는 작고 반짝이는 요정 팅커벨, 풍성한 가을걷이를 위해 심술궂은 마녀와 싸웠던 이탈리아의 착한 베난단티,* 그토록 자주 날아다니는 오즈의 도러시와 그녀의 작은 개 토토에서도 멈추지 않았다. 크리시는 픽션과 신화에서 실제 삶으로 넘어갔다. 대포에서 쏘아 올려진 여성들, 헐벗은 차림으로 죽음을 향해 추락하는 여성 곡예사들, 어밀리아 에어하트**와 그녀의 불가사의한 사라짐, 그리고 2차 세계 대전 당시 합판으로 된 복엽기를 타고 어둠 속에서 죽음을 향해 돌진했던 용맹한 소련 여성 비행사들인 '밤의 마녀들'.***

그렇게 날아다닌 여성들을 지면상으로나 지상에서 목격했던 이들에게 그들은 무엇을 의미했는가? 크리시는 여러 이론을 제안했다. 가학성애가 그중 하나였다. 아름다운 곡예사가 허우적거리며 공포에 질린 모습을 보고 싶어 하는 사람들이 있다는 것이었다. 다른 이론은, 지상에 묶인 몸의

* 축일 밤에 회향가지를 들고 수숫단을 든 마녀와 싸워 승리하면 그 해 풍년이 든다고 믿었던 이탈리아 프리울리 지역 농민들이 스스로를 부른 명칭이다. 가톨릭에 의해 마녀로 몰려 처형되었다.
** Amelia Earhart, 1897~1937. 여성 최초로 대서양을 횡단한 비행사로, 적도대를 따라 세계일주 비행에 도전하던 중 실종되었다.
*** 1942년부터 1945년까지 독일군 교란 및 정밀타격 작전을 수행했던 소련 여군단 제46친위 야간폭격 비행연대의 별칭이다.

숲속의 늙은 아이들

물리적 제약을 벗어나고 싶어 하는 여성의 당연한 욕망이었다. 상승의 순간을 꿈꿔보지 않은 소녀가 어디 있겠는가?

일부 구독자들은 불평을 늘어놓았다. 연합군 전투기 함대에 관한 책을 구입한다고 생각했는데 읽어보니 요정들만 잔뜩 나온다는 것이다. 정확히 말하면 "빌어먹을 요정들"이겠지, 크리시가 받은 충격적인 편지들 일부를 읽은 머나는 생각했다. 왜 그들은 목차를 살펴보지 않았던 거지? 크리시는 애처롭게 물었다. 왜 그런 고약한 짓을 하는 거야? 페미나치라는 말을 처음 사용한 사람은 대학 교수였다 해도, **멍청한 페미나치 개년**은 진지한 학문적 토론에 사용되는 용어가 아니다. 그리고 왜 평론가 두 사람은 그녀의 지성에 대해 **경박한**이라는 단어를 썼고, 세 번째 사람은 **멍청**이라고 조롱했는가?

"책을 냈는데 비읍(ㅂ)이 들어간 신체 부위 욕을 들었다면, 욕받이가 된 거야." 리오니는 크리시를 위로했다. "자동적으로. 우리 모두 겪는 일이야." 그리고 으레 그러듯 이렇게 덧붙였다. "프랑스혁명 당시에는 더 끔찍했어. '시민'이라는 말을 하지 않는다고 머리가 잘릴 수도 있었으니." 프랑스혁명은 리오니의 전문 분야다. 그녀는 역사학이 아직까지 어는 정도 명성이 있던 때 토론토의 2순위 대학교에서 교편을 잡았다.

그녀도 책을 출간했다. 『테르미도르!』 원래는 학술전문 출판사에 접촉을 했는데, 어림없었다. 선정주의적 폭력에 중점을 둔 탓에 책을 진지하게 받아들이기 힘들다고 그들은 말했다. 그러나 중형급 상업 출판사가 가능성을 보았다. 그들은 리오니가 붙인 부제, '프랑스혁명에 대한 테르미도르 반동*기의 법정 밖 정치적 보복과 원한으로 인한 살인'을 없애버렸다. 너무 고루하다고 했다. 책이 더 극적으로 느껴지도록 느낌표를 추가했고, 장식 없는 붉은 바탕에 19세기 말 툴루즈 로트렉의 포스터에서 착안한 갈색 벨에포크**식 서체를 사용했다. 리오니가 시대착오적이라고 항의하자, 편집자들은 눈을 둥그렇게 뜨고 그녀를 빤히 바라보았다. 이건 프랑스 것이다. 그렇지 않은가? 그리고 이 색깔은 말라붙은 피를 암시하지 않는가? 더 이상 무얼 바라는가?

* 1789년 프랑스대혁명 후 실권을 잡은 로베스피에르의 독재와 공포정치에 반발한 반혁명파가 1794년 로베스피에르를 처형하고 혁명파 다수를 숙청한 사건이다.
** Belle Époque. 프랑스어로 아름다운 시기라는 뜻으로, 19세기 말에서 1차 세계 대전 발발 전까지 유럽에서 문화 경제적으로 풍요롭고 낙관론이 지배했던 시기를 지칭한다. 툴루즈 로트렉이 1891년 디자인한 「물랭 루즈, 라 굴뤼」 포스터는 이 시기를 대표하는 이미지로 흔히 쓰인다.

숲속의 늙은 아이들

리오니의 말에 따르면, 이 책 표지는 완전 망했다. 당연히, 그 몰역사적인 서체를 두고 몇몇 대학의 현학자들이 그녀를 공격했다. 그런데 일부 평범한 서점 고객들은 『테르미도르!』를 툴루즈 로트렉이 가장 좋아하는 갑각류였던 바다가재에 중점을 둔 해산물 요리책이라고 착각했고,* 올랑프드 구즈가 여성에 대한 자유, 평등, 박애를 요구했다는 이유로 단두대에서 참수당하는 그림, 로베스피에르가 얼굴에 총 맞는 총천연색 그림, 그리고 복수심에 가득 찬 반혁명파가 자코뱅 수감자들을 군도, 곤봉 그리고 권총으로 학살하는 장면을 묘사한 동판화를 대면하고 불쾌해했다. 이런 타락한 자료에 관심을 가지다니 이 여자는 웬 잔인한 괴물이란 말인가?

리오니 역시 악의적인 편지를 받았다. 편지를 쓴 대부분 사람들은 실제 책은 읽지 않고 신문의 서평에 첨부된 리오니의 사진에 반응했다. 집단 처형과 문화적 공포는 주목할 만한 문제기 때문에 서평이 꽤 많았다고 문화면 편집자가 말했다. 편지를 보낸 일부 남성들은 리오니 때문에 자신들

---

* 바다가재를 와인소스에 요리한 다음, 그 등껍데기에 다시 담아 갈색이 되도록 구워 내는 바다가재 테르미도르라는 요리가 있다.

이 직업을 가질 수 없다고 비난했다. 다른 이들은 그냥 획일적인 욕설—"멍청한 암소" "못생긴 돼지" "변태 ㅂㅈ" 등등—을 퍼부었고, 거기에 여성들이 다음과 같은 반응을 보탰다. "병원에 가보세요." "왜 그렇게 부정적이죠?" 그리고 최후의 일격으로, "정말 실망입니다."

"이런 거 신경 쓰지 마." 머나가 조언했다. 리오니는 마음이 상해서 정말로 울었다. 엄밀히 말하면, 거의 울 뻔했다. 그녀 세대는 드러내놓고 진짜로 우는 걸 스스로 허용하지 않았다. 너무 유약하고 여자 같은 짓이었다. 그런 전형적인 모습은 강하게 근절되어야 했다. "네 책을 좋아하는 사람들도 많아."

"그리 많지 않아." 리오니가 말했다. "나머지 사람들은 저속한 발언을 했어."

"저속한 발언은 글쓰기만큼이나 오래된 거야. 폼페이의 술집 벽을 한번 봐."

"폼페이의 술집 벽 따위 꺼져버리라고 해." 리오니가 훌쩍였다. "내가 변태 ㅂㅈ야?"

"다른 사람보다 더 심한 건 아니야." 머나가 말했다.

"이건 역사야. 실제로 일어났던 일이고, 사람들이 했던 일이야. 거기에 대해 글을 쓴다고 해서 왜 내가 죽어라 두들

겨 맞아야 해?"

"대다수 인간들은 사람들이 뭘 했는지 알고 싶어 하지 않아." 머나가 말했다. "바다가재 먹는 걸 더 좋아하지." 나도 그들과 같은 마음이야, 그녀는 속으로 덧붙였다. 잘려나간 머리는 기쁨을 불러일으키지 않는다. 그러니 뭣 하러 굳이 거기에 신경을 쓰겠는가? 그런 사건들이 일어났던 건 사실이지만, 모든 사람이 진실의 순수하고 선명한 섬광을 갈망하는 것은 아니다.

머나는 한때 모욕과 거친 언어를 사회적 언어적 현상으로서 연구한 적이 있었다. 토론토의 최고 순위 대학교에서 은퇴한 후, 일반 시민으로서 그 연구를 여전히 이어나가고 있다. 그녀는 비판적 성향의 온라인상 여성들 사이에서 실망했다는 표현의 사용이 증가한 것에 주목했다. 스텔스 무기인 그 단어는 충격받고 격분했다는 표현을 거의 대체해 버렸다. 빠른 바이러스 변이가 더 느린 경쟁자를 대체해 버리듯.

한편, 여기 크리시의 퇴짜 맞은 표지가 거실을 관장하고 있다. 연한 푸른 하늘, 알록달록한 빅토리아시대의 열기구. 장갑을 끼고 러플 달린 옷—일일초색, 장미색, 미모사색—을 입은 젊은 여자 세 명이 베일 달린 챙 넓은 모자 끈을 턱 밑에 매고 버들가지 곤돌라에 걸터앉아 있다. 그들은 구경꾼들을 향해 행복하게 손을 흔들면서 나무와 지붕 꼭대기와 첨탑과 강 위를 날아간다. 약간의 위험을 감수하고 전체 조망을 받아들이면서. 거품 같은 분홍색 구름 속으로 해가 지고 있다. 아니, 어쩌면 구름에서 뜨고 있는 것일지도. 청명한 날씨가 앞에 펼쳐진다. 아니, 궂은 날씨인가? 크리시는 그 점에 대해 절대로 확실히 밝히지 않았다.

리오니는 벌써 도착해 있다. 잠시도 지체하지 않고 술잔을 든다. 그녀가 항상 마시는 술, 라임을 넣은 진토닉이다. 그녀는 체리색 긴 의자에 몸을 뒤로 젖히고 긴 다리를 쭉 뻗은 채 앉아 있다. 흰 통바지, 주홍색 통굽 구두, 요란한 꽃무늬 상의. 주황색 플라스틱 재질의 달랑거리는 큰 귀걸이. 오늘은 가발을 안 썼다. 두 차례에 걸친 항암 화학치료 후 아직 자라는 중인 그녀의 빛바랜 흰색 머리칼은 성글다. 눈썹은 염색했다. 수술, 이어진 방사선치료 기간에는 얼굴에 고양이 수염 같은 눈썹을 그리고 다녔는데, 지금은 그 단계는 지났다.

"이 정도 더위면 성에 차니?" 리오니가 말한다. 40년 전부터 한결같은 인사말. 요즘 인사말이란 '씨발이 들어간 어떤 표현'일 거라 머나는 생각한다. 10대인 그녀의 손자들은 말

숲속의 늙은 아이들

두 마디 간격으로 그 단어를 내뱉는다. 기저귀 신세인 가장 어린 손자는 아직 그 단계엔 다다르지 않았다.

씨발은 출판물에 나올 수 없는 말이었던 반면, 인종과 소수 민족에 관련된 욕은 흔했다. 그런데 이제는 사정이 뒤바뀌었다. 머나는 그런 모든 언어적 변천을 주의 깊게 살폈다. 발화가 금지되는 것은 언제나 인간 문화에 되풀이해서 나타나는 주제기 때문이다. 중상모략가와 분변학자, 여기 줄을 서시오. 스스럼없는 맹세선서자와 신성모독자, 저쪽으로 가시오. 악운을 부르는 금기어, 뒤로 가시오. 씨발에 대해서 그녀는 《말레딕타 — 언어적 공격에 관한 국제 저널》*에 논문을 발표한 적 있다. 「'씨발놈'과 '좋은 씹' — 문제적 단어의 부정적 가치와 긍정적 가치」.

"오븐 같네." 머나가 말한다. "하지만 넉 달만 있으면 춥다고 불평하겠지." 그녀는 나중에 그 대가를 치르게 될 거야, 라고 무던한 모범적 대답을 할 수도 있었을 것이다. 또는, 우리는 나중에 그 씨발 대가를 치르게 될 거야, 라고 시도해 볼 수도 있었을 것이다. 아니, 우리는 나중에 그 대가를

---

* *Maledicta: The International Journal of Verbal Aggression.* 모독적이고 부정적인 말의 어원, 사용 양태, 영향 등에 관한 논문을 싣는 학술지다.

씨발 치르게 될 거야, 인가? 어쩌면, 우리는 완전 그 대가를 씨발 나중에 치르게 될 거야, 일지도.

방금 그녀가 **완전**을 문장 전체 수식어로 사용했던가? 진 저리나는 관용어법! 언어의 배수구로 빨려 들어가 밑바닥 없는 유행어의 구덩이에 처박히게 되는 건 얼마나 쉬운가?

"맙소사, 네 머리 무슨 일이야?" 리오니가 말한다. "비트 주스야?"

"마법사와 언쟁을 벌였어." 머나가 대답한다. "그가 나를 오랑우탄으로 만들려고 했는데, 절반만 성공했거든."

"다시 자랄 거야." 리오니가 말한다. 이내, 자신이 너무 직설적이었다는 걸 느끼고는 앞서 한 말을 철회한다. "그러니까, 네 머리 상당히 멋져 보여."

"고마워. 네 머리도." 머나가 응답한다. 씨발 이게 뭐람, 그녀는 생각한다. 3개월 후에 살아 있을 확률 20퍼센트인 리오니, 게다가 그녀와 46년간 함께해 온 동반자는 요양원에 있고 자신이 폭격기 조종사라고 생각한다. 그런데 우리는 '머리'에 대해 토론하는 중이라고?

그녀는 크리시가 곁탁자에 즉흥적으로 조성해 놓은 바를 쳐다본다. 술병과 잔, 큰 금속 양푼 안에 든 얼음, 좀 더 작은 양푼에 든 레몬과 라임 조각들. 콜라와 진저에일 캔,

페리에 병. 그녀는 너무 목이 타서 전부 다 들이킬 수 있을 것 같다. 페리에를 골라서 뚜껑을 비틀어 연다.

"두 병 마셔. 싸잖아." 리오니가 말한다. "걱정 마. 이번에는 진을 좀 살살 마실게. 의사 지시사항이야!" 그녀는 좀 소란스럽게 웃는다. "저번 만남엔 좀 과했지."

저번 만남은 거의 1년 전, 리오니가 암 진단을 받기 전이었다. 머나는 과했던 부분을 너무나 선명히 기억하고 있다. 택시를 불러서 리오니를 태워주어야 했다. 리오니가 그 상태로 운전하도록 내버려둘 수 없었다. 어떤 운 나쁜 반려견 산책자를 치었을 것이다. 리오니는 통굽 구두를 빼고도 178센티미터에 육박하는 반면, 머나는 고작 160센티미터였기 때문에 리오니를 부축하는 건 매우 힘겨운 일이었다.

술을 아예 마시지 말아야 할 텐데, 머나는 생각한다. 케일 주스 말고는 다 끊어야 해. 그리고 블루베리도 먹어야지, 블루베리를 아주 많이.

크리시가 검은 올리브를 담은 밝은 자홍색과 군청색이 섞인 둥근 그릇과 베지퍼프*가 담긴 세룰리안블루 색깔 접

* 천연 채소, 과일, 곡물 등을 재료로 만든 뻥튀기 같은 바삭한 식감의 과자다.

시를 들고 서둘러 들어온다. 유리 상판 커피테이블 위에 분홍색 장미꽃 봉오리가 수놓인 컷워크 칵테일냅킨들을 포개 둔 것 옆에 올리브와 베지퍼프를 내려놓는다. 그녀는 유아용 점퍼스커트를 닮은 매우 가볍고 얇은 담자색 옷을 입고 있다. 주근깨 있는 가는 팔은 구슬 팔찌 두 개만 하고 다 드러냈다. 포도송이처럼 생긴 수수꽃다리색 유리 귀걸이는 희미하게 짤랑거린다. 흰머리가 섞인 금발은—실화인가?—유니콘 무늬가 있는 감청색 곱창밴드를 가지고 포니테일로 묶었다. 유니콘을 큰 소리로 지적하는 건 무례한 짓일 거라고 머나는 판단한다.

"시간 딱 맞춰서 왔네." 크리시가 비난하듯 말한다. "리오니는 실제로 일찍 왔는데!"

"미안하지만, 안 미안해." 리오니가 말한다. "어쨌든 우리 여기 모였잖아. 꽥꽥이 할망구들. 달린은 없지만."

꽥꽥이들(gaggle), 머나는 생각한다. 독일어에서 유래한 단어. 한 떼의 거위들이나 여자들이 내는 소리를 표현한 것. 깔깔거리다(cackle)도 같은 어원에서 유래된 것처럼 보일 수 있겠지만, 사실은……

"달린은 손 뗐어." 크리시가 말한다. "나는 스프리처* 마셔야겠어."

"아프대?" 머나가 묻는다. 앓는 사람들이 너무 많다.

"아니, 미안, 내가 불분명하게 말했네. 사임했다고 말했어야 했는데." 병과 잔을 기울이며 크리시가 말한다. "우리 위원회에서 사임하는 거지. 우리까지 논란에 휘말릴 필요는 없다고 하더라."

"무슨 논란?" 머나가 묻는다.

"그게, 달린이 학장이잖아." 크리시가 말한다. "게다가 생물학자기도 하고. 생물학자들은 언제나 곤란한 상황에 처하게 돼. 아무도 그들을 이해하지 못하니까. 생물학자들은 학장이 되지 말아야 하나봐."

"하지만 우리는 달린이 필요해! 그녀가 없으면 우리는 엉망진창이 되어버릴 거야! 무슨 일이 있었던 거야?" 리오니가 말한다. "모든 똥은 냄새가 고약하다고 한 거야, 뭐야?"

"라디오에 출연했어." 크리시가 말한다. "패널로."

"패널이라고! 리오니가 말한다. "날 먼저 죽여줘!"

머나의 견해에 따르면 모든 패널이 나쁜 것은 아니다. 그녀는 날씨에 관련된 앵글로색슨의 완곡대칭법 전문가 패널로 참여한 적이 있다. 재미있는 경험이었다. "무슨 패널?" 그

---

* 화이트와인과 탄산수를 섞은 음료수다.

녀가 묻는다.

크리시가 목소리를 낮춘다. "젠더."

"씨발." 리오니가 말한다. "복마전이네!"

"달린이 어떤지 너희들도 알잖아. 전혀 의심을 안 하지. 그녀는 자연의 다양함에 대해 이야기해 달라는 요청을 받았어. 그래서 슬라임곰팡이라는 걸 화제로 올렸지. 형태 없는 덩어리 같은 것들이야. 그것들로 다양성 문제가 해결될 수 있을 거라고 그녀가 말했어." 크리시는 잠시 말을 멈춘다. "게다가 그것들은 성(性)이 720개가 있어."

"한 700개 과잉이구만." 리오니가 말한다.

"바로 그거야." 크리시가 맞장구친다. "그 부분 때문에 모두 화가 났어! 패널 일부는 그녀가 자신들을 슬라임 덩어리라고 부르는 거라고 생각했고, 나머지 사람들은 그녀가 여성에 적대적이라고 말했어."

"객관적으로 말하자면, 슬라임곰팡이들이 확신을 주지는 않지." 머나가 말한다.

"그 사람들에게는 확신을 주지 않지. 그들은 모든 것이 짝을 이루기를, 오직 양쪽으로만 되어 있길 바라니까. 닫힌 상자들. 낮과 밤. 흑과 백. 남성과 여성."

"저주받은 이들과 구원받은 이들." 리오니가 말한다. "아주 청교도적이야. 매우 혁명적이지. 아군인가 혹은 적군인가, 저놈들의 목을 베어라. 그러니까 달린이 부당하게 판단당한 거야?"

"그렇다고 할 수 있지." 크리시가 말한다. "트위터에서 그게 터진 거야. 고작 1분 정도지만, 그래도. 대학들은 자신들 이미지에 아주 민감하잖아. 달린은 말실수였다고 성명서를 발표해야 했어."

"달린은 절대 말실수 안 해." 리오니가 말한다. "아주 정확하게 말해."

"나도 알아." 크리시가 말한다. "말실수였다고 그녀가 **발표했다고** 내가 말했잖아. 학장들이란 사람들 심기를 거스르면 그렇게 해야 하는 거야."

"**말실수했다.**" 머나가 말한다. "이 단어가 현대에 등장한 추잡한 조어라고들 믿겠지만, 사실은 14세기에 만들어진 단어야."

"참 흥미롭네." 크리시가 멍하게 말한다. "그 작은 가게에서 사온 새로운 치즈가 있어. 재를 묻힌 염소젖 치즈, 신데렐라에서 이름 따온 거.* 재 때문이겠지."

---

* 캐나다 퀘벡주에서 만들어지는 염소젖 치즈인 르상드리용(Le Cendrillon)

"염병할 논란." 리오니가 말한다. "우린 이걸 감당할 수 있어. 달린은 우리 세 명은 예전에 한 번도 논란을 일으킨 적이 없다고 생각하는 거야? 그녀는 우리 위원회에 다시 합류해야 해."

"자신이 너무 편향성을 야기한대." 크리시가 말한다. "자기 때문에 프로젝트에 화를 불러오고 싶지 않대."

"편향성을 야기한다고? 내가 고등교육 학계에서 더 이상 노동하지 않는 것에 우리 여신께 감사해야겠어." 리오니가 말한다. "공포정치가 바로 거기 있네."

"우리들도 그런 걸 겪었잖아." 머나가 말한다. "옛날에. Y가 들어간 여자들(womyn)* 표기 가지고 싸웠던 거 생각나?" 그걸 y가 앞쪽에 있는 여자들(wymmen)과 헷갈려서는 안 되지, 그녀는 스스로에게 상기시킨다. 그 단어는 현대에 만들어낸 게 아니라 중세영어의 표기…….

"그건 별 반향이 없었어." 리오니가 말한다. "몇몇 분파를 제외하고는."

은 재투성이를 뜻하는 신데렐라(Cinderella)의 프랑스어와 표기가 같다.
* 페미니스트들은 '여성'을 표기할 때 '남자(man, men)'라는 단어가 들어가지 않도록 여러 가지 대안 표기를 고안했는데, womyn은 그런 시도 가운데 하나였다. womyn이라는 철자가 처음 등장한 것은 1976년이다.

숲속의 늙은 아이들

"너희들은 달린의 관점에서 생각해 봐야 해." 크리시가 진지하게 말한다. "우리와는 달리 그녀는 아직 직장에 다니고 있어. 소셜미디어에서도 활동하는 중이고."

"흠, 소셜미디어 그만둬야지." 리오니가 투덜거린다.

"우리 역시 편향성을 불러일으켰어." 머나가 말한다. "우리가 《위대한 부인들》 시작했을 때 생각나니? '우편배달부가 기절초풍할 잡지'라고 했던? 여성혐오적 프로이트 정신분석가들을 다뤘던 「레즈비언들과 심리학자들」 호, 생각나?"

"거기서 정말로 거물에게 싸움을 걸었지." 리오니가 말한다. "우리더러 마귀할멈들, 흉악한 탐욕녀들이라면서, 글자를 대문자로 쓰고 빨강 파랑 색연필로 밑줄까지 그은 혐오 편지, 폭력적인 살해 위협. 그 사람들 중에 몇몇은 얼마나 창의적이었니! 파이 안에 구운 젖가슴 같은 게 생각나네. 그런데 봐봐, 우리 아직 살아 있잖아!"

마귀할멈 ── 이제 그 단어는 유행에 뒤처졌지, 머나는 반추한다. 탐욕녀는 말할 것도 없고. 하지만 젖가슴은 아직도 사용된다.

"우리에게 필요한 것, 즉 제대로 된 강간을 해주겠다는 제안이 엄청 많이 들어왔더랬지." 리오니가 말한다. "'네 도전 기대할게!' 그들 중 몇 명에게 그런 답장을 썼어. '강철 앞코 달린 건설용 장화 신은 발로 거시기 한번 차줄까?'"

"나는 그렇게 센 말은 해본 적 없어." 크리시가 말한다. "물론, 너처럼 키가 큰 편이면 도움이 되지. 너 대학 다닐 때 여자 축구팀에서 뛰었지?"

"답장은 그들을 더 부추길 뿐이야." 머나가 말한다. "그렇다고 그들이 실제로 무슨 짓을 했던 건 아니지만. 그래도 나는 한동안 뾰족한 우산이랑 후추 스프레이를 들고 다녔어."

"도와주세요라고 하면 안 된대." 크리시가 말한다. "불이야! 하고 외쳐야 한대."

"왜?" 머나가 묻는다. 최상의 방법은 토하는 거라는 말을 들었던 기억이 있지만 이걸 대화에 올리진 않기로 한다.

"도와주세요라고 소리 지르면 아무도 안 오니까." 크리시가 슬프게 말한다. 침묵이 흐른다.

그들은 정말 그 정도로 외톨이인가? 사람들은 정말 그 정도로 겁이 많고 이기적인가?

"나는 소리를 듣는다면 도와주러 갈 거야." 리오니가 말한다.

"넌 그럴 거야." 크리시가 말한다.

"나도." 머나가 말한다. "내가 후추 스프레이를 갖고 있다면."

숲속의 늙은 아이들

"그래 그럼." 리오니가 말한다. "달린 이야기로 돌아가 보자. 근데 달린이 몇 살이지?"

"우리보다 어려." 크리시가 손가락에 낀 반지들을 돌리며 말한다. 우유색 오팔 반지, 자수정 반지. "그녀는 상황이 다르지."

"응, 그녀는 모지리야." 리오니가 말한다. 그녀는 잔을 치켜든다. "편향성을 위하여." 고개를 뒤로 젖히고 세 번째 진토닉을 쏟아붓는다.

"리오니, 그녀 입장을 좀 헤아려야지. 지금은 더 이상 1972년이 아니야." 크리시가 말한다. 가끔씩 그녀에게서 듣게 되는 설교조다.

"내가 그걸 모른다고 생각해? 지금이 1972년이라면 나는 사실상 대머리 신세도 아닐 거고, 내 친구들 절반이 죽지도 않았을 거야. 그리고 앨런은 자기가 플라잉포트리스*로 선셋 로지에 폭탄을 투하하기 직전이라고 생각하지 않을 거야. 그는 자신이 비행기로 납치됐다고 믿고 있어. **붕붕** 소리를 내곤 해. 가슴이 무너질 것 같아. 그렇다고 그가 씨발 2차 세계대전에 참전했던 것도 아닌데!" 그녀는 울 것 같다.

* 2차 세계 대전 중 미군의 주력 대형 폭격기였다.

"오, 리오니, 정말 미안해, 내 말뜻은 그게 아니라······." 이제 크리시가 울 것 같다.

경쟁적 울음. 화제를 전환할 때야, 머나가 생각한다. "밖에 아스팔트가 말 그대로 녹고 있어." 그녀가 말한다. "나도 거의 녹아내릴 뻔했어. 너희 집 문 안에 들어섰을 때 신의 진노 같은 꼴이었어."

"그래서 내가 여기 있자고 한 거야." 크리시는 머나가 전환한 화제를 말 그대로 릴레이 바통처럼 받으며 말한다. "에어컨을 틀어놓고. 그렇다고 내가 냉방을 좋아하는 건 아니지만 때로는······ 좀 세게 틀었어. 그러면 나는 재채기를 하긴 하지만. 바라기는 이게 제발······."

머나는 페리에를 꿀꺽 마시고, 베지퍼프를 한 움큼 집어 든다. "나도 이걸 사 먹어. 콩가루로 만든 거야. 손자들도 좋아하더라. 걔들한테는, 할머니 것도 좀 남겨줘, 라고 말해야 해. 애들이 꼭 다람쥐 같다니까."

"우리 할머니도 자주 말하셨지." 리오니가 장미 꽃봉오리 냅킨 한 장으로 눈을 찍어내며 말한다. 그녀도 화제를 돌리는 중이다. 울음은 너무나 쉽게 험담과 불화로 이어지지, 머나는 생각한다. 1970년대의 분리주의 페미니즘은 격렬했고 수년간 지속되었다. 그러나 이 나이에는 제대로 된 장황한

숲속의 늙은 아이들

반목을 펼칠 무대가 더 이상 없다.

"무슨 말을 자주 하셨는데?" 그녀가 묻는다.

"신의 진노." 리오니가 말한다. "할머니는 꼭 **지인노**라고 발음하셨어."

"그래서 할머니도 그러셨어?" 크리시가 묻는다. 그녀는 한 손으로 치마 매무새를 다듬고 다른 손으로는 화이트와인 스프리처를 들고 날씬한 엉덩이를 조심스럽게 소파에 걸친다.

"뭘 그래?" 머나가 말한다.

"신의 진노 같은 모습이셨냐고." 크리시가 대답한다.

"나도 몰라." 리오니가 말한다. "신의 진노가 뭘 뜻하는지 몰랐어."

"아마 신이 회오리바람으로 쓸고 간 후의 풍경 아닐까." 머나가 말한다. "신이 버릇처럼 늘 하듯이. 부서진 모습. 납작해진 모습."

"글쎄, 마지막에는 상당히 끔찍한 모습이셨지." 리오니가 말한다. "삶의 마지막. 우리 모두 그럴 테지."

"지금이라고 안 그런 건 아냐."

"지금 뭐가 아니야?" 머나가 묻는다. 왜 시간은 그녀에게만 천천히 흐르는가? 그녀는 이 대화를 따라가는 데 애먹고 있다. 심지어 술도 안 마시는데. 이것이 서서히 진행되는 실어증인가? 만일 그렇다면 얼마나 역설적인가. 아니다. 저 둘이 번철 위의 개구리들처럼 마구 팔짝거리고 있는 것이 다. "아 알겠어." 그녀가 말한다. "끔찍한 모습이 아닌 게 아 니라고."

"맞아. 목주름이 문제야!" 크리시는 스프리처를 꿀꺽 마신다. "하지만 어쩌겠어? 새로운 치즈와 크래커 좀 내올까?"

"나쁠 거 없지." 리오니가 말한다. 크리시가 가지러 간다.

"이제 슬슬 회의를 시작해야 할 것 같은데." 머나가 말한다. "이번 안건이 뭐야?" 이 속도로는 자정이 되도록 중심 주제에 손도 못 댈 것이다.

"목도 리프팅할 수 있어." 리오니가 말한다. "나도 했어, 오, 벌써 10년 전인가. 그렇지만 이제는 한 티도 안 나지. 중력의 타격을 입었으니까."

"우리 어머니도 하셨어." 머나가 말한다. "신의 진노처럼 보였거든. 그런데 일단 돌아가시고 나니까 얼굴이 얼마나 매끈하던지. 그 모든 고통과 걱정의 주름들이 그냥 사라져 버린 거야. 일종의 즉석 보톡스랄까."

"그건 섬뜩하다." 리오니가 미소를 지으며 말한다. "너무 큰 대가를 치러야 해! 차라리 주름진 상태로 살아 있을래."

　　　　　　　　　숲속의 늙은 아이들

"아무튼, 칼은 대지 않을 거야." 상추 위에 자리 잡은 치즈와 그 주변을 둘러싼 씨앗 크래커가 담긴 달맞이꽃 노란색 접시를 들고 오면서 크리시가 말한다. "그리고 성형외과 의사들은 전부 다 통제광들이야. 내가 어떻게 생겨야 하는지 자기들이 더 잘 안다고 생각하지."

"내 친구 한 명이 유방암에 걸렸거든." 크리시가 말한다. "양쪽을 절제한 다음 유방 재건수술을 하기로 결정했어. 그림을 그리고 사진도 찍고 치수도 쟀어. 원래 A컵이었고 원래 크기로 돌아가길 바랐어. 재건수술 의사는, 그럼요, 당연하지요, 걱정 말아요, 그러더니 그녀가 깨어났는데 C컵이 돼 있는 거야! 실질적으로는 D컵! 비치볼 두 개가 달려 있는 꼴이었어. 그녀는 정말 실망했어. 아니, 충격받고 분노했다는 게 더 맞겠지."

"제길." 리오니가 웃음을 터뜨리며 말한다. "그는 분명 네 친구가 고마워해야 한다고 생각했을 거야!" 그녀는 검은 올리브를 먹고 있다. 그녀의 통바지에 올리브 즙이 조금 흘러내린다.

흰색 바지를 입는 건 정말 실수야, 머나는 생각한다.

"그렇겠지." 크리시가 크래커를 휘두르며 말한다. "자신이 꽤 잘났다고 생각했겠지. 연예인들을 위한 찌찌남. 내 친구가 왜 큰 가슴이 필요할 거라고 생각했을까? 그 앤 일흔다섯이라고!"

"절대 죽는다는 말 하지 말고," 리오니가 말한다. "포기하지도 말라는 거지, 적어도 거기 다다를 때까지는."

"어디에 다다른다는 거야?" 머나가 묻는다. 그녀는 치즈를 얹은 크래커를 먹고 있다. 갑자기 허기가 느껴진다. 죽음 이야기를 한 탓이리라. "이 치즈 끝내준다." 그녀가 크리시에게 말한다.

"죽음에 다다를 때까지는." 리오니는 웃음기 없는 표정이다. 그녀는 진토닉을 끝내고 한 잔 더 말고 있다.

"그 보형물이 그녀를 살려주긴 했어." 크리시가 말한다. "지하실에서 발이 꼬여 넘어졌거든. 시멘트 바닥에 머리를 부딪힐 수도 있었는데, 가짜 유방이 그 사이에 있었던 거지. 몸이 그냥 튕겨 올랐대."

"그거 마케팅 포인트다." 리오니가 말한다. "광고 카피에 넣어야겠는데."

"하지만 걔는 도로 뺐어." 크리시가 말한다. "그 거대 보형물."

"나라도 그랬을 거야." 머나가 말한다. "더 작은 걸로 넣었대?"

"아니, 그냥 포기했어." 크리시가 말한다.

"뭐 하러 신경 써, 그딴 거?" 머나가 말한다. "이해가 가네." 씨발 뭐 하러 신경 써, 그녀는 머릿속에서 덧붙인다.

관조적 침묵이 흐른다.

"오케이, 이제 흔들어 젖힐 시간이다." 리오니가 말한다. "시간이 촉박해. 저녁 식사 전에 꼭 끝마쳐야 해. 변호사. 유언장."

"그래. 우리 모두 해야지." 머나가 말한다. "유언장 작성." 그녀와 캘은 유언장에 대해 상의해 봤지만 아직까지 착수하지 않았다. 자꾸 미루게 되는 일이다. 윌(will)이라…… 그녀는 사색에 잠긴다. 이토록 개념 포착이 힘든 단어라니. 나의 의지/유언. 신들의 의지. 할 것인가, 말 것인가. 윌리(Willy)는 라틴어 **멤브룸 위릴레(membrum virile)**의 위릴레 부분에서 파생된 남근이라는 뜻의 단어다. V가 W로 발음되었고, 끝에 붙은 e도 발음됐다. 하지만 이것은 페니스를 지칭하는 999개 명칭 중 하나에 불과하다. "페니스는 상당히 최근 단어야." 그녀가 말한다. "'꼬리'라는 말에서 파생되었지.* 다른 한편으로 꼬리는 성적 대상으로서의 여성을 의미하기도 해……." 다른 두 사람이 그녀를 쳐다보고 있다.

"이런, 내적 독백이었어." 그녀가 말한다. "나 때문에 지루했니?" 남들이 있는 곳에서 자유연상에 빠지지 않도록 주의해야겠다.

"난 안 지루해." 리오니가 말한다. "꼬리가 그런 건 줄 누가 짐작이나 했겠어?"

"내가 적어놓은 것 가져올게." 크리시가 불쑥 말한다. 그녀는 대화에서나 실제 삶에서나 페니스가 식상하다. 그녀는 자리에서 일어나 옷자락을 휘날리며 부엌으로 향한다.

"너무 더워서 이거에 대해 생각하기 힘들어?" 머나가 말한다. "이 전체 프로젝트 말이야."

"아니." 리오니가 말한다. "조금씩 진도 나가고 있잖아."

크리시는 분홍색 서류철을 들고 돌아와 다시 앉아서 그걸 펼친다. "좋은 소식이 있어. 우리는 50만에 도달했어." 그녀가 말한다. "목표의 4분의 1을 달성한 거야."

"빨리 이루어졌네." 머나가 말한다. "지난번에는 겨우 150이었잖아. 최초로 받은 유증이었지."

"아무튼, 이번엔 다른 오랜 페미니스트가 갑자기 돈을 손에 쥐게 됐대." 크리시가 말한다. "누군가가 죽은 거지. 그녀

---

* 페니스의 어원인 라틴어 pēnis는 꼬리를 의미한다.

숲속의 늙은 아이들

는 볼리비아에 있는 부패한 광산 사업으로부터 유산을 받는 것에 가책을 느껴서 우리와 나누기로 결정한 거야."

"그러니까 더러운 돈이란 말이지." 리오니가 재밌다는 목소리로 말한다. 미묘한 도덕적 딜레마의 중심에 놓인 크리시를 보면 리오니는 언제나 재밌어했다.

"모든 돈은 더러워." 크리시가 도덕군자인 양 말한다. "하지만 우리는 이 돈을 깨끗한 데 사용할 거야."

리오니가 코웃음을 터뜨리고, 크리시는 그걸 무시한다. "우리를 위해 이 모든 것을 꾸려준 사람이 달린이야." 그녀가 말한다. "여기에 정말 많은 노력을 쏟아부었어! 우리는 그녀를 실망시켜서는 안 돼. 꼭 끝까지 마쳐야 해. 아마도 이제 대표이사를 고용할 수 있지 않을까 싶어."

"좋아." 머나가 말한다. "지식과 경험을 갖춘 사람이 있어야 할 때야. 돈 있는 사람들이 좀 더 자주 죽어야겠다."

"지읒(ㅈ)으로 시작하는 단어 좀 그만 말해." 리오니가 말한다. 그녀는 긴 의자에서 몸을 일으킨다. "그에 대한 욕망이 더 촉발되잖아." 이건 아마도 농담일 것이다. 그렇지, 머나는 리오니의 얼굴, 그녀의 장난꾸러기 같은 미소를 관찰하며 생각한다.

"나는 **촉발**이 더 촉발시키는 거 같아." 머나가 말한다. 안

전한 농담이다. 그들 둘 다 웃는다. "그리고 너는 시체에 반
감을 보이고 있어. 너도 알다시피, 시체도 사람이야."

"미안, 미안. 우리 모두 술에서 좀 깨야겠다." 리오니가 말
한다. "오랜 페미니스트라니, 예전 페미니스트란 뜻이야?"
그녀가 크리시에 묻는다.

"아니." 크리시가 대답한다. "그냥 늙은 사람. 우리 세대."

"많은 것들이 변했어." 리오니가 말한다. 그녀는 술을 한
잔 더 따른다.

"그럼, 당연히 변했지." 크리시가 말한다. "아무것도 똑같
지 않아! 그런 걸 기대할 수는 없지! 하지만 새로운 페미니
스트들은 선한 의도를 갖고 있어!"

"지옥으로 가는 길은 선의로 포장되어 있지." 리오니가 조
용히 읊조린다.

"그런 식의 말은 부당해." 크리시가 말한다. "사람들은 정
말로 좋은 뜻을 갖고 있어, 대부분은."

"그래도 부분적으로는 타당한 말이야, 그건 인정해야지."
리오니가 말한다. "사람들은 선한 의도가 온갖 일에 대한 변
명이 된다고 생각해. 언제나 책망하고, 목 벤 머리를 기둥에
전시하고 싶어 하지. 게다가 다들 비판의 달인들이고."

크리시가 웃는다. "내가 불평할 때면 할머니가 항상 그렇

게 말씀하셨어! 아이스박스 대신 냉장고가 있는 게 얼마나 행운인지 넌 하나도 모른다, 라고. 그런 다음에는 전쟁에 대한 이야기를 시작하셨고. 음식 배급과, 그 밖의 모든 것에 대해서. 육류 부족도. 어쨌든 나는 이제 고기 안 먹지만. 그러니까, 예전처럼은 안 먹는다고."

"나는 해산물만 먹어." 머나가 말한다. 정의로운 생활방식 진단표에서 크리시가 체크하지 않는 항목에 체크하는 건 기분 좋은 일이다. 사실을 말하자면 이제 고기를 먹으면 소화가 잘 안 된다. 그녀의 장 생태계가 고기를 처리하고 싶어 하지 않는 것이다.

리오니는 새로 부은 술잔 속 얼음을 쨍그랑거리며 다시 긴 의자에 기대앉는다. "나는 진이 좋아." 그녀가 말한다.

"이제 집중해 보자." 크리시가 말한다. "계약 조건을 명확히 밝힌 제안서를 쓰는 거야. 그게 다음 단계라고 달린이 말했어. 그러고 나서 우리가 지정한 어느 한 대학교에 프로젝트를 위탁하기로 공표하는 거지. 줌으로 온라인 기자회견을 하면 어떨까 생각했어."

"좋아. 그렇게 하자." 리오니가 말한다. "그런데 우리가 정확히 뭘 제안하는 거야? 그 염소젖 치즈 좀 건네주라. 별 다섯 개짜리네."

"새로이 떠오르는 여성을 위한 석좌교수직, 이라고 할 수 있지." 크리시가 말한다.

"그건 모순인데." 머나가 말한다. "석좌교수직은 이미 위치가 확고한 사람에게 주는 거잖아."

"트랜스들도 포함시켜야 해." 리오니가 말한다.

"젊은 여성들 마음에 드는 교수가 있어야 한다고 달린이 그랬어." 크리시가 말한다. "요즘 대학들의 전체 학생 중 절반 이상이 여학생이야. 그런데 달린의 말에 따르면 아직도 고위직에는 남자가 더 많다는 거지. 뿐만 아니라 우리는 프로젝트에 딱 맞는 대학을 찾아야 해. 달린네 대학은 글렀어, 그녀가 이미 간을 봤는데, 안 되겠대."

"내가 가르치던 대학에 제안해 봐." 머나가 말한다. "돈이 충분히 따라온다면 그들은 악마의 할머니라도 받아들일걸."

"젊은 여자들은 이런 교수직 같은 거 안 좋아할 거야. 이런 게 엘리트주의라고 할걸." 리오니가 말한다.

"아, 분명……." 크리시가 말한다.

"그들은 사실 아무것도 안 좋아해." 리오니는 계속 말한다. "젊다는 게 얼마나 생지옥이었는지 생각나?"

"때로는 좋았지." 크리시가 말한다. "생리전증후군은 그립지 않지만."

"여자들이 생리전증후군을 겪을 때 나오는 호르몬이 남자들에게는 항상 분비되고 있다고 달린이 그러더라." 머나가 말한다.

"세계 지도자들의 행동이 그걸로 설명되는군." 리오니가 말한다.

"달린이 있었더라면 우리는 이걸 한 시간 전에 끝냈을 텐데." 크리시가 말한다.

"좋아, 떠오르고 있는 창의적 연구자, 어쩌고저쩌고!" 리오니가 말한다. "제길, 나는 **떠오른다**는 말이 싫어. 어디에서 떠오른다는 거야? 무슨 늪지에서 솟아나는 것같이 들리잖아."

"어쩌면 병아리가 부화하는 것의 은유일 수 있어." 머나가 말한다. "알을 깨고 나오는."

"떠오른다는 게 무슨 뜻인지는 다들 알아." 크리시가 말한다. "제발 집중해. 여자로 할까 여성으로 할까?"

"그 얘기긴 꺼내지도 마." 리오니가 말한다. "머리가 아파오네. 우리가 왜 이 프로젝트에 시간을 쏟아붓는지 다시 말해 줘봐."

"젠더 균형을 맞추려는 거야." 크리시가 비난하듯 말한다. "왜냐하면 훨씬 더 많은 수의 남성 창의적 연구자들이 여전히 중책을 맡고 상을 타고 그러기 때문이지. 달린이 작성했던 차트 기억해?"

"알아. 그냥 놀리는 거야." 리오니가 말한다. "나도 알아. 우리는 떠오르고 있는 멋진 신세대 비-시스-남* 창의적 연구자들을 위한 초석을 까는 거지. 그리고 여담이지만, 나는 **창의적 연구자**라는 말도 싫어. 세상에 저들만 뚝 떨어져 있는 부류가 아냐. 모든 인간은 창의적이야!"

"우리는 헌신을 맹세했기 때문에 하는 거야." 머나가 말한다. "달린에게. 아무튼, 이건 미래를 위한 게 아니야. 그때가 되면 우리는 여기 없을 테니. 이건 과거를 위한 거야."

"일종의 기념비 같은 거?" 리오니가 묻는다. "마음에 드는데. 우리 같은 늙은 마귀할멈들을 위한 기념비."

"그걸 제안서에 넣을 수는 없어." 크리시가 말한다. "마귀할멈도 절대로 안 되지."

"농담이야." 리오니가 술잔을 응시하며 말한다.

"젊은 창의적 연구자들을 위한 거라고 써 넣어야 해." 크리시가 말한다.

---

* 시스젠더(cisgender)는 출생 시 결정되는 사회적 생물학적 성별(sex)과 스스로 인식하는 성정체성(gender)이 일치하는 사람을 말한다. 이는 성적지향과는 무관하며, 따라서 '비-시스-남'은 이성애자 여성, 레즈비언, 트랜스젠더 여성을 모두 아우른다.

숲속의 늙은 아이들

"달린의 머리를 베서 바구니에 넣고 싶어 하는 사람들을 위한 거?" 리오니가 말한다. "내 머리 안에 뭐가 들었는지 알게 되면 그들은 분명 내 것도 같이 담고 싶어 할걸."

"그러면 제안서 작성 자원할 사람?" 크리시가 말한다.

"난 너한테 한 표." 리오니가 말한다.

"나는 잘 못 해. 머나가 해야 해." 크리시가 말한다. "언어 전문가잖아."

"머나? 어떻게 생각해?" 리오니가 말한다.

"나는 너무 까다로울 거야." 머나가 말한다. "단어에 대해 강박적으로 굴겠지. 내가 하면 수개월이 걸릴 거야. 책임자 같은 사람을 고용해서 쓰게 시키는 건 어때?"

"달린은 이런 일에 정말 뛰어난데." 크리시가 애석해하며 말한다.

"설득해서 다시 영입할 수 없을까?" 머나가 묻는다.

"안 될 거 같아." 크리시가 말한다. "그녀가 말하기를 꼭…… 그을린 느낌이래."

"불탄 것같이 말이지." 리오니가 말한다. "어떤 유능한 출세지향주의자가 그녀의 자리를 탐내고 있다는 게 내 추측이야. 그녀가 은퇴할 때까지, 아니면 자연적 원인으로 하직할 때까지 점잖게 기다릴 수는 없는 건가?"

"그건 상당히 냉소적인데." 크리시가 말한다. "그들 대다수가 정말로 믿고 있는 바로는……."

"난 도저히 이해가 안 되네," 리오니가 말한다. "이런 일에는 '정말로 믿는' 것 따위 끼어들 여지가 없어. 우리는 체제 변화의 한가운데 있다고. 프랑스혁명처럼. 권력투쟁이지! 그들은 항상 암호를 바꿨어. 아침에 일어나서 어제의 암호를 사용하면 머리가 날아가는 거야."

"우리도 점잖게 기다리진 않았지." 머나가 말한다. "내가 기억하는 바로는. 이런저런 방법으로 몇몇 늙은 뒤처진 인간들을 창밖으로 던져버렸잖아. 돌이켜보면 우리도 잔인했던 거 같아."

"하지만 그들은 남자였어!" 리오니가 외친다.

"적과의 동침?* 그거 생각나?" 머나가 말한다.

"당연하지. 재밌었어." 리오니가 말한다. "나 또한 무수한 적들과 동침했지. 난 스파이다, 라고 나 자신에게 말했어."

"위선자." 머나가 말한다. 그들은 웃는다.

---

* 1987년 출판된 낸시 프라이스의 스릴러 소설과 이를 원작으로 한 영화 제목이다. 폭력적인 남편을 피해 달아났던 아내가 결국 남편을 살해하는 줄거리다.

숲속의 늙은 아이들

"나랑 약속해." 리오니가 말한다. "관 뚜껑 닫아두기,* 내 장례식 도중에 농담하기, 장례식에서 밤새울 때 진(gin) 무한정 제공하기."

"이중으로 약속할게." 머나가 말한다.

"제발 이러지 마." 크리시가 말한다. "너무 슬퍼지잖아."

침묵이 흐른다.

"달린 얘기로 되돌아가서," 리오니가 말한다. "두드려 맞은 느낌일 거야. 그녀의 자신감을 다독여줄 필요가 있어." 리오니는 휴대전화를 꺼낸다. "달린? 리오니야. 잘 지내. 이럭저럭 잘 지내. 최근에 더 괜찮아졌어." 짧은 침묵. "슬라임 곰팡이 논란, 아니, 뭐가 됐건, 사건이 일어나서 유감이야. 우리는 위험한 시대에 살고 있어. 공공안전위원회가 우리를 잡겠다고 나섰어." 짧은 침묵. "수사적 표현이야."

"그녀가 꼭 필요한 사람이라고 전해 줘." 크리시가 속삭인다. "너 없이 우리끼린 못 한다고 말해."

"엄청난 치즈가 있다고 말해." 머나가 말한다. "새로운 거. 걔 그런 거에 껌뻑 넘어가잖아."

---

* 장례식에 망자의 시신을 볼 수 있도록 관을 열어두는 경우도 있고, 반대로 닫아두는 경우도 있다.

"있잖아, 우리 지금 크리시 집에 와 있어." 리오니가 계속 말한다. "네가 여기로 와줘야겠어. 꼭, 꼭, 꼭 와야 해." 짧은 침묵. "응, 그 직위, 떠오르는 뭐시기, 여성과 기타 등등 창의적 연구자, 젊은이를 위한……" 또다른 침묵. "아니야. 네가 협회의 공식 위원일 필요는 없어. 그냥 우리를 도와주기만 하면 돼. 우리는 한물갔고 멋지지 않잖아. 하지만 네가 뒷문으로 살짝 들어오면 우리랑 같이 있는 걸 아무도 보지 못할 거야." 침묵. "우리끼리만 제안서를 쓸 수가 없어. 시도해 봤어. 자꾸 옆길로 빠져. 언어가 우리를 좌절시켜." 침묵. "죽기 전 내 마지막 소원이야. 어쨌든, 우리 취했어."

"너만 취했지." 머나가 말한다.

"제발 왔으면 좋겠어." 크리시가 두 손을 모으며 말한다.

"게다가 말이야," 리오니가 말한다. "새 치즈도 있어. 재 묻힌 염소젖 치즈. 엄청난 맛이야. 아 맞다, 머나의 머리도 봐야 해. 걔가 용기를 끌어모아 미용사에게 갔는데, 밝은 밤색으로 나왔어! 관람시간 제한 있다. 예전 색깔로 다시 바꿀 거래. 안 오면 구경할 기회 놓쳐. 문신도 했어." 침묵. "너는 완벽한 스타야! 천국에서 메달이 기다릴 거야! 우리 바로 여기서 기다린다! 너를 위해 치즈 남겨둘게!" 그녀는 전화를 끊는다. "온대!"

"오, 다행이다!" 크리시가 말한다.

"거짓말쟁이." 머나가 말한다. "나 문신 안 했잖아."

"달린은 괴상한 '머리'의 유혹을 절대 거부할 수 없어." 리오니가 말한다. "거기에 대한 논문도 썼잖아. 구애 신호로서의 괴상한 머리 모양. 물론 황금사자원숭이들의 경우를 다룬 거였지만."

"나 지금 누구에게 구애 신호를 보내고 있는 거니?" 머나가 웃으며 말한다. "내가 아는 남자들은 침대에서 거의 나오지도 못하는데!"

"그들이 침대에서 나올 필요는 없지. 네가 그냥 그 안에 들어가면 돼." 리오니가 말한다. "너의 그 심홍색 머리로, 짜잔! 비아그라보다 훨씬 효과 좋은 즉석 발기제일걸."

"이제 머나 그만 놀려. 그 색을 의도했던 게 아니잖아." 크리시가 말한다.

"고대의 저주로 내 머리에 대한 공격을 방어하겠다." 머나가 말한다. "악마가 너랑 씹하길!"

"제발 누가 그렇게 좀 해줬으면 좋겠네. 더 심한 저주를 퍼부어봐!" 리오니가 말한다. "나는 강한 늙은 마녀. 언제나 홀홀 떨치고 날아가지. 진토닉 한 잔 더. 이번엔 약한 걸로."

"우리 할머니도 항상 그렇게 말씀하셨어! 홀홀 떨치고 날아!" 크리시가 말한다.

"하수구 가스처럼." 머나가 말한다.

"연처럼!" 크리시가 말한다. "풍선처럼! 비행하듯이!"

나비의 형태로 몸을 떠나는 영혼처럼, 머나는 생각한다. 숨결처럼.

"훌훌 떨치고 나는 것들을 위하여 건배." 리오니가 말한다. "그게 무슨 뜻이건 간에." 그녀는 잔을 든다. "이제 다 함께! 우리가 간다, 저 위로!"

넬과 티그

먼지투성이 점심 식사

'쾌활한 준장 씨'는 별로 쾌활하지 않다. 아이들은 당연히 그가 듣지 않는 곳에서만 쾌활한 준장, 또는 줄여서 '쾌준'이라고 부른다. 티그는 자신과 그의 신랄한 친구들이 10대였을 때, 즉 잔인한 나이였을 때, 그 별명을 지어냈다고 넬에게 말해 주었다. 그들은 너무 어려서 준장의 짜증날 정도의 쾌활함이란 거짓된 겉모습에 지나지 않는다는 것을 알아차리지 못했다. 혹은 어쩌면 거짓이라는 것은 짐작했으나 그이유는 이해하지 못했을 수도 있다.

쾌준은 쾌활하기 위해 무던히 애썼다. 안간힘을 썼을 거라고 넬은 생각한다. 티그가 머스코카*의 가족 별장에 친구들을 데려왔던 여름마다, 티그의 아버지는 일찍 일어나서 입에 담배를 물고 라이터로—지포 라이터라고 하기로 넬은 결정했다.—담뱃불을 붙였다. 그런 다음 자신이 마실 쓰디쓴 여과식 커피를 한 잔 따르고, 앞치마 대용으로 마른 행주를 벨트에 끼워 두르고, 팬케이크 반죽을 만들고, 소년들을 위한 아침 식사를 기름으로 지져내곤 했다. 그는 심지어 이 활동을 위한 간판까지 만들어서—아침 기상 팬케이크 간이식당—나무에 내걸었다.

티그와 그의 친구들은 보트 창고 위의 허름한 방바닥에서 잤다. 그들은 징소리에 잠에서 깨어났다. 이 별장이 지어진 19세기 후반에 저녁 식사 알림용으로 사용하던 징이었다. 이곳은 현대적 별장과는 전혀 달랐다. 가령 하인용 숙소가 있었다. 그렇다고 당시 하인이 있었던 건 아니었다. 유리종 아래에는 박제된 꿩이 있었다. 이 모든 것은 티그가 넬에게 이야기해 준 것이다.

소년들은 쾌활한 준장 씨를 기다리게 하면 안 되니까 아직 반쯤 잠든 상태로 화강암 언덕을 휘청거리며 올라가 투

* 캐나다 온타리오주 중심부에 있는 지역으로, 호수와 숲이 많아 여름 별장지로 인기가 높다.

숲속의 늙은 아이들

박한 야외용 탁자에 앉았다. 그러면 거기에는 쾌활한 준장 씨가 입 한쪽으로 담배 연기를 뿜어내며 팬케이크를 뒤집어 굽고 함박미소를 짓고 있었다. 이제 넬은 그가 가슴 아프게 미소 짓고 있었을 거라고 생각한다. 헛된 노력은 언제나 가슴 아픈 법이다. 하지만 소년들은 그것을 보지 못했다. 당연히 보지 못했다. 티그의 어머니는 보았을 수도 있다. 아니, 그녀가 창밖을 내다보았다면 볼 수 있었을 것이다. 그렇지만 십중팔구 그녀는 내다보지 않았을 것이다. 그녀는 담배와 차 한 잔과 어제자 신문을 갖춰놓고 침대에서 미적거리며 하루의 맹습이 시작되기 전 힘을 아끼곤 했다. 신문은 노먼이라는 동네 주민이 배달해 주었을 것이다. 그는 카누에 노를 맞춰주는 사람이기도 했다. 호숫가 별장들을 재빠르게 돌며 편지와 신문을 배달해 주는 그 지역 붙박이였다.

분명 티그의 어머니도 준장만큼이나 많이 애쓰고 있었을 것이다. 그들 두 사람은 아이들, 그러니까 티그와 그의 남동생을 위해 능력이 닿는 한 최선을 다해 맡은 역할을 수행하고 있었다. 아이들 역시 의식은 하지 못했겠지만 애쓰고 있었을 것이다. 그들은 모두 평범함의 어떤 모습, 상상 속의 평범한 가족의 모습을 연기하고 있었다. 그것 때문에 그들 모두는, 특히 티그의 어머니는 피로감을 느꼈을 것이다.

현실의 삶 속에서는 반쪽만 존재하는 남자와 사는 건 어땠을까? 다른 반쪽은 다른 곳 멀리, 대서양 건너편의 차마 말할 수 없는 황폐화된 풍경 속에 남겨져 있었다. 게다가 준장은 자신의 그 다른 반쪽 존재를 인정하지 않았다. 그의 유령은 눈에 보이지 않도록 굳게 감금되어 있었고, 그러는 동안 그의 가시적인 부분은 팬케이크를 뒤집고 메이플 시럽을 건네주고 베이컨을 바삭하게 구워내면서, 자신의 담배에서 피어오르는 연기 속을 찡그린 눈으로 응시하고 유쾌한 한담을 늘어놓았다. 잘 잤니? 낚시하러 가니? 딱 적합한 날씨네. 팬케이크 더 줄까?

물론 그런 삶은 지속될 수 없었다. 티그 어머니에게는 견딜 수 없는 일이었다. 냉동고 속에 잘린 머리를 여남은 개 보관하고 있으면서 배우자를 창문 장식으로 사용하는 사이코패스 살인마와 결혼생활을 하는 것과 같았다.

그게 언제쯤이었을까? 넬은 손가락으로 세어본다. 전쟁이 끝난 지 불과 오륙 년 지난 때였을 것이다. 참화 이후 사람들이 마치 그 일이 없었던 것처럼 행동하던 그 공백의 시간. 그 참화가 무엇이었든 간에 —화재, 홍수, 비행기 추락, 싱크홀 속으로 일가족과 함께 통째로 사라지는 집, 융단폭격, 전격적 맹공, 무수한 사망자 — 재는 흩뜨려지고, 물은 빠지고, 구급차는 떠나고, 남아 있는 파편들과 뼈 위로 땅은 닫힌다. 자. 이제 끝났다. 일어나서 이제 나아가자, 그리고 보라! 눈은 너무나 하얗고, 풀은 너무나 푸르고, 꽃들은 너무나 탐스럽게 피고, 태양은 너무나 밝게 빛난다. 우리는 근사한 소풍 점심을 먹을 것이고, 멋진 음악이 울려퍼질 것이다. 우리는 순간을 즐길 것이다! 여기까지 다다르지 못한 자들, 그들은 우리가 울적하게 지내는 것을 원치 않을 것이다. 그렇지 않은가? 우리를 위해 그 모든 것을 해주었던 그들이 그러지 않을 리가. 그들이 했던 일이 죽은 것밖에 없고, 그것도 마지못해 죽은 것이며, 우리를 위해 죽은 것이 아니라 할지라도. 그들은 심지어 우리를 알지도 못한다. 우리는 아직 거의 태어나지도 않았고, 그저 생각에 불과한 존재였다. 그렇다 하더라도, 그들은 우리가 행복하길 바랄 것이다.

생각해 보면 놀라운 거짓말이다. 왜 그들이 자신들과 그토록 잔인하게 단절되어 버린 이 미래에 일어날 그것을, 당신의 행복을 바라겠는가? 죽은 자들은 원한에 가득 차 있는 것으로 악명이 높다. 또한 안절부절못하고 뭔가 갈구하는 것으로 악명이 높다. 왜 그들이 우리의 태평한 소풍을 보고 즐거워하겠는가? 그러나 그 거짓말은 소소한 위로를 준다. 잘린 목에 붙인 반창고처럼.

잘린 목은 당연히 전쟁이었다. 세계 대전. 세기의 중반에 있었던 전쟁. 지난 세기의 중반. 한때 현재였던 전쟁은 이제 그때가 되었고, 그때는 아득히 먼 과거다. 다들 그렇게 생각할 것이다. 그리고 넬도 그렇게 생각하려고 노력한다. 그러나 티그에게 그것은 멀리 떨어져 있지 않다. 그리고 넬에게도 그리 먼 것이 아니다. 그들에게 전쟁은 어제였다. 아니다. 그것은 오늘이다. 그들이 보내고 있는 하루에서 지금보다 조금 더 이른 시간에 일어난 일이다. 한밤중에 일어나는 일이다, 이 전쟁이라는 것은. 그것은 어둠 속에서 깨어나는 일이다. 지금이 몇 년인가? 몇 월인가? 저 사이렌 소리는 무엇인가? 그들은 궁금해할 것이다. 아주 잠시 동안만. 이내 모든 것이 괜찮아질 것이고, 티그는 뜨거운 레몬수를 만들 테고 넬에게도 좀 가져다줄 것이다. 그런 다음에는 커피를 마실 것이다. 전쟁 동안 커피를 대체했던 볶은 밀기울과 당밀로 만든 음료가 아닌 진짜 커피. 그렇다고 넬이 그 음료를 마셨던 건 아니다. 그때 그녀는 너무 어렸다. 하지만 그 병은 기억한다. 인스턴트 포스텀.* 전쟁 동안에는 주어진 것으로 꾸려나갔다. 불평하지 않았다.

어쩔 수 없이 다시 이 주제로 돌아오게 된다. 전쟁. 그들은 어떤 이유에서인지 전쟁을 결코 벗어나지 못한다.

그래서 오랜 세월이 흐른 후, 살아남은 자, 쾌활한 준장 씨가 여기 있다. 불용군수품.** 예전에 흔했던 표현대로, 전쟁터에서 되돌아온 사람. 마치 아무도 원하지 않아서 반송된 소포처럼 되돌아온. 그는 거실에 있는 속을 채운 커다란 밤색 벨벳 의자에 앉아 있다. 그 모든 환희를 썰매에 끌고 다니느라 피곤해진 산타가 잠시 휴식을 취하려고 앉아서 자신 몫으로 준비된 과자를 먹고 스카치위스키 한 잔을 마시던 바로 그 의자였다.

오늘은 크리스마스이브다. 그리고 쾌활한 준장 씨는 언제나 그때 모습을 드러낸다. 아니, 이제까지는 그래 왔다. 아이들(손주들)은 눈을 크게 뜨고 그의 주변을 살금살금 걸어 다닌다. 그는 참전했지만, 손주들은 전쟁이 언급될 때마다 사람들의 목소리가 낮아진다는 것 외에는 그것이 뭔지 모

* 볶은 곡물을 빻아서 만든 커피 대체 음료 상표다.
** 군인이 전역하면서 가지고 나와 민간에 중고로 판매한 군복 등이나, 군에서 사용하지 않는 과잉 군수품을 민간에 일괄 매각해 유통되는 군용 물품이다.

른다. 쾌준은 엄숙한 대상이다. 어쩌면 심지어 성스러운 대상일 수도 있다. 바라볼 수 있지만 만져서는 안 된다. 거룩함이란 일종의 기괴함이다. 그러니까 그럭저럭 상냥한 노인이라는 주름진 외관 아래 그는 어쩌면 끔찍한 무엇일 수도 있다. 어쩌면 죽은 무엇. 피로 뒤덮인 무엇.

이제 그는 약해지고, 정맥이 두드러지고, 쭈글쭈글해지고 있다. 넬은 1940년대에 찍었던 그의 흑백사진과 그를 동일인으로 좀처럼 연결할 수가 없다. 군복을 입은 아주 늠름한 모습(넓은 가죽 벨트, 권총집 속의 권총, 큰 키와 호리호리한 몸매, 꼿꼿한 자세, 단정히 다듬은 콧수염)으로 베레모나 딱딱한 장교모를 쓴 여러 다른 장교들과 지도를 보고 있다. 또 다른 사진에서는 장갑 낀 손에 담배를 들고 지프차를 타고 있다. 탱크 옆에 서 있는 다른 사진. 이제 막 탈환된 도시에서 행복해 보이는 군중에게 연설하는 모습. 당시 관습대로 여자들은 머릿수건을 둘러 턱 아래 동여매고 있고, 남자들은 헌팅캡이나 페도라를 쓰고 있다.

넬은 쾌활한 준장 씨에게 스카치위스키(물을 조금 섞고 얼음은 넣지 않은 것) 한 잔과 전나무 모양의 치즈 쇼트브레드 하나를 작은 하얀 접시에 담아 갖다준다. 잔은 그의 손에 쥐여주고 접시는 곁탁자 위에 놓는다. 그는 그녀가 누

숲속의 늙은 아이들

구인지 잘 모르겠다는 표정으로 그녀를 바라본다. 불이 탁 탁 소리 내며 타오르고, 장식된 트리는 깜박이고 반짝인다. 아늑함이 현혹적인 은은한 빛을 방 전체에 드리운다. 티그는 쌍여닫이문 밖에 있는 부엌에서 자신이 마실 술을 준비하고 있다. 이 모든 것이 한순간에 쓸려버릴 수 있다. 자욱하게 피어오르는 연기, 공중으로 던져지는 그들 삶의 파편들. 콰쾅, 땅에 생긴 구멍. 쾌활한 준장 씨가 그녀에게 미친 영향은 이런 것이다.

"고맙다." 그가 말한다. 그는 언제나 예의바르다. 그는 트위드재킷과 십중팔구 군인용일 넥타이를 매고 있다. 손이 떨리지만 아직도 직접 넥타이를 맨다. 그녀는 의미를 알지 못하는 깃에 달린 어떤 종류의 작은 은색 핀. 콧수염은 이제 희게 셌고 담배 때문에 끝부분이 노르스름하다. 조금 다듬으면 더 나을 것이다. 그의 머리칼은 깃까지 닿았다. 티그에게 그것에 대해 언질을 주어야겠다.

준장은 두 아내를 땅에 묻었고, 구식 아파트에 혼자 살고 있다. 청소 도우미가 일주일에 두 번씩 온다. 그 정도 도움으로 충분한가? 누가 그의 음식을 장만해 주는가? 사교 생활은 어떻게 하는가? 좀 더 많은 돌봄을 제공하는 은퇴자용 시설에 대해 이야기해 봐야 할 때인가? 그는 그런 얘기를 싫어할 것이다. 신체적 도움이 필요하다는 걸 인정하는 것만도 굴욕적인 일일 것이다. 그는 넘어졌을 때 누르라고 그들이 사주었던 노인 모니터용 버튼도 착용을 거부한다. 티그는 정기적으로 이 버튼을 찾아 헤매고, 그것이 준장의 손수건용 서랍에 숨겨져 있는 걸 정기적으로 찾아낸다.

그에게 고양이를 선물해 볼까? 아마도 안 될 것이다. 그는 고양이에 걸려 넘어질 것이다.

그는 때때로 티그에게 전화를 건다. 항상 밤에 건다. 넬이 전화를 받으면 그냥 끊어버린다. 그가 필요로 하는 것은 오직 티그다.

사람들이 그의 아파트에 나타난다고 그는 털어놓는다. 어떤 때는 그가 아는 사람들이 나타나고 어떤 때는 모르는 사람이 나타난다. 어떤 때는 살아 있는 사람이, 어떤 때는 죽은 이가 나타난다. 그들은 그의 안락의자에 앉고 그는 차를 내온다. 그러나 그들은 그에게 말을 하지 않는다. 무엇을 해야 할 것인가? 그는 그들이 가버리거나, 적어도 그의 존재를 알아봐 주기를 바란다. 그러나 그들은 그에게 아무런 관심도 보이지 않는다.

티그는 자전거 잠금 사슬을 풀고 어둠 속에서 페달을 밟는다. 그가 부주의하거나 술 취한 운전자에게 치일까봐 넬은 걱정한다. 외투에 빛 반사띠를 둘렀음에도 예전에 한 번 그런 일이 일어났던 것이다. 비록 아무것도 부러지지는 않았지만. 아파트에서 티그는 쾌활한 준장 씨가 이 반응 없는 사람들에게 쓴 쪽지를 발견한다. 여기 왜 있는 겁니까? 왜 나에게 말을 하지 않는 겁니까? 낮이 되면 쾌준은 사람들이 실제로 온 것은 아니라고 인정한다. 그렇지만 그들은 매우 실체적이다. 투명하게 관통되어 보이는 존재들이 아니다.

"그들이 얼마나 사실적인가요?" 티그가 그에게 물어본 적이 있다.

"너만큼 사실적이지." 어떤 의미에서 그건 맞는 말이라고 넬은 생각한다. 안개처럼 흐릿한 사람들은 우리들, 티그와 나지. 준장에게 있어 우리의 존재는 희미하다.

2주 전 그는 자정도 넘은 한밤중에 공포에 사로잡혀 전화를 했다. 샤워실에 죽은 사람이 매달려 있다고 했다. "진정하세요." 티그가 자신의 아버지에게 말했다. "제가 갈게요." 그리고 그는 갔다.

무엇이 이런 현상을 야기하는 걸까? "너무 외롭기 때문에 그런 거예요." 넬이 말한다.

"그것 말고도 다른 이유가 있어요." 티그가 말한다. 그가 말하지 않은 것은 바로 다음과 같다. 나무에, 가로등 기둥에, 전신주에 매달려 죽은 사람들을 그가 얼마나 많이 봤겠어요? 그들 중 적어도 한 사람이 이제 보라색 얼굴과 부어오른 혀를 가진 모습으로 샤워실 안에 나타나는 건 당연한 일이죠.

"올리브 드실래요?" 넬이 접시를 내밀며 말한다. 대답이 없다. 준장은 가는귀가 먹었을 것이다. 그는 그녀를 지나쳐서 불 속을 응시한다. 무엇을 보고 있는가? 그는 어디로 갔는가? 얼마나 멀리 가버렸는가?

넬이 그의 이야기를 좀 알고 있는 것은 티그가 그녀에게 말해 주었기 때문이다. 준장 자신은 자기 삶에 대해 아무 말도 하지 않았다. 아니, 적어도 그녀에게는 하지 않았다.

그는 오래전, 1908년에, 예전에는 큰 전쟁이라고 불리던 1차 세계 대전 이전에 태어났다. 티그와 넬은 아직 세상에 없던 때다. 대전이 발발했을 때 그는 거의 일곱 살이었다. 그러니까 분명 그에 대한 기억이 있었을 것이다. 특히 전쟁의 마지막 단계에 대한 기억. 팔다리를, 혹은 제정신을 잃은 채로 집에 돌아온 남자들, 도처에 보이던 군복, 슬퍼하거나 두려워하던 어른들, 교회에서 올리던 기도, 시가행진. 그다음, 정전협상 직후, 스페인독감, 더 많은 죽음의 거대하고 혼란

숲속의 늙은 아이들

스러운 쓰나미. 사람들이 귀에서 피를 내뿜으며 거리에서 쓰러졌다. 젊은 군인들이 폐가 망가져 산소 부족으로 퍼렇게 변하면서 수시간 내에 죽었다. 매장되지 못한 사체가 쌓여갔다. 열두 살이던 준장은 이 병을 앓았던가? 알려진 바는 없지만 그랬을 가능성이 크다.

준장의 아버지는 부유한 변호사였다. 그는 한때 토론토의 영스트리트와 세인트클레어 애버뉴 교차로의 한쪽 땅을 소유했다. 상상해 보라! 그걸 팔아버려서 매우 안타깝다고 티그는 말하곤 했다. 그는 1866년에 태어났다. 준장의 서류 가운데 그의 사진이 있다. 예닐곱 살 정도 되었고, 꽉 조이는 짙은 색의, 정말로 흉측한 중기 빅토리아시대 소년 복장 속에 욱여넣어져 있다. 무릎에서 조이는 반바지 차림에 단추 달린 긴 장화를 신었다. 그는 맹렬하게 얼굴을 찌푸리고 있다. 성인으로서의 그는 한때 강직함이라 불렸던 것의 지주였다. 전략적으로 교회에 다녔고, 신중하지만 견고한 스리피스 정장을 입었고, 교도소장의 가까운 친척이었다. 형이었던가? 삼촌이었던가? 넬은 잊어버렸다. 그는 모든 선거에 투표를 했고, 그가 아흔여덟 살이었을 때는 의자에 앉은 채로 투표소까지 실려 갈 수 있도록 조치를 취했다. 넬은 티그의 할아버지가 차갑고 독선적이었을 것이라고 짐작하지만, 티그는 그를 좋아했던 것 같고 그와 자주 체스를 즐겼다. 아니, 체커게임이었던가, 혹은 둘 다 했던가? 티그의 말에 따르면 할아버지는 체스 명수였다고 했다. 이동, 이동, 이동, 이동, 여왕, 체크메이트!

이 연로한 체스 혹은 체커 애호가는 50년 동안 똑같은 비서와 일했고 단 한 번도 그녀를 부를 때 성 빼고 이름만 사용한 적이 없었다. 이런 사람에 대해 더 이상 알아볼 필요가 뭐 있겠어? 넬은 생각한다. 하지만 그녀는 그를 너무 비판적으로 판단해 버리고 있다. 그때는 다른 시대였다. 아랫것들을 성 없이 이름만 부르던 시대가 아니었다. 준장이 두 번째 부인 사후—그녀는 자신이 먼저 죽게 되어서 화가 났다. 유산을 받고 싶었던 것이다.—갑갑한 작은 아파트로 이사했을 때 티그와 넬은 감당할 수 없이 많은 빅토리아시대 은 식기류를 선물 받았다. **선물 받았다는 것은 완곡한 표현이다. 떠맡게 되었다는** 편이 더 맞다. 난감하게도, 이 은 제품들은 전용 세척을 해야 하고, 다른 이에게 줘버릴 수 없다. 이것은 맹목적 숭배의 대상이다. 이걸 처분해 버리는 건 신성모독에 해당한다. 넬의 가족에게는 그런 조상이 없다. 그들은 대부분 오지의 농민들이었다. 그래도 그녀는 외할머니의 연약한 꽃무늬 도자기를 갖고 있다. 비록 대단

한 건 아니지만 혈통과 코르셋을 가졌던 유일한 조상이 외할머니였던 것이다. 넬은 이 도자기에 대해 죄의식을 느끼고는 ── 그녀가 사용하면 깨질 것인가? ── 낮은 찬장에 숨겨버린다.

티그 집안에서 내려온 은 식기류는 찻주전자, 커피 주전자, 설탕가루 체, 소금과 후추 통, 음각무늬 쟁반이다. 식사 도구는(나이프, 포크, 숟가락, 그리고 냅킨 고리 같은 가외 물품) 다리 달리고 서랍이 세 개인 참나무 상자 안에 들어 있고, 영국 런던의 '매핀 브러더스사의 은제품 장인과 식사 도구 제작자'*에게서 받은 원래 영수증이 첨부되어 있다. 모든 품목이 가격과 함께 우아한 손글씨로 열거되어 있고, 날짜가 적혀 있다. 1883년, 10월 16일. 더 이상 사용되지 않는 물품들은 다음과 같다. 사냥고기 해체용 칼, 생선 해체용 칼, 생선 칼, 케이크 바구니. 케이크 바구니라고? 무슨 종류의 케이크?

보통은 혼수로 이 모든 걸 장만하곤 했다. 한때는 이런 물건을 구비하고 있어야 한다고 여겼던 것이다. 하지만 이것

* 19세기 영국 셰필드에서 시작한 은제 식기류 명장 기업으로, 영국 왕실 납품업체다.

은 엄숙한 변호사의 부모님이 결혼할 때 마련한 것일 리가 없다. 1883년에 그의 부모는 이미 결혼한 상태였다. 넬은 그들이 부유한 식료품점 주인이었다고 들었던 것이 어렴풋이 기억나는 것 같다. 아니다, 변호사의 부모님은 농부였다. 식품 사업을 했던 것은 변호사의 장인장모였고, 사업도 번창했다고 티그가 말했다. 분명 영국에서 수입한 차도 팔았을 것이다.

영수증에 적힌 버지스라는 이름은 변호사의 아내의 결혼 전 성이다. 어쩌면 버지스라는 원 구매자는 죽고, 은 식기류가 티그의 할머니를 통해 횡단 이동해서 티그의 가족에게 전달된 것일 수도 있다. 아니면 할머니가 결혼했을 때 선물로 받았던 것일까? 그녀는 은 식기류에 대해, 혹은 다른 어떤 것에 대해 흡족해했던가? 침묵. 사진도, 편지도 없다. 할머니에 대해 티그가 기억하는 것은 식당 찬장 속의 모든 것에 이름표가 붙어 있었다는 점이다. 비록 즉흥적이고 잘 어지르는 요리사이긴 하지만 티그 역시 이름표 붙이는 것을 좋아한다. 하지만 테이블세팅에 이름표를 붙이지는 않는다.

케이크 바구니는 더 이상 눈에 띄지 않는다. 세월이 흐르는 동안 어느 시점에 사라져버렸다. 이제 그것은 어디 있는가? 벼룩시장의 골동품 가게에 숨어 있는가? 누군가가 해

숲속의 늙은 아이들

독해 주기를 기다리는 과거로부터의 전언. 그러나 그런 전언들 대부분이 그렇듯, 헛되이 기다린다. 넬은 그것이 미래로, 외계인들의 미래로 던져진 타임캡슐이라고 상상해 본다. 그녀는 외계인들 가운데 한 명이다. 우리는 여기서 무엇을 발견했는가? 외계인들은 궁금해한다. 희귀한 가공품! 이 것은 날씨를 예언해 주는가? 작은 동물 희생제에 사용되는 것인가? 신인가?

케이크 바구니를 물려받는 이런 집안에 쾌활한 준장 씨가 태어났다. 넬은 1908년부터 세어본다. 그녀는 만나는 모든 사람에 대해서 이처럼 세어본다. 그녀와 만나기 전 그들이 어떤 사건들을 거쳐 왔는지 알고 싶기 때문이다. 그들은 언제 열 살이었는가? 언제 열다섯 살이었고, 언제 서른이었는가?

준장은 1920년대 재즈 시대의 정점이었던 1925년에 열일곱 살이었다. 그러니까 당시 불타오르는 청춘이었던 것이다. 티그의 말에 따르면 그는 심지어 50대에도 찰스턴*을 끝내

---

* 무릎을 양옆으로 비틀고 각 스텝마다 발목을 밖으로 크게 휘두르는 활발한 사교춤이다.

주게 췄다고 했다. 그는 통이 넓은 옥스퍼드 배기바지,* 좁은 깃 달린 재킷, 니트 조끼를 입었을 것이다. 그때 그 시절 광풍이 불었던 폭넓은 엷은 색 멜빵. 구두코는 짙은 색이고 발등 부분은 흰색인 스펙테이터 구두.** 이 젊은이는 유한 계급의 스포츠였던 골프나 테니스를 했던가? 넬은 그걸 상상할 수 없다. 축구나 하키도 마찬가지다. 하지만 카드게임 탁자에 앉아 있는 그의 모습은 그려볼 수 있다. 브리지인가, 포커인가? 기록은 없지만 아마 두 가지 다 했을 것이다.

학부생 시절부터 그는 담배를 피우고 스카치위스키나 마티니 같은 이런저런 술을 마시기 시작했다. 시 쓰기와 만화 그리기와 연기와 학보사 기자와 수업 빼먹기도 시작했다. 그가 낙제한 것은 놀랍지 않은 일이었다. 그 일로 그의 완고한 아버지와 갈등이 있었던 것 같다. 그의 가족은 이 춤꾼 탕아에게 주식중개 회사에 직업을 구해 주었다. 때는 마침 1929년 금융시장 붕괴기였다. 당시 준장은 할 수 있는 사람

* 1924년 소수의 옥스퍼드 학생들이 입기 시작해 유행한 통이 매우 넓은 바지다.
** 잘 닳는 부분에 다른 색의 가죽을 덧대어 만든 옥스퍼드화. 스포츠 클럽의 관중들이 자주 신어서 이름이 붙게 되었다. 19세기에 고안되어 1920~30년대에 절정의 인기를 누렸다.

이라면 다 하던 일을 했다. 즉 입대한 것이다. 학군단을 통해서 이미 임관한 상태였기 때문에(아마도 큰 전쟁에 참전했던 탁월한 군인 삼촌을 보고 자극을 받았을 것이다.) 군대는 그에게 당연한 선택이었다.

이내 갑자기 1930년대가 되었고 모든 것이 변해 버렸다. 훨씬 덜 우아했고, 훨씬 더 진지해졌다. 분노와 불길함이 만연했다. 그러나 총파업과 무료 식사 배급소 줄과 공산주의자들과 스페인내전에도 불구하고, 준장은 온타리오주 런던에 있는 울슬리 연병장과 그 주변에서, 그리고 두어 번에 걸쳐 영국에서 군사훈련을 받으면서 진급을 거듭하며 승승장구했다. 그는 결혼하고 자식을 보았다. 그래서 티그와 그의 동생이 생긴 것이다. 그리고 전쟁이 선포되었던 1939년에는 대위로 복무하고 있었다.

1940년 8월 그는 '바다 건너'로 떠났다. 이제는 '바다 건너'라는 표현을 쓰지 않지만, 그때는 대서양의 반대편이 훨씬 더 먼 곳이었다. 그곳은 광활한 바다를 사이에 둔 머나먼 곳, 아득히 먼 곳에 있었다. 대서양을 가로지르는 진짜 여객기가 없었기 때문에 배를 타고 바다를 건너가야 했다. 준장은 유니언 역에서 핼리팩스행 기차를 타고 토론토를 떠났을 것이다. 아마도 군용열차였을 것이다. 그는 인력과 자재의 거대한 부대 집합지가 된 나중의 모습을 이미 갖추어 가고 있던 핼리팩스항에서 일반인 접근불가 정박거(碇泊渠)에 정박한 선박을 타고 자기 연대와 함께 항해를 떠났을 것이다.

그들은 아마도 수송선에, 아마도 상선에, 아마도 코르벳 호위함에 탔을 것이다. U보트*는 이미 활발히 운영되고 있었다. 그들은 천천히 항구를 벗어나 맥냅스섬**을 지나쳐서 육지가 서서히 멀어지는 것을 바라보았을 것이다. 그리고 대략 엿새 혹은 이레 혹은 여드레에 걸쳐 바다를 가로질렀을 것이다. 거친 바다는 상당히 요동쳤을 것이다. 아마도 잦은 음주와 구토가 이루어졌을 것이다. 그렇지만 바다를 건너기 위해서는 그럴 수밖에 없었다.

아마도가 너무 많네, 넬은 생각한다.

일단 영국에 도착한 후, 준장은 서리주에 있는 캠벌리에서 훈련을 받고, 군사훈련을 참관하거나 지도하면서 기다렸을 것이다. 구식 연습이었다. 군대들이 주로 장차 싸워야 할 전쟁이 아니라 이미 지난 전쟁을 시연했던 것이다. 참호를

* 양차 대전에서 독일이 운영한 잠수정이다.
** 핼리팩스항 근해의 가장 큰 섬이다.

숲속의 늙은 아이들

파고, 그것을 모래주머니 몇 개로 강화하는 것? 최신 모델이 아닌 소총을 발포하는 것? 삐걱거리는 탱크 몇 대를 시험해 보는 것? 군인들 행군 시키기. 군복 점검하기. 만화를 그리던 풋내기 시절에 닦은 실력으로 아이들을 위해 여백에 우스운 그림을 그린 별 내용 없는 편지를 집에 쓰기. 그런 다음에는 더 기다렸다.

폴란드는 이미 함락되었다. 프랑스도 마찬가지였다. 덴마크도, 노르웨이도 마찬가지였다. 처칠이 이제 막 총리가 되었고, 됭케르크 철수작전을 처리한 수완 덕분에 인기가 많았다. 런던 폭격이 시작되었다. 미국은 아직 참전하지 않고 있었다.

물자 배급이 시행되었다. 분위기가 암울했다.

그럼에도 파티가 열렸다. 춤도 추었다. 훈련 도중 휴식을 취하며 담배를 피우다가, 모르는 여자와 댄스 플로어로 획 뛰어나가 찰스턴 기술을 발휘하며 즐거워하는 준장의 모습을 넬은 상상해 본다. 그는 그랬을까? 당연히 그랬을 것이다. 서른두 살도 채 되지 않았던 것이다.

1941년에 쾌준은 소령이 되었고, 1943년 초에 서른네 살의 나이로 준장이 되었다. 캐나다 육군에서 가장 젊은 준장이었다. 그는 영국군, 캐나다군을 이끌고 시칠리아를 누볐다. 그런 다음, 독일군이 가는 길마다 도시들을 폭파해 잔해와 굶주림만 뒤에 남겨놓고 북쪽으로 후퇴하자, 그는 이탈리아로 진입했다. 그와 그의 여단은 나폴리를 지났고, 오르토나에서 전투를 벌였고, 모로강을 건넜다. 그다음에는 전쟁에서 가장 악랄한 전투 중 하나였던 몬테카시노 전투가 있었다. 그럼에도 이것은 초기에 불과했다. 더 끔찍한 것이 기다리고 있었다.

준장이 죽은 후 — 티그를 포함한 모든 사람이 죽은 후 — 넬은 준장의 서류 가운데 특이한 편지를 발견했다. 그것은 유명한 종군기자 마사 겔혼에게서 온 편지였다. 준장은 이 편지를 그의 공식 전쟁 기록, 참여했던 군사작전에 대한 찬양 기사들, 전쟁 후 수년에 걸쳐 그가 했던 연설문들과 함께 서류철에 단단히 끼워두었다.

사람들이 보관하는 것과 그들이 버리는 것. 넬은 항상 그것에 흥미를 느꼈다. 그는 편지를 그냥 남겨두었을 뿐 아니라 소중하게 보관했다. 그의 서류 여기저기에, 이 서류철 저 서류철 속에, 오려낸 신문기사, 사진, 표창장 가운데, 그녀의 편지 복사본 여러 부가 끼워져 있었다.

숲속의 늙은 아이들

나의 총애하는 준장,

이 신문기사가 당신 마음에 들었으면 좋겠군요. 얇은 종이에 타자기로 친 기사를 읽는 건 달갑지 않은 일이고 전보로 송신된 형태로 읽는 것도 달갑지 않은 일이지요. 그렇지만 어쨌든, 어쩌면 당신은 좋아할지도 모르겠어요. 내가 사랑하는 준장 개인에 대해서는 아무런 언급이 없어요. 내가 쓰는 기사는 전반적인 것을 다루어야 하기 때문이죠. 이제 몇 주 후에 기사가 실릴 것이고, 지하철을 탈 때만 《콜리어스》*를 읽을 게 틀림없는 300만 명의 사람들을 대상으로 쓴 거예요. 그리고 이건 말하자면 일종의 포괄적인 묘사를 해야 하는 기사예요. 이게 내가 쓰는 전투 이야기의 마지막이 될 거예요. 전쟁이 한 달 후면 끝나리라고 믿거든요. 어쨌든, 그렇게 되도록 신에게 빌어요.

내일 프랑스로 떠날 거고 그다음엔 뭘 하게 될지 전혀 몰라요. 이곳으로 쉽게 돌아올 수도 있겠죠. 그렇게 된다면 당신을 만나게 되길 바라요. 이곳이 아니면 다른 곳에서라도.

---

* 1888년에 피터 콜리어가 창간한 주간지. 탐사저널리즘 방식을 채택해 기사를 통해 사회 개혁을 주도했다.

큰 친절을 베풀어 줘서 고마워요. 나에게 천사처럼 대해 주었고 나는 당신 부하들과 행복한 시간을 보냈어요. 로스코와 앨런과 잘생긴 대령, 그리고 그들 모두에게 내 사랑을 전해 주세요. 그리고 당신들 모두에게 최고의 행운이 함께하길.

당신의

마티

일요일

정확히 어떻게 '천사처럼' 대해 주었단 말인가? 이 편지를 다시 읽으며 넬은 지금 궁금해한다. '큰 친절'은 무엇이었던가, 아니면 기본적인 예의상 하는 말에 불과한가? 이게 언제였던가? 어떤 일요일? 그걸 명시하지 않다니 답답해서 미칠 지경이다. 1944년 봄, 디데이 직전이었을 것이다. 이 편지를 썼을 때 마사 겔혼은 어디 있었던가? 편지는 어떻게 배달되었을까? '내일 떠난다'니, 어디를 떠나는 것인가? 분명 그녀는 아직 이탈리아에 있었을 것이다.

넬은 그 시절의 그녀 사진을 본 적이 있다. 1940년대 스타일의 긴 금발, 손에는 담배를 들고, 때로는 트렌치코트를 입고 있고, 때로는 보병 작업모를 쓰고 있다. 날씬하지만 마르지는 않았다. 당시 여성들에 비하면 약간 큰 키다. 원하지 않는 접근을 해올 경우 키가 큰 편이 더 낫다. 그런 일은 일어나게 마련이었다. 그녀의 편지로 미루어 판단해 보건대, 원했던 접근 역시 있었던 것 같다. 넬이 읽었던 책에 그녀의 서간문 몇 편이 수록되어 있었다. 그러나 총애하는 준장에게 보낸 편지는 포함되지 않았다.

그녀에게 어떤 형용사를 붙일 수 있을까? 현실적인, 감상적인, 강한, 공감력 있는, 단호한. 두려움 없는. 하지만 어느 누구도 정말로 두려움이 없는 것은 아니다. 주도면밀하게 위험을 무릅쓰는 모험가라고 하는 것이 더 맞을 것이다.

다른 시대, 훨씬 더 이전 시대에는 이런 부류의 여자는 당시 딸들이 그랬듯이 미 중서부의 농장을 꾸려가는 데 도움이 되었을 것이다. 그녀는 소젖을 짜고, 망아지를 길들이고, 허튼짓은 참지 않았을 것이다. 그리고 곧 결혼해서 아이 여덟을 낳았을 것이다. 무슨 일이든 소매를 걷어붙이고 해냈을 것이다. 그러나 어린 마사가 태어났을 즈음 그녀의 가족은 경제적 여유가 있었고 그녀는 브린모어 대학을 다녔다. 그녀는 졸업하기 전에 학교를 떠났다. 자신이 하고 싶은 유일한 일은 소설을 쓰는 것이라고 할머니에게 말했다.

그러다가 그녀는 시대의 격동에 휘말리게 되었고 전쟁에 참여하게 되었다. 스페인내전, 그리고 그 뒤를 이은 세계 대전. 그녀는 대부분 여성들에게 허용되지 않았던 곳에 들어가게 해달라고 설득했다. 여성들은 그런 곳에 가기에 너무 연약하다고 여겨졌던 것이다. 마사는 연약하지 않았다. 그것을 증명하기 위해 특별히 노력을 기울였다. 흐느끼지도, 넘어지지도, 기절하지도, 구토하지도 않았다.

이탈리아에 있었을 때 그녀는 어딘가에서 임시변통으로 마련한 탁자 앞에 앉아 양파껍질종이*에 타자를 치고 있었을 것이다. 쾌준에게 편지를 보낸 지 얼마 되지 않았을 때 그녀는 적십자 선박에 몰래 들어가 화장실에 숨는 방법으로 노르망디 상륙작전 개시일 현장에 도착했다. 그 당시 그녀는 종군기자 자격을 갖추지 못한 상태였다. 서류를 도둑맞았던 것이다. 그녀가 현장에 왔다는 것을 윗선 장교들이 알게 된 즉시 그녀는 전선에서 배제되었고, 규칙을 무시한 데 대해 징계를 받았다. 그러거나 말거나 그녀는 전혀 개의치 않았다. 기삿거리를 얻었던 것이다.

* 면 섬유질이 많이 포함되어 있어 가볍고 질긴 얇은 반투명지. 타자 사본 제작, 항공 우편용 편지지 등에 주로 사용되었다.

준장에게 보낸 편지는 결집한 연합군(폴란드군, 호주군, 캐나다군, 아프리카군, 뉴질랜드군 그리고 인도군 등)에 의한 고딕라인* 붕괴에 관한 기사 원고가 첨부되어 있다. 기사는 유선 전송을 위해 특이한 전보체로 쓰였다. 대문자가 없었고, 필요한 구두점도 모두 문자로 쓰여 있었다.

고딕라인 행갈이 우리가 서 있는 곳에서 바라본 고딕라인은 박살난 마을 아스팔트 길 그리고 분홍색이 도는 갈색 언덕이었다 마침표 마을과 길과 언덕으로 이어지는 지뢰투성이의 이 먼지 자욱한 좁은 길에서 보병대가 공격을 위해 대기하고 있었다 마침표 그들은 간격을 많이 두고 일렬로 서 있었고 아무 말도 하지 않았으며 그들의 표정 또한 아무것도 내비치지 않았다 마침표 뒤쪽 언덕에서 아군 포병대가 대포 쏘는 소리가 한시도 멈추지 않았다 마침표 아무도 그것에 귀를 기울이지 않았다 마침표 모든 사람이 느닷없이 딱따구리 쪼는 소리 같은 독일 기관총이 앞쪽에서 발사되는 것을 들었고 모든 사람이 독일군

---

* 2차 세계 대전 당시, 이탈리아를 통해 독일 본토 침공을 노리던 연합군과 독일군이 대치하고 있는 상황에서 독일군이 형성한 방어선이다.

공중 폭발이 느슨한 짙은 소형 구름을 만들어내고 있는 왼쪽 하늘을 바라보았다 마침표

이런 식의 글은 상당히 모더니즘적이군, 넬이 생각한다. 간결한 문체의 단편소설 작가들, 대문자나 구두점을 절대 쓰지 않는 시인들—그들은 전보를 통해 존재하게 되었다. 그리고 전보가 없어지자 그런 종류의 글도 대부분 사라졌다. 그러나 쾌활한 준장 씨의 서류 가운데 타자로 친 이 원고를 우연히 발견한 넬은 전율을 느낀다. 이 글은 너무나 신선하고 너무나 즉각적이다. 마치 더운 날씨에 반팔 얇은 셔츠를 입고 있는 이 사람의 어깨 너머로 보는 듯한 느낌이다. 남자들은 일단 아드리아해에 다다르자 수영을 하러 가지 않았던가. 반면 이 젊은 여자는 적확한 단어를 찾으려고 애쓰고 있다. 어떻게 말할 것인가, 말할 수 없는 것을 어떻게 말할 것인가. 이것이, 이토록 극단적인 무엇이 어떻게 묘사될 수 있으며, 어떻게 이해될 것인가, 냄새, 아니 악취, 숨 막히는 연기, 소음, 아니 고막을 찢을 듯한 쾅 소리, 어리석은 갑작스러운 죽음, 아름다움, 순전한 혼란, 임시방편 탁자 위에 놓인 타자기에서 울리는 **탁탁탁** 소리, 당연히 수동 타자기 줄표 필시 레밍턴 타자기일 것이다 줄표 마침표 그리고

　　　　　　　　　　　　숲속의 늙은 아이들

글을 더 힘겹게 써나가기 전에 담배 한 개비 더 피우고 운이 좋으면 캔우유를 넣은 끔찍한 커피를 마신다 마침표

고딕라인의 상황을 보자면 모든 것이 상세하게 계획되어서 땅의 모든 굴곡이 죽음을 감추는 데 사용되었고 젊은 남자들은 그 안으로 걸어 들어가고 있었는데 그들은 너무 많은 것을 보았고 너무 많은 것을 했기 때문에 그것이 마치 하루의 일과인 양 쉼표 지옥 같은 하루지만 그래도 하루 일과의 일부인 것처럼 걸어 들어가고 있었다 마침표 행갈이 약한 부분을 발견하고 관통함으로써 이 전선을 허물어뜨린 것은 캐나다 군인들이었다 마침표 나는 이 문장을 쓰는 데 매우 부끄러움을 느끼고 있는데 지뢰가 있는 곳에는 약한 부분이 존재하지 않고 무시무시한 88장총이 있는 곳에는 약한 부분이 존재하지 않기 때문이며 그리고 언덕 비탈에서 탱크가 불타오르는 것을 보게 된다면 그 무언가가 약하다는 말은 다시는 절대 믿지 않게 될 것이다 마침표

전투에 대한 그녀의 묘사는 으르렁거림과 폭발과 열기와 먼지와 피를 동반하여 악착같이 나아간다.

전투는 싸우는 사람들과 당황하고 공포에 질린 시민들
쉼표 소음 농담 고통 두려움 그리고 끝내지 못한 대화와
고성능 폭탄의 직소퍼즐이다 마침표 〔……〕 먼지가 30센
티미터 정도로 두껍게 쌓였고 약간 속도를 낼 수 있을 때
마다 먼지는 바퀴 아래서 물처럼 끓어올랐다 마침표 모든
사람의 얼굴이 먼지에 뒤덮여 푸르스름한 허연색으로 변
했고 이동하는 군대 주변에 앞이 보이지 않는 안개로 피
어올랐으며 땅 위에 갈색의 견고한 연무로 높이 쌓여갔다
마침표 〔……〕 행갈이 우리는 맞은편 언덕에서 엉겅퀴 무
리 위에 앉아서 고딕라인을 뚫기 위한 전투를 망원경으로
바라보았다 마침표 아군 탱크는 갈색 딱정벌레처럼 보였
다 세미콜론 탱크들은 종종거리며 언덕을 올라갔고 지평
선을 가로질러 이동하다가 시야에서 사라졌다 마침표 갑
자기 탱크 한 대가 커다란 불꽃 속에서 네 번 타올랐고 다
른 탱크들은 언덕의 굴곡들 속에서 숨을 곳을 찾아서 지
평선에서 내려왔다 마침표 한 떼의 피라미처럼 하늘을 누
비고 있던 비행기 여섯 대의 사막공군 공중비 상대기가
몬테루라라는 이름의 한 덩어리 빵처럼 생긴 언덕을 폭격
하라는 명령을 받았다 마침표 〔……〕

　　　　　　　　　　　　　　　숲속의 늙은 아이들

공중비 상대기? 넬은 이것에 대해 곰곰이 생각한다? 아, 공중 비상대기. 당시는 그렇게 했다. 승객을 기다리는 택시처럼 전투기를 공중에 띄워놓고, 연료를 채우는 동안 일부 비행기는 항상 기동 가능한 상태로 둬서 시간이 낭비되지 않도록 돌아가며 재배치했던 것이다. 사태가 아주 빠르게 전개되고 있었다. 비행기들은 해야 할 임무에 대해 지상에서 명령을 받을 때까지 공중에서 일렬로 빙빙 돌았다. 에이블 베이커 찰리.* 오버 앤드 아웃.** 그 옛날 라디오 드라마처럼.

몬테루라는 솟구치는 갈색 연기와 먼지의 물결 속에 솟아 있었다 마침표 아군 대포는 전역에서 목화송이 같은 연기가 언덕 비탈에 피어오르도록 고딕라인 안으로 파고들었다 마침표 아군의 공중폭발은 이제 강철 파편을 흩뿌렸다 마침표 〔……〕 완전히 비현실적으로 작고 투명해 보이는 전투가 우리 앞에 펼쳐졌다 마침표 그러나 탱크에 군인들이 있었고 파편이 내리는 나무에 군인들이

---

* Able Baker Charlie. 미국에서 모르스부호로 무전을 보낼 때 사용하는 알파벳 대용 첫 세 글자. 나라마다 사용하는 이름이 다르다. 예를 들어 영국에서는 앤드류 벤저민 찰리(Andrew Benjamin Charlie)를 사용한다.
** Over and Out. 무전 교신 시 통신 종결을 알리는 말이다.

있었고 폭탄들 아래 군인들이 있었다 마침표 소음이 너무나 과해서 영화의 등장 이래 그런 소리는 들려온 적이 없었다 마침표 행갈이 우리 모두 아군의 첫 거대한 대포 사격이 시작되었던 다섯 시 이후로 계속 깨어 있었고 전원 지대를 누비고 다녔다 마침표 이제 우리는 덥고 배고파서 아군의 포좌(砲座)에서 약 50미터 정도 떨어진 곳에 있는 텐트로 점심 식사를 하러 갔다 마침표 총 발파의 돌풍이 텐트를 뒤흔들었고 우리는 일제 사격들 중간 중간에만 대화를 할 수 있었다 마침표 그날과 그다음 날 내내 계속된 아군의 총소리는 신체적 고통을 초래했다 마침표

막간이 있다. 젊은 캐나다 준장이 전쟁이 끝난 후 전쟁이 어떠했는지 알고 싶어 하는 손님들을 위해 자신이 벌일 파티에 대해 묘사하면서 점심 식사하는 사람들을 즐겁게 해준다. 꽝음을 내는 탱크 음향 효과와 할리우드의 먼지 기계에서 뿜어내는 먼지까지 동원될 것이고, 통조림 쇠고기, 콩, 잼을 곁들인 건빵 차림에 파리 떼가 방출될 것이다. 그리고 석탄처럼 까맣게 우러난 미지근한 차로 식사를 마무리하게 될 것이다.

이런 풍자를 했던 유쾌한 사람은 분명 쾌활한 준장 씨였

을 것이다. 닐은 쾌활한 준장 씨의 예전 모습이었을, 그리고 어떤 면에서는 계속 견지해 온, 활기찬 만화가이자 발놀림 현란한 찰스턴 춤꾼의 그림자를 감지한다. 적어도 그는 당시 포화의 한가운데에서도 삶에서 약간의 흥을 이끌어 낼 수 있었던 것이다. 박제된 꿩이 있던 여름 별장에서 소년들을 위해 팬케이크를 굽고 있을 때, 그는 그런 생각을 하고 있었던 것일까?

이내 점심 식사가 끝났고 고딕라인의 그 특정 부분이 뚫렸다. 그리고 마사 겔혼은 몬테카시노 기사를 제출하고 여행을 떠났다. 처음에는 무너져가는 결혼 생활을 수습하러 북미로 갔다가, 그다음에는 모든 장애물을 불사하고 작전 개시일에 맞춰 노르망디로 갔다. 한편, 준장은 캐나다 제2보병연대를 지휘하며 이탈리아에서 힘겹게 나아가고 있었다. 그들은 한 도시에서 다른 도시로 전진하고 물이 불어난 강들을 하나씩 건너가며 아드리아 해변까지 진출했다. 적들의 저항은 거셌다. 1마일씩, 언덕 하나씩, 도랑 하나씩, 죽음 하나씩 거치며 그들은 나아갔다.

준장의 제2보병연대는 이 지역에서 고딕라인을 뚫었던 첫 부대였다. 그리고 준장은 포르투나토산맥 함락이라는 결과를 가져온 '성공적으로 실시된 야간공격'을 설계하고 이끈 공로로 수훈근무 훈장을 받았다. (넬은 지도에서 이 산맥을 찾아보았는데, 지도들이 다 그렇듯 평평해서 실제 지형의 구조에 대해서는 별다른 정보를 주지 못했다.) 준장은 마땅히 해야 할 일을 수행했고, 그가 수행했던 임무는 그런 공을 세웠을 때 《캐네디언 가제트(Canadian Gazette)》*가 으레 사용하는 언어로 묘사되었다. 그는 "잦은 적군의 포화 아래서도 자신의 개인적 안전은 염두에 두지 않고 적의 공격에 아랑곳 않으면서 자신이 지휘하는 모든 계급의 병사들에게 자신감을 불어넣으며 연대를 능숙하게 이끌었다."

누가 이런 단어를 쓰기로 마음 먹었는가? 넬은 궁금해한다. 그가 무엇을 했는지 그들은 어떻게 알았을까? 넬이 발견한 기사는 1945년 4월 28일자로 되어 있다. 티그가 짤막한 설명을 타자로 쳐서 마사 겔혼의 몬테카시노 편지 복사본에 첨부해 놓았다. 그녀는 매력적인 여자인 것 같다. 그는 이렇게 적었다. 티그는 언제 이런 설명을 쓰고 첨부를 했던가? 그의 아버지 사후였을 수밖에 없다.

그러니까 티그는 드디어 쾌활한 준장 씨에 대해 무언가

* 캐나다 정부에서 발행해 온 관보. 현재는 이름이 《캐나다 가제트(Canada Gazette)》로 바뀌었다.

숲속의 늙은 아이들

를 이해하게 되었겠구나, 넬은 생각한다. 그의 아빠는 단순히 시대에 뒤떨어진, 팬케이크나 굽는 사람이 아니었던 것이다.

포르투나토산맥을 함락하고 얼마 지나지 않아 준장과 그의 보병연대는 이탈리아에서 빠져나와, 캐나다 제1보병연대와 함께 앞서 점령한 안트베르펜을 거쳐 서부전선으로 파견되었다. 1944년 가을의 일이었다. 그런 다음 그들은 독일로 진군해야 했다.

쾌준의 서류를 뒤적이며 ── 그녀는 티그에게서 이 서류를 빅토리아시대 은식기처럼 물려받았고, 식기와 마찬가지로 이 서류도 내다버릴 수 없다. ── 이야기를 따라가다 넬은 놀라운 발견을 한다. 아버지의 시라고 제목이 붙은 서류철이다. 제목의 필체는 티그의 것이다.

그러면 티그는 자신의 아버지가 쓴 이 시들을 읽었던 것이다. 무슨 생각을 했을까? 시들을 직접 읽어보아도 넬은 정말로 짐작할 수 없다. 묻혀 있던 보물의 발견? 사생활 침범? 죽은 자들을 염탐하는 일은 언제나 뭔가 이중적인 구석이 있다.

문학적 측면에서 보았을 때 시들은 아마추어적이다. 그

렇지만 그건 중요한 점이 아니다.

시가 많지는 않다. 모두 1945년 3월에서 같은 해 5월 사이에 지은 것으로 보인다. 마지막 시에는 5월 9일이라는 날짜가 적혀 있다. 드디어 전쟁이 끝난, 유럽전승기념일 다음 날이다. 전쟁이 실제로 끝났다면 말이지, 넬은 혼잣말로 덧붙인다.

시 쓰기는 무시무시하고 지독한 사건이었던 라이히스발트 전투* 동안 시작된다. 위장 폭탄이 설치된 숲에서의 진흙, 피 그리고 죽음. 홍수가 난 저지대, 축축하고 뼈가 시리는 추위, 황량한 안개 낀 벌판. 준장의 새로운 부대인 캐나다 제7보병대는 문자 그대로 그 전투의 수렁에 완전히 빠져 있었다. 그런데 쾌준은 어찌 된 영문인지 그 한복판에서 시까지 쓰고 있었던 것이다.

어떻게 그럴 수 있었을까? 공책에 끼적였다가 나중에 타자기로 정리했던 것일까? 시는 모두 타자되어 있었다. 타자기는 보고서 작성용이었을 것이다. 그의 서류 중에는 그런

---

* 2차 세계 대전 말엽, 연합군이 질퍽하고 굴곡진 라이히스발트 숲을 통과해 루르 지역으로 진격하기 위해 고전했던 전투. 양동작전을 펼치면서 2주간 계속되었고, 이로 인해 많은 사상자를 냈으나 결국 고지 탈환에 성공했다.

식으로 타자된 보고서가 다수 있었다. 그는 분명 수동 타자기와 이동용 지휘소가 있었을 것이다. 야외용 텐트나 기타 어떤 것, 혹은 차량. 타자기를 놓을 수 있는 공간이나 평면. 그 무엇인가가 있었을 것이다. 그런 것이 실제로 어떻게 운영되었는지 넬은 아는 바가 거의 없다.

라이허스발트

안개 그늘 드린 달이 떠 있네.
구름 없는 하늘, 그리고 소나무숲 아래
나는 서서 귀 기울이네.
고요한 황홀함 속에서
연인들이 키스했던 곳.

고요함이 다스리지 않고, 오늘 밤은 평화가 없네.
총의 소음과 비행기의 굉음이
내일의 새벽을 알리네.
달 아래서, 그 빛에 몸을 담그고
조용히 우리는 기다리네.

앞쪽 멀리서, 자욱한 포화가
독일 땅에서 잔인하게 싸우는
군인들을 뒤덮네.
그리고 그들은 자신들이 지키고자 분투하는
밝은 포화를 볼 수 있네.

이 우아한 소나무들, 전쟁의 슬픔으로 잠잠한
안개 자욱한 달은
오늘 밤 아무 말이 없네.
침울함 속에서도 옳은 자가 살아남을 것을
잘 알기 때문이리.

내일 슬픈 핏빛 광선으로
해는 떠오르리라, 그리고
전쟁의 구름 뒤에서 비애에 젖어
잃어버린 로맨스의 꿈속에서 달은
흘러가 버리리라.

독일, 1945년 3월

숲속의 늙은 아이들

피상적인 시야, 넬은 생각한다. 옳은 결과에 대해 그토록 확신하는 소나무들…… 에드워드시대*의 어떤 동화책에서 이런 게 나온 걸까? 꿈꾸는 달은 말할 것도 없다. 연인들은 이 시에서는 물론이고 이 숲에서 뭘 하고 있는가? 무슨 잃어버린 로맨스? 준장은 무슨 말을 하고자 했던 것일까? 그리고 기다림…… 짐작건대 다음 명령, 앞으로 다가올 고기 분쇄기 속으로 전진하라는 신호를 기다렸을 것이다. 기다림은 조용하고, 계속되는 전투는 그렇지 않다. 흔히 표현하듯 격렬히 몰아치고 있다.

그다음에는 더 알쏭달쏭한 시가 등장한다.

소망

키스─숨기지 않는 시선
아픔과 비애─혹은 그토록
용감하게 주어진 미소. 내면에서
심장은 찢겼기에.

* 영국 왕 에드워드 7세가 다스렸던 1901년에서 1910년까지의 시기이며, 때로는 1차 세계 대전이 발발한 1914년까지를 지칭하기도 한다. 보통 낭만적 황금기로 그려진다.

우리의 헤어짐은 그러했소. 나의 사랑,
혹시 우리가 언젠가 만나게 되면,
그렇다면 만났을 때, 연인의 인사를
다시 해주오.

우리가 헤어진 후 수년이 흘렀고
우리 것이었던 기쁨은 사라졌소.
그러나 슬프게 시작된 그런 비애가
내일은 사라질 것인가?

독일, 1945년 3월

이 시는 반쪽짜리 종이에 기록되어 있다. 아래 절은 찢겨 나갔다.(잘린 게 아니라는 것을 넬은 알아차린다.) 아랫부분에 무엇이 타자되어 있었는지 단순한 암시만 있을 뿐이다.(남아 있는 맨 윗줄의 첫 번째 단어가 '그(The)'처럼 보인다.) 「소망」은 첫 번째 시와 같은 시기에 쓰인 것 같다. 이것은 「라이히스발트」의 달빛 가득하고 사라져가는 로맨스와 연결된 것인가? 이 소녀, 혹은 여자는 누구인가? 이것은 '아내'와 어울리는 그런 종류의 시가 아니다. 아내, 즉 토론토

숲속의 늙은 아이들

에서 두 아들을 데리고 6년간 꿋꿋하게 버텨온 티그의 어머니. 조바심과 확고함이 뒤섞인 편지들을 쓰고, 그토록 많은 여자들이(그녀가 알고 있는 많은 군인 아내들이) 이미 받아본 검은 테두리의 전보를 어느 날에라도 받게 되리라 예상해 왔던 티그의 어머니. 그러는 동안, 아직도 한창때인 쾌활한 준장 씨는 주변에 온통 폭탄이 터지고 죽은 사람들 또는 그들의 신체 일부가 소나무 바늘잎에서 피를 흘리는 가운데 어두운 숲속에 서서 잃어버린 사랑을 기억한다.

그녀는 누구였을까? 넬은 궁금해한다. 대학 시절 연인? '수년이 흘렀고'가 그걸 암시하는 말 같다. 그러나 전쟁 중에는 시간이 빠르게 흐르기도, 천천히 흐르기도 한다. 10년이 일주일로 응축될 수도 있다. 마사 겔혼일 수도 있을까? 무더운 텐트와 먼지와 파리와 맛없는 차와 끔찍한 럼주가 있던 1944년 이탈리아에서 그들은 ── 옛날식 표현대로 ── 달뜬 순간을 가졌던가? 넬은 그랬기를 바란다. 죽을지도 모른다고 느끼는 사람들은 삶을 움켜잡게 마련이다. 물론 넬이 그런 상황에 처해 봤던 것은 아니다. 그녀는 준장을 절대 비난하지 않을 것이다. 그리고 그때쯤 결혼이 거의 파경에 이르렀을 마사도 비난하지 않을 것이다.

다시 생각해 보면 그랬을 가능성은 희박해 보인다. 그럴 시간이 없었을 것이다. 너무 먼지가 많았을 것이다. 그리고 소음으로 귀가 먹먹했을 것이다. 그들의 마음은 다른 업무에 가 있었을 것이다. 한 폭격과 다음 폭격 사이에 가볍게 접근하기, 몇 차례 호의 베풀기, 약간의 농담. 함께 경험한 참상. 넬은 마사 겔혼에 대한 책을 읽은 후, 겔혼은 누구에게나 동료가 되어주는 사람이었다고 결론 내렸다. 하지만 연인은? 그런 면에는, 순전히 성적인 면에는 별로 관심이 없었다. 하지만 준장의 시는 있는 그대로 보면 성적이지 않다.

시의 마지막 부분에 나온 물음표는 무엇인가? 비애가 사라질 것이라는 희망인가 아니면 사라질 것이라는 두려움인가?

그리고 티그는 이 시에 대해 어떻게 생각했는가? 그가 아버지 사후에 시를 대하게 되었을 때(그리고 그는 시를 읽어보았다. 서류철에 남아 있는 그의 필체가 증거다.) 준장이 부정(不貞)한 생각을 품었다는 사실에 화가 났을 것인가 아니면 아버지에 대해 좀 더 잘 이해하게 되었을 것인가? 쾌준이 유럽의 폐허에서 돌아왔을 때 그 두 사람 사이에는 마찰이 있었다. 그들은 서로를 경멸했다. 답답하고 시대에 뒤처진 부모의 가치를 거부하는 이상주의적인 청소년들과 아이들을 무지하고 거만하고 무엇보다도 배은망덕하다고 보는 아버지들 사이에 생기는 그런 경멸이었다. 양측 모두 분노

숲속의 늙은 아이들

를 품고 있었다. 그러나 이후의 삶에서 겉으로는 그토록 냉담해 보였지만, 동경에 가득한 시를 쓰고 감상적인 속마음을 드러낸 준장이 여기 있는 것이다.

비애라는 단어가 시에서 두 번 나온다. 그것은 오래된 단어, 거의 빅토리아시대적으로 느껴지는 단어다. 그렇다면 쾌활한 준장 씨는 이런 단어들로 규정될 수 있을 것이다. 비애에 잠긴. 길을 잃은. 용감하게. 안개 낀 숲에서 전진하라는 명령을 기다리고 있었을 때 그에게는 이 단어들이 표제어였던 것이다.

다음 시의 제목은 「탈주」고 '라인강'이라는 부제가 붙어 있다. 서명은 없지만(어떤 시에도 서명은 없다.) 날짜는 기록되어 있다. 독일(라인강) 1945년 3월. 그즈음이면 캐나다 제1연대가, 아니 어쨌든 준장이 이끄는 연대가 라인강을 건너기 위해 강 쪽으로 향하고 있었을 것이다. 넬은 읽었던 책들, 쾌활한 준장 씨에게서 물려받은 책들 일부에 나오는 오래된 사진들을 통해서 그 경로가 교통체증 수준으로 붐볐다는 것을 안다. 너무나 많은 전차가 동원되었던 것이다.

터지는 포탄이 더 이상 정적을 깨지 않는다.
너무나 불길해서 저기

고요하고 한적한 벌판에 도사리고 있는
위험을 말해 주는 정적. 들판에서 침묵은
공중에 도사린 위험을 의미한다.

이제 전차들의 꾸준하고 거친 포효가
나무들 사이에 울려퍼진다. 다수의
탱크가 서둘러 굴러간다.
병사들, 트럭 그리고 총. 전쟁 중에는
낭비할 시간이 없다.

분주한, 웃는 병사들이 질주하는
시끄러운 전차들을 잠시 멈춘다, 그리고 이내
소리치고 욕하며 차량의 흐름 속에서
붐비는 길을 다시 따라 간다……

모든 시들은 똑같은 타자기로 기록되었다. 종이가 상당
히 두꺼워서 구겨지지 않았다. 누렇게 바래지도 않았다. 전
사지가 아니다. 시에는 문법적 오류가 몇몇 있고(드린이 아닌
드리운으로 썼어야 했다.) 구두점도 놓친 부분이 많다. 헤어
진 연인들에 관한 시에서 언젠가와 다시를 자리바꿈하라는

연필로 쓴 메모가 하나 달려 있다. 그러니까 준장이 타자를 친 뒤 적어도 한 번은 다시 읽어봤다고 할 수 있다. 나름대로 공을 들였던 것이다.

준장은 이 시들로 무엇을 하려고 했을까? 뭘 하려는 의도가 없었을 수도 있다. 일기장 내용, 자신에게 쓰는 기록 같은 것이었을 수도 있다. 다른 한편으로 보자면 이전에도 군인 시인들이 있었다. 다 합쳐보면 상당한 수다. 예를 들면 소포클레스가 있다. 그는 참전자였다. 시편을 쓴 다윗 왕. 그 밖에 러블리스, 오언, 브룩, 맥크레,* 등등 많다. 그리고 준장은 예술에 심취했던 대학 시절에 글을 썼다. 그는 조그마한 책 출판을 꿈꾸고 있었던 것인가?

어쨌든 그는 유럽에서 힘겹게 그리고 죽음을 감수하며 전진해 가는 동안에도 이 시들을 간직했다. 각각의 종이를 반으로 접은 다음 다시 반으로 접었다. 주머니에 넣어 다녔다는 의미일 것이다. 이후 그 종이들은 펼쳐져서 판판하게

---

* 리처드 러블리스(Richard Lovelace, 1617~1657)는 17세기 영국 시인으로 시민혁명 때 국왕의 군대로 참전했다. 윌프레드 오언(Wilfred Owen, 1893~1918)은 영국 시인으로 1차 세계 대전에 참전했다. 루퍼트 브룩(Rupert Brooke, 1887~1915)은 영국 시인으로 1차 세계 대전 참전 중 병사했다. 존 맥크레(John McCrae, 1872~1918)는 캐나다 시인으로, 1차 세계 대전에 연합군 군의관으로 종군했다.

보관되었다가 그의 서류 가운데 정리된 것이다. 그에 대한 조용한 증거물, 그의 깊이 숨겨진 부분의 목소리. 티그의 어머니가 나중에 이 시들을 보게 되었을까? 어떤 의문이, 예를 들자면 이별의 키스에 대한 의문이 들었을까? 질투를 느꼈을까? 그 여자 누구야? 그 마사라는 여자야? 이탈리아에서 당신과 함께 있었던 거 알고 있어. 그 여자 편지를 봤다고. 그냥 말해 봐.

그 여자와의 키스에 대해, 혹은 다른 여자들과의 다른 키스에 대해 어떤 식으로든 발각나지 않았을까 하고 넬은 짐작한다. 그들의 결혼은 지속되지 않았다. 하지만 전쟁 전에 결혼 생활을 시작했다가 병사들이 되돌아온 후 다시 이어 간 관계 중 지속된 것은 별로 없었다고 티그가 말했다. 그는 부모님의 군인 동료들의 결혼 관계가 슬로모션 폭발처럼 허물어지고 붕괴되는 걸 목격했다. 전후 아기가 생긴 것이 아니라면 다들 그렇게 되었고, 심지어 아기가 생겨도 헤어졌다고 했다. 떠났던 사람과(95퍼센트의 경우 남자) 뒤에 남았던 사람은(역시 95퍼센트의 경우 여자) 이제 더 이상 서로를 이해할 수 없었다. 자신이 다음 날, 다음 시간에 죽을 수도 있다고 생각하는 건 어떤 것일까? 별을 바라보고 서서, 세상의 반대편에 있는 사랑하는 사람이 지금 바로 이

숲속의 늙은 아이들

순간에 늪으로 떨어져 가쁘게 마지막 숨을 쉬고 있을지도 모른다고 두려워한다는 건 어떤 것일까? 그리고 그것을 매일, 매달, 매년, 거의 6년간 한다는 것은. 당시에는 너무 위험하고 비용이 많이 든다는 이유로 군인들을 집으로 휴가 보내지 않았다. 전보를 통해 보내진 검열된 편지와 전언밖에는 아무것도 없이 고무줄처럼 한껏 당겨진 상태에서 기다리고 기다렸다. 어디 있는지 정확한 위치도 알려지지 않았다. 나는 괜찮아, 사랑을 보낸다, 이탈리아의 어딘가에서.

그런 다음, 환희, 포옹, 두 사람이 서로 다른 은하계에서 온 것이나 다름없다는 사실에 대한 점진적 깨달음.

나한테 말 좀 해봐!

할 수 없어. (머리를 손으로 괸다.) 미안해. 그냥 할 수 없을 따름이야.

제발, 어땠는지 말해 봐. (열심히 시도한다.)

묘사할 방법이 없어. (당신은 이해 못할 거야.)

사랑해. (열심히 시도한다.)

(침묵. 지나치게 길어진다.)

나도 사랑해. (죽은 목소리)

우리는 극복할 수 있어. 당신은 괜찮아질 거야…… 곧.

(침묵) 그래.

(침묵)

담배 피울래?

준장과 그의 아내는 둘 다 용광로처럼 담배를 피워댔다. 술도 많이 마셨다. 신경을 누그러뜨리기 위해서였다. 모든 것이 너무 날카로웠기 때문이다. 너무 신랄했고, 너무 단절되어 있었다.

그녀는 오십을 겨우 넘긴 나이에 식도암으로 죽었다. 그러나 티그는 그녀가 마음이 무너져 죽은 거라고 했다. 전쟁 동안 많은 것들이 무너졌다. 준장은 훨씬 더 오래 살았다. 병에 걸려 죽을 고비를 두어 번 겪었지만 회복했다. 그러나 결국에는 폐렴에 걸려 죽었다. 나무 모양 쇼트브레드와 얼음 없는 스카치위스키 한 잔을 곁에 두고 산타클로스 의자에 앉아 있던 바로 그 크리스마스 직후에 일어난 일이었다.

"이 모든 게 지긋지긋하다." 병원으로 가는 차 속에서 그가 티그에게 말했다. 나흘 후 그는 세상을 떠났다. 적어도 준장과 티그는 서로를 용서할 시간을 조금은 가질 수 있었다. 종전 후의 시기는 두 사람 모두에게 쉽지 않았다. 티그는 사랑하는 아빠에게 작별 포옹을 하던 눈물 많은 여섯 살배기가 더 이상 아니었고, 화를 품은 어머니를 편드는 통명스러운 사춘기 소년이었다. 준장은 평화 시의 군인 달래

숲속의 늙은 아이들

기용 직위로 옮겨 다녔다. 이곳에 있는 본부, 저곳에 있는 본부, 워싱턴 DC 주재 국방부의 칵테일파티 장식용 수행원, 그러나 무엇을 위한 것이란 말인가? 평화 시의 군인이란 여분의 존재다. 1년에 한 번씩 과거 한때의 자아로 칭송받고, 현재의 자아는 지금 이곳에서 외면당한다.

전성기를 너무 빨리 지나버리고, 소년들을 위해 팬케이크를 뒤집으며 굽고 있는 쾌활한 준장 씨.

날씨가 좋네. 낚시하러 가니?

안개와 달빛. 비애와 고통. 용감한 미소.

1945년 3월에 쓰인 시는 이것이 전부다. 그즈음 분명 매우 바빴을 것이다. 드디어 라인강을 건넜다. 그다음 네덜란드를 해방시키라는 임무가 캐나다 육군에 떨어졌다.* 넬은 한때 준장 소유였던 붉은 장정의 두꺼운 공식 역사서적들에서 이 해방작전을 찾아보았다. 한때 준장 소유였던 이 책들에는 아마도 그가 써놓았을 파란 잉크 주해가 여기저기 달려 있었다. 그 책들은 전쟁 동안 캐나다 대대와 연대의 움

* 당시 중립국이었던 네덜란드는 2차 세계 대전 발발 직후인 1940년에 독일에 점령당했다.

직임을 날짜, 지도를 첨가해서 자세하게 다루고 있다.

네덜란드 해방 임무. 잦은 침수. 비참한 날씨. 차가운 진창에서 뒹굴기. 임시 다리들, 수륙양용 차량, 심하게 손상된 마을들과 도시들, 수류탄을 먼저 던져보고 조심스럽게 집 탐색하기. 얼마나 많이 죽고, 얼마나 많이 부상당하고, 얼마나 많은 포로들이 잡혔던가. 이 모든 것이 붉은 책들에 열거되어 있었다. 시민들의 환호. 그들의 궁금함 역시.

때는 4월이었다. 준장은 아이셀 강변에 위치한 데벤테르라는 도시를 해방시켰다. 그곳에 결정적으로 중요한 다리가 있었고, 그것을 점령해야 했으며, 결국 점령했다. 비록 많은 사망자가 발생했지만.

이것은 넬도 상당히 잘 알고 있는 사실이다. 기념일이 있었고, 기념식이 있었고, 백파이프가 연주되었고, 화환이 놓였다. 해방을 기념하고, 당시 굶주리고 있던 민간인들을 돕기 위해 들어온 음식을 추억하는 연설이 있었다. 넬과 티그와 손주들은 여러 번 참석했다. 어느 해의 행사에서는 시내 중심가가 준장의 이름을 따서 명명되었다.* 티그가 명판 제

* 데벤테르에는 그레임 깁슨의 아버지인 토머스 그레임 깁슨의 이름을 딴 거리인 T. G 그레임스트리트(T. G. Graemstraat)가 있다.

막에 손을 거들었다. 사람들이 그와 악수를 했다. 그가 그의 아버지와 정말 닮았다고 사람들이 말했다. 사람들이 울었다.

그들이 처음으로 데벤테르에 가보았을 때, 티그의 아버지를 위해 지도를 몰래 들여왔던 노인이 아직도 살아 있었다. 그 지도가 독일군의 위치를 보여주었기 때문에 쾌준은 도시를 폭탄으로 박살내지 않고 해방작전을 좀 더 효과적으로 펼칠 수 있었다. 이 남자는 점령 당시 정말 어렸을 것이다. 많은 젊은이들처럼 그 역시 저항운동에 가담했다. 그는 제빵업자이기도 했다. 그래서 작은 배달용 차를 몰고 돌아다니고 통행금지가 끝나기 전 아침 일찍 밖에 나올 수 있는 허가를 받았던 것이다. 모든 사람이 그가 바보라고 생각했기 때문에 전혀 의심받지 않았다. 그러나 그의 형은 발각되어 총살당했다.

그는 티그와 넬과 아이들을 어두운 나무들에 둘러싸인 커다란 집으로 데려갔다. 티그의 아버지가 작전을 지휘했을 때 머물렀던 집이라고 했다. 같은 집에서 나치 친위대가 고문을 자행했다고 그는 말했다. 살해당한 일곱 명의 젊은이들이 정원에 매장되어 있는 것이 발견되었다. 그의 친구들이었다. 이후로 그 장소에서는 아무것도 자라지 않았다.

숲속의 저항군 은신처, 발각과 배반의 현장들, 영국을 겨냥하는 폭명탄* 은폐지. 그는 그들에게 모두 보여주었다. 그 시절이 그에게는 현재였다. 그는 여전히 그 시간 속에 살고 있었다. 여전히 괴로워하며.

강을 따라 늘어선 적군 기관총좌. 아버지에게서 그 정도의 이야기는 들었던 티그의 말에 따르면, 적군에 소년들도 포함되어 있었다고 했다. 열두 살짜리에게 탄약과 술을 들려주고 그 두 가지가 다 없어질 때까지 자리를 지키라고 명령했던 것이다. 전투로 무감각해진 준장의 부대는 자신들이 어린아이들을 쏘고 있다는 사실을 알았다. 무시무시한 무기를 들고 있는 광적인 아이들. 통탄할 일이었지만, 무엇을 할 수 있었겠는가?

그날 마지막으로 방문한 곳은 이름과 연대가 각각 새겨진 비석이 줄지어 서 있는 캐나다 전몰장병 묘지였다. 각 무덤에는 부활절을 맞아 도시의 초등학생들이 놓아둔 하얀 장미 한 송이가 있었다. "고국에서보다 더 잘해 놓았군요." 티그가 넬에게 속삭였다.

---

* 버즈봄(buzz bomb). 2차 세계 대전 때 독일군이 사용한 V1로켓의 별명이다.

숲속의 늙은 아이들

그곳에서 또 다른 한 노인이 그들과 동행했다. 그녀는 캐나다 군인 식당에서 종업원으로 일했고 간호 업무를 도왔다. 그녀는 눈물이 뺨 위로 흘러내리는 가운데 묘지의 한가운데 서서 팔을 양옆으로 벌렸다. "이 병사들은 나의 아이들이에요." 그녀는 하늘을 향해 소리쳤다.

아이들이었던 것이 아니다. 아이들이다.

"여기가 당신 아버지가 있었던 곳이오." 쾌준에게 지도를 주었던 노인이 티그에게 말했다. "여기가 바로 그곳이오."

준장은 데벤테르 해방 직후 또 다른 시를 썼다. 월과 일이 모두 기록된 첫 번째 시였다. 1945년 4월 18일. 그날—넬은 기록을 찾아봤다.—다수의 독일 군인들이 항복했다. 수천 명의 군인들이. 흑백사진들도 있다. 소총을 든 보초들이 측면에 선 가운데, 더럽고, 너덜너덜한 옷을 입고, 발을 질질 끌며, 때로는 손을 머리 뒤로 올리고 길게 줄을 서서 걷는 군인들.

베어마흐트* 1945

* Die Wehrmacht. 1935년부터 1945년까지 운용된 나치 독일 국방군을

절망의 그림자 속에서,
패배의 어두운 문이
침묵 속에 닫힌다.
지쳐빠진 발을 재촉할
승리의 섬광이 비칠 희망은 없다.

영광스러운 희망들은 사라졌다.
자만심으로 양육된 그 희망들은
인간의 연민을 없앴다.
전사는 심판의 자리로
슬프게 길을 더듬어 간다.

                                    1945년 4월 18일

흡족해하지도, 허세를 부리지도 않는다. 침묵과 닫히는
어두운 문. 디미누엔도. 그 모든 아드레날린 상승 이후, 승
자들에게나 패자들에게나 똑같이 찾아오는 환멸. 넬은 회
고록을 읽어보았다. 이런 분위기가 묘사되는 걸 들은 적이

지칭한다.

있었다. 이제 어떻게 할 것인가? 이제 그것을 짊어지고 살아야 한다. 자신이 무엇을 했든, 한때 그것을 정당화하는 이유가 뭐라고 생각했든, 그 결과를 끌어안고 살아가야 했다. 승자들이나 패자들이나, 그것을 끌어안고 살지 않은 이들도 있었다. 자살을 했다. 죽이고 또 죽이고 나서 자신이 죽인 결과와 다른 이들이 죽인 결과들을 목격하고 그냥 태연하게 망각해 버릴 수는 없었던 것이다. 이미지가 너무나 깊이 각인되어서 그걸 지워버릴 방법이 없었다. 두개골에서 그 모든 것을 밀어낼 수 있을 거라고 생각할지 모르겠지만 그 이미지는 여전히 그곳에 남아서 당신을 기다렸다. 사람들이 밤에 찾아와 당신의 의자에 앉아 있지만 당신에게는 말 한 마디 건네지 않았다. 방문객의 일부는 죽은 자들이다.

그다음 어떤 일이 벌어졌던가? 군대는 북쪽으로 갔다. 준장이 캐나다 제2보병연대를 지휘하고 있을 때 베스테르보르크를 해방시켰다. 유대인들이 죽음의 수용소로 가는 길에 임시로 수용되던 감옥이었다. 해방작전을 벌이던 자들에게 베스테르보르크 해방은 충격이었다고 보고서에 적혀 있다. 대략적인 경고를 받았지만, 실상을 맞닥뜨릴 준비가 안 되어 있었던 것 같다. 어떻게 이런 곳이 존재할 수 있단 말인가? 누가 이런 것을 상상할 수 있었던 말인가?

영국군이 베르겐벨젠*을 함락한 후 며칠 뒤에 준장이 그곳에 도착했다. 그곳의 상황은 더 끔찍했다.

어떤 시상도 떠오르지 않았다. 티그가 알기로는 준장은 이 경험에 대해 한 번도 이야기한 적이 없다. 삶의 마지막 순간까지 말하지 않았다. 적어도 티그에게는 하지 않았다. 거의 하지 않은 거나 마찬가지였다.

그 직후, 날짜를 명확히 적은 또 다른 시가 나온다.

"정전"

우리의 전쟁은 끝났다. 사람들은
다른 이들이 죽어간 벌판에 살아간다.
고통은 이제 잊혔는가? 우리는
우정, 허튼소리, 어리석은 웃음을
연대의 긍지와 함께 떠올린다.

* 베스테르보르크와 마찬가지로 네덜란드 내 유대인 강제수용소가 있던 곳이다. 안네 프랑크도 이곳에 수용되어 있었다.

　　　　　　　　　　　　숲속의 늙은 아이들

자유분방한 장난이 아닌 우리의 기쁨은
가슴 깊숙이 놓여 있다.
열렬한 연인이 자신의 사랑을 제어하듯이,
눈물이 흐를까 두려워 우리는
미소로 오늘을 맞이한다.

독일, 1945년 5월 9일

5월 9일은 유럽에서 전쟁이 끝난 다음 날이었다. 모호한 의문부호가 다시 사용되었다. 고통이 이제 잊혔다고? 마치 **다시 생각해 보라** 하고 말하는 것처럼. 이번에는 직유법으로만 등장하는 열렬한 연인은 이 시에서도 표피적 미소와 내적 비애와 연관되어 있다. 눈물에 대한 두려움이 나온다.

당시 준장은 갓 서른일곱 살이었다. 이제 그의 나머지 삶이 다가오는 것이다.

이것으로 끝인가? 다른 시는 더 없는가? 넬은 순서를 똑바로 정리했는지 보기 위해 다시 점검한다. 그러나 보라. 놓친 것이 있다. 「소망」이 타자된 반쪽 종이 뒷면에 다른 시가 있다. 이 시는 유일하게 다른 타자기로 기록되었다. 다른 모든 시들과 달리 이 시는 소문자 제목을 갖고 있다.

각성

차가운 잿빛 안개, 모든 것을 보는 선명한
눈을 가진, 떠오르는 태양이 바라본다
덧없는 어둠이 달아나는 것을.
진실은 가장 없이 벌거벗은 채 서 있다.

달은 현명했고, 구름은 기술이 좋았다.
그들의 조합으로 장면은 금빛으로 빛났다.
그리고 이제 나의 눈은 그들의 슬픔을 쏟아낸다.
기쁨이 있던 곳에 비애가 놓여 있다.

날짜가 없다. 이건 무슨 상황일까? 넬은 궁금해한다. 그
리고 어떤 시를 먼저 썼는가? 같은 여자인가, 아니면 다른
여자인가, 아니면 여자에 대해 쓴 것이기는 한가? '기쁨'은
낭만적 만남을 가리키는 것 같지만 — 이를 테면, 전투 장
면이 아니라 — 차가운 잿빛 안개와 그림자가 드리운 달은
「라이히스발트」의 풍경과 비슷하다. 「소망」이 과거의 사건을

　　　　　　　　　　　　　　　숲속의 늙은 아이들

언급하는 듯하다면, 「각성」은 시간적으로 보다 가깝게 느껴진다. 그러나 두 편은 같은 종이에 기록되어 있다.

무슨 사연이었는가? 물어볼 사람이 아무도 남아 있지 않다. 그런데 결국 이게 넬과 무슨 상관이란 말인가? 아무 상관도 없다. 단지 은 찻주전자, 설탕가루 체, 생선 나이프처럼 그녀가 물려받았다는 사실 외에는. 물건들은 여러 손을 거치고, 사물들은 잊히고, 그것들의 의미는 증발한다.

단정하게 정리된 서류철에 남아 있는 시들을 어떻게 할 것인가? 카누용 노와 함께 구석에 기대 있는 지휘도를, 또는 지하실 선반에 놓인 판지 상자에 든 수훈근무 훈장을, 또는 벨벳 천에 싸여서 아직 티그의 서랍장에 있는 은 브로치와 군복 단추를 어떻게 할 것인가? 일부는 살아 있고 일부는 죽어버린, 안락의자에 앉아 있지만 정말로 거기 있는 것은 아닌 침묵하는 사람들, 그리고 샤워실에서 목을 매달고 있는 사람은 어찌할 것인가? 그들 역시 이 모든 것의 일부인 것이다.

그리고 마사 겔혼의 편지, 준장의 이야기를 잠시 언급했던 그녀 여정의 한 편린도 있다. "전쟁은 내가 말할 수 있었던 것보다 언제나 더 끔찍했다."라고 그녀는 삶의 마지막 즈음에 친구에게 말했다. "언제나."

나는 왜 이 모든 것에 이토록 집착하는가? 넬은 스스로에게 묻는다. 이것에 왜 이렇게 얽혀 있는가? 죽은 자들의 편지를 읽는 것. 그들의 머릿속을 기웃거리는 것. 거의 80년 전에 일어난 일이다.

한밤중에 집 안을 돌아다니며, 너무나 많은 일이 일어났지만 너무 많은 것이 불분명한 과거의 응축된 조각 한가운데서 그녀는 무엇을 하고 있는가? 여기에 벽돌 하나, 저기에 유리 조각 하나, 삶의 파편들이 늘어져 있는 깨진 돌 더미를 파헤치는 것. 이해될 수 없는 것, 적어도 그녀는 이해할 수 없는 것을 이해하려고 노력하는 것. 주머니에 접어 넣은 종이. 준장은 이 말들을 아껴두었다. 잘 보호해 두었다. 언젠가는 누군가 읽어주기를 그는 바랐을 것이다. 그러지 않았다면 그냥 없애버렸을 것이다.

포기해야겠다. 나는 적합한 사람이 아니야. 넬은 생각한다. 나는 당신에게 부적절한 독자예요. 미안합니다. 내가 할 수 있는 유일한 말은, 당신의 목소리를 들었다는 것입니다. 아니, 뭔가를 들었어요. 아니, 뭔가를 들으려고 노력하고 있어요. 그렇죠?

숲속의 늙은 아이들

과부들

스티비에게,

편지 보내주어 고맙구나. 네가 여전히 건강하길 바란다.

이제 우리는 편지를 이런 식으로, 빅토리아시대 방식대로 모자를 살짝 벗어 올리며 건강 안부를 묻는 걸로 시작해야 하는 것 같다. 한때 방문카드를 남기는 것이 그랬듯, 이런 안부 인사도 필요조건이 되었구나. 그리고 우리는 이렇게 말하며 끝맺음을 해야 한다. "늘 안전하기를." 얼마나 터무니없는 개념이니! '안전'한 건 없다. 우리가 매달려 있는 연약한 줄은 어느 순간에든 끊어질 수 있고, 우리는 미지의 심연으로 곤두박질치게 될지도 모른다. '안전'이라는 단어를 불법으로 만들어야 한다. 사람들에게 잘못된 생각을 심어줄 수 있잖니.

미안하다. 나는 언어에 대해 까다로워지고 있다. 특정한 나이를 넘어서기 전에는 없는 증상이지. 젊은이들에게는 지금 쓰는 단어들이 늘 써오던 그대로지만, 늙은이들에게는 그렇지 않다. 우리는 간극을, 균열을 보게 된다. 수십 년 전의 농담은 더 이상 농담이 아니고, 새로운 농담이 생겨나지만 우리가 그걸 항상 알아듣는 게 아니니까. 우리가 현재 거쳐 가고 있는 이 청교도적 시기에는 농담이 그다지 잦은 건 아니지만(꼰대처럼 말하려는 건 아니란다.) 그래도 약간의 웃음은 여전히 허용되는 것 같구나.

하지만 각 세대의 캐치프레이즈는 빨리 사그라지는 게 순리다. "스키두 스물셋"이 무슨 뜻이었을까?" 내가 어렸을 때 이런 구절이 있었지만, 그때도 이미 낡은 표현이었고 고무줄놀이 노래의 일부라는 것 외에는 내게 아무런 의미도 전해 주지 못하는 말이었다. 이제 생각해 보면 불길한 고무줄놀이 노래였다. 도둑떼가 숙녀의 집에(당시 성인 여성은 '숙녀'라고 불렸단다.) 침입해서 그녀에게 뒤로 돌라는 둥 땅을 만지라는 둥, 명령을 내린단다. 좋은 결과가 날 수 없지.

도둑이 스물셋이고 여자는 한 사람밖에 없으니까. 그런데 '스키두'는 그 숙녀가 퇴장하면서 하는 말이었어. 그러니까 어쩌면 그녀는 도망쳤는지도 모르겠다.

우리는 죽음을 얼마나 조롱했는지! 핼러윈은 이불보를 뒤집어쓰고 유령인 척하거나 껍질 벗긴 포도를 그릇에 잔뜩 담아서 어린 친구들 눈을 가리고 손을 그릇에 집어넣게 만들 수 있는 기회였어. "눈알이야." 우리는 음울한 어조로 말하곤 했지. "우웩!" 하는 반응을 기대하면서. 그다음으로 죽어서 매장되고 구더기가 들끓고 퍼렇게 변하는 것에 대한 노래가 등장한다. 그땐 모두 아주 웃기게 느껴졌단다. 하지만 한때 바글거리던 장난꾸러기 아이들 가운데 몇 명이나 남았니? 몇 안 되지. 사라졌어. 그리고 그들과 함께 포도 눈알과 퍼렇게 썩어가는 몸에 대한 자취도 사라졌다. 소수의 오랜 친구들은 안간힘을 쓰며 절벽 끝에 매달려 있다. 햇볕 아래서 차를 마시고 과자를 먹으면서 별로 깨끗하지 않은 티셔츠에 부스러기와 우유를 흘리는 모습, 혹은 천천히, 어기적거리며, 얼음 위를 위험하게 미끄러지면서, 보행로의 눈을 삽으로 치우려고 애쓰다가 오히려 이웃 사람들에게 걱정을 끼치는 모습. 자, 제가 해드릴게요. 오, 아니요, 고맙지만 내가 할 수 있어요. 삶의 주기 마지막에 다다른 딱정벌레가 한때 익숙했던 꽃줄기를 여전히 용감하게 올라가는 것. 나는 어디에 있고 무엇을 하고 있는가? 딱정벌레는 의문을 가질지도 모른다. 저들은 얼마나 지속할 수 있을까? 이웃 사람들은 생각한다. 분명 아주 오래가지는 못할 거야.

오, 그들이 무슨 생각을 하는지 우리가 모를 거라고 절대 가정하지 말렴. 우리도 그런 모든 걸 생각했어, 한때는. 아직도 그런 생각을 한단다.

하지만 너는 이런 일을 전혀 겪지 않고 있지, 스티비. 너는 훨씬 젊잖니. 비록 지금 너는 그런 생각을 안 하겠지만. 네가 30년을 더 살게 된다면(네가 정말 그럴 수 있기를, 그리고 그때 네 상태에 따라서 물론 더 오래 살 수 있길 진심으로 바란다.) 네가 30년을 더 살고 나서 아직도 삶을, 대부분의 순간들을 즐기고 있다면(이미 우리를 향해 몰려오고 있는 거대한 미지의 파도를 고려해 볼 때, 누군가가 삶을 즐기고 있다면, 아니, 실제로 살아 있다면), 너의 개인 소유물이 홍수와 화재와 기아와 역병과 폭동과 침략과 기타 등등에서 파괴되지 않고 남아 있을 거라고 가정한다면, 현재 네 모습을 찍은 사진을 보면서 너는 이렇게 말할 거다. "그때 나 정말 젊었네!"

하지만 이건 매우 긴 여담이다. 너는 내가 어떻게 지내느

　　　　　　　　　　　숲속의 늙은 아이들

냐고 물었다. 사교적 예의상 인사였겠지. 거기에 대한 정직한 대답을 원하는 사람은 아무도 없다.

네가 의미한 바는 티그가 세상을 떠난 지금 내가 어떻게 대처하며 살아가고 있는지 묻는 것이었겠지. 외로운지? 고통받고 있는지? 집이 너무 텅 빈 것처럼 느껴지는지? 규정된 애도의 과정을 모두 완수하고 있는지? 장갑과 베일을 다 갖춘 검은 상복을 입고 어두운 터널로 들어갔다가 매우 활기차게 밝은색 옷을 입고 온갖 도전을 받아들일 자세로 터널의 반대쪽 끝으로 나왔는지?

아니다. 이건 터널이 아니기 때문이지. 다른 쪽 끝이란 건 없어. 시간은 실에 꿴 구슬처럼 인생의 사건들과 기억들이 연대순으로 나열되어 있는 직선이 더 이상 아니란다. 가장 기이한 느낌, 혹은 경험, 혹은 재배열이다. 이걸 너에게 설명할 수 있을지 모르겠구나.

그리고 내가 너에게 "티그가 정말로 떠난 건 아니다."라고 말하면 쓸데없이 너를 놀래게 되겠지. 너는 대번에 유령이라니 하고 펄쩍 뛰겠지, 아니면 내가 망상에 빠진 상태 혹은 치매인가 하고. 하지만 그중 어떤 것에도 해당되지 않는단다. 이 시간의 휘어짐 또는 겹쳐짐에 대해 너도 아마 나중에 이해하게 될 것이다. 이 겹쳐진 시간의 일부 속에서 티그는 생전만큼 여전히 생생하게 존재한단다.

이런 생각을 너와 공유할 의도는 전혀 없다. 걱정스러운 마음에 나의 젊은 친구들과 친척들에게 전화해서 나에 대해 어떤 조치를 취해야 하지 않겠느냐고 말하는 사태를 나는 원하지 않기 때문이다. 너는 언제나 의도는 좋은 참견쟁이였으니까. 그걸로 너를 비난하는 건 아니다. 너는 친절한 마음을 가졌고, 좋은 의도로 넘칠 정도로 꽉 차 있어. 하지만 캐서롤 식사를 갖다주는 것, 간접적이면서 탐사하는 듯한 질문을 하는 것, 전문가들의 방문을 받는 것, 돌봄을 지원하는 아파트를 사라고 조카들이 나를 설득하는 것 모두 내가 원하는 바가 아니다. 그리고 아니, 나는 크루즈 여행을 가고 싶지 않아.

한편 나는 다른 과부들 다수와 어울리고 있다. 그들 중 일부는 홀아비들이다. 인생의 동반자를 잃은 사람들을 칭하는 성중립적 단어를 우리는 아직까지 고안해 내지 못했다. 어쩌면 머지않아 **인동잃사** 같은 말이 등장할지도 모르겠지만, 아직까지는 아니다. 일부는 여자 동반자를 잃은 여자들이나 남자 동반자를 잃은 남자들이지만, 대부분 남편을 잃은 여자들이다. 남자들은 우리가 생각했던 것보다 약하더라. 그 사실 하나만은 명백하게 드러났지.

숲속의 늙은 아이들

우리가 무슨 이야기를 나누느냐고? 내가 이제 막 네게 설명했던 시간의 기이한 겹쳐지는 본성에 관해서. 우리 모두가 그걸 경험했다. 떠나간 사람의 기벽과 선호에 관해서. 어떤 주어진 상황에서 그들이 뭐라고 말했을지, 혹은 실제로 여전히 뭐라고 말하고 있는지에 관해서.

죽음의 장면들. 우리는 이것에 약간 집착하는 편이다. 그것을 공유하고, 다시 돌아보고, 편집하고, 배열한다. 뭐랄까, 그걸 좀 더 견딜 만하게 만들기 위해서. 어떤 식의 소멸이 최악이었나? 고통은 있지만 작별 인사할 시간을 충분히 가질 수 있도록 오래 끌며 점차 사라지는 죽음을 목격하는 것이 나았나, 아니면 갑작스러운 뇌졸중이나 심부전이 더 나았나? 그건 떠나는 사람에겐 더 편안하지만 우리에겐 더 힘들 수 있다. 이게 바로 그 순간이구나, 감지할 수 있었어요. 5분 정도 방을 비웠는데 그가 이미 떠나버렸어요. 닥쳐오리라는 건 예상하고 있었죠. 한 10년간? 너무 끔찍했겠어요.

정리하기. 그에 관련해서는 할 일이 아주 많다. 한 해 한 해 지날 때마다 너무 많은 것들이 쌓인다. 그러다가 작은 폭발 사건이 일어나고, 편지, 책, 여권, 사진, 서랍과 상자 속에 또는 선반 위에 모아둔 마음에 드는 것들 같은, 이제까지 모인 모든 물건들, 이 모든 것들이 떠나는 로켓, 또는 혜성, 또는 에너지의 파장, 또는 조용한 숨결을 계기로 사방에 흩어진다. 그리고 과부들은 쓸어버리고 골라내고 기부하고 물려주고 버려야 한다. 이곳저곳에 흩뿌려진 영혼의 편린들. 과부들은 이 작업에 완전히 몰두하면서, 몰두하는 만큼이나 그것 때문에 평정을 잃기도 한다. 우리는 조바심에 손을 비틀며 서로에게 전화해서 묻는다. "내가 도대체 ……로 뭘 해야 하는 거지요?" 빈칸을 채우시오. 우리는 수많은 제안을 해보지만 그 어떤 것으로도 가장 중요한 문제가 해결되지는 않는다.

우리는 후회되는 점들에게 대해서도 이야기한다. 적어도 그것의 일부라도. 내가 알았더라면. 그가 말을 해줬더라면. 내가 묻기만 했더라면. 내가 좀 더 ……했어야 했는데. 빈칸을 채우시오. 우리가 만일 ……하기만 했었더라면. 빈칸을 채우시오. 빈칸이 아주 많다.

우리는, 당연히, 불운의 상징이다. 우리는 과부들인 것이다. 우리도 알고 있다. 우리 주변에는 어색한 침묵이 감돈다. 사람들은 발끝으로 조심스럽게 걷는다. 우리를 저녁 식사 모임에 초대해야 할 것인가, 혹은 우리가 관 덮는 천 같은 무거움으로 전체 분위기를 흐릴 것인가? 물론 우리는 관 덮는 천 같은 무거움을 퍼뜨리지 않으려고 노력할 것이다. 관

숲속의 늙은 아이들

덮는 천은 불쾌하다.

　다른 곳, 다른 시대에는 사정이 더 나빴다. 우리는 산 채로 죽은 왕과 매장되거나 화장용 장작더미에서 그와 함께 했다. 그와 죽음을 공유하는 운명을 피했다 하더라도 우리는 평생 검은색이나 흰색 상복을 입어야 했다. 우리는 사악한 눈을 갖고 있었다. 치명적인 독을 가진 검은과부거미는 우리를 따라 명명되었다. 사람들은 우리에게 악영향을 받지 않기 위해 성호를 긋고 침을 뱉었다. 노쇠하지 않았다면, 여전히 생명력이 조금이라도 남아 있다면, 우리는 고삐가 풀린, 억제되지 않은 작은 성적 모험을 찾아나서는 즐거운 과부들로 간주되었다. 어떤 파티에서 한 남자 노인이 실제로 내게 이런 의미의 암시를 한 적이 있었다.(우리는 아직도 파티에 간다. 발톱을 붉게 칠하지만, 아무도 화려한 발톱을 보지 못하게 신발을 신는다. 이런 발톱 미용이 우스꽝스러운 짓이라는 걸 알지만 어쨌든 한다. 소소한 막다른 쾌락.) 나는 그 노인을 막 만난 참이었다. 소개가 끝나자마자 그는 희미하게 음흉한 미소를 짓더니 이렇게 말했다. "그러면 당신, 누구 사귀고 있나요?" 농담이었겠지만, 아닐 수도 있다. 과부들은 돈이 많고 또한 잘 흔들린다고 사람들은 생각한다.

　나는 약간 딱딱하게 대답했다. "나는 과부예요. 티그가 이제 막 죽었어요."

"그러면, 상대 물색 중인가요?"

그의 입장에서는 노인식 연애 걸기의 한 형태였을 것이다. 우리 나이 사람들이 그런 식으로 수작을 걸어도 심각하게 부적절한 것은 아니다. 왜냐하면 양측 모두 어떤 결말도 도출되지 않으리라는 걸 알기 때문이다. 아니, 더 정확히 표현하자면, 어떤 결말도 도출될 수 없다는 것을. 수작질 동네, 그게 바로 우리 노인들이 사는 곳이다. 내게 부채가 있었더라면 그걸로 나는 기괴한 왕정복고시대 희극처럼 그를 익살맞게 쳤을 것이다. 오, 당신은 너무 짓궂어요!

나는 다음과 같이 말할 수는 없었을 것이다. "어리석은 짓 말아요. 티그는 아직 여기 있어요." 즉각적으로 뒷말거리가 생겼을 것이다. "저 여자는 맛이 가서 완전히 미쳐버렸네." "글쎄, 항상 좀 이상하긴 했잖아." 그런 식으로.

그래서 그런 생각은 우리끼리만 나눈다. 우리 과부들은.

*

스티비, 물론 나는 이 편지를 네게 보내지 않을 거란다. 너는 강의 다른 편에 존재한다. 네가 있는 그곳에는 네가 사

숲속의 늙은 아이들

랑하는 사람들이 여전히 실재한다. 이편에는 과부들이 있다. 우리 사이에는 건널 수 없는 강이 흐른다. 그러나 나는 너에게 손을 흔들고 네가 잘 지내기를 바랄 수 있다. 그리고 나는 그렇게 하도록 하겠다. 그러므로,

*

스티비에게,

편지 고맙구나. 네가 여전히 건강하기 바란다. 내가 어떻게 지내는지 물어봐 줘서 고맙다. 다행히도 상당히 잘 지내고 있단다. 모든 사람이 경험했듯 겨울이 지루하게 계속되었지만, 이제 봄이 왔고 나는 정원에서 바쁘게 시간을 보내고 있다. 벌써 설강화가 피었고, 수선화는 첫 싹을 내밀고 있단다. 앞마당 경계선에 심을까 생각 중인 오리엔탈나리를 눈여겨보고 있다. 수년 전에 키웠는데 내가 알아차리기 전에 나리딱정벌레가 먹어치워 버렸어. 이번에는 그 벌레들에 대비할 거야. 미리 경계하는 것은 미리 무장하는 것이니까.

아이들은 무탈하단다. 손주들은 아주 명랑하고. 새끼 고양이를 입양할까 생각 중이다. 다른 소식은 별로 없구나.

이곳에 오게 되면 알려주렴. 함께 점심 식사나 한번 하도록
하자.

안전하게 지내길.

애정을 담아서,

넬

숲속의 늙은 아이들

나무 상자

    넬은 휘청거리며 좁은 계단을 오르내리고, 방들을 들락날락한다. 이렇다 할 일 없이 그냥 돌아다니는 게 아니다. 읽고 싶은 책을 찾고 있는 것이다. 『매그레 덫을 놓다』. 예전에 읽은 적이 있지만 무슨 종류의 덫이었는지 잊어버렸다. 이번에 읽을 때는 결말을 미리 훔쳐보지 않을 것이다. 이번에는 책이 유도하는 대로 따라갈 것이다. 천천히 읽을 것이다. 빨리 읽어 치울 필요가 없다. 이제 삶에 그럴 시간적 여유가 있다. 왜냐하면 이제는 티그가.

    시공간에는 작은 개구리의 입처럼 열렸다 닫혔다 하는 출입구들이 있다.

사물들은 그 안으로 자취를 감춘다. 그냥 사라지는 것이다. 그러다가 아무런 경고 없이 다시 나타날 수도 있다. 사물들과 사람들, 여기 있다가 이내 사라졌다가 그러고는 여기 다시 나타날 수 있다. 예측할 수 없는 일이다.

얼마 전, 티그는 위쪽 브리지를 잃어버렸다. 과거 수세기 동안 의치라고 했던 것과는 달리 당시엔 틀니를 브리지라고 불렀다. 그들은 찾고 또 찾았지만 어디에도 없었다. 그러다가 탁! 키 큰 책장 꼭대기에서 나타났다. 넬은 그렇게 높은 곳을 볼 수 없기 때문에 평상시라면 찾아내지 못했을 것이다. 다른 곳은 다 찾아봤기 때문에 발판 사다리를 동원했던 것이다. 짜잔! 티그는 왜 그것을 거기 뒀던 것일까? 한번도 그런 적이 없었다. 아니면 거기에 놓아둔 적이 있었던가? 어쩌면 그것이 출입구 속으로 빨려 들어간 것일 수도 있다. 이곳으로 나가서, 그다음에는, 저기, 상당히 다른 곳에서 되돌아오는 것이다. 그러니까 어쩌면 티그는 그냥 가버린 것이 아니라 지금 어딘가에 있을지도 모른다.

『매그레, 덫을 놓다』는 여기, 세탁물 바구니에 들었다. 그래, 여기 있는 게 당연하지.

넬은 주방 상판에 몸을 기대고 서서 책을 펼친다. 책을 읽으며 저녁이라고 준비한 걸 먹을 것이다. 치즈 한 조각, 전

　　　　　　　　　　　　숲속의 늙은 아이들

자레인지에 데운 남은 수프, 크루아상을 흉내 낸 하루 묵은 구운 밀가루 제품을 얇게 잘라서 토스터오븐에 갈색 나게 구운 것. 다시 학생이 된 것 같다. 그때와 똑같은 무체계와 무책임함과 갑작스러운 의지의 분출, 똑같은 형태 없는 불안감, 똑같은 빈약한 식사. 그녀는 얼마나 수월하게 대략 60년 전으로 돌아갔는가. 아무런 격식도 차리지 않고 수상쩍은 남은 음식 깨작거리기.

티그는 제대로 된 상차림을 좋아했고, 와인 잔을 좋아했다. 특별 요리 만들기. 이런저런 추억, 이런저런 사람 또는 명분을 위해 건배하기. 특별 행사. 기념일.

이 크루아상을 만든 사람들은 분명 진짜 크루아상을 본 적이 없을 거라고 넬은 빵을 씹으며 생각한다. 뭉치지 않고 결이 살아 있게 만들어야지, 그녀는 누군지 모를 그들에게 소리 없는 메시지를 보낸다. 그녀가 개구리 입 같은 출입구 하나를 관리하게 되고 그 안에 물건들을 떨어뜨릴 수 있다면 어떻게 될까? 형편없는 크루아상은 다 사라질 것이다.

티그라면 이 묵직한 크루아상을 버렸을 것이다. 탐탁찮은 음식을 왜 먹는 거예요? 그는 말하곤 했다. 길이 마음에 들지 않으며 가지 말아요. 그녀가 궁색스럽게 군다고 그는 비웃었다. 음식물쓰레기에 대항하는 거라고요. 그녀는 말했다. 터무니없는 말이었다. 크루아상을 비료용 더미에 던지는 것보다 그녀의 소화관으로 내려보내는 것이 왜 덜 헤픈 짓이란 말인가? 그렇지 않다.

매그레 경감이 설치하는 덫은 여자들을 살해해 온 남자를 잡기 위해 고안된 것이다. 그 남자는 특정 지역에서 여자들을 죽이는데, 매그레가 알아차릴 만한 별다른 살인 이유가 없다. 여자들 간에 어떤 공통점도 없다. 하지만 매그레는 그들이 모두 갈색머리를 가졌다는 사실은 간과하지 않는다. 남자들도 살해당하지만, 매그레 책에서 그리 흔히 있는 일은 아니다. 아니, 넬이 그렇게 느끼는 것일 뿐인가? 죽임을 당한 여자들에 넬이 더 주목하는 것인가? 전체적으로 보았을 때 남녀 각각 몇 명이 죽었는가?

그 수를 헤아려볼 수 있을 것이다. 하나의 프로젝트가 될 것이다.

그녀가 삶에서 해온 대부분의 일들이 이런 부류인 것 같다. 궁극적으로 하찮은 프로젝트들. 그것이 누구에게 도움이 되었던가?

현재 장면이나 아무렇게나 마련한 저녁 식사나 막간의

숲속의 늙은 아이들

독서는 별장, 말하자면 일종의 별장에서 일어나는 일이다. 그녀와 티그가 충동적으로 구입한 부차적 거주지다. 그들이 거기에 갔을 때 별장이 있었고, 값이 쌌고, 숲속에 위치했기 때문이었다. 그리고 그들이 아직까지 모험에 열린 마음을 가진 삶의 단계에 있었기 때문에 사지 않을 이유가 없었다. 그들이 좋아한 점은 외진 위치와 새들이었다.

집 자체는 비참한 상태였다. 심지어 마감도 되지 않았다. 마루도 바탕바닥만 시공된 상태였고, 굽도리널도 없어서 틈새로 거미와 쥐며느리와 지네가 드나들었다. 그리고 습도가 높아서 벽 한쪽에는 곰팡이가 자라고 있었다. 그들은 상수도에서 기초공사만 이뤄진 지하실로 물이 새는 걸 발견했다. 설계가 잘못되었던 것이다. 벌집이 두 개 있었고, 쥐무리, 그리고 외부 벽과 석고보드 사이에 사는 비명올빼미가 있었다. 처마 아래 뒤쪽에는 찌르레기가 살았다. 지붕 아래 좁은 공간에는 다람쥐 여러 마리가 있었고, 녀석들은 플리커딱따구리가 만든 구멍을 통해 실내로 들어왔다. 처음 구입했을 때 집에는 생기가 넘쳤다.

그들은 불편한 점들을 조금씩 고쳐나갔다. 티그는 전선을 물어뜯어서 집 전체를 불태워버릴 수도 있었던 다람쥐들을 결국은 쫓아냈다. 냄비와 프라이팬을 두드리고 로큰롤을

틀어놓는 등 여러 번의 실패 끝에, 티그는 발판 사다리를 타고 올라가서 지붕 밑 좁은 공간에 카이엔 고춧가루를 잔뜩 뿌렸다. 다람쥐들은 눈을 비비면서 비틀비틀 빠져나갔고, 티그는 그들의 출입구에 주석 조각을 못으로 박았다. 그 이후로 다람쥐들은 티그를 볼 때마다 비명을 질러댔다.

여름의 열기를 누그러뜨리기 위해 티그와 넬은 방충망을 두른 외부 현관을 설치했다. 나중에는 일층 작업실, 샤워실, 그리고 비바람 속에서 등산을 하고 온 후 진흙이나 모래로 더러워진 등산화를 벗을 현관 통로를 만들었다. 부엌에 좋아하는 조리 도구를 장만했고, 알뜰마당 시장과 지역 폐기물수거장에서 집어온 물품들로 방을 장식했으며, 지붕을 새로 갈았다. 그들은 그 모든 것을 얼마나 즐겼던가!

그건 활동적이었던 시기에 한 일이다. 그다음에는 속도가 둔화되는 시기가 찾아왔다. 유유히 흐르는 강처럼 퇴적작용이 일어났다. 도시 생활에서는 필요하지 않았지만 그렇다고 그냥 내버릴 수 없었던 물건들이 결국 이 집으로 오게 되었다. 30년에 걸쳐 겹겹의 침전물들이 봄들과 여름들과 가을들과 봄들과 여름들 동안 천천히 형성되었다. 그리고 이제 넬은 마치 집이 화산재에 묻힌 것처럼 이 모든 겹들 깊이 파고 들어가 발굴 작업을 해야 한다. 폼페이에서처럼 완벽하게 보존된 보물들이 있을 것인가? 좀 더 적합한 비유는 이것이다. 영혼의 여정과 사후 계속되는 영혼의 존재를 도와주기 위해 넣은 물품들이 있는 사막이나 정글에서 발견된 고대의 무덤. 잡지 정리대 — 이건 어디서 구한 것이고, 마지막으로 사용된 때가 언제였던가? 정리대 안에 있는 잡지들은 최소한 10년이 넘었다. 해체된 엽총. 바닥 유리에 금이 간 큰 주석 맥주잔.

화장실 개수대 아래에는 엄청난 양의 알약과 튜브와 작은 용기들이 있다. 유효기간이 한참 지난 진통제. 응고된 기침 시럽. 나무처럼 딱딱한 치약.

맨 안쪽에는 말라비틀어진 면도솔과 쪼그라들고 금이 간 비누덩어리가 든 오래된 머그컵이 있다. 비누는 아무 냄새도 안 날 정도로 오래되었다. 면도솔도 마찬가지다. 거기에는 티그의 흔적이 하나도 안 남아 있다. 아직도 그를 연상시키는 머리빗과는 달리. 그녀는 침대용 곁탁자 서랍 속 작은 손전등, 연필 두어 자루, 기침약 반 상자에 둘러싸인 작은 유물함 속에 머리빗을 고이 넣어두었다. 이렇게 모아둔 것들을 자식들이 보면 음울하다고 생각할까? 그렇다. 그럴 것이다.

음울하죠. 티그가 조용히 말한다. 그렇지만 좀 웃기기도

해요.

아이고 대단하네, 넬이 생각한다. 죽은 사람이 상상친구가 됐어. 이 방면에서 그녀가 최초는 아니다.

티그가 매일같이 면도를 했던 때가 언제였던가? 그때도 콧수염은 그대로 두었다. 언제부터 면도를 중단하고 전체 수염을 기르기 시작했던가? 당시에는 인상적이었지만, 이제 그런 세세한 사실을 기억하기란 너무 어려운 일이다. 사진 기록이 있지만 — 코다크롬* 슬라이드 — 지금 당장 그걸 뒤적여 볼 기분은 아니다.

머그컵은 빅토리아시대 이전 것이리라고 그녀는 추정한다. 담자색과 검은색이 조합되어 있다. 올리브 잎사귀인 듯한 화환 속에 시가 한 편 있다.

기억

태양은 그 찬란함을 잃을 것이고,
조류는 흐름을 멈추리라

* 코닥에서 1935년에 만든 슬라이드 필름이다.

그리고 폭군의 가슴은 연약해지고,
다른 슬픔에 녹아버리리라.

그대 차가운 숨결의 12월은
오월의 꽃을 말려 죽이리라.

이제 멀리 있는 침구들이
내 기억에서 사라지기 전에!

침구들이 아니라 **친구들**이다. 인쇄 작업을 하는 사람이
(어떻게 했을까? 일종의 스텐실이었을까?) 니은(ㄴ)을 미음(ㅁ)
으로 잘못 새겼다. 사람들이 실수를 알아차리기까지 얼마
나 걸렸을까? 그리 오래 걸리지 않았을 거라고 넬은 짐작한
다. 그러나 한 회 분량의 머그컵들이 구워진 후에는 유약을
발라 구운 컵의 오자를 고칠 방법이 없었을 테고, 그렇다고
해서 그걸 낭비하고 싶지도 않았을 것이다. 그리고 불평하
는 사람이 있었다면 다음 회에 구운, 맞춤법이 바른 머그컵
을 줄 수 있었을 것이다. 영세하게 운영되던 머그컵 생산자
들은 그렇게 생각했을 것이다. 이건 싸구려 컵이었다.
 머그컵의 다른 쪽에는 그림이 있다. 맨발의 세 아이들. 누

더기 반바지를 입고 나뭇가지를 여러 개 들고 있는 소년, 돌쟁이 정도의 아기를 안고 있는 좀 더 나이 많은 소녀. 배경에는 초가지붕 집이 있다. 돌일 수도 있고 동물일 수도 있는 두어 개의 짙은 색 덩어리. 멀리 떨어져 보이는 뾰족한 산. 제목은 '오두막에 사는 어린이들'이다. 이것은 때로 「땔감 모으는 아이들」이라고 불리기도 하는 게인즈버러* 그림의 조잡한 복사본이다. 넬은 다양한 미술사 책에서 이 그림을 봤던 것을 기억한다. 머그컵 생산자들은 그림의 오른쪽과 왼쪽을 뒤집고, 집을 첨가하고, 시골의 빈곤을 탐구한 원작의 궁상맞은 모습을 상당히 많이 정리했다.

어린아이들과 이곳에 없는 침구들은 무슨 관련이 있는가? 넬은 궁금해한다. 그리고 개수대 아래 30년간 있었지만 전에 본 기억이 없는 이 머그컵을 티그는 어디서 구했던 것일까? 그녀를 만나기 전 영국의 벼룩시장에서 샀던 것일까? 이게 웃기다고 생각했을까? 선물이었을까? 그렇다면 누가 주었을까? 아마도 이건 일종의 농담, 감상주의에 대해 빈정거리는 눈 찡긋 같은 것이었으리라. 친구들/침구들. 티

* 토머스 게인즈버러(Thomas Gainsborough, 1727-1788). 18세기 후반 영국에서 가장 중요한 위치를 차지했던 화가 중 한 명이다.

그 친구들 중 누군가가 프로이트적 혀미끄러짐*이 담긴 미끄러운 점토 도자기의 가치를 이해했던 것 같다. 당시는 프로이트가 상당히 유행했다.

"안 웃겨, 나쁜 자식." 그녀는 목소리를 높여 말한다. 티그에게 하는 말이 아니다. 숨기고 있던 이 머그컵을 그녀의 시간 속에 슬며시 밀어넣은 보이지 않는 장난꾸러기 요정에게 하는 말이다. 그녀가 컵을 찾도록 놓아둔 요정. 왜냐하면 이제는 티그가.

보라. 그녀는 다시 울고 있다. "아, 그만 울어." 그녀가 말한다. 그러나 울음을 멈추지 않는다.

매그레 경감을 가장 좋아했던 사람은 티그였다. 그는 누가 살해당했는지는 별로 신경 쓰지 않았다. 가능하다면 1930년대의 프랑스, 아니면 자신이 처음 방문했던 때인 1950년대의 프랑스에 존재하고 싶어 했을 뿐이다. 책 내용과 똑같은 아연 상판이 있는 바, 똑같은 허름한 호텔방, 똑같은 야비한 눈빛의 수위, 모든 사람이 숨겨야 할 비밀을 가

* 프로이트적 말실수라고도 하며, 말실수를 통해 무의식 속에 억눌리거나 잠재되어 있던 진심이나 욕망을 드러내는 것을 칭한다.

진 지방 도시의 카페를 원했다. 불안해하는 지역 주민들이 그에게 거짓말을 하는 동안, 햇빛 아래서 화이트와인 한 잔을 마시며 앉아 있고 싶어 했다. 매그레의 꼬리에 꼬리를 무는 신중한 생각에 귀를 기울이고 싶었고, 필수인 벨트 매는 트렌치코트와 머플러 차림을 하고 매그레처럼 어두운 비에 흠뻑 젖고 싶었다. 매그레가 항상 드나드는 비스트로에서 식사하고 싶었고, 젖은 옷에서 구름 같은 김이 올라오도록 만드는 매그레의 괴물 같은 화목난로에 몸을 녹이고 싶었고, 매그레의 파이프로 담배를 피우고 싶었다. 티그가 파이프로 담배를 피우지 못하게 된 이후로 매그레의 파이프는 위안을 주었다. 그래도 그는 오랜 친구인 파이프들을 모두 파이프 진열대에 일렬로 세워 보관했다. 살인이 일종의 실수로 일어난 일이거나 살해당한 사람이 자초한 일이라고 느낄 때면 매그레가 살인자가 도망치도록 내버려둔다는 사실에 티그는 흡족해했다. 티그 역시 똑같이 했을 것이다.

죽기 1년 전부터(아니, 그보다 더 나중이었던가?) 티그는 책을 읽을 수 없게 되었다. 이름들도 잊어버렸다. 언젠가 저녁 식사를 하던 중에…… 저녁 식사는 완전히 딴판이 되어버렸다. 넬이 안간힘으로 허둥지둥 만든 임시방편 요리들이었다. 티그가 요리하는 것을 좋아했기 때문에 넬은 수년간

숲속의 늙은 아이들

저녁 식사를 준비한 적이 없었다. 클램차우더 통조림과 얼린 완두콩은 그녀의 대비책이 되었다. 언젠가 저녁 식사를 하던 중에 — 넬이 크림과 파슬리 한 줌으로 손을 본 치킨 누들수프 통조림이었다…….

"아주 맛있네요." 티그가 말했다. 그즈음 들어 자주 그렇게 말했다. 예전의 티그라면 이런 엉터리 방법을 경멸했을 것이다. 그는 모든 것을 다 직접 만들었던 것이다…….

언젠가 저녁 식사를 하던 중에, 티그는 숟가락을 반쯤 올린 채 잠시 멈추더니 창밖을 내다보았다. "그는 때때로 그들이 도망치도록 내버려뒀죠." 티그가 말했다.

넬은 그가 누구 얘기를 하고 있는지, 무슨 얘기를 하고 있는지 정확히 이해했다. 매그레 이야기를 하고 있었던 것이다. 곡을 잘 알고 있다면 몇 소절만 들어도 전체 노래를, 전체 심포니를 알아들을 수 있다.

집이 문제다. 당연히 그게 문젯거리다. 티그가 건강했던 때는 손쉽게 진행되었던 모든 일이 이제는 넬이 달려야 하는 장애물코스의 일부가 되었다. 정정: 걸어야 하는.

집은 1과 2분의 1층이다. 성당식 천장이 있는 거실이 일층이고, 그 위에 침실들이 있고 복도를 따라 발코니가 갖취져 있다. 그들은 여름에 집이 찜통이 되지 않도록 천창을 설치했다. 막대 같은 도구를 한 손으로 잡고 다른 한 손으로 비틀어서 이 천창을 여닫아야 한다. 그러나 넬은 거기까지 손이 닿지 않는다. 너무 높아서(티그에게는 너무 높지 않지만) 무언가에 올라서야 한다. 여러 해 전 중고품 가게에서 사온 작은 나무 발판. 그것은 기우뚱거린다. 발을 한번 잘못 디디면, 발코니 난간 너머로 거꾸로 넘어가 그 아래 타일 바닥에 떨어져 목이 부러질지도? 페인트 칠한 좁은 계단은 미끄럽고 너무 가파르다. 거기서 고꾸라진다면 거의 죽은 목숨일 것이다. 최소한 고관절 골절상을 입게 될 것이다.

비가 내릴 때면 말아 들이고 햇빛이 강렬할 때면 펼쳐야 하는 차양은 그 자체로 신체 운동이다. 그녀와 티그는 에어컨의 대안으로 차양을 설치했다. 에어컨은 있어 봤자 실외 공기만 차갑게 만들고 거의 무용했을 것이다. 결국 이곳은 통나무 오두막이라서 체처럼 공기가 다 빠져나가는 것이다. 그리고 아무튼 지구 온난화 등등을 이유로 두지 않았다. 그들은 30년 전 당시, 지구 온난화가 아직 너무 가까이 다가오거나 너무 늦은 것이 아니었을 때, 이미 그것에 대해 알고 있었다. 그들은 선풍기와 공기순환을 통한 냉방을 했다. 즉 창문을 여닫고, 차양을 말았다 폈다 했던 것이다. 비가 억

숲속의 늙은 아이들

수같이 내릴 때 차양이 이미 펴져 있다면, 늘어져서 찢어질 수 있다. 언젠가 한번은 잊어버리고 있다가 빗자루를 가지고 밖으로 뛰쳐나가서, 천둥이 우르르 쾅쾅 치는 가운데 차양에 고인 물이 흘러내리도록 밑에서 찔러댄 적이 있었다. 그들은 쫄딱 젖었다.

이제 그녀는 이 모든 것을 혼자 관리해야 한다. 이곳저곳을 뛰어다녀야 한다. 정정: 걸어다녀야 한다. 조심스럽게 걸어야지. 안 그러면 계단에서 떨어져서 목이 부러질 거야. 그녀는 스스로에게 말한다. 최근 몇 년간 그녀는 티그 때문에 계단이 걱정스러웠다. 그가 넘어졌대도 그녀가 그를 들어 올릴 수 없었을 터였다. 그러나 이제는 자신이 걱정거리가 되었다.

"빌어먹을, 티그." 그녀는 크게 소리친다.

천천히 해요, 그는 소리 없이 대답한다. 당신은 괜찮을 거예요.

"언제요?" 그녀는 그에게 묻는다. "내가 언제 괜찮아질까요?"

넬과 티그는 서늘한 저녁 공기 속에서 벤치에 나란히 앉아 해 지는 풍경을 바라본다. 그들은 티그가 사우나용으로 설계하고 지은 작은 헛간에서 사우나를 했다. 그가 처음으로 관절염 증상을 느꼈을 때, 사우나 같은 것으로 시간을 되돌릴 수 있다고 생각했던 때 지었던 것이다. 그런 행운은 없었지만, 어쨌든 그게 현재 상황이다.

그들은 손을 잡고 있다. 스파에서 입는 것 같은 수건 천으로 된 하얀 목욕가운을 입고 있다. 수건 천 소재 목욕가운이 유행이었을 때, 스파가 유행이었을 때, 넬이 산 것이다. 어쩌면 이 두 가지 모두 여전히 유행인지도 모른다. 넬은 확인해 보지 않았다. 시류에 맞춰 사는 게 더 이상 매력적으로 느껴지지 않는다. 목욕가운 여기저기에 면실 가닥이 달랑거린다. 수건 천은 그게 문제다. 넬은 그걸 잘라야겠다고 다짐한다.

티그는 스파에는 절대로 가지 않았을 것이다. 그는 여송연을 더 좋아했다. 목욕가운은 그에게 너무 작다. 팔이 너무 짧다. 옛 영화에 나오는 프랑켄슈타인 괴물들 팔처럼 그의 손목과 아래팔이 소매에서 삐져나와 있다. 시체를 조각내 뇌와 신체 부위를 연결하면서도 완성된 제품에 맞을 옷 크기에는 전혀 관심을 두지 않는 미친 과학자와 너무 비슷하다.

지는 해는 주황색이었다가 이내 붉은색으로 변한다. 내

　　　　　　　　　　　　　　숲속의 늙은 아이들

일은 날씨가 좋을 것이다.

"우리는 오랫동안 잘 달려왔어요." 티그가 말한다.

"네. 그랬어요."

"아주 운이 좋았어요."

"네, 맞아요."

"좋은 일도 좀 했죠."

"맞아요. 좀 했지요."

"고마워요."

티그는 근래 들어 고맙다는 말을 아주 많이 한다. 넬은 이걸 감당하기 힘들다. 그녀는 익숙하지 않은 이 감사를 밀어낸다. 그녀가 원하는 것은 그런 감사가 아니라 옛날 티그를 돌려받는 것이다. 더 부주의하고, 자신만의 경로에 열중하면서, 그녀에게나 다른 어느 누구에게, 예를 들면 신용카드 회사나 세입징수관에게 갚아야 할 빚은 없는지 따위는 거의 신경 쓰지 않고 유쾌하게 삶을 살아오던 티그를. 성실 납부자인 넬은 티그의 이런 특징이 놀라웠지만 막연하게 설레기도 했다. 이제 그가 어떤 암묵적인 영적 계좌의 잔고를 맞추고 있다는 것이 넬은 탐탁지 않다. 이런 고맙다는 말에 어떻게 응답할 것인가?

"나도 고마워요." 그녀는 말한다. 그렇게 하면 그럭저럭 괜찮은 듯하다.

잠시 침묵이 흐른다. 침묵의 말을 말하고 듣는다. 나는 곧 떠날 거예요. 안 돼요! 가지 말아요! 때가 되면 내가 여기를 벗어날 수 있도록 도와주겠어요? 네, 하지만 아직은 안 돼요.

"여전히 나였으면 좋겠어요." 티그가 말한다.

"당신은 아직 당신이에요." 넬이 말한다.

"아직까지는." 티그가 말한다.

또 다른 침묵. "우리는 헤쳐나갈 거예요." 넬이 말한다.

"그래요. 그럴 거예요." 티그가 말한다. 그들은 맞잡은 손에 꼭 힘을 준다.

그들이 이런 대화를 처음으로 나누는 것은 아니다. 마지막도 아닐 것이다. 예를 들면, 넬은 바로 지금, 한밤중에 그 대화를 나누고 있다. 그녀가 매그레 경감을 원할 때 그는 어디 있는가? 매그레라면 단서를 추적해서 알아낼 것이다. 아하, 그는 그렇게 말하거나, 아니면 그 무슨 비슷한 말을, 그러나 프랑스어로 할 것이다. 티앙(Tiens)!*

빨리, 책을 펼쳐, 그녀는 스스로에게 명령을 내린다. 책

---

* 감탄사로 사용될 경우 '여기 있었네!' '이것 봐!' 정도의 의미를 지닌다.

속으로 들어가. 티앙! 매그레가 놓은 덫은 갈색 머리 여자 경찰이다. 그녀는 잠재적 살해 희생자인 척하고 있다. 당신 계획은 어떨 땐 너무 아슬아슬해요, 그녀는 그에게 호통친다. 이 유인하는 여자가 정말 죽임을 당하면 어쩔 거예요? 그렇지만 그녀는 살해당하지 않을 것이고, 매그레 역시 죽지 않을 것이다. 그는 단골 카페에서 맥주를 마시고, 파이프 담배를 피우고, 단골 비스트로에서 식사를 하고, 덫을 놓으며 영원히 살아 있을 것이다.

넬은 냉장고 청소를 한다. 밤에 시간을 때우기 좋은 또다른 프로젝트다. 비교적 새 냉장고다. 그들이 집을 비운 동안 정전이 된 뒤로, 냉장고 기능이 다시 돌아오지 않았고 냉동고에 있던 새우 한 봉지가 상해 버려서 예전 냉장고를 버려야 했다. 썩어가는 새우보다 냄새가 고약한 것은 별로 없다. 그다음부터 그들은 항상 냉동고를 비워두도록 신경 썼다.

반병 남은 피클, 의심스러운 남은 케첩, 이제 가망 없는 마요네즈, 거의 영원히 지속되도록 만들어졌지만 그래도 한계가 있는 크리스코 쇼트닝도 모두 버려야 한다. 토닉워터 캔은 계속 놔둬도 된다. 아직 열지 않은 작은 라임주스 병도 괜찮다.

냉장고 문의 선반에는 마멀레이드 병이 있다. 티그 이름
과 1년 반 전 날짜가 쓰여 있다. 그가 만든 마지막 마멀레이
드였다. 그들이 만든.

그들이 마멀레이드를 만들기 시작했을 때(호기롭게 뛰어
들었던 또 하나의 열정적 취미였고, 그걸 위해 마멀레이드용
냄비도 구비했다.) 티그는 거의 모든 과정을 혼자서 다 했다.
그는 세비야오렌지를 사고, 과일을 자르고, 무게를 달고 계
량했다. 오렌지 씨앗을 얇은 천주머니에 넣어 밤새도록 물
에 담가두는 특별한 요리법을 복사해 두었다. 병을 소독하
고, 계속해서 끓이고 또 끓였다. 젓지 않도록 주의했다.

한때 뛰어난 잼 제조가였던 넬은(사과 잼, 할라피뇨 잼,
야생포도 잼, 그게 언제였던가?) 잼 농도 맞추는 비결을 갖
고 있다는 이유로 마지막 단계에만 소환되었다. 뜨겁고 시
럽 같은 잼이 묻은 숟가락 공중에 흔들기, 후후 불기, 차가
운 흰색 접시에 잼 한 방울 떨어뜨리기, 그것이 아직 묽은
지, 혹은 주름이 지는지, 혹은 굳는지 면밀히 관찰하기. 이
모든 과정에서 설탕공예용 온도계의 도움을 받았다. 그렇
지만 온도계가 완벽한 수단은 아니었고, 그녀는 여전히 숟
가락과 접시가 필요했다. 충분히 기다리지 않아서 병 속에

담았던 내용물을 모두 다시 냄비에 붓고 좀 더 끓여야 했던 적이 한두 번 있었다. 그렇지만 한두 번뿐이었다.

티그는 마멀레이드 만들기를 사랑했다. 모든 병에 이름 표를 붙이고, 각각에 날짜를 쓰고, 자신의 이름으로 서명했다. 그들 친구 중에 마멀레이드를 좋아하는 사람들은 그걸 선물로 받았다. 물론 티그와 넬은 자신들이 먹을 분량을 충분히 남겨두었다. 티그는 갈색 토스트 위에 마멀레이드를 잔뜩 올리고 간 후추를 뿌렸다. 그는 지나치게 단 음식은 좋아하지 않았다.

시간이 흐르면서 넬의 역할이 늘어갔다. 약간의 긴장감이 돌기 시작했다. 기분을 맞추기 위한 기지가 필요했다. 티그는 여전히 오렌지를 자를 수 있었지만, 자신의 글씨를 더 이상 읽을 수 없었기 때문에 넬이 특별 요리법을 해석해 줘야 했다. 그녀가 계량도 해야 했다. 위기일발의 작업이었지만, 그들은 그 마지막 마멀레이드를 만들어냈다.

넬은 사진을 찍어뒀다. 단정하게 이름표를 붙인 마멀레이드 병들이 신문지에 나열된 모습. 티그의 이름이 적혀 있지만 글씨를 쓴 건 그녀였다. 티그는 늘어선 마멀레이드 병 뒤, 주방 상판에 앉아 있다. 사진 속에서 그는 구슬픈 표정을 짓고 있다. 마치 무심하게 어깨를 으쓱하듯. 자신이 사기

꿈 같다고 느끼는 걸까? 예전 자신이 지녔던 마멀레이드 역량을 기억하며 슬퍼하는 걸까? 그들이 적어도 마멀레이드 만들기 의식을 치러냈다는 것에 대해 기뻐하는가? 표정을 읽어내기 힘들다.

이제, 냉장고 안에 잼이, 완전 마지막 마멀레이드 병이 있다. 마지막으로 남은 반병. 먹을 것인가 말 것인가? 어떻게 하든 두 선택 모두 일종의 모독으로 느껴진다.

침대에 가서 누워, 그녀는 스스로에게 말한다. 자러 가. 아침이 되면 그냥 마멀레이드로 보일 거야.

"그들한테 더 이상 관심이 없어요." 그가 말했다. 그 바로 직전에. 그가.

"그들이라뇨?"

"그 모든 것."

"정치인들 말하는 거죠?" 넬이 말했다.

한때 티그는 그들과 그 모든 것에 매우 관심이 많았다. 매일 저녁 뉴스를 열심히 시청하면서 논평을 붙이기도 하고, 외마디 소리를 지르기도 하고, 욕을 하기도 했다.

"네, 그들."

작년에는 "씨발돼지들"이라고 불렀을 것이다. 재작년에는

숲속의 늙은 아이들

보다 정교한 욕이었다. "한 놈은 한 푼짜리, 두 놈도 한 푼짜리, 다 씨발돼지들."

그래도 일부에 대해 찬성한 적도 있었다. 국민건강보험, 그것에는 찬성했다.

넬은 티그가 사용한 단어가 의아스러웠다. 씨발과 돼지는 둘 다 욕이 될 수 있다. 그러나 그 둘을 합쳐놓으면 단순히 그 두 단어의 합보다 더 큰 모독으로 느껴졌다. 돼지가 씹을 하는 것인가, 아니면 그 반대인가?

"이제는 그냥 나무만 보고 싶어요." 티그가 말했다. "그들 역시 그 모든 것에 별로 관심 없어요."

그러다가 잠시의 침묵 후 이렇게 말했다. "그들은 뭘 해야 하는지 몰라요." 그가 의미한 것은 나무들이 아니라 씨발돼지들이었다. "아무도 몰라."

"우리가 처해 있는 이 난장판? 지구가 처해 있는 난장판?"

"네." 그리고 또 다른 침묵 후 덧붙였다. "그들뿐 아니지. 우리들. 우리 모두 마찬가지예요."

"인류를 의미하는 건가요?"

"네. 우리들." 짧은 침묵. "일부러 그러는 건 아니지요. 하지만 아무도 몰라요."

그는 천둥 동반 폭풍우도 좋아했다. 나무와 더불어.

티그의 팔에 이상한 자국이 생기기 시작했다. 티그가 가리켜 보여줬다. 넬은 처음에는 알아보지 못했다. 그가 상상하는 것인가? 아니었다. 마치 물속에 있는 것처럼 희미한 멍이 있었다. 반점들. 어느 정도 지나자, 더 걱정스럽게 피부에 핏방울이 맺히면서 작은 균열이 생겼다. 하지만 그는 어디 부딪치지 않았고, 자해하지도 않았다. 아니, 그랬던가? 그녀가 어떻게 알겠는가?

"아픈가요?" 그녀는 그에게 물었다.

"아니요."

통증이 없어서 오히려 더 문제였다.

티그는 잠을 많이 자기 시작했다. 낮 동안에 지나칠 정도로 많이 잤다. 그가 약통을 혼동해서 밤에 먹어야 할 약을 아침에 먹고 있었다는 사실을 넬이 발견하기까지 그랬다. 약통 표시를 좀 더 빨리 점검했어야 했다. 넬이 약통을 제대로 정리하자, 그는 밤에 지나치게 많이 잤다. 그는 그녀가 잠들 수 있기 이전에 잠자리에 들었다. 그녀는 살금살금 걸어다니며 불을 끄고, 난방 온도를 낮추고, 문을 점검했다. 예전에는 티그가 맡아 하던 일이었다.

그런 다음 그녀는 그의 옆자리에 조심스럽게 누웠다. 그녀가 아침에 깼을 때 그가 숨을 쉬고 있지 않다면 어떻게 할 것인가?

그녀는 그가 자는 동안 그에게 꼭 붙어 있었다. "떠나지 말아요. 제발 떠나지 마." 그녀는 속삭였다. 그가 잠들었을 때만 그렇게 말했다. 그가 깨어 있을 때 그런 말을 했다면 그는 어떤 대답을 할 수 있었을 것인가? 그의 점진적인 떠남에 대해 그들 둘 다 어찌할 도리가 없었다. 그는 그녀를 놓아두고 떠나는 것에 죄의식만 느꼈을 것이다.

뒤로 물러나는 사람이 축소되고 점점 더 작아지다가 멀리서 사라지는 것은 착시현상이다. 뒤로 물러나는 사람은 여전히 똑같다. 그들은 정말로 축소되지 않고, 정말로 가버린 것이 아니다. 그저 우리가 그들을 볼 수 없을 따름이다.

어느 해, 티그와 넬은 3월 한 달 동안 이 집에서 지내기로 결정했다. 이 집은 페리로 갈 수 있는 섬에 있다. 그러나 12월부터 4월까지는 페리가 다니지 않는다. 그 기간에 섬에 드나들 수 있는 방법은 경비행기밖에 없다. 그해 4월 1일 페리가 운행을 재개하기로 되어 있었다. 그들은 3월에 비행기로 들어갔다가 4월에 배로 나와서 주차해 둔 자신들의 차를 되찾기로 했다. 그것이 그들의 계획이었다.

3월 초에 호수는 여전히 얼음으로 뒤덮여 있었다. 섬의 길들 대부분도 마찬가지였다. 기온은 영하였다. 그들의 집은 이론적으로는 방한 대비가 되어 있었지만, 언제나 그렇듯 이론과 실제 사이에는 간극이 있었다. 굽도리널형(型) 난방기는 효율성이 낮고 비쌌다. 화목난로는 계속해서 땔감을 넣어주는 한 잘 작동했다. 그것은 따뜻하게 자러 갔다가 얼어붙을 듯한 추위 속에 깨어나게 된다는 의미였다. 여분의 담요가 있었고, 뜨거운 물주머니가 있었다. 그중 하나는 터져서 버려야 했다. 긴 내의도 있었다.

티그는 이 모든 경험을 사랑했다. 기운이 솟는다고 했다. 그는 다양한 도끼로 장작을 패고 나무들 가운데서 신나게 힘을 발휘했으며, 사슬톱으로 온갖 것들을 베어냈다. 그들 두 사람은 연중 이 시기에는 사람이 없는 강풍이 휩쓰는 호숫가를 걸었다. 바람에 날린 모래가 얼굴을 때렸다. 그들은 오븐에 음식을 익혀 저녁 식사를 마련했다. 여름에 그렇게 하는 건 어리석은 짓이었다. 저녁이면 난로가 활활 타오르는 가운데 티그가 제일 좋아하는 CD를 틀어놓고 살인 추리소설을 읽었다. 당시 그는 독일 가곡에 심취해 있었다. 엘리 아멜링. 그것 아니면 웨일런 제닝스 또는 스탠 로저스. 그의 취향은 다방면에 걸쳐 있었다.

숲속의 늙은 아이들

그런데 4월 초가 되어도 페리가 다니지 않았다. 사고가 나서 수리를 받아야 했던 것이다. 한편, 경비행기도 운행을 멈추었다. 그들은 고립되었다. 그뿐 아니라, 페리를 통한 봄의 주문 상품 배달을 기대하고 있던 섬 유일의 식료품 가게 재고가 바닥나기 시작했다. 가게에 남은 신선한 과일은 바나나밖에 없었다. 다행히도 바나나를 이용한 요리법이 여러 개 있었다. 그들은 모든 것을 시도했다. 프리터, 흑설탕을 곁들여 튀기기, 바나나빵 만들기. 그렇지만 버터도 떨어져가고 있었다. 버터가 없어지는 건 혹독한 일이 될 터였다.

넬은 갖고 있는 건조식품을 헤아려보았다. 마카로니, 쌀, 국수. 삶이 탄수화물로 넘치겠지만 거뜬히 생존할 수 있을 듯했다. 그즈음 집에서 소위 잔디밭이라고 할 수 있는 곳의 눈은 거의 다 녹았다. 어떤 해에는 잡초를 제멋대로 자라게 두면 어떤 일이 일어날지 두고 보았는데—아마도 나비가 더 많아지지 않을까?—마른풀 때문에 화재 위험이 높아져서 다시 잔디를 깎기 시작했다. 넬은 대접과 칼을 들고 밖에 나가서 그 모든 흰 음식에 비타민을 보충해 줄 봄 민들레를 캐기 시작했다. '피상리'는 민들레를 뜻하는 토착 프랑스어 단어다. 민들레는 잘 알려진 이뇨제이기 때문에 침대에 오줌을 누라는 뜻의 이름이 붙은 것이다.* 넬과 달리 요리에 뛰어난 매그레 부인은 분명 제철에 민들레 요리를 마련했을 것이다. 그러나 말투가 점잖은 그녀는 그보다 우아한 당드리옹**이라는 이름을 사용했을 것이다. 사자의 이빨.

넬은 칼로 땅을 푹 찔러서 피상리를 캐냈다. 먹기에 딱 적당한 상태였다. 꽃봉오리가 열리기 시작하면 쓴맛이 너무 강해졌다. 그녀가 땅에 쭈그리고 앉아서 민들레는 캐는 동안, 봄 이동을 하는 독수리들 한 떼가 머리 위로 지나갔다. 독수리들은 아프거나 죽음에 가까울 만한 생물체를 날카롭게 지켜보았다. 독수리들은 넬을 포착하고는 원을 그리며 날다가 집 주변의 나무에 내려앉아서 기대감을 가지고 그녀를 관찰했다.

민들레 잎으로 대접을 다 채운 후 그녀는 일어섰다. 독수리들이 날갯짓을 했다. "오늘은 안 돼." 그녀는 녀석들에게

---

* 피상리(Pissenlit)의 철자를 분해하면 '요를 적셔라(Piss en lit)'라는 뜻이 된다.
** Dent-de-lion. 영어로 민들레를 뜻하는 '댄들라이언(dandelion)'은 프랑스어 당드리옹에서 유래했다. 이는 중기 라틴어 '덴스 레오니스(dens leonis)' 즉 '사자의 이빨'이라는 표현에서 비롯되었다.

　　　　　　　　　　　　　　숲속의 늙은 아이들

말한다. "우리는 아직 살아 있어."

결국에는 독수리들이 항상 옳지, 그녀는 이제 생각한다. 어쨌든 독수리는 한때 신이었으니까. 보호자들. 낡은 것들을 먹는 존재들.

넬은 티그의 옷 대부분을 남들에게 넘겼지만, 셔츠 세 벌은 남겼다. 세 벌 모두 푸른색 바탕에 밝은색의 작은 무늬가 있다. 티그가 수십 년간 입어왔던 종류의 셔츠. 넬은 자신이 평상시에 그 셔츠를 입을 거라고, 당연히 너무 크니까 소매를 걷어올리고 청바지나 여름 바지 위에 입으면 티그가 팔로 자신을 감싸고 부드럽게 안아주는 느낌이 들 거라고 생각해 왔다. 위로를 느끼게 될 거라고 생각했다.

여태껏 그렇게 해보지 않았다. 셔츠는 위로가 안 된다.

그것은 그녀의 옷장 속에, 그녀가 여름에 입는 분홍색과 하얀색 마직 상의 왼쪽에 걸려 있다. 그녀는 티그의 옷을 한편 구석으로 최대한 몰아놓았다. 차마 그걸 쳐다볼 수도 입어볼 수도 없다.

그다음엔 어떻게 할 것인가? 교착상태에 접어든다. 그냥 천 조각에 불과해, 그녀는 스스로에게 말한다. 천 세 조각에게 질책당하지 않겠다고 결심한다. 질책, 애원, 간청을 받지 않겠다고. 그리고 그 옷가지는 자신들이 뭘 원하는지조차 알지 못할 것이다.

언젠가는 그 옷가지를, 셔츠 세 벌을 모두 한꺼번에 옷걸이에서 벗겨내 탁자 위에 떨어뜨리고, 마치 수영장에 뛰어들듯 손과 얼굴을 담글 것이다. 세탁인가, 세례인가, 익사인가? 일종의 비참한 의식일 것이다.

티그의 책상 위에는 물건들이 잔뜩 쌓여 있다. 잉크병, 다양한 종이클립 더미, 산화되어 녹색으로 변한 구리 동전들, 그림을 거는 고리와 철사, 푸석해진 고무줄, 휘어진 압정. 티그가 개구리들과 뱀들을 위해 만든 숲속의 연못에 관련된 오래된 서류철. 낡은 영수증. 사용한 입장권.

책상의 한쪽에는 길이 25센티미터 정도의 직사각형 상자가 있다. 수공예 상자인데, 그리 뛰어난 솜씨는 아니고 아마추어의 시도 같아 보인다. 나무 소재에 짙은 광택제 칠이 돼 있다. 한쪽 끝에는 각인하거나 양각으로 새긴 것 같은 티그의 이름이 있다. 아마도 망치로 쳐서 하나씩 새기는 금속 글자를 이용했을 것이다. 간격이 고르지 않다.

이것은 고등학교 프로젝트, 티그가 열서너 살에 작업(목공 작업의 줄임말) 과목 시간에 만들었을 법한 것으로 보인

숲속의 늙은 아이들

다. 수건걸이, 향신료 선반, 그리고 다른 물품들을 만들어 보면서 톱, 둥근 끌, 나사돌리개, 드릴 같은 날카로운 도구들과 뭉툭한 기구들의 용도를 배워야 했다. 그런 물품들을 명절 같은 때 어머니에게 선물해서 실제 가치 이상의 과도한 칭찬을 받곤 했다.

그 시절에는 여학생들은 작업 수업을 듣지 않았다. 그들은 망치에 대해 알 필요가 없다고들 했다. 대신 그들은 요리를 했다. 정체를 알 수 없는 하버드비트.* 그 안에 오렌지 껍질이 들어갔던 것을 넬은 기억한다. 아니, 식초였던가? 기억에서 사라진 블랑망주.** 피라미드처럼 고색창연한 플로팅 아일랜드.***

한 판 브라우니. 적어도 그건 없어지지 않았다.

잡지 속의 사진. 긴 머리를 옆쪽 가르마를 타서 리본 모양 머리핀으로 고정하고, 오븐 장갑을 끼고, 짙은 립스틱을

---

* 비트를 오븐에 구운 다음 껍질을 벗기고 얇게 잘라서 전분, 식초, 설탕, 소금으로 만든 소스에 넣고 약한 불에 끓인 음식. 색깔이 하버드대학교의 상징인 진홍색을 닮아서 하버드비트라는 이름이 붙었다는 설도 있고, 영국의 하우드 선술집(Harwood Tavern)에서 처음 만들어졌는데 미국으로 건너오면서 하우드가 하버드로 바뀌었다는 설도 있다.
** 크림이나 우유에 설탕을 섞은 것을 전분이나 젤라틴으로 굳힌 디저트다.
*** 커스터드크림에 구운 머랭을 띄운 디저트다.

바르고, 보조개가 드러나는 미소를 짓는 10대 소녀 두 명이 고마워하는 두 명의 10대 소년들을 향해 한 판 브라우니를 각각 내밀고 있다. 이 소년들은 셔츠와 재킷과 넥타이 차림에, 머리는 물로 매끄럽게 쓸어넘겼고, 역시 미소를 짓고 있다. 이 네 명은 매우 정중하다. 이 사진을 찍기 위해 포즈를 취했던 아이들은 이제 다 죽었을 것이다.

소녀들은 다른 이들을 위해 특별 간식을 만들어 주었다. 소년들은 다른 이들을 위해 목공품을 만들어 주었다. 예전에는 그런 식이었다.

그러나 티그는 자신을 위하여 이 나무 상자를 만들었다. 그는 이 상자를 수십 년간 보관해 왔다. 이 안에 무슨 보물을 숨겨두고 있었던가?

넬은 상자를 열어본다. 커다란 짜깁기용 바늘 두 개와 양말 깁기 용도의 다양한 색 양모 털실을 땋은 타래 하나. 티그는 보이스카우트 같은 곳에서 양말 깁는 방법을 배웠던 세대고, 양말을 기워 신어야 한다고 가르침받았던 세대다. 넬은 그가 양말 깁는 것을 본 적이 없었다. 바느질거리가 있으면 그녀에게 주었다. 그러나 언제든 그가 직접 할 수 있었다는 증거가 바로 여기 있다. 자족능력이란 가치 있는 목표다. 모름지기 남자란 자신을 돌볼 줄 알아야 했다. 양말은

숲속의 늙은 아이들

중요했다. 장시간 걸어야 할 때 발에 물집이 생기지 않도록 해주었다. 예를 들면 도망칠 때. 적을 피할 때. 게다가, 언제 그런 기술이 매우 귀중할 사막 섬에 가게 될지 아무도 알 수 없는 일이었다. 아니, 티그는 전혀 알지 못했다. 어느 순간에든 위험한 사고가 발생할 수 있었다.

부엉이처럼 렌즈가 둥글고 다리 한쪽이 사라진 안경 하나. 티그가 백내장 수술을 받기 전에 쓰던 안경이다. 수술 덕분에 세계가 잠시나마 총천연색으로 되돌아왔다.

갈색 가죽을 꼬아 장식한 커다란 단추 세 개. 넬은 이 단추들이 어느 옷에 달려 있었는지 기억할 수 없다.

티그가 이 상자 안을 들여다본 지 얼마나 되었을까? 이걸 완전히 잊었던 걸까?

아니면 그는 넬을 위해 이 상자를 남겨둔 것일까? 이것은 면도용 머그컵처럼, 덫인가? 개수대 아래 숨어 있거나 일상 생활의 배경으로 위장하고 있다가 그녀가 완전 무방비 상태일 때 갑자기 튀어오를 준비를 하고 있는 또 하나의 매복 공격.

"당신, 어쩜 그럴 수가 있어요?" 그녀는 그에게 말한다.

그는 어리둥절해한다. 내가 뭘 했는데요?

"당신의 나무 상자." 그녀가 말한다. "왜 이걸 저렇게 뒤에 남겨뒀어요? 내가 찾으라고?"

　왜 울고 있어요? 그가 말한다. 그냥 상자에 불과해요. 고
마워요. 우리는 장거리 달리기를 잘해 왔어요. 당신은 괜찮
을 거예요.

숲속의 늙은 아이들

"바지야, 낙엽이야?" 리지가 묻는다.

"내 추측으로는 바지야." 넬이 말한다. 두 사람은 나이에 걸맞은 수영복을 입고 부두에 서서 호수 바닥에 있는 어두운 부분을 들여다본다.

한 시간 전, 넬은 세탁한 옷들을 부두에서 바싹 말리고 있었다. 거기가 세탁물 건조에 최적의 장소였다. 70년 내내 최적의 장소였다. 그러나 그녀는 면 요가바지 위에 돌을 얹어두지 않았다. 그 정도는 당연히 알아서 했어야 하는데 말이다. 그런 다음, 탄식하듯 바스락거리는 나무들 사이로 언덕을 올라 집으로 돌아갔다. 바지는 가벼운 재질이고, 바람에 날려간 것 같다. 논리적으로 따져보면 호수 어딘가에 있어야 한다. 다른 바지라면 선선히 작별 인사를 했겠지만, 이 바지는 그녀가 좋아하는 것이다.

"나 들어간다." 그녀가 말한다.

"바지가 아닐지도 몰라." 리지가 미심쩍어하며 말한다. 물에 젖은 낙엽들이 모래와 자갈로 된 호수 바닥에 쌓인다. 그들의 오빠 로비는 다른 사람들의 편의를 위해서 이따금 퇴적된 낙엽들과 틈만 나면 자라는 작은 수중 잡초들을 갈퀴로 퍼내서, 커다란 아연 대야에 침전물을 담는다. 그다음 침전물의 운명이 어떻게 되는지 넬은 모르는 일이다. 갈퀴와 대야는 나무에 기대져 있었다. 오빠가 최근에 작업을 했던 것이다. 하지만 부두의 다른 쪽만 했을 수도 있다. 그러니까 저건 낙엽일 수도 있다.

넬은 부두의 끄트머리에 앉아서, 자디잔 나무쪽에 주의하면서 조심스럽게 아래로 내려간다. 그녀는 나무 쪼가리에 얽힌 긴 역사를 갖고 있다. 궁둥이에 박힌 나무쪽은 직접 보면서 빼낼 수 없기 때문에 특히 성가시다.

발이 모래에 닿는다. 수위가 허리까지 온다.

"물 안 차가워?" 리지가 묻는다. 그녀는 대답을 알고 있다.

"더 차가운 적도 있었어." 그건 언제나 정답이다. 그들 두 사람이 한때 정말로 부두의 끝에서 얼어붙을 듯한, 심장에 충격을 가하는 물속에 깔깔대며 뛰어들었던가? 몸을 둥그렇게 말아 물속에 풍덩 뛰어드는 대포알 다이빙도 했던가? 그랬다.

훨씬 더 어렸을 때 리지의 모습, 대포알 다이빙할 때보다 더 어렸던 두세 살 때의 모습이 넬의 눈앞에 스친다. "더미! 터다얀 더미!" 그녀는 그렇게 말하고 있었다. 아직 '거미'를 발음할 수 없었던 것이다. 더미. 더품. 더인. 그때 넬은 몇 살이었던가? 열다섯 살. 노련한 베이비시터. 너 아프게 안 해. 봐, 도망가잖아. 거미들은 우리를 무서워해. 부두 아래 숨고 있어. 그러나 리지는 안심하지 않았다. 그녀는 지금도 그때와 다르지 않다. 모든 단조로운 표면 아래 다리가 엄청 많이 달린 뭔가가 반드시 숨어 있을 것이라고 생각한다.

"내가 조준을 잘하고 있니?" 넬이 묻는다. 그녀의 발은 우유부단하게 움직이면서 부드럽게 간질이는 것들, 귀리죽 질감의 퇴적물, 날카로운 작은 돌멩이들, 막대기처럼 느껴지는 것들과 마주친다. 이제 겨드랑이까지 물에 잠겼다. 반사되는 각도 때문에 더는 물 아래 검은 조각을 볼 수 없다.

"그럭저럭." 리지가 말한다. 그녀는 드러내놓은 다리를 찰싹 때린다. 쇠파리들이다. 그것들을 잡는 기술이 있다. 뒤쪽으로 날아오를 때 손으로 갑자기 때려야 한다. 하지만 집중력이 필요하다. "좋아. 더 가까이. 좀 더 가까이. 약간 더 오른쪽으로."

"보인다." 넬이 말한다. "분명 바지야." 그녀는 왼발 발가락으로 잡아서 물을 뚝뚝 흘리며 바지를 끌어올린다. 그녀는 아직도 발가락으로 물건들을 채 올릴 수 있다. 미약한 성취지만, 그걸 비웃어서도 안 된다. 순간을 즐겨, 지속되지 않을 테니. 그녀는 스스로에게 의견을 피력한다.

내일 그녀는 부두에 널찍하게 칠해진 회색 페인트 혹은 나무 착색제를 손볼 것이다. 부두 표면에서 일어나 벗겨져 나간 페인트 조각이 사악한 SF 속 곰팡이가 번식한 듯이 호수 바닥에 깔려 있다. 부두를 칠한 것은 리지였다. 칠해야 한다고 했던 사람은 로비였다. 칠을 하면 목재를 보호하고 썩는 것을 방지할 수 있어서 부두를 다시 만들어야 하는 일이 없을 거라고 생각했던 것이다. 몇 번이나 칠했던가? 세 번, 네 번?

페인트, 혹은 나무 착색제에 대해서는 판단착오였다는 것이 밝혀졌다. 부두는 일광화상을 입은 것처럼 껍질이 벗겨지고 있고, 부분적으로 남아 있는 칠 밑으로 물이 스며들어 나무를 무르게 만들고 있다. 그래도 그들이 직접 부두를 다시 만들 필요는 없을지도 모른다. 현재 부두는 그들이 죽을 때까지는 버텨줄 것이다. 젊은 세대가 새로 만들어야 할 것이다. 그럴 마음이 있다면 말이다.

이건 그들의 어머니가 옷에 대해 하던 소리였다. 다른 스웨터 필요 없다. 이건 내가 죽을 때까지 멀쩡할 거야. 그때 넬은 그런 소리가 듣기 싫었다. 부모들은 죽지 말아야 한다. 죽어버리는 건 배려 없는 짓이다.

바지를 손에 들고 넬은 부두 쪽으로 어기적거리며 걸어간다. 어떻게 다시 올라갈 것인가 잠시 고민한다. 반대편에 판자 두 개로 된 이끼 덮인 낡은 임시계단이 있지만, 죽음의 덫인 그것은 제거되어야 한다. 큰 망치면 충분할 것이다. 하지만 그렇게 되면 계단이 부착되어 있는 거대한 통나무에 위험한 녹슨 못대가리 두어 개가 튀어나올 것이다. 누군가가 노루발을 가지고 작업을 해야 할 것이다. 하지만 넬이 하지는 않을 것이다. 작업 도중 못 하나가 갑자기 빠진다면, 그리고 그 여파로 그녀가 뒤로 넘어져 호수 얕은 곳에 빠진다면, 그러다가 파내려고 생각해 왔지만 아직까지 제거하지 못한 성가신 하얀 바위에 머리를 한 번 부딪힌다면 그걸로 끝장이다.

다시 생각해 보니 녹슨 못들을 빼내는 것보다 망치로 쳐서 밀어넣는 게 더 나을 것 같다. 자, 이제 누가 그걸 할 것인가?

넬은 흠뻑 젖은 바지를 부두 위에 패대기친다. 그런 다음, 부두를 고정시키는 수중 구조물의 미끄러운 통나무에 조심스럽게 발을 올리고 가장 가까이 있는 밧줄걸이용 나무 막대를 꽉 쥐고서 몸을 들어올린다. 너 늙은 바보 같으니, 정말 이런 짓 하면 안 되는 거야, 그녀는 스스로에게 말한다. 이러다가 조만간 목이 부러지고 말 게다.

"성공이다." 리지가 말한다. "차 마시자."

차 마시자고 말하는 건 쉽지만 실행에 옮기는 건 꽤 오래 걸린다. 일단 물이 다 바닥났다. 그럴 거라고 생각해서 양동이를 언덕 아래로 가져왔다. 이제 그들은 수동 물펌프를 갖고 씨름해야 한다. 올해는 여느 때보다 더 삐걱거리고, 수량도 줄어들었으며, 쇠 맛이 확연히 난다. 이는 지하 깊은 곳의 기둥형 필터가 막히고 있거나 망가지고 있다는 의미일 것이다. 로비에게 지하 기둥형 필터에 대해 물어보기, 리지는 할 일 목록에 적어넣는다. 리지와 넬은 함께 이런 목록을 끊임없이 만들었다가 이내 잃어버리거나 버려버리곤 한다.

그들이 가진 선택지는 필터를 파내는 것, 또는 새로운 필터를 묻는 것이다. 두 가지 모두 끔찍하다. 큰 망치질을 하라고 불려온 아들들 가운데 한 명, 혹은 손자들 가운데 한 명의 몫이 되거나, 아들들과 손자 양쪽 다의 몫이 될 것이다. 어느 누구도 넬과 리지 나이의 노파들이 직접 하리라고 기대하지는 않을 것이다.

그러니까, 그들 두 사람을 제외한 어느 누구도 기대하지 않을 것이다. 그 두 사람은 일을 벌일 것이고, 무릎 허리 발목 같은 데 부상을 입을 것이다. 그리고 젊은 세대가 억지로 떠맡게 될 것이다. 젊은이들은 당연히 일을 엉망으로 할 것이다. 당연히! 리지와 넬은 혀를 깨물고 입 닥치고 있어야 한다. 아니, 더 좋은 방법은 머리가 아프다고 하고 아예 보지 않는 것이다. 그런 다음 그들은 오두막으로 어슬렁거리며 올라가 살인 추리소설을 읽을 것이다. 책들이 보관됐던 곳 뒤에서 커다란 쥐 소굴이 발견된 후, 리지는 그동안 쌓여온 파리똥 묻고 누렇게 바랜 가족들의 문고본들을 자기 방 책장에 저자별로 정리해 두었다.

그들은 번갈아가며 펌프질을 한다. 물이 양동이 가득 찼을 때(아니, 그들 둘 다 가득 찬 양동이를 힘겹게 운반하는 일은 더 이상 하고 싶지 않으므로, 반쯤 찼을 때) 가파른 언덕을 비틀거리며 올라간다. 언덕에는 걸려 넘어질 위험 요소가 판판한 돌로 만든 계단이라는 형태로 장착되어 있다. 양동이를 번갈아 들고 숨을 몰아쉬며 꼭대기에 도착한다. 심장마비의 도시여, 여기 내가 간다, 넬은 생각한다.

"그는 도대체 왜 이걸 이 거지 같은 언덕의 꼭대기에 지어야 했던 거야?" 리지가 말한다. '그'라는 것은 화제에 따라 지칭 대상이 달라진다. 바로 지금, 그는 그들의 아버지다. '이것'은 그가 도끼, 가로톱, 쇠 지렛대, 당겨 깎는 칼, 그리고 다른 원시인 도구들을 이용해 지은 통나무 오두막이다.

"침입자들을 단념시키려고." 넬이 말한다. 이건 농담 반 진담 반이다. 배들이 불쾌할 정도로 가까이서 견지낚시 하는 걸 볼 때마다(물펌프 필터가 있는 곳은 강꼬치고기로 유명한 곳이다.) 그들은 똑같은 반응을 보인다. 침입자들이다!

그들은 용케 물을 거의 흘리지 않고 통나무집의 방충문 안으로 들어온다. "집 앞 계단에 무슨 조치를 취해야겠어." 리지가 말한다. "너무 높아. 뒤쪽 계단은 말할 필요도 없고. 난간을 설치해야 해. 그 양반이 무슨 생각을 했던 건지 모르겠네."

"그는 늙어갈 계획이 없었으니까." 넬이 말한다.

"그래. 그가 늙은 건 존나 놀라웠지." 리지가 말한다.

옛날 옛적에, 그들은 모두 통나무집 짓는 것을 도왔다. 당

숲속의 늙은 아이들

연히 그들의 아버지가 대부분의 작업을 했지만, 그건 아동 노동을 포함한 가족 프로젝트였다. 이제 그들은 말하자면 이 집을 떠안게 된 것이다.

다른 사람들은 이렇게 살지 않아, 넬은 생각한다. 다른 사람들의 별장에는 발전기가 있어. 수돗물도 나오고. 가스 바비큐그릴도 있어. 왜 우리는 텔레비전의 역사 재현극 같은 삶에 갇혀 있는 거지?

"우리가 양동이 두 개씩 운반할 수 있던 거 생각나?" 리지가 묻는다. "각자가?" 그건 불과 얼마 전 일이었다.

화목난로를 때기에는 너무 더웠기 때문에 그들은 아주 오래된 프로판가스 캠핑용 2구 버너에 물을 데웠다. 흡입 파이프 주변에 녹이 슬었지만, 지금까지 폭발한 적은 없었다. 새 프로판 버너가 목록에 있다. 찻주전자는 분명 법으로 금지된 종류의 양은 재질이다. 그걸 보는 것만으로도 넬은 암에 걸릴 것 같지만, 절대로 물건을 버리지 않는 것이 불문율이다. 뚜껑은 위치를 정확히 맞췄을 때만 아귀가 맞는다. 수년 전 넬은 분홍색 매니큐어로 동그라미를 뚜껑에 하나, 주전자 몸체에 하나, 두 개 그려 위치를 표시해 두었다. 쥐가 주전자 주둥이로 들어가 굶어 죽어서 악취를 풍기고 구더기가 들끓는 일이 없도록 뒤집어 보관해야 한다. 직접 해 보고 배우는 거지, 넬은 생각한다. 사는 동안 죽은 쥐와 구더기는 넘칠 만큼 많이 겪었다.

'차'라는 표시가 붙은 1940년대의 뚜껑 달린 에나멜 로스팅팬 안에 든 찻잎은 먼지나 다름없다. 내다 버리려고 계속 작정해 왔던 터였다. 리지는 그에 대비해서 직접 비닐 지퍼백에 티백을 담아 왔다. 물론 티백이 마루 먼지와 진흙으로 만들어졌다는 건 모두 알고 있지만, 축축한 찻잎보다 티백이 더 버리기 쉽다. 티그가 있던 시절에는, 그와 넬은 항상 인도 출신의 차 지식이 풍부한 여자가 운영하는 전문 상점에서 티그가 사온 찻잎을 사용했다. 티그는 티백을 조롱했을 것이다.

티그가 있던 시절. 이제는 지나가버렸다.

화목난로 위쪽, 벽의 높은 곳에 판판한 직사각형 모양의 번철이 걸려 있다. 넬과 티그가 40여 년 전에 농장 경매에서 사온 것이다. 넉넉함과 시끌벅적한 삶과 성장하는 아이들이 일상이었던 과거에, 이 번철에 사워반죽 팬케이크를 신나게 자주 구워 내곤 했다. 팬케이크를 뒤집어 굽는 일은 티그가 맡았다. 곧 구워진다! 다음 차례 누구야! 그녀는 이 번철을 똑바로 바라볼 수 없다. 그녀는 그것이 걸린 곳으로

숲속의 늙은 아이들

시선을 올렸다가 다른 곳으로 돌린다. 하지만 번철이 거기 걸려 있는 것을 언제나 의식하고 있다.

마음이 무너져 내리네, 넬은 생각한다. 그러나 우리 가족은 "마음이 무너져 내려."라고 말하지 않는다. 우리는 "과자 좀 있어?" 하고 말한다. 일단 먹어야 한다. 계속 분주하게 생활하고, 주의를 딴 데로 돌려야 한다. 그런데 왜 그래야 하는가? 무얼 위해서? 누구를 위해서?

"과자 좀 있니?" 그녀는 잠긴 목소리로 가까스로 묻는다.

"아니." 리지가 대답한다. "하지만 초콜릿은 있어. 그거 먹자." 그녀는 넬의 마음이 무너져 내리는 것을 안다. 굳이 말할 필요도 없다.

그들은 각자 차 한 잔과 특별 간식(소금 아몬드 초콜릿 두 조각)을 들고 방충망이 설치된 외부 현관에 내놓은 탁자에 앉는다. 리지는 현재까지 작성한 목록을 업데이트할 수 있도록 갖고 왔다.

"'장화와 신발류'는 지워버려도 돼." 리지가 말한다.

"그건 만세다." 넬이 말한다.

그들은 전날 로비의 예전 침실에 박힌 못에 걸려 있던 비닐봉지들을 정리했다. 각 봉지마다 낡은 신발 한 켤레와 쥐 둥지가 들어 있었다. 이 쥐들은 신발 안에 둥지 트는 걸 좋아했다. 녀석들은 이로 갉은 나무껍질과 나무와 출구 커튼에서 훔쳐온 실과 그 밖에 자신들의 목적에 부합하는 온갖 것들로 신발을 채웠다. 언젠가는 쥐들이 밤중에 리지의 머리카락을 뽑으려고 한 적도 있었다.

쥐들은 주방 상판이나 화장실 개수대 주변에 똥을 싸서 조그만 까만 씨앗 같은 것을 사방에 흘려두었고, 그러지 않을 때면 벽에 걸린 신발 속에서 새끼를 낳고 비닐봉지 바닥에 똥을 쌌다. 리지와 넬은 항상 덫을 놓아둔다. 그들이 놓은 덫이란 키 큰 쓰레기통의 회전식 뚜껑 위에 땅콩버터를 전략적으로 발라놓은 것이다. 이론상으로는, 쥐가 땅콩버터를 먹으려고 뚜껑 위로 뛰어들면서 쓰레기통 속으로 빠지게 된다. 대체로 효과적이지만, 때때로 아침에 땅콩버터는 사라졌는데 쥐가 없을 때도 있다. 넬과 리지는 언제나 쓰레기통 안에 건포도 몇 개와 쥐들이 숨을 수 있는 종이수건을 넣어 놓는다. 그리고 아침이면 카누를 타고 호수를 건너가서(쥐들은 항상 자기들 둥지의 냄새를 찾기 때문에 이렇게 하지 않으면 되돌아온다.) 멀리 떨어진 호숫가에 놓아준다.

로비는 더 가혹하다. 그는 쥐덫 장치를 사용한다. 넬과 리지는 쥐덫 장치를 사용하는 것이 살아 있는 쥐 사냥을 선호하는 부엉이들에게 해롭다고 믿지만, 로비가 그들을 비웃을

숲속의 늙은 아이들

까봐 이런 말을 하지 않는다.

어제 넬과 리지는 쥐 둥지가 된 신발들, 그리고 거대한 둥지가 들어 있던 고무장화를 일렬로 늘어놓고, 휴대전화로 사진을 찍어 로비에게 보냈다. 이거 버려도 돼? 그는 자신이 올 때까지 보관해 두라고 답했다. 어떤 걸 보관해야 할지 직접 결정하겠다는 것이다. 일리 있는 대답이라고 그들은 말했다. 하지만 신발을 비닐봉지에 넣어서 벽에 걸어두는 건 멈춰야 한다. 쥐가 둥지를 트는 것은 기회의 범죄고, 기회를 차단해야 한다.

"'클립식 뚜껑이 있는 로비 신발 보관함'을 목록에 추가해." 넬이 말한다. 리지는 시킨 대로 한다. 목록은 증식한다. 목록이 또 다른 목록을 만들어낸다. 과도한 목록 작성에 대한 특별 치료법이 있는지 넬은 궁금하다. 하지만 그들 두 사람이 목록을 만들지 않는다면, 필요한 것들을 어떻게 기억한단 말인가? 그건 그렇고, 그들은 목록에서 완수한 일을 줄을 그어 지우는 것을 좋아한다. 자신들이 어디론가 나아가고 있다는 느낌을 주는 것이다.

저녁으로 파스타를 먹고—"'파스타 더 살 것' 써 놔." 넬이 말한다.—그들은 물펌프 지하 필터가 설치된 곳으로 걸어간다. 그곳에 캠핑용 의자를 두 개 세워두었다. 맥주 캔을 넣을 수 있는 그물주머니가 한쪽에 있는 접이식 의자다. 의자 하나에는 쥐가 갉아낸 구멍이 있지만 아주 크지는 않다. 사람 몸이 빠질 정도의 크기가 아니라면 아주 큰 구멍이 아니다. 의자는 북서쪽을 향해 놓여 있다. 넬과 리지는 매일 저녁 거기에 앉아서 일몰 풍경을 바라본다. 내일 날씨를 예측하는 가장 좋은 방법이다. 라디오나 휴대전화 속의 다양한 웹사이트보다 더 낫다. 일몰 더하기 기압계가 최선이다. 그렇지만 기압계는 거의 항상 '기압변화'를 가리키고 있기 때문에 큰 도움은 되지 않는다.*

"복숭아색이 상당히 강한데." 리지가 말한다.

"적어도 노란색은 아니잖아." 노란색과 회색이 최악이다. 분홍색과 붉은색이 최고다. 복숭아색은 나쁜 날씨일 수도 좋은 날씨일 수도 있다.

그들은 구름이 복숭앗빛에서 장밋빛으로 흐려지다가, 이내 마치 먼 곳에 발생한 산불을 연상시키는 정말 놀라운 색조의 빨간색으로 변할 때까지 그곳에 앉아 있다.

---

* 기압계는 가운데에 '기압변화', 왼쪽에는 '비', 오른쪽에는 '쾌청'이라는 글자가 있고, 바늘이 그 사이를 오가며 기압의 변화를 표시한다.

숲속의 늙은 아이들

그 두 사람은 박명 속에서도 오두막까지 걸어갈 수 있다. 손전등 가져오는 것을 잊었으니 그건 잘된 일이다. 그들이 오두막으로 돌아갈 때 아니나 다를까 기압계가 살짝 올라갔다. 바늘이 '기압변화'의 압에서 변으로 움직였다.

"내일은 허리케인 없겠다." 리지가 말한다.

"할렐루야!" 넬이 말한다. "토네이도에 쓸려 오즈로 가게 되진 않겠네."

이곳에 실제로 토네이도가 발생한 적이 있다. 티그가 있던 시절에. 작은 것에 불과했지만, 일부 나무줄기가 마치 성냥개비처럼 꺾여버렸다. 그게 언제였던가?

완전히 깜깜해지자, 넬은 헤드램프를 쓰고 손전등을 들고 부두까지 느릿느릿 걸어간다. 예전에는 전등 없이 밤에 돌아다니곤 했다. 어둠 속을 볼 수 있었다. 그러나 야간 시력은 쇠퇴해 버리는 기능 중 하나다. 그녀는 언덕을 서둘러 내려가다가 계단용으로 놓은 돌들이나, 아버지가 이제는 잊힌 불가사의한 목적으로 여기저기 놓아둔 바위에 걸려 다치고 싶지 않다. 작은 두꺼비를 밟고 싶지도 않다. 두꺼비들은 밤에 나와 팔짝거리고 돌아다니면서 자신들의 작은 모험에 열중한다. 그리고 밟으면 미끄럽다.

그녀는 시야를 방해하는 우듬지 없는 호수 위에 뜬 별들을 보러 부두로 가는 것이다. 청명한 밤이다. 달은 아직 뜨지 않았고, 성좌는 도시에서는 절대 볼 수 없는 깊이와 광휘를 지니고 있다.

티그가 이렇게 별을 구경하곤 했다. 그는 부두로 내려가 이를 닦으며 별을 바라보았다. "경이롭군!" 그는 감탄했다. 그는 경이를 느끼는 탁월한 능력을 갖고 있었다. 별들은 그에게 큰 기쁨을 안겨주었다. 별똥별이 몇몇 있을지도 모른다. 지금은 8월, 페르세우스자리 유성우 기간이고, 언제나 티그의 생일과 같은 시기였다. 넬은 그에게 화목난로로 오븐으로 케이크를 구워주었다. 윗부분이 탈 때도 있었지만, 탄 부위만 긁어낼 수 있었다. 그리고 향나무 솔방울과 석송과 그녀가 찾을 수 있는 다른 것들로 장식했다. 예전에 정원이었던 곳까지 확장된 텃밭에 남은 딸기 몇 개까지 장식에 사용할 때도 있었다.

그녀는 별 사고 없이 언덕 발치까지 내려온다. 그 자체로 하나의 성취다. 그러나 일단 부두에 내려오자, 계획했던 것을 할 수 없다. 어떤 경이나 기쁨도 느낄 수 없고, 오직 슬픔과 더 많은 슬픔을 느낄 뿐이다. 난로 위쪽 벽에 걸려 있는 오래된 번철은 그렇다 치더라도(시선을 돌려 쉽게 외면할 수 있다.) 하지만 별들은? 앞으로 다시는 별들을 바라볼 수 없을 것인가?

나는, 영원히, 별을 볼 수 없을 거야, 그녀는 탄식한다. 그리고 다음 숨을 내쉬는 순간에는 이렇게 꾸짖는다. 이렇게 지질하게 감상적으로 굴지 마.

그녀는 이제 통나무집 안에 켜진 빛을 향해 다시 언덕을 올라간다. 저녁의 램프 불빛 속에서 읽고 있던 책에 대해 열정적 환호성을 지르는 티그의 모습을 보게 되길 반쯤 기대한다. 반은 아니다. 반보다 적게. 그는 흐릿해지고 있는가?

지난 많은 날들 동안 넬과 리지와 로비는 등유 램프를 사용했다. 그것은 극도로 조심해서 다루어야 했다. 심지나 불꽃덮개가 쉽게 확 불타오르거나 탄화하곤 했다. 그러나 현대 문명의 영향으로 이제 그들은 잠수함용 배터리를 갖추고 있다. 낮에는 태양광 패널로 충전하고, 전기 램프를 거기에 꽂는다. 이 램프 불빛 아래서 넬과 리지는 직소퍼즐을 시작한다. 예전에, 백만 년 전에 했던 것인데 — 골풀과 물새와 덩굴이 많은 식물들이 빼곡한 습지 풍경 — 하다 보니 넬은 이 퍼즐이 극도로 복잡했다는 게 기억나기 시작한다. 얽힌 뿌리, 하늘 부분과 구름, 기만적인 뾰족한 보라색 꽃들.

가장자리를 먼저 하는 게 제일 좋은 방법이다. 그리고 그들은 좀 진척을 보인다. 그러나 가장자리 조각 중 없어진 것이 두 개 있다. 누가 잃어버렸지? 젊은 세대 아이들이 리지가 모아둔 신성불가침의 직소퍼즐을 공략했나? "상당히 짜증나네." 그들은 서로에게 투덜댄다. 그런데 리지는 가장 중요한 퍼즐 조각 하나가 자기 팔에 붙어 있는 걸 발견한다.

결국 그들은 퍼즐을 포기한다. 무엇보다 지하의 얽힌 뿌리가 너무 어렵다. 그리고 리지는 소리 내어 책을 읽는다. 코난 도일의 추리소설이지만, 셜록 홈즈 이야기는 아니다. 노련한 범죄자가 증인과 그의 경호원을 죽이기 위해 기차를 탈선시켜 폐광으로 들어가게 만드는 내용이다.

리지가 책을 낭독하는 동안, 넬은 컴퓨터에서 사진을 삭제한다. 그중 상당수가 티그의 사진들이다. 티그가 원했던 것들을 해보기 위해 용감한 노력을 했던 작년에 찍은 사진들. 그 전에 ─ 말하지 않은 그것이 닥치기 전에. 또한 그들은 주어진 시간이 정확히 얼마나 될지도 알지 못했다. 그러나 그들 두 사람은 자신들이 적어도 최소한의 품위를 가지고 헤쳐나가고 있는 그 해가 바로 직전, 말하지 않은 것이 닥치기 바로 전이라는 것은 알았다. 그 기간이 2년도 안 될 거라고 생각했다. 그리고 실제로 2년이 채 못 됐다.

넬이 삭제하고 있는 티그의 사진들은 슬픈 것들이다. 그 사진들 속에서 그는 망연자실하거나 공허하게 보인다. 쇠미해지는 티그. 그녀는 그렇게 보이는 티그나 그런 상태의 티그를 기억하고 싶지 않다. 그녀는 미소 짓는 사진만 간직한다. 아무 이상 없는 척, 평소의 자기 모습과 다를 바 없는 척할 때의 모습. 그는 그런 모습을 성공적으로 많이 보여주었다. 그러기 위해 그는 얼마나 많은 노력을 기울였을까. 그래도 그들은 매 순간마다 행복을 조금씩 끼워 넣었다.

그녀는 리지가 책의 결말에 이를 때까지 사진을 삭제한다. 끝부분에서 기차가 사라지도록 계획했던 과대망상증 범죄자는 자신의 완벽한 범죄를 두고 환성을 지른다. 심연 속으로 치닫는 기차 속에 박혀 있던 비운의 두 남자들, 겁에 질린 표정으로 기차의 열린 창문 밖을 통해 다가오는 자신들의 운명을 바라본다. 탄광 입구의 하품하는 어둠, 급작스러운 하강, 망각 속으로의 낙하. 넬은 이 책 때문에 악몽을 꾸게 될까 걱정한다. 이런 이야기는 그런 영향을 미치곤 한다. 그녀는 높은 곳이나 절벽 가장자리를 항상 싫어했다.

그러나 그날 밤 꾼 꿈은 악몽이 아니다. 티그가 꿈에 나온다. 하지만 그는 공허하거나 슬퍼 보이지 않는다. 그 대신 조용히 즐거워하고 있다. 일종의 스파이 이야기인데, 분위기가 느슨하다. 폴리 폴리아코프라는 러시아 사람이 개입되어 있다. 하지만 그는 여자가 아니다. 그러니까 그의 이름은 폴리가 아닐 것이다.

이 꿈에서 티그는 액션 영웅이 아니다. 그냥 거기 존재할 뿐이다. 폴리 폴리아코프는 티그가 있는 것을 별로 개의치 않는 눈치다. 이 폴리라는 사람은 매우 불안해한다. 넬이 급박하게 알아야 할 것이 있는데, 그는 그게 무엇인지 전혀 설명하지 못한다. 넬은 티그가 꿈에 나와서 기쁘다. 그녀가 가장 관심을 기울이는 것은 티그가 있다는 사실이다. 그는 자신들 둘만 알고 있는 농담을 즐기듯 그녀를 향해 미소 짓고 있다. 이봐요. 괜찮죠? 심지어 우습기도 하잖아요. 잠에서 깼을 때 그녀는 어리석게 느껴질 정도로 안도감에 젖는다.

이튿날, 없어졌던 직소퍼즐 조각을 마룻바닥에서 찾은 뒤, 아침 식사를 하고 밤사이에 잡힌 쥐와 씹어 먹은 종이 수건과 갉아먹은 건포도와 쥐똥을 좀 더 적합한 장소인 썩어가는 통나무에 옮겨놓고서, 수영을 할 것처럼 나서다가, "마음을 바꿨어."라고 리지가 말한다. 넬은 호수 바닥의 뾰족한 흰 바위에 발가락을 찧는다. 당연한 수순이다. 넬은 조

만간 부상을 입을 수밖에 없었다. 그것은 애도 과정의 일부
인 것이다. 피를 뽑거나 옷을 찢거나 머리에 재를 덮어쓸 수
없기 때문에, 애도하는 사람은 일종의 신체 훼손 과정을 거
쳐야 한다.

발가락뼈가 부러졌는가, 아니면 단순 타박상인가? 엄지
발가락이 아니기 때문에 이럭저럭 걸을 수 있다. 그녀는 휴
대전화에서 본 지시사항에 따라, 어린아이들 무리가 남겨
둔(그녀의 아이들? 로비의 아이들? 손주들?) 해골 문양으로
장식된 해적 반창고로 다친 발가락을 바로 옆 발가락에 고
정시킨다. 웹사이트에 따르면 그 외에 달리 취할 조치는 없
다고 한다.

흰 바위 파내기, 리지가 목록에 첨가한다. 수위가 낮아지
는 가을, 아니면 그보다 더 낮아지는 봄까지 기다렸다가, 일
종의 푸닥거리하듯 삽과 쇠스랑과 필수적인 쇠 지렛대로 그
걸 처리한다는 게 리지의 계획이다. 흡혈귀 흰 바위는 제거
돼야 한다!

그들은 그런 계획을 얼마나 자주 세웠던가? 많이 세웠다.

한 주가 흘러간다. 그들은 미로 속을 헤매듯 시간 속을
나아간다. 적어도 넬은 그렇게 느낀다. 리지는 그런 느낌이

별로 없을 수도 있다. 넬의 다친 발가락은 기분 전환용 대화 거리로 유용하다. 그들은 희생양이 된 발가락을 흥미롭게 살펴본다. 얼마나 퍼렇게, 얼마나 짙은 자주색으로 변할 것인가? 상처 입은 몸을 그런 식으로 관찰하고 있으면 기운이 솟는다. 살아 있지 않으면 멍이 들거나 통증을 느낄 수 없기 때문이다.

"게다가 모기에 물리지도 않지." 리지가 말한다. 두 사람 모두 살인 추리소설에서 모기들이 죽은 사람을 건드리지 않는다는 것을 배웠다.

사망 시각을 착각했더군, 친구. 무슨 근거로 그렇게 말하는 거야? 시체에 모기 물린 자국이 없었어. 아! 그렇다면 그게 의미하는 바는…… 하지만 분명히 아니야! 그럴 수밖에 없어, 친구. 증거는 바로 우리 눈앞에 있어. 논란의 여지가 없다고.

"그나마 다행스러운 일이네." 넬이 말한다. "죽음과 가려움을 다 경험하지 않아도 되니까."

"나는 후자를 택하겠어." 리지가 말한다.

그들 이전에 다른 이들도 이 특이한 시간의 미로를 스쳐 갔다. 통나무집 곳곳에 수년 전에 남겨둔 지시사항들이 붙어 있다. 이름표, 금지 사항들. 부엌에는 **수챗구멍에 기름을 흘려보내지 말 것**이라는 지시가 있다. 이것은 어머니의 필체다. 항상 이곳에 놓아두었던 요리책에는 연필로 간단한 말이 적혀 있다. **좋아!!** 또는 **소금 더 넣을 것.** 시대를 초월한 지혜는 아니지만, 견고하고 실용적인 조언이다. **구렁텅이에 빠진 것처럼 우울하거든** ──정확히 말해서 이 구렁텅이라는 것이 무엇이었을까?── **활발하게 산책을 하렴!** 이것은 쓰여 있는 것이 아니다. 어머니의 목소리로 공기 중에 떠돌고 있을 따름이다. 하나의 메아리.

활발하게 산책을 할 수 없어요, 넬은 소리 없이 어머니에게 말한다. 나 발가락 다친 거, 기억 안 나요? 어머니가 모든 문제를 해결할 수는 없어요, 그녀는 덧붙이고 싶지만, 어머니도 그걸 잘 알고 있다. 그가 ──여기서도 그라는 것은 넬의 아버지를 가리킨다, 한때는 도끼의 존재였던, 한때는 가로톱의 존재였던, 한때는 쇠 지렛대의 존재였던 아버지── 죽음을 목전에 두었을 때, 병원에 앉아서 그녀의 어머니는 이렇게 말했다. "나는 울지 않을 거다. 울기 시작하면 절대 멈출 수 없을 테니까."

넬과 리지가 도시로 떠나기로 예정된 날, 넬은 오래전에,

자신과 티그가 가족 모두를 위해 각각의 침대에 모기장을 설치했을 때, 티그가 써놓았던 쪽지를 발견한다. 모기들은, 특히 6월에는, 모기장 밖에 털가죽처럼 빽빽하게 붙어 있다. 아주 미세한 틈으로도 들어올 수 있다. 일단 들어오고 나면 왱왱거리기 시작한다. 아무리 모기기피제를 발랐더라도 밤잠을 망칠 수 있다.

대형 모기장. 벌레 철이 끝나면 대형 모기장을 이 가방에 접어 넣어야 합니다. 나무틀은 일단 접어서 초록색 가방의 안쪽 칸에 집어넣어야 합니다. 감사합니다.

어떤 초록색 가방? 그녀는 궁금해한다. 아마도 곰팡이가 생겨서 누군가가 버렸을 것이다. 아무튼, 어느 누구도 티그의 이 지시사항을 따르지 않았다. 모기장은 제자리에 그대로 남아 있고, 사용하지 않을 때는 꽁꽁 뭉쳐 묶어버린다.

그녀는 종이를 조심스럽게 평평하게 펴서 여행 가방에 넣는다. 이것은 그녀가 찾으라고 티그가 남겨둔 메시지다. 이런 건 마술적 사고라는 걸 매우 잘 알지만, 위안이 되기 때문에 그냥 만끽한다. 그녀는 이 종이를 도시로 가져갈 것이다. 그렇지만 거기서 이걸로 뭘 할까. 죽은 자들에게서 온 이런 모호한 메시지로 도대체 무엇을 할까.

숲속의 늙은 아이들

감사의 말

무엇보다도 수년에 걸쳐 이 이야기들을(출판된 것들과 출판되지 않은 것들 모두) 읽어준 독자들에게 감사한다.

나의 여동생 루스 애트우드, 그리고 제스 애트우드 깁슨, 가장 먼저 읽어준 독자들과 편집자들, 그들이 해준 매우 유용한 논평과 지적에 감사한다. 그리고 절대로 없어서는 안 되는 존재인 루치아 치노, 읽어보고 도와준 것에 감사한다.

내 특이한 문체를 두고 씨름했던 잡지 편집자들에게 감사한다. 에이미 그레이스 로이드, 수지 브라이트, 데버러 트라이스먼, 시어스티 에거달, 그리고 이들뿐 아니라 언급되지 않은 다른 여러 편집자들도 있다.

대서양 양안의 내 책 편집자들에게 감사한다. 그들의 배려와 열정에 많은 격려를 받았다. 차토/펭귄 랜덤하우스 UK의 베키 하디, 펭귄 랜덤하우스 캐나다의 루이즈 데니스, 그리고 펭귄 랜덤하우스 USA의 리 부드로와 루앤 월서가 그 편집자들이다. 스트롱피니시의 헤더 생스터는 아직 부화되지 않은 서캐까지 다 잡아내는 귀신같은 교열 담당자로 다시 활약해 주었다. 무한한 긍정적 에너지를 준 PRH USA의 토드 도티에게, 마케팅을 담당해 준 PRH USA의 린지 맨델에게 특별히 감사한다. 매클러랜드앤스튜어트의 제러드 블랜드에게, 그가 침착하게 자리를 지켜준 데 대해, PRH 캐나다의 애슐리 던에게, 어떤 상황에서도 명랑함을 유지하고 모든 방면에서 탁월함을 발휘해 준 데 대해, 그리고 PRH UK의 프리야 로이에게, 그녀의 세심한 집중과 프로 정신에 감사한다.

그리고 지치지 않는 나의 대리인, 커티스브라운의 캐럴라이나 서튼, 그리고 역시 커티스브라운에서 업무와 외국 판권 관련 일을 매우 능숙하게 처리해 준 케이틀린 레이든, 클레어 노지어스, 소피 베이커, 케이티 해리슨에게 감사한다. 또한 영화와 텔레비전 판권을 존경스러운 열정으로 처

숲속의 늙은 아이들

리해 준 ICM(현재는 CAA)의 론 번스틴에게 감사한다.

언제나 엄청난 지지를 해주었던, 이제는 은퇴한 에이전트들, 피비 라모어와 비비언 슈스터에게 다시 한 번 감사한다.

O. W. 토드 리미티드(O. W. Toad Limited)의 루치아 치노와 페니 캐버너를 포함하여 내가 시간 속을 계속 터덜거리며 걸어갈 수 있도록 해주고 날짜를 상기시켜 준 사람들에게, 웹사이트를 디자인하고 돌봐주는 V. J. 바우어에게, 마이크 스토이언과 셸던 쇼입에게, 도널드 베넷, 봅 클라크, 데이브 콜에게 감사한다.

내가 토론토의 라이팅 버로(Writing Burrow)*에서 올라와 열린 길로 나오도록 해주는 콜린 퀸에게, 샤올란 자오와 비키 동에게, 고장 난 것을 고쳐주는 매슈 깁슨에게 감사한다. 또 전깃불이 계속 켜져 있도록 해주는 쇼크닥터스**에게, 그리고 라이팅 버로들이 살 만한 곳이 되도록 도와주는 이블린 헤스킨, 테드 험프리즈, 다이애나 애덤스, 랜디 가드너에게 감사한다.

그리고 이 단편소설들이 집필된 오랜 세월 동안 대부분

---

* 애트우드의 집필 작업실. 애트우드가 발행하는 온라인 뉴스레터의 명칭은 '인 더 라이팅 버로(In the Writing Burrow)'다.
** 캐나다의 전기 정비회사다.

의 기간을 함께 있어주었고, 지금도 약간은 다른 방식으로 여전히 나와 함께해 주는 그레임 깁슨에게 언제나와 마찬가지로 감사한다.

몇몇 단편들은 다음의 매체들에 먼저 선보였다.

「참을성 없는 그리젤다」, 데카메론 프로젝트, 《뉴욕타임스 매거진》, 2020년 7월 7일.

「모르트 드 스머지」, 애리언프레스, 샌프란시스코, 2021년.

「숲속의 늙은 아이들」, 《뉴요커》, 2021년, 4월 19일.

「그을린 두 남자」, 스크라이브드, 2021년 8월 4일.

「망자 인터뷰 — 조지 오웰」, 《잉크》, 2021년 10월 1일.

「나의 사악한 어머니」, 아마존 오리지널 스토리즈, 시애틀, 2022년.

「아수라장」의 초기 버전은 1986년 《토론토 스타》지에 게재되었다.

마사 겔혼의 저작권 집행인인 알렉산더 매슈스에게 마사 겔혼의 출간되지 않은 자료를 사용할 수 있도록 허락해 준 데 감사한다. 그리고 겔혼의 서간집 『아마도 언제나, 당신의 친구가』(파이어플라이북스, 온타리오주 리치먼드힐, 2019년)

의 편집자 재닛 소머빌에게, 제공해 준 배경 정보와 그녀의 열정에 감사한다.

옮긴이 **차은정**

이화여자대학교 영어영문학과와 같은 과 대학원을 졸업하고, 영국 서식스 대학에서 영문학 박사 학위를 받았다. 대학에서 영어를 가르쳤고, 마거릿 애트우드의 『고양이 눈』 『눈먼 암살자』 『오릭스와 크레이크』 『도덕적 혼란』, 조지 오웰의 전기인 『오웰의 코』 등을 우리말로 옮겼다.

숲속의 늙은 아이들

1판 1쇄 찍음	2023년 10월 6일
1판 1쇄 펴냄	2023년 10월 27일

지은이	마거릿 애트우드
옮긴이	차은정
발행인	박근섭, 박상준
펴낸곳	(주)민음사

출판등록 1966. 5. 19. (제 16-490호)
서울특별시 강남구 도산대로1길 62(신사동) 강남출판문화센터 5층(06027)
대표전화 02-515-2000 팩시밀리 02-515-2007
www.minumsa.com

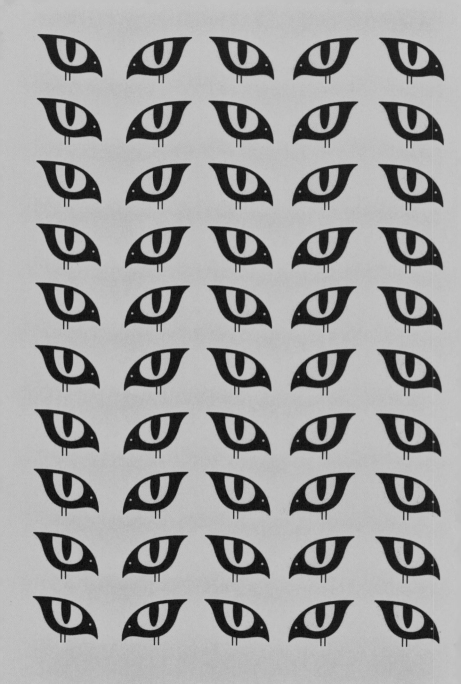